Carrie Hope Fletcher
EINE LIEBE OHNE WINTER

Carrie Hope Fletcher

EINE LIEBE OHNE WINTER

Aus dem Englischen von
Ute Brammertz

DIANA

Sollte diese Publikation Links auf Webseiten Dritter enthalten, so übernehmen wir für deren Inhalte keine Haftung, da wir uns diese nicht zu eigen machen, sondern lediglich auf deren Stand zum Zeitpunkt der Erstveröffentlichung verweisen.

FSC www.fsc.org
MIX
Papier aus verantwortungsvollen Quellen
FSC® C014496

Verlagsgruppe Random House FSC® N001967

Deutsche Erstausgabe 03/2018

Die Originalausgabe erschien 2016 unter dem Titel *On the Other Side*
bei Sphere Books/Little, Brown Book Group, London

Redaktion: Heike Hauf
Umschlaggestaltung: t. mutzenbach design, München
Umschlagmotiv: © Shutterstock/Aleksandra Novakovic,
VectorWeb, Voropaev Vasiliy, veronchick84,
Olga Zakharova_512038753, John_Dakapu, ekzi.ekzi
Satz: Leingärtner, Nabburg
Druck und Bindung: GGP Media GmbH, Pößneck

Printed in Germany
ISBN 978-3-453-35960-4

www.diana-verlag.de
Besuchen Sie uns auch auf www.herzenszeilen.de
Dieses Buch ist auch als E-Book lieferbar.

Dieses Buch ist all denen gewidmet,
die nicht aufgeben, ganz gleich,
was sich ihnen in den Weg stellt.

Und meiner Mum und meinem Dad,
die mich das Dranbleiben gelehrt haben.

1

Neuankömmling

Unaufhörlich flackerndes Licht über ihren geschlossenen Augenlidern, rhythmisches Surren und Rattern eines Zuges auf seinen Schienen rauschte in ihren Ohren. Evie Snow öffnete die Augen in der Erwartung, sich in der 20:32 zu befinden, die in einen unbekannten Bahnhof in einem ihr nicht vertrauten Stadtteil einfuhr, nachdem sie eingeschlummert war, wie es ihr häufig passierte, als sie jünger war. Stattdessen befand sie sich, als ihre Augenlider wie zwei verliebte Schmetterlinge aufflatterten, im Aufzug des Hauses, in dem sie mit siebenundzwanzig Jahren gewohnt hatte. Ein Blick auf das Bedienfeld verriet ihr, dass ihr die Nummer 7 leuchtend entgegenstrahlte. Die Tür glitt auf, und der wacklige Aufzug erschauderte ein wenig, sodass Evie vollends ins Wanken geriet und sich gedrängt fühlte, auszusteigen und weiterzugehen. Sie war sich sicher, vor dem Einschlafen nicht in dem Aufzug gewesen zu sein. Sie war sich sicher, seit über fünfzig Jahren nicht mehr in dem Haus gewesen zu sein.

Evies Blick huschte die polierte goldene Oberfläche der Aufzugswände empor. Da bemerkte sie noch jemanden im Spiegelbild, jemanden, der äußerst nahe bei ihr stand. Sie drehte sich rasch nach der Frau um, die sie gesehen hatte, doch der Aufzug war leer. Sie war allein. Als sie nach hinten in das Gold sah, musterte sie das einzige Spiegelbild, das es ihr zeigte. Dasjenige einer Frau in den Zwanzigern mit blonden Locken, die ihr unbändig über die Schultern fielen, Locken, die Evie seit Langem nur dünn und grau gesehen hatte. Schokoladenaugen starrten ihr ungläubig entgegen, voller Leben und Elan. Augen, die zu glänzen wussten. Die Haut im Gesicht dieser Frau war glatter als ihre eigene, noch nicht verwittert und mitgenommen von Jahren des Weinens, Lachens, Stirnrunzelns und Lächelns. Evie griff sich mit einer Hand an das eigene Gesicht und spürte die seidige Haut unter den Fingern. Ihren Lippen entrang sich ein gehetztes Keuchen, als hätte ihr jemand einen Schlag in den Magen versetzt, während Erinnerungen an dieses Gesicht in ihr hochstiegen. Als sie den Kopf schräg legte, tat dies auch ihr Spiegelbild, und als ihr die jähe Erkenntnis, dass es sich bei diesem Spiegelbild tatsächlich um ihr eigenes handelte, ein Lächeln entlockte, lächelte ihr die schöne siebenundzwanzigjährige Evie in dem polierten Gold ebenfalls zu.

Schließlich trat Evie aus dem Aufzug, und die Absätze ihrer Lieblingsschuhe klackerten auf dem Marmorboden. Sie nannte sie ihre »Mary-Poppins-Schuhe« wegen ihrer Ähnlichkeit mit der Tasche, die Mary Poppins' unglaubliche Schätze barg. Der Saum ihres geblümten Kleides raschelte um ihre Knie, und auf einmal drang die Wärme ihres geliebten smaragdgrünen Mantels in ihre Knochen, und sie wurde von einer Wohligkeit eingehüllt, die sie schon sehr lange nicht mehr verspürt hatte. Sie wackelte mit den Fingern und bemerkte, dass an ihrer linken Hand noch kein Verlobungsring steckte. Ein Ring, dessen extravaganter, übergroßer Smaragd nicht nur ihre Hand belastet, sondern dessen Bedeutung auch ihr Herz niedergedrückt hatte. Sie hielt die Hände vor sich, belächelte ihre Nacktheit und ließ sie dann den ganzen Weg den Korridor entlang seitlich schwingen.

Als sie scharf um die Ecke in Richtung ihrer Wohnung bog, verharrte sie beim Anblick ihres Nachbarn Colin Autumn, eines Mannes, der ihr gegenüber stets freundlich, aber etwas introvertiert und still gewesen war. Sie hatte ihn als großen, gut gebauten Mann in Erinnerung. Der Typ Oxforder Professor. Er hatte einen Hang zu Tweedjacketts mit ledernen Ärmelschonern an den Ellbogen und Pullundern, häufig von oranger oder grüner Farbe. Der Geruch seiner Pfeife war nie angenehm gewesen, doch Colin Autumn besaß ein süßes, selten zur Schau gestelltes Lächeln, eines, das Evie ihm nur ein paarmal hatte entlocken können. In der Zeit, als Evie nebenan gewohnt hatte, war er plötzlich an einem Herzinfarkt verstorben. Es war erschreckend, ihn hier zu sehen, zumal in einem derartigen Zustand. Mr. Autumn war jetzt ein Schatten seines ehemaligen Selbst, wie er auf dem Boden neben seiner Wohnungstür kauerte, die Knie an die Brust gedrückt, und sich vor und zurück wiegte. Sein Tweedjackett und der Pullunder waren verschwunden, stattdessen trug er einen ausgeblichenen blau-weiß gestreiften Schlafanzug, in dem sein gebrechlicher, zusammengesunkener Körper zu verschwinden drohte. Seine Haut war weiß und beinahe durchsichtig. Zitternd murmelte er etwas vor sich hin, und während Evie sich ihm vorsichtig näherte, den Rücken an die gegenüberliegende Wand gedrückt, glaubte sie, ihn sagen zu hören: »Schwer. Ich bin zu schwer!«

In der Hoffnung, die vertraute Form ihrer Schlüssel zu ertasten, griff Evie zögernd in ihre rechte Tasche. Ja, da waren sie. Kalt in ihren leicht feuchten Händen. Sie holte sie heraus und ließ sie erfreut klimpern, kurzzeitig den Anblick von Mr. Autumn in seinem hysterischen Zustand vergessend. Rasch steckte sie den Schlüssel ins Schloss, doch das Herz rutschte ihr in die Mary-Poppins-Schuhe, als er sich nicht drehen ließ.

Sie versuchte es erneut.

Erfolglos.

Und noch einmal, ein wenig heftiger.

Nichts.

Jetzt drehte sie verzweifelt mit den Fingern am Schlüssel, aber er ließ sich einfach nicht bewegen. Tränen brannten ihr in den Augen. Sie trat zurück und betrachtete die Tür. Es war definitiv ihre. Apartment 72. Die goldenen Ziffern glänzten hell auf der polierten Holztür und verhöhnten sie nun, da sie nicht hineinkonnte. Sie sah zu Colin, der sich nicht mehr wiegte, sondern sie beobachtete.

»Mr. Autumn?«

»Miss Snow? Es ist schon Jahre her.« Seine Stimme knackte wie ein alter Plattenspieler.

»Wo sind wir?« Sie ging neben ihm in die Hocke. Am liebsten hätte sie ihn umarmt, aber er sah so schwach und zerbrechlich aus, dass sie fürchtete, ihre Arme könnten ihn erdrücken.

»Wo wir sind, fragen Sie. Wir haben hier jahrelang gewohnt. Sie kennen diesen Ort.«

»Natürlich, aber … ich komme nicht rein.«

»Zu schwer … Sie sind zu schwer. Du meine Güte, Evie, nicht auch noch Sie. Zu schwer. Zu schwer.«

Evie stand auf und taumelte zu ihrer Tür zurück. Während sie mit der Faust dagegen hämmerte, vergoss sie ein paar Tränen, die ihre rosigen Wangen hinabrannen. Sie kniff die Augen zusammen und wünschte sich von ganzem Herzen, sie wüsste, was hier vor sich ging.

»Warum komme ich nicht rein?«, wimmerte sie.

Durch geschlossene Lider sah sie gelbe Punkte funkeln. Rasch öffnete sie die Augen und sah, dass an ihrer Tür Tausende kleiner Lichter erstrahlten und auf dem Holz tanzten. Sie ordneten sich geschmeidig zu einer Formation an und bildeten Wörter, die sie lesen konnte.

Der Weg durch die Tür ist deiner schweren Seele verstellt.
Lass die Last des Lebens erst zurück in der alten Welt.
Ist deine Seele leichter, lässt sich der Schlüssel drehen,
Und deine Wünsche werden alsbald in Erfüllung gehen.

»Meine Seele? Was hat das zu bedeuten?« Sie zog den Mantel aus, da ihr mittlerweile heiß und ihr Gesicht gerötet war.

»Den Mantel auszuziehen wird dir nicht dabei helfen, leichter zu werden, meine liebe Evie.«

Am Ende des Korridors stand ein kleiner Mann. Mr. Autumn war verstummt, und Evie bemerkte, dass er jetzt am Daumen lutschte, die Augen so fest zusammengekniffen, dass sie zu bloßen Linien geworden waren. Der Sprecher war Mitte vierzig, sah jedoch weit älter aus. Seitlich hing ihm eine Zigarette aus dem Mund, doch er redete, als wäre sie gar nicht vorhanden.

»Dr. Liefde.« Evie stieß bei seinem Anblick einen Seufzer der Erleichterung aus. Er war ein untersetzter Holländer mit leicht schütterem Haar und einer überaus niedlichen Stupsnase, der einst der Portier des Apartmentblocks gewesen war. Wie schon damals, als Evie noch hier gewohnt hatte, strömte Herzlichkeit in unerschöpflichen Wellen von ihm aus. Dr. Liefde kannte sämtliche Hausbewohner mit Namen und wusste auch über ihre Angelegenheiten Bescheid. Nicht weil er neugierig herumschnüffelte, sondern weil man einfach nicht umhinkam, ihm zu vertrauen. Er stellte sicher, dass alle ihre Briefe und Päckchen erhielten, und in der Weihnachtszeit schmuggelte er Tüten mit Schokotalern zwischen die Post. Zudem sah er sich selbst auch gern als Heiratsvermittler und versuchte, die alleinstehenden Apartmentbewohner miteinander zu verkuppeln. Bei einer Gelegenheit, lange bevor Evie eingezogen war, waren seine Bemühungen von Erfolg gekrönt gewesen und ihm war die Ehre zuteil geworden, bei der Hochzeit von Danny Thorn und Rose Green als Zeremonienmeister zu fungieren. Seitdem bezeichnete er sich als Dr. Liefde, da *liefde* das holländische Wort für Liebe war. Mit der Zeit setzte sich die Bezeichnung durch, bis sich niemand mehr an seinen richtigen Namen erinnerte.

Evie war eine seiner Lieblingsmieterinnen, weil sie ihm Kakao brachte, wenn es kalt war, und gekühlte rosafarbene Limonade im Sommer, wenn sein kleiner Tischventilator einfach nicht ausreichte. Kurz nachdem sie aus Apartment 72 ausgezogen war, war er verstorben, und sie war auf seine Beerdigung gegangen, zusammen mit den meisten Menschen, die zu dem Zeitpunkt oder früher einmal im Haus gelebt hatten. Der Apartmentblock war sein absoluter Lieblingsort gewesen.

»Ich kann Ihnen gar nicht sagen, wie froh ich bin, Sie zu sehen!« Evie lief zu Dr. Liefde, und er stieß ein kehliges Lachen aus, als er sie ein wenig unbeholfen umarmte, da sie ihn um gute dreißig Zentimeter überragte.

»Ich wünschte, ich könnte das Gleiche behaupten. Ich hoffe sehr, dass es schmerzlos war. Ist es im Schlaf passiert?« Sein Englisch war einwandfrei. Ohne den ganz leichten Akzent und seinen Vaterlandsstolz hätte Evie nicht geahnt, dass er Holländer war. Er nahm die Zigarette aus den Lippen und drückte sie in einem an der Korridorwand angebrachten Aschenbecher aus. Gewöhnlich rauchte er nie im Hausinnern, doch sonderbarerweise konnte Evie den Rauch nicht riechen.

Sie runzelte die Stirn. »Ich weiß nicht recht, ob ich Ihnen folgen kann.«

»Oh, Evie.« Er schenkte ihr ein liebevolles Lächeln, in dem Trauer mitschwang. »Das hier ist das Leben nach dem Tod. Na ja, zumindest ist es das Wartezimmer des Lebens nach dem Tod.« Er legte eine Hand auf ihren Arm, und sie hakte sich bei ihm unter, als er Anstalten machte, sie zum Aufzug zurückzuführen.

»Das Wartezimmer des Lebens nach dem Tod«, wiederholte sie und gab sich Mühe, den Sinn zu erfassen. Sie kam sich vor, als wäre sie wie Alice in den Kaninchenbau gefallen, bloß dass er sie nicht in eine fantastische Welt geführt hatte, in der Tiere reden und die Uhr lesen konnten. Stattdessen befand sie sich in einer Welt, die in die Vergangenheit gehörte, wo längst verstorbene Menschen wieder zum Leben erweckt worden waren.

»Sieh mal, wenn man stirbt, kommt man, sofern man auf Erden ein gutes Leben geführt und sich stets bemüht hat, das Beste aus sich zu machen, an seinen Lieblingsort«, erklärte Dr. Liefde.

»In den Himmel?«, fragte Evie mit vor Verwirrung gerunzelter Stirn.

»Ach ja, aber in den eigenen persönlichen Himmel. Du bist gestorben, Evie. Ich fürchte, du bist tot.« Er drückte ihre Hand.

Natürlich, dachte sie.

»Ja, ich – ich glaube, ich erinnere mich. Jetzt, da Sie es erwähnen.« Sie konzentrierte sich heftig, um die Erinnerungen aus dem Kopf zu pressen. »Ich habe ein gutes, langes Leben geführt. Ich habe geheiratet. Hatte zwei Kinder. Ich war …«, sie hielt inne, »glücklich. Und bei meinem Tod war ich von meinen Kindern und Enkelkindern umgeben. Ja, jetzt erinnere ich mich.« Ihre Mundwinkel zuckten nach oben, sie verlor sich in Gedanken und rief sich Bilder von ihren erwachsenen Kindern ins Gedächtnis. Dann schüttelte sie ein wenig den Kopf und richtete ihre Aufmerksamkeit erneut auf Dr. Liefde, der vor ihr stand und ihr bedeutete, den Aufzug zu betreten.

Evie betrachtete sich in dem polierten Gold und stellte fest, dass sie immer noch wie siebenundzwanzig aussah. Zwar war Evie nicht eitel, trotzdem hatte sie ihre eigenen Vorzüge wie ihre karamellfarbenen Locken und ihre schokobraunen Augen sehr gemocht, und es war schwer gewesen mit anzusehen, wie diese zusammen mit jeglichem Leben und aller Freude, die sie von früher her gekannt hatte, ins Graue verblasst waren.

»Offensichtlich warst du hier in diesem Gebäude am glücklichsten. So wie ich. Also sind wir nach unserem Ableben hierhergekommen.« Dr. Liefde drückte auf die Taste mit der Nummer 2, die jedoch nicht aufleuchtete. »Verfluchtes Ding.« Er drückte sie erneut etwas fester, und das gelbe Licht strahlte trübe durch die kleine Milchglaszahl. »Wie dem auch sei …« Er hielt inne, den Blick immer noch auf die Taste gerichtet, auf dem Gesicht eine besorgte Miene.

»Ach ja, es gibt immer einen Haken. Man mag drei Wünsche frei haben, aber es steht einem nie zu, sich einfach weitere Wünsche zu wünschen.« Evie lachte leise, doch Liefdes Miene gab ihr das Gefühl, dass die Sache vielleicht nicht so einfach war, wie sie gehofft hatte.

»Es ist nur ein kleiner Haken, Miss Snow. Du konntest deine Tür nicht öffnen, nicht wahr?« Evie schüttelte den Kopf. »Das liegt daran, dass du an Dingen festhältst, die nicht mit dir hindurch dürfen.«

»Dinge? Aber ich habe nichts mitgebracht. Ich habe mich bei meiner Ankunft in dieser Kleidung vorgefunden, hatte diese Schuhe an und meine Schlüssel in der Manteltasche.« Sie tastete wieder nach dem Bund, und als sich ihre Finger darumlegten, drückte sie die Schlüssel so fest wie möglich in ihre Handfläche und zwang sich dazu zu glauben, dass sie hier waren und sie auch, und dass alles in Ordnung war.

»Nicht alle Besitztümer sind materieller Natur, meine Liebe.« Der Aufzug machte einen jähen Ruck und rumpelte den Schacht hinunter. Dr. Liefde hieb mit einer Hand, die so fest geballt war, dass die Fingerknöchel weiß hervortraten, gegen die Wand – auf einmal maßlos wütend auf die Situation. Evie tätschelte leicht seinen Arm. Endlich ging die Doppeltür auf, langsam, als wollte sie nicht preisgeben, was sich dahinter befand.

»Evie«, Dr. Liefde tat einen tiefen, bebenden Atemzug, »das hier ist der zweite Stock.«

»Ja …« Sie wartete darauf, dass er weitersprach, doch weder sagte er etwas, noch machte er Anstalten, den Aufzug zu verlassen. »Stimmt etwas nicht?«

»Es tut mir leid, aber ich bin schon lange nicht mehr hier unten gewesen. Ich vermeide es so weit wie möglich, aber du musst sehen, was sich hier unten befindet.« Er machte einen Schritt auf die Tür zu, Evies Arm fest gepackt. »Unsere Seelen sind sehr zart, und es gibt gewisse Dinge, die sie niederdrücken können. Wenn wir ein schlechtes Gewissen haben, Gefühle zurückhalten, uns auf die Zunge beißen, Geheimnisse bewahren – das ist eine große Bürde für unsere zerbrechlichen Seelen. Diese künstlich geschaffenen Lasten hängen sich an unseren Geist und fangen an, uns nach unten zu ziehen.« Seit ihrem Eintreffen im zweiten Stock, hatte Dr. Liefde Evie noch kein einziges Mal angesehen. Sein Blick war fest nach vorn gerichtet, auf die kommende Biegung im Korridor, und seine Schritte verlangsamten sich. Bläuliche Lichter flackerten über ihren Köpfen auf, Strom summte.

»Um weiterzukommen, um durch deine Tür treten zu können, musst du dich dieser Last entledigen. Deine Gefühle kundtun, dein Herz öffnen, den Menschen vergeben. Um was auch immer es sich bei diesen Bürden handelt, du musst davon ablassen. Ansonsten gibt es keine Möglichkeit, durch die Tür zu kommen, und dann steckst du fest.«

Während sie den Korridor weitergingen, hörten sie Gestöhne. Nicht nur eine Stimme, sondern etliche, in einem eigenartigen, qualvollen Chor.

»Dr. Liefde – warum sind wir im zweiten Stock?« Mittlerweile hielt Evie seine verschwitzte Hand umklammert, ihre Finger waren ineinander verschränkt, während sie langsam auf die Geisterstimmen zugingen.

Er sog die Luft ein. »Das hier ist das Stockwerk, in dem die eher – unwilligen Bewohner des Hauses residieren.«

Sie bogen um die Ecke, und Evie stockte der Atem.

2

Der zweite Stock

Was machen sie?« Evie blieb stehen und zog an Dr. Liefde, der weitergehen wollte. »Warum sind sie nicht in ihren Apartments?«

Falls sie diese Menschen früher einmal gekannt haben sollte, erkannte sie sie jetzt nicht wieder. Ihre Gesichter waren grau und ausgemergelt, die Haut fast transparent. Alle trugen die Freizeitkleidung, die sie normalerweise anhätten, würden sie sich in ihren Apartments aufhalten. Schlafanzüge, Morgenmäntel und Fitnesskleidung, die wahrscheinlich noch nie zum Zweck sportlicher Ertüchtigung getragen worden war. Alles in Schattierungen von Schwarz, Weiß und Grau. Um sie herum befanden sich Farbpfützen – Blau-, Rot-, Rosa-, Orange- und Grüntöne – die von ihren Körpern und Kleidungsstücken abgeschmolzen waren und jetzt in den Teppich einsickerten und die Tapete verschmierten.

»Was fehlt ihnen? Sie haben ihre ganze – Farbe verloren«, flüsterte Evie.

»Sie stecken fest, meine Liebe«, erklärte Dr. Liefde. »Sie weigern sich, von den Dingen abzulassen, die sie hier halten. Sie sind nun schon so lange hier, dass sie zu Schatten ihrer selbst geworden sind. In ihnen steckt kein Leben, keine Farbe mehr. Das ist alles – weggeschmolzen.«

Ein Mann lehnte an seiner Tür und kratzte kläglich am Holz. Die Tür glänzte weiterhin unbeschadet, doch seine Finger waren blutende verletzte Stümpfe, sein Blut pechschwarz. Eine Frau murmelte in abgehacktem Stakkato vor sich hin, manche Wörter lauter als andere. Sie wiegte sich vor ihrer Tür und schlug immer wieder mit dem Kopf an den Rahmen. Eine andere Frau versuchte, in der Luft um sie herum, imaginäre Phantome zu fangen. Während Evie beobachtete, wie sie mit den Armen ruderte, schlug sich die Frau auf die Nase und schrie auf. Dem schwarzen Strom nach zu schließen, der ihr Gesicht hinunterlief, war es nicht zum ersten Mal passiert. Auf ihrem weißen Tanktop befand sich eine gewaltige Lache aus getrocknetem Blut, und ihre Hände waren über und über mit schwarzen Flecken übersät. Evie sah die dunkle Kruste unter den Fingernägeln der Frau, während diese mit den Händen durch die Luft fuhr.

Der ständige Lärm war zu viel. Die Geräusche wogten um sie herum, und allmählich wurde Evie schlecht.

»Ich habe genug gesehen«, flüsterte sie. »Ich möchte zurück zu meinem Apartment.« Sie versuchte umzudrehen, doch Dr. Liefde zog an ihrem Arm und ließ nicht los.

»Schau hin, Evie. Lass alles auf dich wirken und sorge dafür, dass dies nicht auch dein Schicksal wird.« Er sprach streng und sah ernster aus, als sie ihn je gesehen hatte – einen Moment lang ein völlig anderer Mensch –, doch dann wurde sein Gesicht weicher, sein Griff lockerte sich, und gemeinsam kehrten sie eilends zum Aufzug zurück. Evie hämmerte auf die Nummer 7 ein, bis sich die Tür schloss und der Aufzug nach oben fuhr. Da lehnte sie sich gegen die Wand und ließ Luft entweichen, die sie wohl angehalten haben musste.

»Ich darf nicht eine von ihnen sein.« Sie schüttelte grimmig den Kopf, um dies nicht nur dem kleinen Holländer, sondern auch sich selbst unmissverständlich klarzumachen.

»Wir nennen sie die *Hoffnungslosen*. Und ich freue mich, dich das sagen zu hören.« Die Erleichterung zeichnete sich deutlich auf Dr. Liefdes Gesicht ab.

»Nein, ich werde nicht hoffnungslos sein. Ich bin voller Hoffnung. Ich bin eine Hoffnungs*volle*.« Evie sprach schnell, weil sie sich selbst von der Richtigkeit ihrer Worte überzeugen wollte. »Aber ich weiß nicht, was meine Seele niederdrückt. Ich weiß nicht, wie ich die Sache richten soll.« In ihrer Kehle hatte sich ein Kloß gebildet.

Die Aufzugstür ging auf, und sie traten beide sofort hinaus, um die Erinnerung an den zweiten Stock hinter sich zu lassen. Allerdings bewegten sie sich noch nicht auf Apartment 72 zu.

»Evie, ich habe jeden einzelnen Menschen, der zu diesem Haus zurückgekehrt ist, genau das sagen gehört, und es hat kein einziges Mal gestimmt.« Betreten senkte Evie den Blick auf ihre Mary-Poppins-Schuhe. »Vergiss nicht, ich bin hier im Haus der Portier gewesen, und jeder hier drinnen hat mir von seinen Problemen erzählt. Du und ich, wir wissen beide, was dich hier hält. Du musst es dir nur einmal selbst eingestehen.« Er ging in Richtung ihrer Tür.

Evie begriff, was er ihr sagen wollte, doch nun stand sie vor einem anderen Rätsel. »Dr. Liefde, wenn das hier das Wartezimmer zum Leben nach dem Tod ist und Menschen hier stecken bleiben, weil sie nicht zum *eigentlichen* Leben nach dem Tod durchdringen können, und wenn Sie ganz genau wissen, wie man hindurchkommt, warum sind *Sie* dann immer noch hier?«

Dr. Liefde blieb mitten im Korridor stehen. Er sah ihr direkt in die Augen, während sich seine eigenen mit Tränen füllten. Sie fühlte sich peinlich berührt und senkte den Blick auf ihre Schuhe, um ihm einen ungestörten Moment zu gewähren.

»Tja«, sagte er nach einer gefühlten Ewigkeit, »das hat mich noch nie jemand gefragt.« Als sie aufblickte, wischte er sich mit dem Daumen eine Träne von der Wange. »Evie, dieses Haus, diese Korridore, sie sind *dein* Wartezimmer. So wie der Himmel für jeden Menschen anders ist, verhält es sich auch mit dem Fegefeuer. Mein eigenes Leben war so elend, dass ich mein Glück durch andere gefunden habe, indem ich ihre Geschichten kennenlernte und gelegentlich Teil davon wurde. Als ich nach meinem Tod hier eingetroffen bin, ließ sich die Eingangstür des Hauses nicht öffnen. Solange nicht, bis ich meiner Exfrau vergeben habe, dass sie die Scheidung eingereicht hat. Tief in meinem Innern wusste ich, dass es nicht ihre Schuld war. Sie hat mich einfach nicht mehr geliebt. Aber ich habe es ihr jahrelang verübelt. Mein Wartezimmer war vor diesem Haus, und sobald ich von diesem Groll abgelassen hatte, öffnete sich die Tür für mich, und ich landete in meinem eigenen persönlichen Himmel.« Er deutete um sich auf seinen Glücksort, sein kleines Stück Paradies. »Mich mit den Menschen in diesem Haus zu unterhalten und meine Dienste anzubieten war mein ganzes Leben. Folglich ergibt es Sinn, dass mein Himmel hier ist, wo ich Menschen wie dir helfen kann, den Weg in ihre Apartments zu finden.«

In dem Moment fiel Evie niemand ein, dem sie je begegnet war, der ein größeres, selbstloseres Herz als Dr. Liefde besessen hätte. Dann erinnerte sie sich an einen anderen

Mann, den sie gekannt hatte, vor langer Zeit, und eine Last in ihrem eigenen Herzen zog sie nach unten. Dr. Liefde sah den Schmerz über ihr Gesicht huschen.

»Evie. Du weißt, was dich hier hält. Nicht wahr?«

»Ja«, erwiderte sie schniefend. »Das tue ich.« Ihr war nicht bewusst, dass sie weinte, bis Dr. Liefde auf sie zutrat und zögerlich mit dem Daumen, mit dem er seine eigene Träne fortgewischt hatte, eine Träne von ihrem Kinn strich. »Es sind – es sind meine Geheimnisse.«

»Geheimnisse, Evie? Bist du sicher?«

»Ja. Ganz sicher. Es gibt da gewisse Dinge, die ich meiner Familie vorenthalten habe. Teils, weil es niemand zu wissen brauchte, und teils, weil ich es nicht ertrug, sie wieder aufleben zu lassen. Es ist kein Tag vergangen, an dem ich nicht von ihnen überrascht worden wäre. Ich bin die Treppe in meinem eigenen Zuhause hochgestiegen und habe mit einer zusätzlichen Stufe gerechnet, dann aber festgestellt, dass da keine war. Ich war im Garten und habe mich um die Blumen gekümmert, und auf einmal hat es mir den Atem verschlagen. Wenn man mein Herz in die Luft werfen würde, würde es aufgrund der Last dieser Geheimnisse doppelt so schnell zu Boden fallen, da bin ich mir sicher.«

Die Vorstellung, über die Dinge zu sprechen, die sie so viele Jahre lang verdrängt hatte, fühlte sich verkehrt an und gleichzeitig merkwürdig richtig. Es bestand die Chance, ihre Leichtigkeit wiederzuerlangen. Die Chance zu tanzen, ohne dass ihre Füße wie aus Blei wären. Die Chance, ihre ungelebte Vergangenheit zur Ruhe zu betten.

Manchmal, überlegte sie, kommen wir an eine Weggabelung und wählen eine Richtung, und dann fragen wir uns, was passiert wäre, hätten wir uns für den anderen Weg entschieden. Umso mehr, wenn der Weg, auf dem wir landen, für uns ausgesucht wurde, und der andere Weg in so weiter Ferne liegt, dass es keine Möglichkeit gibt, je umzukehren. Einst war Evie an eine Weggabelung gekommen und ihr war keine andere Wahl geblieben, als den falschen Weg einzuschlagen.

Dr. Liefde seufzte tief und schenkte ihr ein zaghaftes erleichtertes Lächeln. »Na dann. Damit wäre der schwierige Teil getan. Der nächste Schritt ist vergleichsweise einfach, wie du sicherlich gern hören wirst.« Er führte sie den Korridor zurück zum Aufzug, vorbei an Mr. Autumn, der jetzt vor seiner Tür zusammengerollt war und fest schlief, immer noch am Daumen lutschend.

»Aber wie soll ich überhaupt anfangen, etwas daran zu ändern? Ich bin tot. Ich kann nicht zurück …«, sie hielt inne und überlegte, wie sie die Welt nennen sollte, die sie zurückgelassen hatte, »in das Land der Lebenden und sämtliche Menschen aufsuchen, mit denen ich reden müsste, um meine Tür zu öffnen.«

Liefde nahm ihre Hand in seine und drückte sie, sei es, um sich zu beruhigen oder um ihr Trost zu spenden, vermochte sie nicht zu sagen. Dann führte er Evie in den Aufzug zurück, dessen Anblick sie bereits leid war. Diesmal drückte er auf die Taste mit der 0.

»Es gibt immer einen Weg, Evie.«

Die Tür schloss sich.

3

Die Wand

Der Aufzug sank hinunter ins Erdgeschoss. Liefde lotste Evie durch die Eingangshalle hinter seinen Schreibtisch – wo er stehen blieb, um sich eine Zigarette zu nehmen und anzustecken – und weiter durch eine Kleinküche und eine Treppe hinunter, die nur in die Dunkelheit zu führen schien. Liefde legte einen Schalter um, und eine trübe, gelbe Lampe offenbarte einen enttäuschenden Keller. Ein Stockwerk, das zu besuchen Evie all die Jahre zuvor nie Grund gehabt hatte. Sie war davon ausgegangen, dass es lediglich ein Lagerraum für Dinge war, die ehemalige Bewohner zurückgelassen hatten, oder in dem Fundsachen aufbewahrt wurden. Sie selbst hatte ein paar Dinge verloren, während sie hier gelebt hatte: einen roten Regenschirm mit weißen Punkten, drei Sonnenbrillen, eine größer als die andere, weil sie gehofft hatte, sie wären zu groß, um sie zu verlieren, und ein Paar Flip-Flops, die sie an einem lauen Sommerabend bei einem Gespräch mit Liefde in der Eingangshalle abgestreift hatte, nachdem sie auf einer Party in einem Park gewesen war, wo sie sich einen kleinen Schwips angetrunken hatte. Jedes Mal, wenn ihr auffiel, dass etwas fehlte, verschwand Liefde ins Kellergeschoss und kehrte nach wenigen Minuten mit der stets überquellenden Fundsachenkiste zurück.

»Es sollte eigentlich Verlustsachen heißen«, hatte Evie einst gesagt. »Selbst wenn jemand etwas findet und in die Kiste legt, ist es immer noch verloren, bis es von seinem Eigentümer gefunden wird. Und sobald es gefunden ist, gehört es nicht mehr in die Kiste!« Anschließend hatte Dr. Liefde zu seinem Textmarker gegriffen, »Fund-« durchgestrichen und stattdessen »Verlust-« auf die Seite der Schachtel gekritzelt.

Evies Augen gewöhnten sich allmählich an das Licht. Die Verlustsachenkiste stand in der Ecke auf dem Betonboden. Kein grüner Teppich wie oben. Liefde legte einen Schalter um, sodass ein weiteres schwaches gelbliches Licht anging, das gerade einmal ausreichte, um ihm den Weg durch das Zimmer zur rückwärtigen Wand zu erhellen. Sie hatte einen blassen Cremeton, doch Evie sah, dass sie früher einmal von einer blau-rosa gestreiften Tapete bedeckt gewesen war, die man seitdem in ungleichmäßigen Streifen abgerissen hatte, sodass an den Rändern Fetzen übrig geblieben waren, die der Wand einen ausgefransten Rand verliehen. Die gewaltige cremefarbene Stelle in der Mitte glänzte leicht im schwachen Licht, und Evie hätte schwören können, dass ein Summen in der Luft schwirrte, wie das Geräusch eines sich anbahnenden Gewitters.

Dr. Liefde stand mit dem Rücken zur Wand vor Evie und wies mit dem Anflug eines Lächelns darauf, als würde er ihr die Wand präsentieren. Evie starrte ihn verdutzt an.

»Die Wand, Evie!«, knurrte er jetzt aufgeregt und ein

wenig verärgert über ihre Begriffsstutzigkeit. »Die Wand ist der Weg zurück, nach dem du suchst.«

Sie trat näher. Das Summen war jetzt ein wenig lauter, und sie konnte heraushören, dass dieses Geräusch, ähnlich wie der aus Stimmen bestehende Lärm im zweiten Stock, ebenfalls aus Geschwätz bestand, auch wenn es weniger aggressiv und um einiges gelassener klang. Wie das leise Flüstern an eine heimliche Geliebte, Herzen, die vor Champagner überquollen, oder jener sanfte, gedämpfte Tonfall, den Mütter verwenden, wenn sie ihre Kinder zu Bett bringen.

»Was ist das? Warum kann ich auf einmal die ganze Welt hören? Alle sind so …«, Evies Augenlider fühlten sich schwer an, und sie lehnte die Stirn sanft an die seltsam warme Oberfläche der Wand, »zufrieden.«

»Ist es das, was du hörst? Zufriedenheit?« Liefde hatte einen Schreibtischstuhl in die Zimmermitte gezogen, saß jetzt da und beobachtete Evie.

»*Sie* etwa nicht?« Evie ließ sich zu Boden sinken und machte es sich auf dem Beton bequem, den Rücken fest gegen die Wand gedrückt, da sie nicht davon getrennt sein wollte. Den Kopf drehte sie zur Seite, um ein Ohr dem Summen zugewandt zu haben.

»Jeder hört etwas anderes, abhängig davon, was für eine Art von Leben er geführt und wen er zurückgelassen hat. Ich höre Gelächter. Viel.« Durch ihre halb geschlossenen Augenlider konnte Evie erkennen, dass Liefde lächelte.

»In meinen Ohren klingt die Welt warm und gedämpft«, sagte sie. »Sie gibt mir das gleiche Gefühl wie damals als Teenager, wenn ich nach einem wunderbaren Abend mit Freunden nach Hause kam, auf Zehenspitzen nach oben geschlichen bin und versucht habe, nicht zu kichern und meine Eltern aufzuwecken.« Bilder tanzten vor ihrem geistigen Auge, und sie lächelte, berauscht von der Wärme der Wand.

»Zweifellos das Geräusch eines glücklichen Lebens.«

Jetzt schien Liefde weit weg zu sein. Evie ließ sich tiefer in die Wand sinken, spürte, wie sich die Wand um sie legte, sie umarmte und in den Schlaf wiegte.

»Allez hopp!« Liefde hatte ihre Hände gepackt und zog sie hoch in den Stand. Überrascht fiel sie gegen ihn, fand aber nach ein paar tiefen Atemzügen ihr Gleichgewicht wieder. »Sieht so aus, als würdest du und die Wand prima miteinander auskommen.«

»Miteinander auskommen? Bei Ihnen hört es sich an, als wäre sie eine Person.« Evie strich ihren Rock glatt und öffnete den Mantel, da ihr mittlerweile ein wenig warm war und Nervosität in ihr aufstieg.

»Ich bin mir nicht ganz sicher, was sie ist, Evie, aber sie ist definitiv eher eine Person als eine Wand.« Liefde fuhr mit einer Hand darüber, und seine Stirn legte sich in Falten. »Sie ist irgendwie … sentimental. Sie erspürt, wer wir sind, aber sie ist wie ein Kind. Wenn du nett bist, wird sie mit dir spielen. Wenn nicht, dann nicht. Ich hatte keinen Zweifel daran, dass die Wand dich mögen würde, Evie, aber es ist schön zu sehen, welche Wirkung ihr beide aufeinander habt.«

»Aufeinander? Sie hat bewirkt, dass *ich* mich wunderbar fühle, aber ich bin mir nicht sicher, ob ich irgendeine Wirkung auf …« Sie drehte sich zu der Stelle um, wo sie sich an die Wand gepresst hatte, und sah, dass das Gefühl einer Umarmung tatsächlich nicht verkehrt gewesen war. Die

Wand war eingesunken, hatte sich um sie geschmiegt, und Evies Körper hatte einen Abdruck in der Oberfläche hinterlassen. Jetzt veränderte sich die Wand und glänzte, nahm wieder ihre flache Gestalt an.

»Komm, lass es mich erklären.« Liefde rollte den Stuhl hinter Evie, damit sie Platz darauf nahm, und schob sie zu einem Schreibtisch in der Ecke. Er griff nach einem Füller und zog ein Notizbuch heran. Dann fing er an, auf den verblichenen blauen Linien zu zeichnen. Er fuhr fünf parallele horizontale Linien nach. Zwischen die obersten beiden schrieb er das Wort *HIMMEL*. In den nächsten Zwischenraum, zwischen die zweite und dritte Linie, schrieb er *WARTEZIMMER ZUM LEBEN NACH DEM TOD*, in die nächste Lücke *LEBEN* und in den Zwischenraum darunter *HÖLLE*. Er führte den Stift zu der Linie zwischen *HIMMEL* und *WARTEZIMMER ZUM LEBEN NACH DEM TOD* und fuhr sie mehrmals nach, dann tat er das Gleiche mit der Linie zwischen *LEBEN* und *HÖLLE*. Die mittlere Linie, zwischen *WARTEZIMMER ZUM LEBEN NACH DEM TOD* und *LEBEN*, überkritzelte er, sodass sie gezackt und unordentlich aussah.

»Die Eingangstore zu Himmel und Hölle sind sehr gut geschützt. Du hast selbst gesehen, dass die Türen zum Himmel fest verschlossen sind.« Dr. Liefde nahm die Spitze des Stifts als Zeigestock her, um Evie durch sein Diagramm zu führen.

»Und was ist mit dem Eingangstor zur Hölle?« Sie drehte das Notizbuch zu sich, um besser sehen zu können.

»Wenn du wüsstest, dass du in die Hölle kommst, wärst du dann wild darauf, beim Teufel anzuklopfen? Nein. Wenn du dorthin kommst, wirst du eingesammelt. Ich bete darum, dass du das nie mitansehen musst.« Dr. Liefdes Blick erstarrte leicht, während er auf seine Zeichnung hinabblickte. Sein Stift glitt zu der dicken schwarzen Linie zwischen *LEBEN* und *HÖLLE*, und er zog sie noch dunkler nach. Evie fragte sich, was ihn hatte erschaudern lassen. Liefde hatte sich stets als mutiger, kühner Mann erwiesen. Wenn ihn etwas zum Verstummen brachte, wusste man, dass es schlimm war.

»Und was ist mit dieser Linie hier?« Sie deutete auf die Schlangenlinie in der Mitte, das Tor zwischen dem Ort, an dem sie jetzt war, und dem, an den sie musste. »Sie ist nicht wie die anderen.«

Liefde lehnte sich an die Schreibtischkante und sah zur Wand. Er nahm die Zigarette zwischen seinen Lippen hervor und warf sie zu Boden, die sterbende Glut unter einem seiner Brogues zerdrückend.

»Nein, die ist nicht wie die anderen, Evie. Der Ort hier«, er hielt die Hände in die Höhe und wies auf das Zimmer um sie her, »ist nicht wie Himmel oder Hölle. Er ist nicht so solide oder sicher.« Evie hob eine Augenbraue, während sie verzweifelt zu folgen versuchte. In der Hoffnung, ihr das Verständnis zu erleichtern, schlug Liefde einen neuen Weg ein. »Wenn das Leben eine Farbzeichnung ist, ein schöner Zeichentrickfilm, dann ist dieser Ort, das Wartezimmer zum Leben nach dem Tod, das Pauspapier über der Animation. Es kommt nahe ans Original heran, ist aber nicht ganz das Gleiche. Es ist verblasst und durchsichtig, als würde man die Welt durch eine Milchglasscheibe betrachten. Jeder in dieser Welt ist weder hier noch dort. Wir sind auf keinen Fall am Leben, aber richtig tot sind wir auch nicht.«

Evie betrachtete die Wand, die im schwachen Licht schimmerte. Die glatte Oberfläche schien zu wackeln, und es war beinahe, als würde sie ihnen zuwinken und versuchen, ihre Aufmerksamkeit zu erregen. *Sie ist wirklich wie ein Kind*, ging es Evie durch den Kopf.

»Die Wand zwischen dieser Welt und dem Land der Lebenden ist schon immer durchlässiger gewesen als die Wände zum Himmel und zur Hölle. Im Laufe der Jahre haben Hunderte gequälter Seelen versucht, sich einen Weg hindurch zu erzwingen, weil sie versucht haben, zurück nach Hause zu gelangen, da sie ihren Tod nicht hinnehmen konnten. Das hat die Wand an gewissen Stellen sogar noch poröser gemacht. Es ist traurig für diejenigen, die immer noch am Leben sind, aber recht hilfreich für dich, Evie.«

»Traurig für die, die noch am Leben sind?«, fragte sie. »Was meinen Sie?«

Liefde seufzte, und Sorge legte seine ohnehin schon runzelige Stirn in noch mehr Falten. »Eigentlich darf es keine Geister auf der Erde geben. Jedenfalls nicht die Art, die für Menschen sichtbar ist und ihnen Qualen bereiten kann. Wenn *du* hinübergehst, tust du das mit guten Absichten. Zu dem einzigen Zweck, deine … deine unerledigten Angelegenheiten zu regeln, was bedeutet, dass du für die Lebenden völlig unsichtbar sein wirst. Du wirst noch nicht einmal einen Schatten werfen. Diejenigen, die sich den Weg zurück *erzwingen,* weil sie dort bleiben wollen, sind nicht friedlich, und aggressive Seelen bringen die Natur der Dinge durcheinander. Lebende erhaschen Blicke auf diese Seelen, wenn sie in einem ganz besonders aggressiven, frustrierten Zustand sind. Ihre Energie kann auch Dinge von Regalen werfen, Türen zuschlagen, Glas zerbersten … Nein, das darf eigentlich nicht passieren. Es soll eigentlich keine Geister geben. Aber sie haben es leichter gemacht, dich zurück nach Hause zu bringen.«

Evie ging zur Wand zurück, teils, weil sie das Gefühl mochte, das diese ihr vermittelte, aber auch, weil sie die Wand untersuchen musste. Wenn sie sich mit ihr – anfreunden wollte, damit die Wand sie hindurchließe, musste sie ihr nahe kommen und vertraut werden.

»Und Sie haben das früher schon einmal gemacht?« Sie beäugte Liefde in der Hoffnung, nicht sein erstes Experiment zu sein.

»Ich habe es sogar am eigenen Leib erlebt.« Er nickte mit einem matten Lächeln. »Als ich nach Hause zurückgekehrt bin, um meiner Ehefrau zu vergeben.«

»Ist es leicht?« Evie streichelte die Wand mit der Rückseite ihres Zeigefingers, und sie hätte schwören können, ein Schnurren wie von einem zufriedenen Kätzchen zu hören.

»Es ist – ganz simpel. Man benötigt nur ein paar Dinge.« Liefde ging zu der Verlustsachenkiste hinüber. Er hob sie hoch und trug sie her, um sie vor Evies Füßen abzustellen.

In der Kiste befanden sich ein pinkfarbener Strumpf und eine gelbe Kinderregenmütze. Evie setzte sich die Mütze auf den Kopf, obwohl sie ihr viel zu klein war. Liefde lachte über ihre ernste Miene unter einer derart törichten Kopfbedeckung.

»Du hast dich kein bisschen verändert, Evie, nicht wahr?«, fragte er, immer noch glucksend. Sie nahm die Mütze ab und betrachtete sie, rieb mit den Daumen über die Plastikränder.

»Oh, das habe ich, Liefde. Sehr sogar. Aber es ist so schön, wieder hier zu sein.« Sie hob den Blick und bemerkte die zärtliche Miene des kleinen Mannes. »Warum haben Sie mir diese Kiste gebracht?«

4

Die Verlustsachenkiste

»Evie, erinnerst du dich noch daran, wie früher Dinge in dieser Kiste aufgetaucht sind, die scheinbar niemandem gehörten?«, fragte Liefde. »Gegenstände lagen Wochen, sogar Monate darin, ohne ersichtlichen Eigentümer, und dann kam eines Tages jemand aus heiterem Himmel und hat sich etwas abgeholt. Es war ein Sieg, der mit Kuchen und Girlanden gefeiert werden musste.«

Evie lachte. Sie erinnerte sich noch daran, wie sie dagesessen und sich Geschichten über die Eigentümer eines jeden Gegenstands ausgedacht hatten und darüber, wie es dazu gekommen war, dass er verloren gegangen war. Wenn jemand erschien, um etwas abzuholen, unterzogen sie ihn einer Befragung, um herauszufinden, ob sie richtig (oder häufiger, ob sie falsch) gelegen hatten.

»Ja.« Sie setzte sich auf den Stuhl zurück. »Daran erinnere ich mich.«

»Tja, diese Kiste hat etwas Magisches an sich.« Er griff nach der Kiste und stellte sie auf Evies Schoß. Sie starrte auf den ganz einfachen und gewöhnlichen – packpapierbraunen – Kartonboden.

»Magisch?« Sie hob eine Augenbraue.

»Evie, du bist im Alter von zweiundachtzig Jahren

gestorben, siehst jetzt aber wie siebenundzwanzig aus und befindest dich wieder in einem Haus, dem du seit über fünfzig Jahren keinen Besuch mehr abgestattet hast, und zwar mit einem Mann, der lange vor dir verstorben ist. Und du bist eben von einer Wand umarmt worden. Wir sind doch gewiss längst darüber hinaus, das Übernatürliche in Zweifel zu ziehen?«

Er hatte recht. Mit einem Achselzucken legte Evie die Handflächen flach an die Seiten der Kiste. Sie hob die Kiste über ihren Kopf, um die Unterseite betrachten zu können.

»Ist es, als würde man ein Kaninchen aus dem Hut zaubern?«

Liefde verzog das Gesicht, als stünde er kurz davor, sie erneut zurechtzuweisen, doch dann glätteten sich die Falten. »Eigentlich ist es tatsächlich so.« Er nahm ihr die Kiste aus den Händen und stellte sie auf ihren Schoß zurück. Mit dem Zeigefinger bedeutete er, dass sie dort zu bleiben habe, wie bei einem gehorsamen Hund. Evie schob ihre neugierigen, unruhigen Finger unter ihre Oberschenkel. »Um dorthin zu gelangen, wohin du gehen musst, musst du der Wand etwas an die Hand geben. Etwas, das ihr zeigt, wohin genau sie dich bringen soll.«

Evie legte den Kopf schräg.

Insgeheim lächelte Liefde. Es erinnerte ihn an seine Tochter, als sie noch jung war und versuchte, ihre Mathehausaufgabe zu verstehen, während er sich Mühe gab, sie ihr mit seinem eigenen, sehr begrenzten Wissen zu erklären.

»So ähnlich. Na ja, nein. Eigentlich nicht. Es ist noch viel *angenehmer*. Die Wand ist nämlich sentimental. Sie nährt sich von Gefühlen und Erinnerungen. Also musst du ihr etwas geben, das eine starke Verbindung zu dir und dem Menschen hat, den du zu finden versuchst. Ein Wort. Einen Gegenstand. Ein Lied. Einen heimlichen Händedruck. Irgendetwas. Sie wird von dieser Verbindung zehren und sich auf die von dir gesuchte Person, wer auch immer das sein mag, einstellen.«

Evie betrachtete die Wand. Es war bloß eine Wand. Wie konnte eine Wand sie zurück an den Ort bringen, von dem sie verschwunden war, wo sie tot und begraben tief unter der Erde lag?

»Sind Sie sicher, dass eine *Wand* das alles kann? Das hier ist doch kein Streich oder so was, Liefde, irgendein seltsamer Traum?« Sobald sie diesen leisen Zweifel in den Raum gestellt hatte, wurde das Summen der Wand lauter. Nach einer Weile ging sie wieder zu ihrem sanfteren Lied über, hörte sich jedoch etwas verstimmt an und gab die Geräusche von Menschen wieder, deren Mitbewohner zum zehnten Mal in der Woche die Schuhe auf der Treppe hatten stehen lassen oder von Menschen, die an dem Tag Flip-Flops angezogen hatten und damit auf dem Nachhauseweg in einen unerwarteten Regenschauer geraten waren.

»Tut mir leid«, flüsterte Evie aus dem Mundwinkel. »Na schön, Liefde«, sagte sie mit einem Seufzen, »was muss ich tun?« Das Verlangen, die Hände unter ihren Beinen hervorzuziehen und an der Kiste herumzuspielen, war unerträglich.

»Diese Kiste kann Gegenstände heraufbeschwören. Du bist ohne persönliche Habseligkeiten hergekommen, also wird dir gestattet, Dinge zu holen, die du benötigst, um durch die Wand zu gelangen. Falls Wörter oder Handlungen dein Schlüssel sein sollten, dann hast du keinen Bedarf für die Kiste, aber die meisten brauchen *etwas*, das sie zurückgelassen haben, und die Verlustsachenkiste hat ihre Dienste angeboten.« Liefde wirkte stolz auf die Kiste und auf ihre von ihm entdeckten Fähigkeiten.

Evie warf ihm einen musternden Blick unter ihren Locken hervor zu. »Woher wissen Sie das alles?« Ihre Hände glitten unter ihren Oberschenkeln hervor, aber sie legte sie in den Schoß, immer noch dem Drang widerstehend, die Kiste zu berühren. Liefde zuckte die Schultern, ein kleines Lächeln im Gesicht, das aussah, als könnte es jeden Augenblick in kindisches Gekicher umkippen.

»Herumprobieren!«, erklärte er. Evie hatte das Gefühl, dass mehr dahintersteckte, doch sie wollte nicht neugierig sein, und es gab im Moment viel Dringenderes.

»Wie bediene ich sie also? Gibt es einen Schalter? Ein Zauberwort? Eine Seite lässt mich wachsen und die andere lässt mich winzig klein werden?« Sie hielt Daumen und Zeigefinger hoch, um zu zeigen, wie klein sie vielleicht werden könnte, und sah ihn mit einem Auge durch den Spalt an.

»Nein.« Er kam auf sie zu und schlug spielerisch ihre Hand beiseite. Dann blickte er in die Kiste. »Es ist eine Art Peter-Pan-Handel.«

»Sie meinen, glückliche Gedanken.«

»Bingo. Du musst an die Verbindung denken, die du zu dem Menschen hast, den du finden willst, und daran, welche Bedeutung der Gegenstand für euch beide hat. Was macht ihn so wichtig, dass er euch zwischen Welten miteinander verbindet?«

In Evies Magengegend hatte sich ein kleiner Knoten gebildet, der nun fester wurde. Sie dachte an ihre Geheimnisse und daran, wie sehr diese Geheimnisse sie ihr ganzes Leben lang belastet hatten, und sie wusste, dass es genau drei gab. Drei ziemlich große Geheimnisse. Diese Erkenntnis war nicht schwierig, nachdem sie jahrelang versucht hatte, sie vor den Menschen, die sie liebte, zu verbergen. Und zwar einfach aus eben dem Grund – weil Evie sie liebte. Sie wollte jegliches Risiko vermeiden, ihnen wehzutun. Drei Geheimnisse und drei Menschen, für die sie die Wand durchschreiten musste, um ihnen einen Besuch abzustatten. Ihre Schlüssel zu finden war einfach. Der erste setzte ein Lied voraus. Der zweite eine Handlung. Und der dritte … tja, für den dritten brauchte sie die Kiste.

»Ist das alles? Ich denke einfach daran, und es taucht auf?«

»Ja, auch wenn die Kiste ein wenig – ungestüm ist. Im Gegensatz zur Wand braucht sie nur das kleinste bisschen Ermunterung, also denk nicht zu angestrengt oder zu laut nach. Leg nur die Handflächen flach an beide Seiten und denk daran, was du brauchst und warum du es brauchst.«

Evie schloss die Augen und tat, wie ihr geheißen war.

Sie dachte an rabenschwarze Haare, die sich an den Spitzen einkringelten, und an jadegrüne, strahlende Augen. Sie hörte den Klang leiser Geigen und klapprig-ratternder Züge. Sie roch Burger und salzige Pommes. Und ihr lief beim Geschmack von Bonbons das Wasser im Mund zusammen.

»Evie«, sagte Liefde zögerlich, während seine Haut zu kribbeln begann. »Du denkst zu laut.«

Die Seiten der Kiste drückten gegen Evies Hände und schrumpften dann wieder zusammen. Auf Liefde machte es den Eindruck, als würde die Kiste atmen, erst rasch und dann wurden die Atemzüge allmählich tiefer. Mit jedem Mal Einatmen erweiterten sich die Seiten der Kiste ein wenig und mit jedem Mal Ausatmen berührten sich die oberen Seitenkanten beinahe in der Mitte. Evie war völlig in Gedanken versunken. Sie hatte sich diese Gedanken sehr lange Zeit versagt, doch nun hatte sie die Schleusen geöffnet und würde sie nicht kampflos wieder schließen können.

Mit einem letzten gewaltigen Atemzug barst die Kiste mit einem Knall auf, sodass der Stuhl, auf dem Evie immer noch saß, nach hinten kippte. Hunderte einzeln verpackter Bonbons in allen möglichen Farben und Geschmacksrichtungen regneten auf die beiden herab. Evie setzte sich wieder auf und nahm eines aus den Haaren, ohne auf die letzten Bonbons zu achten, die immer noch um sie herum zu Boden fielen. Schnell packte sie es aus und steckte es sich in den Mund, um es genüsslich zu lutschen. *Es schmeckt nach Hoffnung*, dachte sie.

Sie ließ den Blick durch den Raum schweifen. Von Liefde gab es keine Spur, und sie glaubte schon, er wäre in dem ganzen Chaos verschwunden. Doch dann erhaschte sie in der Zimmerecke einen Blick auf sein Ziffernblatt, in dem sich das trübe Kellerlicht widerspiegelte, und ihr wurde klar, dass er ein wenig erbärmlich unter dem Schreibtisch kauerte.

»Oh, hören Sie doch auf«, neckte sie ihn. »Ein paar Bonbons haben noch keinem geschadet!«

»Ich habe dir doch gesagt, du sollst nicht zu heftig daran denken! Und wenn du dich nun an ein Familienhaustier erinnert hättest? Das arme Geschöpf wäre mit rasender Geschwindigkeit aus der Kiste katapultiert worden und hätte die Reise vielleicht nicht überlebt!«

»Ich werde daran denken, wenn ich unsere Katze Horace heraufbeschwören muss. Im Moment benötige ich lediglich die Süßigkeiten, auch wenn sie für meine dritte und letzte Reise sind.«

»Du brauchst sie nicht gleich?«, erkundigte sich Liefde.

»Nein«, erwiderte sie schärfer als beabsichtigt. »Das ist etwas, worauf ich – ähm – hinarbeiten muss.«

»Das Beste bis zum Schluss aufheben?«, fragte Liefde zögernd.

»Etwas in der Richtung.« Die Traurigkeit erreichte Evies Augen vor dem halbherzigen Lächeln. Evie machte sich daran, die Süßigkeiten einzusammeln, legte sie in die Kiste, wobei ein paar den Weg in ihre Taschen fanden. Liefde half, und die beiden bewegten sich schweigend in der Hocke durch den Raum, während sie durch den zwei Zentimeter hohen Belag aus knisterndem Bonbonpapier wateten.

»Evie?« Liefde führte ihren Namen im Mund, als bestünde er aus dünnem Glas, das zerbrechen könnte, falls er zu heftig oder laut sein sollte. Er spürte, dass er hier behutsam vorzugehen hatte. Eine ruhige, nachdenkliche Evie bereitete ihm irgendwie Unbehagen.

»Ja, Liefde?« Doch Evie wusste genau, was gleich käme.

»Weshalb die Süßigkeiten?«

NOVEMBER

Der Geiger und die Künstlerin

Mit Rückenschmerzen von ihrem schrecklichen Schreibtischstuhl und schwirrendem Kopf voll vom Trubel des Bürolebens saß Evie in der U-Bahn nach Hause und starrte zufrieden aus dem Fenster, den Anflug eines Lächelns um die Mundwinkel. Die ersten Tage waren nie leicht. Sie waren voller Erwartung, Nervosität und Stress. Evie hatte mit dem Schlimmsten gerechnet, was bedeutete, dass sie nicht im Geringsten enttäuscht gewesen war, als sich das Schlimmste tatsächlich eingestellt hatte. Ja, sie hatte es mit offenen Armen und offenem Herzen begrüßt.

Evies großer Ehrgeiz war, Trickfilmzeichnerin zu werden. Zumindest momentan hatte sie sich damit zufriedengeben müssen, Cartoons für ein Lokalblatt zu zeichnen, mit dem letztlich Fisch und Chips eingewickelt werden würden. Aber das war in Ordnung, weil sie wusste, dass alle großen Künstler klein anfingen, und es auf jeden Fall ein Schritt in die richtige Richtung war. Zudem schwieg nun endlich ihre unerträgliche Mutter, in deren Augen eine herumkritzelnde Tochter geradezu ein Skandal war. Nein, es gehörte sich nicht für eine Dame ihrer Klasse, törichte kleine Zeichnungen dazu bringen zu wollen, dass sie über einen Bildschirm tanzten und wackelten. Evie musste sich ständig ihrer Mutter erwehren, die ihr zusetzte, sie solle einen Mann finden und heiraten.

Eleanor Snows Lippen waren einen Großteil ihres Lebens geschürzt, sodass ihr Mund dem Hinterteil einer Katze glich. Sie war groß und knochig, ihre Kleidung war stets langweilig und schrecklich angemessen, und ihren steinernen Augen fehlte jegliche Lebensfarbe. Sie ging nicht einfach, sie hastete wie ein Tausendfüßler und entzog der Welt im Vorüberhuschen Spaß und Glück. Als streng altmodische Dame war sie der Meinung, eine Frau habe ihre eigentliche Aufgabe verfehlt, wenn sie ledig und kinderlos war. Eine Tochter zu haben, die beides war, war demnach eine Peinlichkeit von lebensbedrohlichem Ausmaß.

Bisher hatte Evie keine Arbeit gehabt, und man hatte sie in der gewaltigen Villa der Familie, komplett mit Tennisplatz, Schwimmbad und zehn luxuriösen Badezimmern, versteckt gehalten. Evies Arbeitslosigkeit hatte bedeutet, dass sie Eleanors *heimliche* Peinlichkeit gewesen war, und je weniger Menschen mit ihr zu tun hatten und ihre traurige Lage kannten, desto besser. Zwar hatte es Evie an nichts gemangelt, aber ihr Leben war schrecklich fad gewesen. Obwohl sie einen Butler und ein Zimmermädchen und eine Köchin hatte, die ihr bringen konnten, was ihr Herz begehrte, nahm sie ihre Dienste niemals in Anspruch. Sie wollte die Dinge selbst erledigen, um spüren zu können, dass sie tatsächlich lebte und nicht nur existierte. Und selbst wenn Jeremy der Butler, Jane das Dienstmädchen und Isla die Köchin wunderbare Freunde waren, war Evie dennoch furchtbar einsam und gelangweilt gewesen.

Die Suche nach einem Ehemann hatte nie oben auf ihrer Prioritätenliste gestanden. Ihre Mutter und ihr Vater gingen mit schlechtem Beispiel voran, da sie nicht aus Liebe geheiratet hatten – sie hatten aus finanziellen und praktischen Gründen geheiratet. Laut *ihrer beider* Eltern gaben sie ein unglaublich schickes Paar ab. Evies Vater, Edward Snow, war der Sohn von Edward Snow Senior, von Snow & Summer Ltd., einer schrecklich erfolgreichen Anwaltskanzlei, die mit dem Vermögen von Evies Urgroßvater, eines weiteren Edward Snows, gegründet worden war. Urgroßvater Snow war aus Gründen, die man Evie nie verraten hatte, von der Familie geächtet worden, und Evie war zu klug gewesen, um je genauer nachzufragen. Dennoch hatte die Familie, die ihn verstoßen hatte, keinerlei Bedenken gehegt, ihr eigenes Geschäft mithilfe seines Geldes aufzubauen, was Evie widerlich fand.

Eleanor war die Tochter von Elaine und Ewan White, einem weiteren reichen Paar ohne Liebe aus einer Familie, die schon seit Generationen mit den Snows bekannt war. Sie lieferten den Eltern des jungen Edward Snows unwiderlegbare Argumente dafür, dass es ihren Kindern zum beiderseitigen Vorteil gereichen würde zu heiraten, sobald sie alt genug wären. Schließlich sei es Edward vorherbestimmt, die Anwaltskanzlei nach Edward Seniors Pensionierung zu übernehmen, hingegen sei Eleanor gut darauf vorbereitet, Kinder zu bekommen, und man habe sie außerdem darin unterwiesen, sich um einen Haushalt zu kümmern. Und so geschah es auch.

Evie und ihr kleiner Bruder Eddie (natürlich noch ein Edward) zogen daraus nur die Lehre, *nicht* zu heiraten. Evie wurde Zeugin der kalten Blicke, der abgehackten

Unterhaltungen und des offenkundigen Mangels an Liebe ihrer Eltern und schwor sich, nie in einer derartigen Beziehung zu enden. Es verleidete ihr zudem die Vorstellung, überhaupt je nach Liebe Ausschau zu halten.

Obwohl Evies Mutter deren Aversion gegen das Heiraten und die Männer sehr wohl kannte, hatte sie mehrere Versuche unternommen, ihre Tochter in Richtung des jungen James Summers von Snow & Summer zu drängen. James war ein paar Monate älter als Evie und verkörperte anscheinend alles, wonach Frauen bei einem Gefährten suchten: Vermögen, Esprit und umwerfendes Aussehen. Da ihre Eltern Geschäftspartner waren und die Familien in derselben Straße wohnten, waren Evie und James von Kindesbeinen an befreundet, und Evie kannte eine Seite an James, die er seiner Familie niemals zu zeigen wagte: Es war die Seite, die gern »fabulierte«. Er dachte sich Geschichten aus, die Evie wiederum zu zeichnen versuchte, und gemeinsam erschufen sie imaginäre Welten, in denen sie lebten, bloß um sie regelmäßig von ihren missbilligenden Müttern entrissen zu bekommen. Doch was ihre Freundschaft wirklich besiegelt hatte, war der Umstand, dass Evie sich weigerte, ihn James zu nennen. Selbst im Alter von acht Jahren hatte sie nichts übrig für absurde Traditionen, besonders diejenige, laut der alle Männer einer Familie den gleichen Namen zu tragen hatten. Es führte zu großer Verwirrung, wenn sie nach einem bestimmten Menschen rief, und mehrere antworteten. Für Evie hieß er also Jim, was ihm jedes Mal, wenn sie mit ihm sprach, die Röte in die Wangen trieb.

Eleanor Snow hätte sich keine bessere Freundschaft erhoffen können, die zwischen Evie und Jim aufblühte.

Doch obwohl Evie wusste, dass aus dieser Freundschaft laut ihrer Mutter mehr werden sollte, und obwohl sie wusste, welch wunderbaren Ehemann Jim abgäbe, konnte sie sich einfach nicht dazu durchringen, ihn zu lieben.

Endlich, nachdem Eleanor jahrelang Evies brillant geplante, geschickt dargelegte Argumentationsketten über sich hatte ergehen lassen müssen, ließ sie sich auf einen Kompromiss ein und erklärte ihr, falls sie innerhalb einer Woche eine Stelle als Künstlerin finden sollte, würde sie ihr ein Apartment in der Nähe ihrer Arbeit bezahlen, allerdings nur ein Jahr lang. Wenn Evie bis zum folgenden November beruflich nicht höher aufgestiegen wäre, dann sollte sie die Stelle aufgeben, um sich mit einem Ehekandidaten ihrer Mutter verheiraten zu lassen und zu tun, was Frauen eigentlich tun sollten: Kinder bekommen und den Haushalt führen.

Eleanor hatte nicht damit gerechnet, dass es ihrer Tochter gelänge, innerhalb einer Woche eine Stelle zu finden, doch Evie war nie zuvor im Leben entschlossener gewesen, etwas zu erreichen. Sie hatte sich ins Arbeitszimmer ihres Vaters geschlichen, durch seine Rolodexkartei geblättert und sich sehr gefreut, als sie auf jemanden stieß, der für das Lokalblatt arbeitete. Am zweiten Tag hatte sie ein Vorstellungsgespräch organisiert, und aufgrund ihres Portfolios voller Zeichnungen, die über die Jahre entstanden waren und die sie vor ihrer Mutter verborgen gehalten hatte, am fünften Tag eine Stelle. Sie war überglücklich gewesen. Eine richtige Arbeit für ein ganzes Jahr. Ein echtes Abenteuer. Da sie nun den Fuß auf der untersten Sprosse hatte, musste sie die Karriereleiter erklimmen, vielleicht im Laufe des Jahres ein Buch illustrieren, und dann könnte niemand sie zwingen, ihren besten Freund Jim zu heiraten.

An der Endstation blieb die U-Bahn stehen, und der Fahrer verkündete durch die knackende Lautsprecheranlage: »Bitte alle aussteigen!« Eilig stopfte Evie ihr Buch in die Tasche. Beim Aussteigen verfing sie sich mit dem rechten Absatz ihrer neuen Schuhe und strauchelte, sodass ihr die Tasche von der Schulter glitt und ihr Buch zu Boden fiel. Es purzelte ein Stück weiter und verschwand zwischen den dahineilenden Beinen der abendlichen Pendler. Als Evie ihre Balance wiederfand und sich aufrichtete, sah sie gerade noch, wie es von einer hastenden Geschäftsfrau versehentlich außer Sicht getreten wurde.

»Verdammt«, entfuhr es Evie.

Während sie sich trotz ihres schmerzenden Fußes durch die Menge drängte, sah sie, dass das Buch unten auf eine abwärts fahrende Rolltreppe geschoben worden war und gegen die hervorstehende Kante gedrückt wurde, an der die Rolltreppe unter dem Boden verschwand, sodass die Seiten mit jeder Stufe, die darunter hindurchlief, weiter zerknittert und zerdrückt wurden. Der traurige Anblick des Buches versetzte ihrem Herz einen Stich, und sie eilte zu seiner Rettung, wobei sie darauf achtete, nicht selbst die Rolltreppe zu betreten. In dem Moment, als sie sich bückte, um der Metalltreppe ihr Buch zu entreißen, hörte sie es.

Es war sehr leise, aber definitiv da, und bei dem Klang ging ihr das Herz auf: eine Geige, die von einem, wie es sich anhörte, äußerst talentierten Geiger gespielt wurde. Evie hatte noch immer nicht den besten Weg von der Arbeit zu ihrer neuen Wohnung herausgefunden und wollte nur noch ihre müden Muskeln in ein heißes Bad eintauchen und sich dann in ihrem warmen Bett zusammenrollen, doch sie achtete weder auf ihre Rückenschmerzen noch ihren immer noch schwirrenden Kopf oder die schmerzende Ferse, dachte nicht mehr daran, zu ihrem Anschlusszug zu gehen, sondern betrat die aufwärts fahrende Rolltreppe.

Während sie immer höher getragen wurde, wurde der Klang lauter und immer schöner, und langsam kam der Geigenspieler in Sicht. Sie erblickte seine schmuddeligen rabenschwarzen Haare und den dazu passenden schwarzen Mantel mit violetter Paspel, die so dunkel war, dass man überhaupt nur ahnte, dass sie violett war, wenn man richtig hinsah – und Evie sah richtig hin. Nur sehr wenige Menschen gingen vorüber, und keinem einzigen schien das Talent aufzufallen, das da vor ihnen stand. Seine wild wuchernden Augenbrauen waren so fest zusammengezogen, dass Evie sich fragte, ob sie sich je voneinander trennen ließen. Doch als die Musik sanfter wurde, geschah das Gleiche mit seinem Gesicht. Seine Miene spiegelte Zufriedenheit wider, und seine Augenbrauen trennten sich mit Leichtigkeit und legten sich über seine geschlossenen Augen.

Er sah auf seltsame Weise gut aus. Sein Nasenrücken wies eine Einkerbung auf, wo er wohl einmal gebrochen gewesen sein musste, und die Spitze war groß und rund, die Art Nase, die Evie gern ihren besonders hinreißenden Cartoongestalten verpasste. Seine leicht gewellten Haare hatten schon seit mindestens einer Woche keine Bürste mehr zu Gesicht bekommen, und während er im Moment zwar über sein Instrument gebückt dastand, schätzte Evie, dass er sie um mindestens dreißig Zentimeter überragen würde, sobald er sich aufrichtete. Doch am faszinierendsten fand sie, dass er seine Musik *lebte*. Wenn er auf seiner schwarzen hölzernen Geige in Moll spielte, verzog er das Gesicht melancholisch oder legte es in Falten. Wenn die Musik in Dur erklang, verzogen sich seine Lippen zu einem Lächeln und seine ganze Miene wurde fröhlicher. Wenn sich die Noten bewegten, tat er es ebenfalls. Er existierte nicht in dieser Welt, sondern lediglich in der Welt, die er mit seinen Fingern und dem Bogen erschuf.

Evie wusste nicht zu sagen, wie lange sie ihm schon zusah, und es war ihr auch gleich. Sie hatte sich mit dem Rücken an die Wand gelehnt, gegenüber von der Stelle, wo dieser Mann seine Straßenmusik machte, und war völlig gebannt. Da bemerkte sie den Geigenkasten zu seinen Füßen. Obwohl die Passanten ihm kaum Beachtung schenkten, hatte er heute dennoch eine beachtliche Summe eingenommen. Sie wünschte, sie hätte etwas beizusteuern, doch ihr letztes Kleingeld hatte sie für eine Tüte ihrer Lieblingsbonbons in dem Laden in der Nähe ihrer Arbeit ausgegeben. Sie nahm eine Hand voll bunter Bonbons aus der Tasche. Sie waren einzeln in durchsichtige Plastikfolie verpackt, und jedes Bonbon war glasig und hatte ein paar kleine Bläschen im Innern. Evie wählte ein grünes, das zu ihrem Mantel passte. Dann hängte sie sich die Tasche fest über die Schulter, ging zu seinem Kasten und legte das Bonbon auf den Münzhaufen.

Da seine Augen immer noch geschlossen waren und er in Gedanken ganz bei seiner Musik war, bemerkte er nicht, dass da jemand war. Evie sah ihn ein letztes Mal an, wiegte sich zu der Melodie, die er in seinen Fingern wirbeln ließ, und ging dann, um ihren Bahnsteig zu finden. Zufälligerweise befand sich der Durchgang gleich neben dem Geiger. Es war beinahe, als hätte er sie mit seiner Musik dorthin geführt.

Nach einem Monat war Evies Arbeit zur Routine geworden. Sie stellte ihren Schreibtischstuhl auf die ideale Höhe ein, sodass sie beim Zeichnen nie mit krummem Rücken dasaß. Wenn sie nicht um Punkt neun, sondern um viertel vor ins Büro kam, schaffte sie es, einem unangenehmen Gespräch mit ihrem widerlichen Chef im Aufzug zu entgehen. Sie fand heraus, dass sie es in ihrer zehnminütigen Pause am Vormittag zum nächsten Coffeeshop und zurück schaffen konnte, sofern die Schlange nicht allzu lang war. Und das Wichtigste war, dass sie der Klang dieser einzelnen Geige auf dem abendlichen Heimweg besänftigte. Die Musik legte einen Schalter in ihrem Hirn um und ließ sie völlig gelöst weitergehen. Ein schlechter Tag in der Arbeit ließ sich dank einer einzigen Note vergessen, und im Gegenzug für die ahnungslose musikalische Hilfeleistung des Geigers warf sie jedes Mal, wenn sie an ihm vorüberging, ein Bonbon in seinen Geigenkasten.

An einem bestimmten Abend ging Evie mit einem dunkelvioletten Bonbon mit Schwarze-Johannisbeer-Geschmack an dem Geiger vorbei. Als sie es gerade wie üblich in seinen Kasten werfen wollte, fiel ihr ein kleines Stück Pappe auf. Sie sah zu dem Mann hoch, dessen Augen wie immer geschlossen waren, und bückte sich, um die Nachricht zu lesen, die dort in runder Schnörkelschrift stand.

Orange mag ich am liebsten.
Danke, meine Süße
xxx

Wieder blickte sie zu dem Mann auf, der sich die schwarze Geige unters Kinn geklemmt hatte. Er wusste nicht, wer sie war oder auch nur, dass sie da war, und dennoch fühlte sie sich ihm näher als irgendjemandem sonst auf der Welt. Die Leute in der Arbeit behandelten sie, als hielte sie sich für eine Prinzessin, einzig aufgrund ihrer Familie, in die sie ohne eigenes Zutun hineingeboren worden war. Dabei wollte sie nichts als zeichnen, bis sie Bleistiftsplitter in den Fingern hatte, um von einem Chef befördert zu werden, der dachte, ihre Augen befänden sich auf ihrer Brust – bloß um einen Beruf ausüben und das Leben einer unabhängigen Frau führen zu können, anstatt ihrer Mutter nachzugeben und einen Mann zu heiraten, den sie nicht liebte.

Und jetzt saß sie in der Hocke und blickte zu einem Mann auf, an dem sie jeden Tag vorüberkam und der den Soundtrack zu ihrer Heimfahrt lieferte, einem Mann, der noch nie ein Wort mit ihr gewechselt oder auch nur ihr Gesicht angesehen hatte, und der anhand der Bonbons, die sie ihm hinlegte, dennoch wusste, dass sie da war, und der sich nun zum ersten Mal an sie wandte, und Evie fühlte eine stärkere Verbindung zu ihm als zu den Menschen, denen sie sich eigentlich verbunden fühlen sollte. Ihr Vater könnte genauso gut ein Fremder sein, wenn man bedachte, wie wenig Anteil er an ihrer Erziehung gehabt hatte. Bei den seltenen Gelegenheiten, wenn er sie jetzt sah, brauchte er einen Tick zu lang, bis ihm einfiel, dass es sich bei der erwachsenen Frau vor ihm tatsächlich um seine Tochter handelte. Ihr Bruder war in den letzten beiden Jahren ungewöhnlich still geworden. In der Kindheit hatten sie sich nahegestanden, und Eddie hatte immer zu Evie aufgeblickt, doch in letzter Zeit scheute er lange Gespräche und versteckte sich. Vor ihrem Auszug hatte Evie mitbekommen, wie er ungewöhnlich viel mit ihrer Köchin Isla redete, sodass sie eine starke Ahnung hatte, warum er sich zurückgezogen hatte. Und ihre Mutter – tja, ihre Mutter war der Quell fast all ihrer Probleme.

Evies Herz machte einen kleinen Satz, ein knisternder Funke in ihrem Innern, der einen Gedanken in ihrem Hirn verursachte: *Ist das der Beginn eines neuen Abenteuers?* Für eine Frau, die ihr Herz nur sparsam in ihre Illustrationen und Zeichentrickanimationen hatte einfließen lassen und niemals in Angelegenheiten, die mit Männern zu tun hatten, fühlte es sich seltsam an, jemanden anzusehen, den sie kaum kannte, und einen leichten Druck in der Brustgegend zu verspüren. Die Gesetze der Schwerkraft hatten sich geändert, und sie wurde nicht mehr zur Erde hingezogen, sondern zu ihm.

Sie steckte die Hand in die Tasche, vorbei an Skizzenbüchern und losen Bleistiften, bis ganz nach unten, wo ihre Fingerspitzen auf leere Verpackungen und ihre allerletzten Bonbons stießen. Aufgeregt zog sie so viele wie möglich heraus und griff nach den letzten drei orangefarbenen. Dann holte sie einen Stift hervor, drehte das Stück Pappe auf die unbeschriebene Seite und kritzelte schnell ein kleines Cartoon-Selbstporträt hin, das ihre Locken, runden Wangen und ihr großes Grinsen betonte. Sie signierte es mit *Alles Liebe, Evie* und legte die Pappe dann zurück in den Kasten, die drei orangefarbenen Bonbons oben auf in einer Linie.

Er spielte immer noch mit fest geschlossenen Augen, als sie wieder aufrecht vor ihm stand. Ihr wurde klar, dass sie sich noch nie derart nah an ihn herangewagt hatte, und noch nie hatte sie sich so sehr gewünscht, er möge die Augen aufmachen. Sie wollte wissen, welche Farbe sie hatten, ob sie voller Leben waren oder kalt und hart, ob er sie, wenn er sie anblickte, tatsächlich *sehen* würde. Doch im Moment spielte er weiter, und sie wollte ihn nicht stören. Wenn man einen Musiker mitten im Lied störte, dachte sie, war es vielleicht, als würde man einen Schlafwandler mitten im Traum aufschrecken, und sein erster Eindruck von ihr, sollte es einen solchen je geben, durfte auf keinen Fall ein schlechter sein.

Evie nahm den Aufzug in den siebten Stock und trottete in ihren flachen braunen Stiefeletten zu Apartment 72. So innig sie ihre neuen Schuhe, die wie die Reisetasche von Mary Poppins aussahen, auch liebte, erschwerten die acht Zentimeter hohen Absätze das Aussteigen aus Zügen doch mehr, als ihr lieb war, sodass die Schuhe jetzt unbemerkt unter ihrem Büroschreibtisch standen. Sie ließ den Schlüssel ins Schloss gleiten, stieß die Tür auf und betrat ihr Wohnzimmer. Farbgeruch schlug ihr entgegen. An den vergangenen Abenden hatte sie die Wände in einem dunklen Grünton gestrichen, und es waren nur noch die kniffeligen Kanten übrig, doch heute Abend hatte sie etwas anderes vor. Sie schlüpfte aus dem Mantel, warf ihn auf einen Sessel neben der Tür, zog die Stiefeletten aus und lief auf Zehenspitzen in die Küche.

Zu behaupten Evie wäre eine Naschkatze, war eine ziemliche Untertreibung, und obwohl es in ihrer Küche an fast sämtlichen Grundnahrungsmitteln fehlte (Brot, Milch, Kaffee – Tee hatte sie natürlich), besaß sie sehr wohl eine Dose mit Bonbons, nach der sie jetzt griff und die sie mit ins Wohnzimmer nahm. Ihre Matratze lag auf dem Boden, da sie noch keine Zeit gefunden hatte, das Bettgestell aufzubauen, das in Einzelteilen an der Wand lehnte. Sie hatte die Matratze so hingelegt, dass sie gegenüber der hohen zweiflügligen Balkontür lag. Eine sonderlich schöne Aussicht hatte man nicht, bloß auf ein weiteres Wohnhaus auf der anderen Straßenseite, aber es war höchst interessant, die Bewohner jenes Hauses zu beobachten, und die Mehrheit von ihnen ließ die Vorhänge auf und das Licht an. Evie ließ sich auf die Matratze plumpsen, öffnete die Dose und machte sich daran, die orangefarbenen Bonbons herauszusortieren.

Jeder Tag in der Arbeit war für die Neue auf die eine oder andere Art schwierig gewesen und hatte Evie vor Herausforderungen gestellt, von deren bloßer Existenz sie nichts geahnt hatte. Sie arbeitete in einer zweiköpfigen Abteilung, zusammen mit einem Schleimer namens Grayson Pear. Grayson hasste alles, was er zeichnete, reichte seine Zeichnungen aber dennoch beim Redakteur ein, und bei jeder Auflage der Zeitung wurden sie Evies Illustrationen vorgezogen, obwohl es ihnen an Herz und Humor fehlte und sie oft das Volk, Geschlecht oder die sexuelle Orientierung verunglimpften, die ihm an dem Tag gerade gegen den Strich gingen. Was noch dadurch verschlimmert wurde, dass Evies Chef zu glauben schien, die angemessene

Reaktion auf Evies harte Arbeit wäre ein Klaps aufs Gesäß. Doch trotz allem wusste Evie, dass sich das Büro sehr klein und unbedeutend anfühlen würde, sobald sie jene Geige vernahm. Wenn ihre erste U-Bahn in den Bahnhof fuhr, würde sie auf dem Weg durch den Gang jene entfernten Klänge genießen, und dann würde sie sich ganz der Freude an der anschwellenden Musik hingeben, während sie die Rolltreppe hochfuhr, und seine immer zotteligeren Haare, sein Mantel mit der violetten Paspel und die schwarze Geige in Sicht kamen.

Nach einem recht ereignisreichen Abend war der folgende Tag mehr als trostlos verlaufen. Kurz bevor sie ihre Arbeit dem Redakteur hatte zeigen müssen, hatte Grayson ihre Mappe versteckt, was ihr irgendwie dennoch einen Klaps auf den Hintern eingebracht hatte, und als sie das Büro am Abend verließ, hatte sie das Gefühl, die Klänge jener Geige seien das Einzige im Leben, worauf sie sich freuen konnte. Die Sache, an der sie sich mit aller Kraft festhielt. Die Sache – die sie nicht hören konnte. Als sie aus dem Zug stieg, spitzte sie die Ohren, aber da war nichts. In der Annahme, das geschäftige Treiben der abendlichen Pendler übertöne seine Musik vielleicht, lief sie durch den Gang zum Fuß der Rolltreppe und blieb unvermittelt stehen, sodass jemand mit ihr zusammenstieß und leise etwas Unfreundliches vor sich hin murmelte. Sie lauschte noch angestrengter und war sich jetzt sicher, dass da nichts war, überhaupt kein Klang, und das Herz rutschte ihr durch die Brust bis in die Schuhe. Und wenn er zu einem anderen Bahnhof gezogen war? Und wenn sie ihn nie wiedersehen würde? Und wenn sie ihm nie das Päckchen mit orangefarbenen Bonbons geben können würde, das sich in braunes Papier gewickelt in ihrer Tasche befand?

Sie betrat die Rolltreppe und machte sich darauf gefasst, die Stelle, an der er sonst seine Straßenmusik machte, leer vorzufinden, oder schlimmer noch, sie von jemandem eingenommen zu sehen, der viel weniger Talent besaß und viel weniger interessant zu beobachten wäre. Doch als die Rolltreppe sie nach oben trug, war er da, an seinem üblichen Platz, die Geige im Schoß unter seinen schützenden Händen. Ihr Herz schlug höher, plumpste dann jedoch sofort wieder zurück bis an ihre Fersen, als ihr dämmerte, dass dies der Tag wäre, an dem sie mit ihm reden würde. Sie fühlte sich völlig überrumpelt und unvorbereitet, und als ein anderer Pendler sie von hinten anrempelte, wurde ihr klar, dass sie nach dem Verlassen der Rolltreppe wie angewurzelt stehen geblieben war und allen den Weg versperrte. Sie trat nach rechts und versuchte einen Moment lang, ihre Gedanken zu ordnen, doch es nützte so wenig, als hätte sie gar kein Gehirn im Kopf.

Kurz sah er ihr in die Augen, bevor sein Blick wieder weghuschte. Er wirkte nervös. Als wartete er auf jemanden. Evie zupfte am Kragen ihres Mantels und fragte sich, warum es sich in den Bahnhofstunneln auf einmal so heiß anfühlte. Doch sie hatte Tintenkleckse auf ihrem burgunderroten Rock, und falls sie mit ihm reden würde (und sie *musste* definitiv mit ihm reden), wollte sie nicht unordentlich aussehen. Folglich behielt sie den Mantel an und spürte, wie ihr die Röte in Nacken und Wangen stieg. Er sah ihr wieder in die Augen, und diesmal war sein Blick ein wenig länger auf sie gerichtet. Unsicher.

Sie hielt es nicht mehr aus. Mit einem tiefen Atemzug,

den sie zitternd wieder entweichen ließ, ging sie auf ihn zu. Beim Näherkommen fiel ihr etwas ein: *Ich werde endlich wissen, welche Augenfarbe er hat.* Ihr drehte sich der Magen um. Dann noch ein Gedanke: *Was werde ich sagen?* Es war zu spät. Ihre Zehen berührten jetzt seinen Geigenkasten, und er sah von seinem Klappstuhl zu ihr auf.

Er lächelte, und ihr Herz schlug so schnell, dass ihr schwindelte.

»Hallo, Süße.« Zwar lächelte er, doch seine leicht brüchige Stimme verriet seine Nervosität. Dieser schmuddelige Mann, der ganz in Schwarz gekleidet war, mit einer Spur von diesem sehr dunklen, fast gar nicht vorhandenen Violett, hatte die Art Lächeln, das einen dazu veranlasste, ihm alles anzuvertrauen, was einem am Herzen lag. Man wusste, dass es bei ihm gut aufgehoben wäre. Evie zog eine Augenbraue in die Höhe, konnte aber ein Lächeln nicht unterdrücken.

»Woher hast du gewusst, dass ich es bin?« *Evie, errötest du etwa?*, schalt sie sich. *Sofort aufhören!* Doch die Stimme in ihrem Kopf war die ihrer Mutter, also entschied Evie, nicht darauf zu achten. Er hielt das Cartoon-Selbstporträt hoch, das sie ihm gezeichnet hatte.

»Du bist sehr gut. Selbst wenn ich nicht finde, dass deine Wangen auch nur annähernd so dick sind, wie du sie dargestellt hast.« Er steckte die Zeichnung in die Tasche zurück, und Evie wurde klar, dass er beabsichtigte, sie zu behalten.

»Danke. Ich heiße übrigens Evie.«

»Ja, ich weiß«, sagte er. »Und ich möchte mich bei dir für die Bonbons bedanken. Besonders für die orangen. Die mag ich …«

»Am liebsten, ja, ich weiß. Weshalb ich mir gedacht habe, dass dir das hier vielleicht gefallen könnte.« Sie zog das ordentlich in braunes Papier eingewickelte Päckchen hervor, in dem sich jedes orange Bonbon befand, das sie in ihrer Wohnung hatte finden können. Auf der Stelle verwandelte sich dieser Mann in einen kleinen Jungen, und seine Augen strahlten, als wäre Weihnachten.

»Für mich?« Ein Anflug von Unsicherheit huschte über sein Gesicht und seine Hand verharrte in der Luft, ohne tatsächlich nach dem Päckchen zu greifen.

»Ich kenne sonst niemanden, der die Orangefarbenen so sehr mag wie du. Ich persönlich meide sie.« Als sie ihm das Päckchen in die Hand schob, streifte ihr kleiner Finger seinen Daumen, und sie zog die Hand zurück, als hätte sie sich verbrannt. Insgeheim verdrehte sie die Augen über sich selbst. *Beruhige dich, du Idiotin.*

»Danke.« Er nahm das Päckchen entgegen, ohne es anzusehen. Sein Blick war unverwandt auf sie gerichtet, und ihm fiel auf, dass sie ein Funkeln in den Augen hatte.

Es war gleich da in ihren Augen. Keine Täuschung des Lichts. Es war tatsächlich richtig da. Vielleicht lag es an ihrer leicht gekräuselten Nase, wenn sie ihn anlächelte, was zu kleinen Fältchen an ihren Augenwinkeln führte, oder vielleicht lag es an der Art, wie ihre Augenbrauen ihre Augen umrahmten, aber woran es auch immer liegen mochte, wenn er dieses Funkeln erblickte, hörte er in seinem Kopf nur noch eines: sein lachendes Herz. Er war sich deutlich bewusst, dass er in diesem unterirdischen Tunnel schwitzte, den Mantel bis ganz oben zugeknöpft und dieses sehr hübsche ungewöhnliche Mädchen vor sich, und er wusste, dass ihm die Haare an der Stirn klebten. Er tat sein

Bestes, sie zurückzuschieben, damit Evie es nicht bemerken würde. Doch sie bemerkte es und fühlte sich besser, denn ihr liefen selbst gerade Schweißperlen den Rücken hinunter.

»Und ich möchte mich bei *dir* für die Musik bedanken …« Ihre Stimme verlor sich. *Das klang* richtig *dumm*, dachte sie. »Dein Geigenspiel, meine ich. Es ist wirklich etwas ganz Besonderes.«

Er sah auf seine schwieligen Hände, die das ordentlich eingewickelte Bonbonpäckchen hielten. »Versuch das mal, jeder Musikschule in einem Radius von fünfzig Meilen zu erzählen.«

»Sie wissen es noch nicht?« Jetzt fand Evie es komisch, vor ihm zu stehen und auf ihn hinabzuschauen. Sie fragte sich, ob er noch einen Klapphocker hatte.

»So gern ich auch spiele, mache ich nicht zum Vergnügen Straßenmusik.« Er versetzte seinem geschlossenen Geigenkasten einen Tritt, sodass das Innere klimperte.

»Sieht aber aus, als hättest du Erfolg. Jedes Mal, wenn ich vorbeikomme, ist dein Kasten randvoll.«

»Es reicht, um die Miete für eine ganz winzige Wohnung in einem zwielichtigen Stadtteil zu bezahlen. Wie oft kommst du überhaupt vorbei? In meinem Kasten sind nun schon eine ganze Weile Bonbons.« Er stützte die Ellbogen auf die Knie, und ihr fiel auf, wie schlaksig er war, und dass er eigentlich nicht recht zu wissen schien, wie er dasitzen sollte.

»Ich habe vor einem Monat eine Stelle beim *Teller* angetreten. Am ersten Tag habe ich mich auf dem Heimweg verlaufen. Ich habe dich spielen gehört, entschied, der Sache auf den Grund zu gehen, und wie sich herausgestellt hat, ist mein Bahnsteig gleich dort drüben.« Evie wies auf das Schild an der Wand hinter ihm. »Also vielen Dank, dass du mich hierher geführt hast. Ohne dich hätte es viel länger gedauert, bis ich es gefunden hätte.« Sie lächelte und empfand eine Wärme im Innern, und er lachte glucksend. Doch sie spürte, wie sich gefürchtetes Schweigen anbahnte, und sie wollte keine Gesprächspause, denn das bedeutete …

»Ich sollte mich wahrscheinlich auf den Heimweg machen«, sagte sie widerwillig. Es war ohnehin unwahrscheinlich, dass er vorgehabt hatte, sich lange mit ihr zu unterhalten. Es war lediglich ein Gespräch aus gängiger Höflichkeit, weil sie ihm so viele Bonbons geschenkt hatte.

»Oh, wirklich?«

Ein Schmetterling in ihrem Bauch flatterte mit den Flügeln. War das Enttäuschung auf seinem Gesicht? War es schrecklich von ihr zu hoffen, dass dem so war?

»Wahrscheinlich«, wiederholte sie und legte den Kopf schräg. *Also* das *ist Flirten*, dachte sie mit einem Grinsen und blickte ihn unter den Wimpern hervor an. Es fühlte sich seltsam natürlich an. Sie war sich nicht sicher, ob ihr das gefiel.

»Bevor du gehst, gibt es da etwas, das ich dich fragen wollte.« Er beugte sich hinunter und öffnete den Geigenkasten. An der Innenseite des Deckels klebten sämtliche orangefarbenen Bonbonpapiere, die sie ihm je gegeben hatte, und bildeten die Frage *DINNER?* Die Papiere glänzten im Licht und raschelten in der Brise, die vorüberfahrende Züge in benachbarten Tunneln hervorriefen.

Jegliche natürliche Flirtstimmung, die Evie zuvor verspürt hatte, ließ sie nun völlig im Stich. Sie blickte von dem behelfsmäßigen Schild auf. Auch wenn er offensichtlich ein wenig nervös war (man merkte es an seinen zitternden Augenbrauen), bedeutete sein Lächeln, dass er ihr verblüfftes Schweigen sichtlich genoss.

»Ich weiß nicht recht, wie ich antworten soll.«

Sein Gesicht verzog sich sofort peinlich berührt. Von der Hitze in dem Tunnel waren seine Wangen bereits ein wenig rosa, doch jetzt liefen sie feuerrot an, und die Röte ergoss sich bis zu seinen Ohrenspitzen.

»O Gott, es tut mir so leid. Es ist ein wenig dreist, was? Schließlich kenne ich dich überhaupt nicht. Wir sind nicht Romeo und Julia, verflucht noch mal«, schalt er sich und schloss den Deckel mit gesenktem Kopf. »Ich habe mir nur gedacht, dass du echt süß zu sein scheinst. Die Art Mensch, die ich gern kennenlernen wollen würde, und …«

»Nein, nein! Das habe ich nicht gemeint …«

»Es ist in Ordnung, du musst keine Ausreden erfinden.« Seine Worte waren an den Boden gerichtet.

Evie bückte sich unbeholfen, um zu versuchen, ihm in die Augen zu sehen. »Nein, was ich eigentlich gemeint habe …«

»Ehrlich, ich akzeptiere voll und ganz, dass es ein Nein ist.«

»*NEIN!* Es ist kein Nein!«

Er lugte durch seine Haare, die er sich strategisch ins Gesicht hatte fallen lassen, und seine grünen Augen glitzerten.

»Ich habe bloß gemeint, dass ich bei so einer großen Geste nicht weiß, wie ich auf passende Art Ja sagen soll«, erklärte sie rasch, bevor er wieder das Wort ergreifen konnte. »Aber das ist es definitiv. Ein Ja, meine ich.«

»Wow! Ähm. Okay.« Er strich sich die Haare aus dem Gesicht, das immer noch hellrot war. »Okay. Ja. Okay. Dinner. Du und ich. Evie …«

»Snow.«

»Evie Snow?« Er hob eine Augenbraue.

»Evie Snow«, bestätigte sie und streckte ihm die Hand hin.

»Ich heiße Vincent.«

»Vincent …«, drängte sie, da sie seinen ganzen Namen wissen wollte. (Da sie eigentlich *alles* über ihn wissen wollte.) »Vincent Winters.« Und als sie das Lächeln in seinen Augen erblickte, ohne seine Lippen ansehen zu müssen, überkam sie das Gefühl, dass dies hier möglicherweise der Beginn ihres bisher größten Abenteuers sein könnte.

5

Durch die Wand

Evie und Liefde saßen auf dem Boden vor den Bonbonpapieren, die Evie zu der Frage *DINNER?* angeordnet hatte. Sie strahlte ihn an, ein Bonbon in die Backe geschoben.

»Aber alle Papiere waren orange«, erklärte sie. »Und er sah so bescheuert und nervös aus!«, kicherte sie, während sie die Geschichte hinter den Süßigkeiten beendete, um deren Heraufbeschwörung sie die Verlustsachenkiste gebeten hatte.

»Aber du hast trotzdem Ja gesagt.« Liefde lächelte.

»Ich habe trotzdem Ja gesagt.« Auch sie lächelte. »Und es lag nicht nur daran, dass er gut aussah und ich ihn attraktiv fand. Es lag daran, dass er der erste Mensch seit Jahren, vielleicht sogar seit jeher, war, der mich tatsächlich *gesehen* hat, anstatt mich nur anzusehen.«

»Wo liegt der Unterschied?«, fragte Liefde und fügte ein letztes Papier hinzu, um den Punkt des Fragezeichens zu bilden.

»Wenn jemand einen ansieht, sieht er nur, was an der Oberfläche ist und verpasst oft viele Einzelheiten. Wenn jemand einen *sieht*, sieht er, wer man ist, was einen tatsächlich ausmacht. Er sieht mehr als das, was vor ihm ist.

Zumindest ist er gewillt, mehr herauszufinden.« Evie warf einen letzten Blick auf das Arrangement, das sie gebastelt hatten, und dann schob sie die Bonbonpapiere mit einer Handbewegung beiseite.

»Besuchst du Vincent zuerst?« Liefde häufte die Papiere in der Handfläche auf und warf sie in den Papierkorb in der Ecke unter dem Schreibtisch.

»Nein.« Sie war sich bei ihrer Entscheidung sehr sicher. »Das wäre so, als würde ich gleich ins kalte Wasser springen.« Sie warf einen Blick auf die Verlustsachenkiste. »Das hebe ich mir für die letzte Reise auf.«

»Na dann. Wohin zuerst?« Als Liefde sich an den Schreibtisch lehnte und die Arme verschränkte, schien die Atmosphäre vor Aufregung zu knistern. Es war das gleiche Gefühl, das Evie früher überkommen hatte, wenn ihre Familie in den Ferien an einen exotischen Ort geflogen war. Diese Ahnung bevorstehenden Abenteuers. Auch wenn ihr größtes Abenteuer während eines Familienurlaubs in Marokko stattgefunden hatte, als sie davonspaziert und beinahe von einem sehr hartnäckigen Budenbesitzer an einen Einheimischen verkauft worden wäre. Ihr Vater war nicht gerade erfreut gewesen, als er seine eigene Tochter hatte zurückkaufen müssen. Wenn es nach Edward Snow gegangen wäre, hätte er sie zurückgelassen, doch Eleanor hatte ihn überredet, indem sie kreischte: »Was in aller Welt werden die Summers denken, wenn wir ohne zukünftige Braut für ihren Sohn zurückkommen?« Von da an musste Evie in Sichtweite ihrer Eltern bleiben, und mit den Abenteuern war es vorbei.

Die Wand summte lauter, machte sich für das Bevorstehende bereit. Evie atmete tief durch. Sie schlüpfte aus dem

Mantel, breitete ihn über der Verlustsachenkiste aus, um den Bonbonberg zu verdecken, und legte dann eine Handfläche an die Wand. Sie war immer noch warm und pulsierte, ein Herz, das in einer Brust schlug.

»Ich glaube, ich muss meinen Sohn aufsuchen.«

Die Wand unterbrach einen kurzen Moment das Summen und Pulsieren. Sie hielt den Atem an.

»Bist du sicher?«, fragte Liefde. »Du darfst nicht nur glauben oder denken oder dich fragen. Du musst es *wissen*.«

Evie wusste, dass sie Ausflüchte suchen könnte, um diese Reise durch die Wand nicht antreten zu müssen, doch in ihrem Kopf, in ihrem Herz und in ihrer Seele bestand nicht der geringste Zweifel, dass sie irgendwie mit ihrem Sohn sprechen musste.

»Ja.« Sie nickte. »Ich bin mir völlig sicher.«

»In dem Fall musst du herausfinden, was du der Wand geben musst, damit diese deinen Sohn finden und dich zu ihm bringen kann.«

Evie trat von der Wand zurück und betrachtete sie durch schmale Augen. »Zuerst einmal muss ich wissen, womit ich zu rechnen habe, wenn ich auf die andere Seite gelange. Wie rede ich mit meinem Sohn? Wird er mich hören können? Mich sehen? Werde ich ihm erklären müssen, warum ihn seine tote Mutter aus dem Jenseits besuchen kommt?«

Liefde lächelte. »Tut mir leid, meine Liebe. Ich habe dir keine große Einführung gegeben, nicht wahr? Du bist bisher so gut mit allem klar gekommen, dass ich vergessen habe, dass das hier neu für dich ist.« Er griff nach dem Schreibtischstuhl und rollte ihn wieder zu Evie, ihr bedeutend, sich hinzusetzen. Dann stellte er sich zwischen sie und die Wand, wie ein Professor, der zwischen seinen Schülern und der Tafel stand.

»Wenn du die Wand durchquerst, wird kein Lebender dich sehen können, und du wirst keinerlei Einfluss auf die Welt um dich herum ausüben können. Deine Seele ist vielleicht zu schwer, um durch Ihre Apartmenttür zu kommen, aber ruhig und gelassen ist sie, nicht wahr?« Sie nickte. »Gut. Nun, wie ich schon sagte, werden deine Lieben dich nicht sehen, und größtenteils wird man dich auch nicht hören können.«

»Größtenteils?«, fragte Evie.

Liefde fing an, die Wand der Länge nach abzugehen, hin und her. Evie stellte sich eine Pfeife in seiner Hand und ein Tweedjackett über der Schulter vor, ganz wie Mr. Autumn. *Wahrscheinlich sollte ich mir Notizen machen*, dachte sie.

»Es gibt eine bestimmt Zeit, wenn die Lebenden empfänglicher für unsere Welt sind. Wenn ihr Geist am offensten ist, um das Unmögliche zu glauben. Sag mal, hast du jemals von Verstorbenen geträumt? Haben sie dir je Dinge im Traum gesagt, die du nie von ihnen gehört hast, als sie noch am Leben waren?«

»Vielleicht ...« Evie dachte an ihr Leben zurück und erinnerte sich vage daran, von einer Freundin geträumt zu haben, die mit Mitte vierzig unvermittelt an einem Herzinfarkt gestorben war. In dem Traum hatte ihre Freundin ihr erzählt, dass sie ihr einmal Geld aus dem Portemonnaie gestohlen habe und die Schuldgefühle sie ein ganzes Leben lang geplagt hätten. Evie hatte nicht nachprüfen können, ob es stimmte, und hatte es als einen seltsamen Traum abgetan, der daher rührte, dass sie vor dem Zubettgehen mit Käse überbackenen Toast gegessen hatte. Doch ihr war ein merkwürdiges Gefühl geblieben, das sie nicht losgelassen hatte.

»Wenn die Lebenden schlafen, können wir in ihre Träume sickern und ihnen unsere Geheimnisse einflüstern. Beim Aufwachen erinnern sie sich an diese Träume, weil es mehr war, als nur ihr Unterbewusstsein, das sich während ihres Schlafens amüsiert hat. Eigentlich war es noch nicht einmal ein richtiger Traum. Sondern wir.« Liefde wies um sich, mit geschwellter Brust, stolz, Teil dieser eigenartigen Welt aus verlorenen Seelen zu sein. Sein Gesicht war so voller Zuneigung und Wärme für diesen Ort, den er schon zu Lebzeiten so sehr geliebt hatte. »Je unvoreingenommener der Mensch, desto leichter ist es, in seine Träume zu gelangen. Manche armen Seelen hier hatten echte Schwierigkeiten, Menschen dazu zu bringen, sie zu hören, aber letztlich, in der Not, ist jeder in der Lage, aufgeschlossen genug zu sein, um das Unmögliche hereinzulassen.«

»Dann muss ich meinem Sohn also nur mein Geheimnis zuflüstern, während er schläft?«

Liefde nickte. »Meinst du, er ist aufgeschlossen genug, um dir zuzuhören?«, erkundigte er sich.

Evie musste lächeln. »Oh, ich denke, mein Mann und ich haben ihn in der Hinsicht gut genug erzogen, ja.« Sie dachte an ihren Mann, der im Land der Lebenden zurückgeblieben war. Dass er weit hinter ihr war, bezweifelte sie. Er hatte es nie geschafft, ohne sie zurechtzukommen, selbst wenn sie bloß im Nebenzimmer gewesen war, und er hatte immer einen Vorwand gefunden, in ihrer Nähe zu sein. Sie bezweifelte, dass es diesmal anders wäre.

Mit den Füßen rollte sie sich näher an die schweigende Wand, und Liefde wich beiseite. »Warum ist sie jetzt so still?« Sie klopfte mit dem Zeigefingerknöchel an die cremefarbene Oberfläche.

»Sie versucht zuzuhören. Sie wartet darauf, dass du ihr sagst, wohin du gehen musst.«

»Und eine starke Erinnerung ist alles, was sie braucht? Um eine Verbindung herzustellen?«

»Bloß eine.«

Mit geschlossenen Augen, die Nasenspitze an der Wand, atmete Evie langsam aus, und die Wärme ihres eigenen Atems ließ ihre Wangen erröten. Sie öffnete ein Auge und erspähte zu ihrer Linken Liefde, der sie eingehend beobachtete.

»Tut mir leid. Soll ich dich einen Moment allein lassen?«

»Nein, nein. Ich stelle mich nur töricht an. Es ist zwecklos, mich zu genieren, wenn ich tot bin, oder? Aber Sie werden meinen Gesang ertragen müssen. Okay?«

»Nichts würde mir größeres Vergnügen bereiten. Wenn ich mich recht erinnere, hast du eine ganz schöne Stimme.«

»Sie war nicht gerade überwältigend, aber ihren Zweck hat sie letztlich einwandfrei erfüllt.«

Wieder schloss Evie die Augen, und Bilder ihres Erstgeborenen, ihres Sohnes, durchfluteten ihren Geist. Erinnerungen daran, wie sie ihn nur Momente nach der Geburt in den Armen gewiegt und ihn mit einem Text in den Schlaf gesungen hatte, den sie sich zu einer Melodie ausgedacht hatte, die ihre Spieldose aus Kindertagen gespielt hatte. Als er älter war und von der Autoreifenschaukel im Garten gefallen war, hatte sie ihm vorgesungen, um ihn von seinen brennenden Knien abzulenken und ihn dazu zu bringen, mit dem Weinen aufzuhören. Und als sie im Krankenhaus lag, Wochen, bevor sie hier gelandet war, hatte er ihre Hand gehalten und mit ihr gesungen, bloß für den Fall, dass er sie das Lied, das er so sehr liebte, nie wieder würde singen hören. Dieses Lied sang sie jetzt, weil sie wusste, dass es ihn finden würde, ganz gleich, wo er sich aufhielt.

If I were to follow you,
Would you lead me astray?
I'm trusting you with all my heart
To lead me the right way.
So hold my hand take me through
The darkest of my days.
Because if you were to follow me,
You know you'd be okay.

Die Wand begann zu summen und zu pulsieren und zu glänzen, und die Energie, die sie generierte, ließ Evies Stuhl durch den halben Raum rollen. Evie beobachtete, wie sich die rissige Farbe glättete und zu einem dunklen Blaugrau wurde. Es bildeten sich kleine Wellen, erst nur ein paar, doch dann kamen sie zu Hunderten und kräuselten immer wieder die Oberfläche, bis sie wie eine Pfütze im Regen aussah. Das Summen wurde zu einem leisen Grollen, das Evie an ihren Vater erinnerte, wenn er sich räusperte, was er immer getan hatte, wenn ihm unbehaglich zumute gewesen war.

»Ich glaube, wo auch immer dein Sohn ist, Evie, herrscht schlechtes Wetter«, gluckste Liefde.

Unvermittelt huschte Licht wie ein Blitz über die Wand. Instinktiv zählte Evie los – *eins, zwei, drei, vier* –, und dann erschütterte Donner den Raum. Die Wand erbebte, und der Stuhl rollte ein Stück näher heran.

»Das Wetter muss *richtig* schlecht sein.« Liefdes Lachen war von einem nervösen Zittern abgelöst worden, während er sich Halt suchend an den Schreibtisch klammerte.

Wieder blitzte es an der Wand. *Eins. Zwei. Drei* … Diesmal war der Donner lauter, und während Evies Stuhl sogar noch näher an die Wand heranrollte, wurde ihr klar, dass es mehr war als nur der Donner, der den Raum erbeben ließ und ihren Stuhl dazu brachte, sich willkürlich zu bewegen: Sie wurde tatsächlich zur Wand hingezogen. Erneut erhellte ein Blitz den Raum, doch diesmal war er greller, und Evie war sich sicher, das Knistern von Strom zu hören. *Eins. Zwei* … Beim nächsten Blitzschlag machte der Stuhl einen derart heftigen Satz, dass sie herunterfiel und nur Zentimeter vor der Wand landete. Sie sah sich nach Liefde um, der den Stuhl, dessen Rollen rotierten, wieder aufstellte.

»Gleich kommt der Donner!«, rief sie über den Lärm des Regens und des Windes, der gegen ihre Haare und ihr Kleid peitschte.

»Es tut mir leid, Evie!«, schrie Liefde. »Manche Seelen haben das Glück, ihre Lieben im Urlaub auf den Bahamas anzutreffen, oder zu Hause, in die Betten gekuschelt. Das hier ist nicht die beste Vorstellung, die du für die Rückreise hättest haben können.« Er versuchte zu lächeln, zuckte allerdings ein wenig zusammen, als es erneut blitzte.

Eins … Donner. Evie lief los, um ihren Mantel von der Verlustsachenkiste zu holen. Es sah aus, als würde sie ihn brauchen. Sie hatte das Gefühl, dass sie keine Zeit haben würde, ihn anzuziehen, also schwang sie ihn um sich und hielt ihn sich über den Kopf. In dem Moment, als der Stoff ihre Haare berührte, durchbohrte eine Gabel aus Elektrizität die Wand, packte sie um die Taille und zog sie durch das Wasser.

DAS ERSTE GEHEIMNIS

Die Amsel

DEZEMBER

Dinner

Evie war den ganzen Tag über rastlos gewesen. Sie schlug immer wieder die Beine unter dem Schreibtisch übereinander und klopfte mit dem Bleistift auf ihr Skizzenbuch, was die Zeit überhaupt nicht schneller vergehen ließ, ihr allerdings fragende Blicke von Grayson bescherte.

»Ist was los, Prinzessin?«, fragte er und legte leicht die Hand auf ihren Bleistift, um dem ständigen Geräusch Einhalt zu gebieten. »Mache ich Sie … nervös?« Er lächelte breit.

Don't be taken in by his welcome grin, he's imagining how well you'd fit within his skin, sang sie im Kopf. Evie hasste den Umstand, dass Grayson gut aussah. Ein derart arroganter Schnösel hatte es nicht verdient, attraktiv zu sein. Sie hatte zugesehen, wie sich verschiedene Frauen nach der Arbeit mit ihm zum Abendessen trafen, und hatte am folgenden Vormittag regelmäßig mitanhören müssen, wie er damit prahlte, mit ihnen geschlafen zu haben, und den Fotografen von *The Teller* ihre Leistung im Bett minutiös schilderte. Sein Handy summte ständig auf seinem Schreibtisch und ließ den jeweiligen schrecklichen Spitznamen aufleuchten, unter dem er die Frauen in seinen Kontaktdaten gespeichert hatte, doch er drückte sie weg. Evie kochte das Blut beim Anblick der Häme in seinem Gesicht, wenn er wusste, dass er die Zuneigung einer weiteren Frau erobert hatte – Gefühle, die er niemals erwidern würde.

»Nein, Mr. Pear«, entgegnete sie, ohne auch nur in seine Richtung zu sehen. »Sie machen mich krank.«

Es war Freitagabend, und heute war der Abend, an dem sie mit Vincent zu Abend essen würde. Sie hatte ihre Garderobenentscheidung am Morgen nicht gut genug durchdacht. Ihre Wahl war auf »bequem für die Arbeit« anstatt »überwältigend zum Abendessen« gefallen, und jetzt wünschte sie, sie hätte sich für Letzteres entschieden. In dem stickigen Büro fühlte sie sich ein wenig verschwitzt und schmuddelig, und Graysons anzügliches Grinsen hätte in jedem das Bedürfnis nach einer Dusche geweckt … oder auch zwei. Sie hatte Parfüm in der Tasche und hoffte, dass das reichen würde. Den ganzen Tag hatte sie die Uhr mit einem nervösen Gefühl in der Magengrube beobachtet, und ihre Skizzen wollten sich nicht benehmen, sondern gerieten ihr hingekritzelt und krakelig.

»Reiß dich zusammen, Evie«, murmelte sie zu sich selbst.

Die Uhr klickte zur Fünf um, und Evie schob schwungvoll ihre Sachen vom Schreibtisch und fing sie in ihrer geöffneten Handtasche auf. Auf dem Weg durch die Tür warf sie sich den Mantel über, ohne Grayson zum Abschied auch nur zuzuwinken.

Sie hatte nicht darüber nachgedacht, wohin sie gehen oder was sie essen könnten. Stattdessen fragte sie sich, ob sie zu nervös war, um überhaupt etwas zu essen. Sie wusste nur, dass sie mehr über Vincent erfahren wollte. Zwar hatte Evie ein behütetes Leben geführt, doch trotz der besten Bemühungen ihrer Eltern hatte sie dafür gesorgt, dass es an Abenteuern nicht gemangelt hatte. Eines Abends hatte sie sich im Alter von sechzehn Jahren mit Isla, der Köchin der Snows, aus dem Haus und in eine Bar im Stadtzentrum geschlichen. Eleanor war sich damals des Gehorsams ihrer Tochter so sicher gewesen, dass es ihr nie in den Sinn gekommen wäre, bei der Evie-förmigen Gestalt unter der Bettdecke könnte es sich möglicherweise gar nicht um Evie handeln, sondern um sorgfältig zurechtgeschobene Sofakissen. Sie waren genau bei Sonnenaufgang mit den Schuhen in den Händen und unter Gekicher nach Hause gekommen, hatten einander »Pssst!« zugezischt und daraufhin noch mehr gekichert. Wie sie die Sache durchgezogen hatten, war Evie unbegreiflich, als sie zwei Stunden später in ihrem Bett aufwachte, komplett angezogen, nach Champagner und Zigaretten riechend und mit Mascaraflecken auf den Wangen. Jetzt auf dem Weg, um diesen Mann zu treffen, von dem sie nichts wusste, prickelte genau das gleiche aufrührerische Gefühl unter ihrer Haut. Wie sie wusste, war dies ein sicheres Zeichen, dass gleich ein Abenteuer seinen Lauf nehmen würde.

Sie waren dort verabredet, wo Vincent immer musizierte, und Evie war während des Großteils ihrer Fahrt verhältnismäßig ruhig geblieben. Erst als die U-Bahn in den Bahnhof fuhr, fing ihre Haut wieder zu kribbeln an. Als sie die Rolltreppe betrat, hörte sie Vincent spielen. Sie dachte, er müsse wohl noch ein Lied auf den letzten Drücker spielen, um den Abend abzurunden, doch als er in Sicht kam, war auch ein kleiner runder Tisch mit einer rot karierten Tischdecke und je einem Klapphocker auf beiden Seiten zu sehen, alles in seinen offiziellen Straßenmusikanten-Bereich gequetscht. Der Tisch war mit zwei Papptellern gedeckt, eine einzelne gelbe Rose quer über einem, und in der Mitte stand eine brennende Kerze. Wieder einmal rührte Evie sich nicht, sobald sie die Rolltreppe verlassen hatte, und wurde von einem Kind in Schuluniform beiseite geschubst. Sie rief ihm eine Entschuldigung hinterher, doch ihr Blick war unverwandt auf Vincent gerichtet. Wie gewöhnlich hatte er die Augen beim Spielen geschlossen. Sie schlüpfte aus dem Mantel und setzte sich auf einen der Hocker, wobei sie versuchte, so leise wie möglich zu sein. Sie wartete ab und sah ihm zu, bis er eine letzte, wunderschöne Note spielte, und als sie sicher war, dass das Lied zu Ende war, klatschte sie höflich Beifall. Vincent öffnete die Augen.

»Miss Snow.« Er nickte.

»Hallo Vincent«, lachte sie.

»Du hast ein Funkeln in den Augen«, sagte er.

»Ach ja?« Instinktiv fuhr ein Finger an den Winkel ihres linken Auges.

»Ja.« Er lächelte und legte die Geige behutsam in ihren Kasten auf die Münzen, die er an dem Tag eingenommen hatte. Dann setzte er sich Evie gegenüber auf den Campinghocker aus dunkelgrünem Segeltuch.

Ein Mädchen mit Tintenklecksen, stets zerzausten Haaren, das noch dazu aussah, als würde es eine gute Portion Schlaf vertragen können, aber dieses Funkeln ließ es in Vincents Augen interessanter und schöner aussehen als jeder andere Mensch, der ihm bis dahin begegnet war.

»Eine gelbe Rose.« Evie hob sie an die Nase und atmete ihren feinen Duft ein.

»Mm-hmm.« Vincent stützte das Kinn auf die Hand

und rieb über seine Bartstoppeln. Er hatte sich nicht rasiert, weil er versuchte, sich einen Bart wachsen zu lassen. Indessen wünschte sich Evie, er hätte sich rasiert, denn sie musste an die Warnung ihrer Mutter denken, Männern mit Bärten sei nicht über den Weg zu trauen. Vielleicht war sie voreilig, aber sie fragte sich, was ihre Mutter sagen würde, falls sie Vincent jemals kennenlernen sollte. Doch trotz Eleanor Snows missbilligendem Gesicht, das vor ihrem geistigen Auge aufblitzte, galten ihre Gedanken hauptsächlich der Frage, wie sich Vincents raue Wange unter ihren Fingern anfühlen würde, und auf einmal kam ihr der Bahnhof wieder sehr warm vor.

»Zum Zeichen der Freundschaft?« Sie legte die Rose zwischen die Pappteller und kam sich ein wenig töricht vor.

»Mm-hmm.« Er brummte wieder zustimmend, doch diesmal erhaschte Evie den Anflug eines Lächelns zwischen seinen Fingern.

»Verstehe.« Sie achtete auf einen geraden Rücken und eine gelassene Miene, legte die Hände in den Schoß und versuchte so zu tun, als wäre sie ihre Mutter: kalt, hart und nicht gewillt, Spielchen zu spielen. Vincent schob sich die Haare aus den Augen und betrachtete sie mit aufrichtiger Miene.

»Ich möchte mit dir befreundet sein. Ich möchte dich besser kennenlernen. Wir sind uns erst einmal richtig begegnet, und wie gesagt, wir sind nicht Romeo und Julia.« Er lachte, ein satter und runder Klang. »Wir können uns so viel Zeit nehmen, wie wir wollen, um herauszufinden, mit wem genau wir da sprechen. Vielleicht entscheidest du bei der Hälfte des Gesprächs, dass ich ein Schlingel bin, mit dem du lieber nichts zu tun haben möchtest, und ich könnte es dir nicht verübeln! Aber dafür ist das alles« – er wies auf den Tisch – »da. Du und ich, wir plaudern nur ein wenig. Falls du einverstanden bist, könnten wir dann vielleicht Freunde werden, Miss Snow?« Er griff nach der Rose und bot sie ihr in der Hoffnung dar, dass Evie diesmal mehr damit anfangen können würde.

Evie Snow musterte ihn einen Moment. Ihr Herz war gewiss nicht mit ihr durchgegangen. So etwas war ihr völlig fremd. Aber vielleicht hatte sie sich den Gedanken gestattet, er könnte andere Absichten hegen. Romantischer Natur. Und sie wusste nicht unbedingt, wie es ihr damit gegangen war, auch wenn sie wusste, dass sie es prickelnd gefunden hatte, die Vorstellung, dass dieser unglaublich talentierte Mann an ihr interessiert sein könnte. Doch jetzt, da sie wusste, dass dem gar nicht so war, fühlte sie sich ein wenig … Nein. Sie fühlte überhaupt nichts, entschied sie. Wie ein Wasserhahn, der zugedreht wurde, fühlte sie sich nicht enttäuscht oder entmutigt oder töricht. Stattdessen richtete sie dieses prickelnde Gefühl auf eine neue Freundschaft, und sie nahm die Rose mit einem Lächeln entgegen.

Das Abendessen entpuppte sich als Burger mit Pommes, die Vincent im, wie er sagte, »besten Burger-Laden der Stadt« gekauft hatte. Das Essen hatte grauenhaft ausgesehen, als er es aus braunen Papiertüten auf die Teller gekippt hatte. Es hatte Evie Mühe bereitet, den Burger in die Hand zu nehmen, ohne dass er auseinanderfiel, doch als sie einmal abgebissen hatte, musste sie Vincent mitten im Satz unterbrechen, nur um sich ganz dem Genuss hingeben zu können. Es waren tatsächlich die besten Burger der Stadt.

»Du bist also Künstlerin?«, fragte Vincent, der sich eine Fritte in den Mund schob.

»Na ja, ich wäre gern Trickfilmzeichnerin. Das ist der Traum.« In Gedanken konnte Evie sehen, wie sich ihre Zeichnungen auf der Leinwand bewegten. »Aber im Moment bin ich bloß Karikaturistin bei der Lokalzeitung, und meine Zeichnungen sind für den Abfall meines Chefs bestimmt, während er um die Werke meines widerlichen Kollegen herumscharwenzelt, bloß weil der keine Brüste hat.« Sie seufzte. »Und du bist Geiger.«

»Ja. Dazu verurteilt, bis in alle Ewigkeit vor einem Publikum desinteressierter Pendler zu spielen.« Er seufzte ebenfalls, allerdings mit einem amüsierten Lächeln. Vincent hatte sich mit seinem Schicksal abgefunden. Aufgegeben hatte er zwar nicht, doch er war damit zufrieden, was er hatte.

»Aber hallo!«, neckte Evie ihn. »Nicht alle sind desinteressiert.«

»Verzeihung. Alle Unwichtigen sind desinteressiert, aber gleichzeitig sind sie es, die meine Miete bezahlen, also sind sie auf eine andere und ärgerliche Art auch wichtig.«

»Ja, das sind sie wohl.«

»Hast du Geschwister?«, fragte Vincent und steckte sich gleichzeitig vier Pommes in den Mund. Für ein erstes gemeinsames Abendessen war er in ihrer Gegenwart sehr zwanglos, aber das half Evie dabei, sich ebenfalls zu entspannen. In ihrer Familie war jede Mahlzeit ein förmlicher Anlass, und jegliche Unterhaltung wurde mit einem Stirnrunzeln quittiert, also war dieser starke Gegensatz schön.

Sie klappte ihren Burger auf, zog die Gewürzgurken heraus, legte sie allerdings nicht beiseite, wie Vincent geglaubt hatte, sondern steckte sich eine in den Mund.

»Einen Bruder. Eddie Snow. Und du?«

»Ich habe eine Schwester namens Vanessa. Sie ist Herzchirurgin.« Er verdrehte leicht die Augen. »Haustiere?«, wechselte er rasch das Thema.

»Keine«, antwortete sie.

»Noch nie?«

»Mutter ist allergisch.«

»Noch nicht einmal Fische?« Er lachte.

»Oh. Wir haben einen Koi-Teich im Garten, aber wenn ich es nicht knuddeln kann, dann ist es kein Haustier.« Sie zuckte nüchtern die Schultern und trank einen Schluck Cola aus ihrem Plastikbecher.

»Koi? Als ich Fisch sagte, habe ich eher an … Goldfische gedacht.« Vincent lachte.

»Ich – ähm – meine Familie ist …«

»Reich?«, half er ihr mit einem freundlichen Lächeln auf die Sprünge.

»Ich wollte vornehm sagen, aber ja«, erwiderte sie entschuldigend.

»Warum klingst du deswegen traurig? Viele Menschen würden ihren rechten Arm dafür geben, um aufzuwachsen, ohne dass es ihnen an etwas mangelt.«

»Ich weiß, und das ist es wohl, was mich traurig stimmt. Ich weiß alles zu schätzen, was ich im Leben hatte, aber meine Eltern haben sich große Mühe gegeben, unseren Reichtum – beisammenzuhalten. Ihn mit Bedürftigen zu teilen, wird geradezu missbilligt. Sie glauben, Geld würde sie glücklich machen, aber eigentlich bringt es ihnen nur … Sicherheit. Mit Glück hat das nichts zu tun. Ja, wahrscheinlich sind sie die unglücklichsten Menschen, die ich kenne.«

»Hat das irgendetwas damit zu tun, dass du dich ganz primitiv beim Lokalblatt verdingst?« Vincent spielte an seinen Pommes herum und hoffte, dass die Unterhaltung Evie kein Unbehagen bereitete.

»Ja. Ich bin siebenundzwanzig und das ist meine erste Anstellung. Nie arbeiten zu müssen hört sich herrlich an, aber nicht, wenn man das Gefühl hat, im eigenen Zuhause wie eine Gefangene gehalten zu werden. Geld zu haben hat nichts zu bedeuten, wenn man es nicht auf die richtige Art einsetzt.«

»Und was ist die richtige Art?« Vincent sah fasziniert aus.

Evie zuckte mit den Schultern. »Menschen helfen? Tieren? Der Erde? Abenteuer erleben? Mir fallen hundert bessere Arten ein, das Geld meiner Familie zu verwenden, als die, für die es jetzt eingesetzt wird. Nämlich für nichts.« Sie sah besorgt aus. Beunruhigt. Sie hatte die Verpackungsfolie ihres Burgers zerrissen und silberne Konfetti auf der Tischdecke verteilt. Vincent entschied, dies sei nicht der rechte Zeitpunkt, ihre Familienangelegenheiten zu vertiefen, und wechselte das Thema.

»Also noch nicht einmal ein Hamster?«

Er schüttelte den Kopf, sie lächelte, und ihm schwoll ein klein wenig das Herz an.

»Nein, noch nicht einmal ein Hamster!« Wieder lächelte sie.

»Na schön.« Er nickte und schob die Unterlippe zu einer Art zustimmendem Schmollmund vor. Evie konnte nicht anders, als seinen Mund anzusehen, doch sie riss sich am Riemen, bevor ihre Gedanken mit ihr durchgingen.

»Und du? Selbst keine Fische?« Sie machte Spaß, was er allerdings nicht zu merken schien, und das gefiel Evie.

»Bloß ein Familienhund namens Max, aber der ist vor ein paar Jahren gestorben. Ich glaube, ich habe noch nie im Leben so heftig geweint wie an dem Tag, an dem wir ihn verloren haben. Seitdem hat meine Mum es nicht über sich gebracht, sich einen anderen Hund anzuschaffen. Kommt nicht damit klar, ihn zu verlieren.« Da Vincent auf einmal von einer Woge der Trauer fortgerissen wurde, schüttelte er betrübt den Kopf.

»Darf ich dir gegenüber ehrlich sein?« Evie lächelte angesichts ihrer eigenen dreisten Gedanken, was Vincent vor die Frage stellte, worauf sie hinauswollte.

»Natürlich.« Vincent öffnete seinen eigenen Burger, entfernte die Gewürzgurken und reichte sie ihr über den Tisch.

»Diese Fragerei ist furchtbar«, gab sie zu.

»Oh, tatsächlich? Inwiefern?« Vincent legte wieder das Kinn auf die Hand. Er lächelte.

»Du findest dabei nichts – Bedeutungsvolles heraus. Ob ich Geschwister habe oder Haustiere, verrät dir nichts über – na ja, *mich*.«

»Aber ja doch! Es verrät mir, dass du einen Bruder hast. Und dass du Fischen und höchstwahrscheinlich Amphibien gegenüber herzlos bist!«

Evie verdrehte die Augen. »Du weißt, was ich meine. Das sind Fragen, die ich in einem Gespräch mit jemandem erwarte, der meine Persönlichkeit nicht kennenlernen muss. Bis – auf den Grund meiner Seele.« Es hatte nicht in ihrer Absicht gelegen, provokant zu klingen, aber dennoch gefiel es ihr, wie Vincent den Kopf leicht schräg legte und auf einmal die linke Augenbraue hochzog. »Frag mich etwas, worüber ich nachdenken muss. Etwas, wobei ich abwägen muss, ob ich dir eine Antwort gebe oder nicht.« Sie beugte sich auf den Ellbogen nach vorn, weil sie neugierig war, was ihm einfallen würde.

Vincent dachte angestrengt nach und sah ihr dabei direkt in die Augen. Evie wich seinem Blick nicht aus. Sie hätte nur zu gern gewusst, was er sah, wenn er sie betrachtete.

Vincent hingegen hatte auf einmal das Gefühl, ihr Starren sei zu viel. In ihren Augen lag nichts als Glück, wovon Vincent im Leben nur sehr wenig mitbekommen hatte, und er hatte Angst, diese Augen könnten wie die Sonne sein: schön und notwendig, aber sie direkt anzusehen, könnte einen verletzen. Er senkte den Blick auf seine gewaltigen schwieligen Hände und fragte sich, was er da tat. Nein, tatsächlich fragte er sich, was *sie* hier tat, dieses brillante Mädchen, dem es an nichts fehlte, dessen flinke Hände in bloßen Minuten brillante Welten auf einem Blatt Papier erschaffen konnten, mit einem Tölpel, der im Untergrund mit einer Geige herumwurstelte und kaum genug Kleingeld zusammenkratzte, um zwei Burger, Pommes und zwei Colas zu kaufen. Er war ein Riese, der einen Schmetterling gefangen hatte und wusste, dass er ihn nur umbringen würde, der ihn aber so ungern wieder fliegen lassen wollte, weil seine Schönheit ihn etwas werden ließ, was er ohne ihn nicht wäre: glücklich.

»Na gut«, sagte er schließlich. »Ich habe eine Frage.«

»Schieß los.«

»Sie ist der Wahnsinn.«

»Mach schon …«

»Ernsthaft. Mach dich bereit. Sie ist unglaublich.«

»Sag schon!« Evie kicherte.

Er atmete tief ein. »Okay.« Er legte eine Kunstpause ein, die gerade lange genug war, um Evie noch mehr auf die Folter zu spannen. Sie sah gelangweilt auf eine imaginäre Armbanduhr. Er hielt sich die Hand vor den Mund, als hätte er ein Mikrofon. »Wenn du eine Sache aus deiner Vergangenheit ungeschehen machen könntest, was wäre das?« Rasch bewegte er das Mikrofon auf Evie zu, damit sie antworten konnte, und sie klopfte daran, um sicherzugehen, dass es angeschaltet war.

»*Das* ist deine Frage?«, erkundigte sie sich gespielt entnervt.

»Was?« Er musste lachen. »Es ist eine sehr interessante Frage. Könnte viel enthüllen – bis zum Grund deiner Seele.« Er grinste. Evie spürte, wie ihre Wangen wärmer wurden, und sie hoffte, dass sie nicht rot geworden war.

»Tja. Meine Antwort lautet … Ich würde es nicht tun.« Sie setzte sich zurück und spürte, wie ihre Mutter erneut Besitz von ihr ergriff, während sie die Hände nüchtern im Schoß verschränkte, was völlig lächerlich war, wenn man bedachte, wie sehr Evie Unsinn mochte.

»Was nicht tun?« Er griff nach der übrigen Hälfte seines Burgers und verschlang eine Hälfte davon mit einem Bissen.

»Etwas ungeschehen machen. Ich glaube, dass alles, was ich getan habe, und alles, was mir im Leben zugestoßen ist, seinen Grund hatte, und wenn ich etwas ändern würde, wäre ich nicht derselbe Mensch, der ich jetzt bin.«

»Hat man dich das schon einmal gefragt?« Er sah sie mit verengten Augen an. »Das war eine sehr einstudierte Antwort.«

»Ich denke einfach viel über solche Sachen nach. Du nicht?«

Vincent stopfte sich den Rest seines Burgers in den Mund und schüttelte den Kopf.

»Ich denke ständig darüber nach«, fuhr Evie fort, »darüber, was jeden ausmacht, und ob es einen Unterschied machen würde oder nicht, wenn wir in die Vergangenheit reisen und etwas ändern würden. Würde es uns besser oder schlechter machen, oder würden wir einfach genau gleich bleiben, weil uns immer vorherbestimmt war, so zu werden, ganz gleich, was uns im Laufe unseres Lebens widerfahren würde?« Evie hatte den Blick nicht mehr auf Vincent gerichtet. Ihr Burger war viel interessanter geworden. Sie war entspannt, etwas weggetreten, hatte sich in ihrer eigenen Welt verloren. Vincent trank einen Schluck, und obwohl er es versuchte, konnte er nicht anders: Er grinste sie an, obwohl sie gar nicht hersah.

»Und wie lautet deine Schlussfolgerung?«, erkundigte er sich sanft.

»Ach, ich weiß es nicht.« Sie holte tief Luft und kam unvermittelt aus ihrem Trancezustand, sah zu Vincent hoch, dann zurück auf die Unordnung, die sie mit der Folie veranstaltet hatte. Sie wischte die Fetzen vom Tisch in ihre Hand und ließ dann die winzigen Folienstückchen in ihre Manteltasche fallen, anstatt sie auf dem Bahnhofsboden zu verteilen. »Wenn ich eine Antwort darauf hätte, dann wäre ich wohl viel gefragter, als ich es bin.«

Sie warf Vincent erneut einen Blick zu und ihr fiel die

Art auf, wie er sie betrachtete. Es war die Art, die sie bei Filmstars gesehen hatte, wenn sie einander ansahen. Als wäre nichts auf der Welt von Bedeutung, abgesehen davon, dass sie in diesem Moment existierten. Evie hatte viele Liebesfilme gesehen, und sie hatten ihr gefallen, aber sie weinte nie vor Glück, wenn sich das Paar endlich küsste, und sie hatte nie die Macht verstanden, die einem solchen Blick innewohnen konnte. Jetzt wurde ihr klar, dass das daran lag, dass sie noch nie zuvor auf diese Art angesehen worden war.

»Und was ist mit dir?«, fragte sie und versuchte zu verhindern, dass die Stimmung zu intensiv wurde. »Was ist die eine Sache aus deiner Vergangenheit, die du ändern würdest?«

Vincent verzog das Gesicht, als habe er gehofft, sie würde ihm nicht die gleiche Frage stellen. »Ach, darf ich mir nur eine Sache aussuchen?« Er lachte nervös.

»Es sind deine Regeln, Winters, nicht meine!« Sie aß ein letztes Stück Pommes und rieb dann die Hände zum Zeichen, dass sie mit dem Essen fertig war. Jetzt war sie hungrig auf mehr Unterhaltung.

»Ich denke, ich würde zu der Zeit zurückkehren, als ich Geigespielen gelernt habe, und herausfinden, wie ich mit offenen Augen spielen kann. Auf die Art hätte ich dich früher kennengelernt.« Er versuchte, ihr ein selbstbewusstes Lächeln zu schenken, doch sobald die Worte ausgesprochen waren, wurde er unsicher, was man ihm anmerkte.

»Ich mag die Art, wie wir uns kennengelernt haben«, gestand Evie. »Auch wenn es ewig gedauert hat, bis du endlich mal gegrüßt hast.«

»Okay«, erwiderte Vincent, in dessen Augen sich die

schreckliche Tunnelbeleuchtung spiegelte. »Ich habe noch eine Frage.«

»Schieß los.« Evie legte den Kopf schräg.

»Und entschuldige, falls ich dreist bin.« Auf einmal war er verlegen, die Haare fielen ihm wieder über die Augen, und seine Wangen überzog eine leichte Röte.

»Schieß los«, drängte Evie, die einen Ruck in der Magengegend verspürte.

»Nein, echt, ich will dir kein Unbehagen bereiten …«

»Vincent«, sagte Evie, etwas ernster, als sie beabsichtigt hatte. Sie neigte den Kopf, um ihm in die Augen zu sehen. »Frag einfach.«

Er spitzte die Lippen, schaffte es aber irgendwie, gleichzeitig zu lächeln. »Gibt es einen – Mr. Snow?«

Evie lachte. »Selbst wenn ich verheiratet wäre, wäre er kein Snow. Ich wäre eine – na ja, was auch immer *er* wäre.«

»Oh. Ja. Da habe ich nicht richtig nachgedacht.« Er strich sich die Haare aus den Augen, die Röte überzog jetzt wieder sein ganzes Gesicht bis zu den Ohrenspitzen.

»Nein.« Sie hielt die linke Hand in die Höhe, um ihm ihren Ringfinger zu zeigen. »Nicht verheiratet. Und auch in keiner Beziehung. Ich habe eigentlich nie viel für Romantik übrig gehabt. Sehr zum Entsetzen meiner Mutter. Wenn überhaupt, habe ich ihr zum Trotz alles Romantische gemieden.« Sie lachte, kam sich dann aber gemein vor. »Ich liebe sie, sie ist meine Mum, aber wir haben sehr unterschiedliche Vorstellungen davon, wie ich mein Leben leben sollte.«

»Die Arbeit beim *Teller* war dann wohl nicht ihre Idee?« Vincent knüllte die Verpackung seines Burgers mit dem

Pappteller zusammen und stopfte sie in die Tüte, aus der sie gekommen waren. Evie folgte seinem Beispiel.

Obwohl sie ihren Burger nicht ganz aufgegessen hatte, hatte sie keinen Appetit mehr.

»Definitiv nicht.« Sie lachte darüber, was für eine Untertreibung das war. Eleanor Snows Widerwille gegen dieses Unterfangen hätte nicht größer sein können, ja, es war immer noch unfassbar, dass Evie es überhaupt so weit gebracht hatte. »Und ich kann nur weitermachen, mein Leben so zu leben, wie ich möchte, solange ich als Künstlerin beruflich vorankomme, über die Seiten des *Teller* hinaus, und zwar innerhalb des nächsten Jahres.«

»Und wenn nicht?« Ihre Geschichte schien Vincent nicht sonderlich zu beunruhigen. Evie schätzte, dass es in seinen Ohren nach einer leeren Drohung klang – ein Märchen über eine böse Königin, die ihre Tochter in einem Turm gefangen hielt –, aber sie wusste nur zu gut, wie ernst es ihrer Mutter tatsächlich war.

»Wenn nicht, werde ich mit irgendeinem Mann ihrer Wahl verheiratet und verbringe den Rest meines Lebens als Ehefrau und Mutter. Nicht mehr, nicht weniger.«

»Wow! Dann machen wir uns besser daran, deine Illustrationen unters Volk zu bringen. Sie müssen von den richtigen Leuten gesehen werden, wenn du für Trickfilme zeichnen willst.« Vincent nahm ihr den Müll ab und stand auf.

»*Wir*?«, fragte Evie verblüfft und sah zu ihm auf.

»Ich will keine übereilten Schlussfolgerungen ziehen, Evie«, sagte er auf dem Weg zum Abfalleimer, »aber ich denke, wir sind jetzt miteinander befreundet, und Freunde helfen einander.« Er schenkte ihr sein hinreißendstes Lächeln.

»Das sind wir wohl, Mr. Winters.« Sie nickte grinsend. Seit einem guten Monat lebte sie nun allein, und das hier war der erste Freund, den sie gefunden hatte. Vorgefasste Meinungen hatten jegliche potenzielle Freundschaften im Büro unmöglich gemacht (wenn Grayson sie noch ein einziges Mal »Prinzessin« nannte, schwor sie, würde sie eine Tiara kaufen, sie jeden Tag in die Arbeit aufsetzen und damit basta). Abgesehen vielleicht von der Empfangsdame, doch das lag möglicherweise nicht so sehr an einer echten Verbindung, sondern vielmehr daran, dass beide Frauen waren und die Nase voll von dem frauenfeindlichen Arbeitsklima hatten. Andererseits war Evie selbst nicht sonderlich zugänglich für freundschaftliche Avancen gewesen, da sie mit dem Kopf immer in ihrem Skizzenbuch steckte, stets auf der Suche nach einer Möglichkeit, aufzusteigen und die Zeitung hinter sich zu lassen.

»Evie?«, warf Vincent ein.

»Noch eine Frage?« Sie erhob sich, um ihren Mantel unter sich hervorzuziehen. Es wurde langsam spät, und die Luft hatte sich abgekühlt. »Besser ein gute. Die anderen waren ein wenig enttäuschend!«

Er kam zu ihr zurück, blieb allerdings auf Abstand. Seine Hände fühlten sich auf einmal wie zwei nutzlose Klumpen an, mit denen er nichts anzufangen wusste, also schob er sie tief in die Manteltaschen.

»Ich habe mich bloß gefragt … da es erst« – er sah auf seine Armbanduhr – »acht Uhr ist, ob du einen Spaziergang machen möchtest? Mit mir. Irgendwohin.«

Evie dachte daran, dass sie am nächsten Morgen früh aufstehen musste, um in die Arbeit zu fahren, doch dann kam ihr die wunderbare Erkenntnis, dass morgen Samstag war.

»Also das war mal eine geniale Frage, Vincent«, erwiderte sie mit einem Lächeln.

Vincent, der brillante Geigenspieler, war seinem Vater nie begegnet, doch seine Mutter, Violet Winters, hatte hart gearbeitet, um ihre beiden Kinder allein großzuziehen. Als seine acht Jahre ältere Schwester so weit war, zur Uni zu gehen, erkannte Violet, dass sie, indem sie dem einen Kind einen Hochschulabschluss finanzierte, dem anderen diese Möglichkeit verbaute. Es war kein Geld übrig, um Vincent weiter als bis aufs College zu schicken, und sie wusste, sie würde nicht genug auf die Seite legen können, bis er achtzehn Jahre alt war, selbst wenn sie drei Jobs gleichzeitig annahm. Stattdessen sparte und knauserte sie ein ganzes Jahr, um ihm zum zehnten Geburtstag eine Geige zu kaufen. Sie hatte bemerkt, wie er die Geigen ansah, wenn sie auf dem Schulweg am Musikgeschäft vorüberkamen, und wie seine Finger zuckten, weil sie unbedingt eine ausprobieren wollten.

»Wenn du richtig gut wirst«, erklärte sie ihm, »wird diese Geige für alles bezahlen, was du brauchst.«

Mit zehn Jahren hatte er geglaubt, dass das stimmte, doch jetzt, achtzehn Jahre später, war er sich nicht so sicher, dass es so einfach war. Er hatte geübt, bis seine Finger taub waren, und wie die Pendler in dem Bahnhof bestätigen würden, war er der Allerbeste. Das Problem bestand darin, dass er sich das Spielen anhand von Büchern beigebracht hatte, und indem er Leute aus seinem Bekanntenkreis nervte, die ebenfalls spielten. Dabei hatte er sich schlechte Angewohnheiten zugelegt, und seine ungewöhnliche Technik sowie seine mangelhaften Kenntnisse der Musiktheorie machten ihn für jede Musikschule in der Stadt unannehmbar, besonders da er zudem auf der Suche nach einem Stipendium war. Er hatte eine Bewerbung nach der anderen ausgefüllt, hatte jedoch jedes Mal Fragen zu seinen Qualifikationen leer lassen müssen. Es war zwecklos, das wusste er. Obwohl er die Großen an die Wand spielen konnte, suchten die besten Schulen die besten Musiker, und um zu den Besten gezählt zu werden, brauchte man eine ordentliche Ausbildung.

Als Straßenmusikant und mithilfe eines Teilzeitjobs in eben dem Musikgeschäft, in dem seine Mutter die Geige gekauft hatte, auf der er immer noch spielte, verdiente er genug Geld, um die Hälfte der Miete für eine kleine Wohnung in einem zwielichtigen Stadtteil zu bezahlen, aber das war auch schon alles. Sein Mitbewohner war ein Typ, mit dem er aufs College gegangen war und der sich ebenfalls als Musiker bezeichnete, allerdings bei Weitem nicht so talentiert wie Vincent, auch wenn er sich etwas vormachte: Er war sogar so weit gegangen, sich einen Künstlernamen für die Bühne zuzulegen, obwohl er nicht verraten wollte, wie oft er tatsächlich schon auf einer Bühne gestanden hatte, abgesehen von den Versuchen, sich unerlaubt Zutritt zu verschaffen. Sonny Shine war ein Möchtegern-Rockstar, und obwohl Vincent ihn wie einen Bruder liebte, hielt er ihn für einen Schwachkopf. Gewöhnlich war Sonny mit der Miete im Verzug, doch Vincent konnte ihn nicht hinauswerfen, weil er sich die Wohnung nicht allein leisten konnte und wusste, dass sonst keiner dumm genug wäre, dort mit ihm zu hausen. Folglich lebten Sonny und Vincent so harmonisch wie möglich zusammen, Vincent auf der Geige und Sonny auf der E-Gitarre.

Vincent hatte es geschafft, mit seinem romantischen Dinner for two im Bahnhof, den Burgern mit Pommes eine hübsche Note zu verpassen, doch wenn er vorhatte, Evie wiederzusehen, musste er sich etwas Neues einfallen lassen. Er hatte nicht viele Erfahrungen mit Mädchen. Er war bisexuell – auch wenn Etiketten Vincent oft verwirrten und er sich mehr darauf konzentrierte, wie er sich fühlte –, und er hatte genauso viele Beziehungen mit Männern wie mit Frauen gehabt, was sich bei seinen achtundzwanzig Jahren auf die Gesamtsumme von zweien belief. Zumindest zwei *ernsthafte* Beziehungen. Die erste, ein halbes Jahr lang, als er neunzehn war, war mit einem rothaarigen ungestümen Mädchen namens Tallulah Holly gewesen. Sie war eine Augenweide, wie eine Meerjungfrau aus einer Lagune, und in kleinen Dosen war sie lieb, doch hinter verschlossenen Türen war sie bitter und hinterließ einem tagelang einen schlechten Nachgeschmack. Sie arbeitete als Kellnerin in einem Café und servierte Bauarbeitern Kaffee und deftiges Frühstück, doch sie wollte Schauspielerin werden, und Vincent war völlig vernarrt in sie gewesen, nachdem er sie als Portia in einer Laieninszenierung des *Kaufmanns von Venedig* gesehen hatte. Er hatte einfach zum Bühneneingang gehen *müssen*, um mit ihr zu sprechen.

Tallulah war von Anfang an herablassend gewesen, und sie hatte Vincents Programm signiert, obwohl er sie gar nicht darum gebeten hatte, doch in Vincents Augen hatte sie nichts falsch machen können. Nach einem halben Jahr, in dem sich sein Leben ausschließlich um sie gedreht und sie ihm die Dinge so schwer wie möglich gemacht hatte, beschloss er, sie seiner Mutter vorzustellen. Sie hatten unangekündigt vorbeigeschaut (weil Vincent wusste, dass Tallulah Ausflüchte machen würde, wenn er ihr etwas sagte), und obwohl Violet das Mädchen großspurig gefunden hatte und sich bewusst gewesen war, dass es auf das winzige Haus mit dem leichten Modergeruch und das behelfsmäßige, auf die Schnelle gekochte Essen herabsah, hatte sie sehen können, wie glücklich Tallulah ihren Sohn machte, und war ausgesprochen freundlich gewesen. Erst bei ihrer Rückkehr in Tallulahs Wohnung (denn zu Vincent wollte sie nie, da sie Sonny für einen Schwachkopf hielt – auch wenn das eine faire Einschätzung war, weil alle anderen ihn ebenfalls für einen Schwachkopf hielten, und er tatsächlich einer war), als Tallulah sagte, »Sie ist eine nette Frau, aber es ist offensichtlich, warum dein Vater auf und davon ist. Eine Schönheit ist sie nicht gerade, und dieses *Essen*! Mein *Gott*!«, bekam Vincents rosarote Brille einen Sprung und er sah sie mit den Augen der anderen: Ein verbittertes Mädchen, dessen Leben sich nicht so entwickelt hatte, wie es sich das erhofft hatte, und das deshalb versuchte, allen anderen das Leben genauso zu vermiesen. Er hatte auf der Stelle Schluss gemacht, allerdings so sanft wie möglich, doch die Schauspielerin in Tallulah hatte eine Szene machen *müssen*. An dem Abend hatte sie den Großteil ihres Geschirrs zerbrochen.

Vincents zweite Beziehung war mit einem Jungen namens Will Johnson gewesen. Auch sie hielt nur ein halbes Jahr, doch sie endete so freundschaftlich, wie sie begonnen hatte. Will arbeitete an der Bar in einem Club, den Vincents Collegefreunde gern besuchten. Sie tanzten die ganze Nacht hindurch, bis sie ganz verschwitzt und schrecklich betrunken waren, aber das war eigentlich nichts für Vincent, sodass er sich zum offiziellen Chauffeur der Gruppe bereit erklärte. Wie ein Elternteil auf einem Kindergeburtstag sah er seinen Freunden zu, wie sie auf die Tanzfläche liefen und sich bis zum Ende des Abends unweigerlich blamierten, während er an der Bar wartete und so wenige der winzigen, überteuerten Colaflaschen trank, wie er konnte, ohne hinausgeworfen zu werden. Erst nach zwei Wochen hatte Will den Mut gefasst, Vincent einen Drink auf Kosten des Hauses anzubieten. Es dauerte eine weitere Woche, bis er sich nach Vincents Namen, und noch eine, bis er sich nach seiner Nummer erkundigt hatte. Will arbeitete in einem Club mit lauter Musik, weil er nicht sehr gut darin war, mit Menschen zu sprechen, und da Vincent der erste Mensch war, mit dem er je hatte sprechen *wollen*, gab ihm das Grund zu der Annahme, er müsse etwas Besonderes sein. (Außerdem arbeitete Will in einem Club mit greller Beleuchtung, weil er rote Haare hatte und hoffte, bei dem Stroboskoplicht und den Lasern wäre das unmöglich zu erkennen.) Wie sich herausstellte, besuchte er dasselbe College wie Vincent, hatte englische Literatur und Kunst belegt und arbeitete in dem Club, um sich etwas zusätzliches Geld für Künstlerbedarf zu verdienen. Sie verbrachten die meiste Zeit damit, über Bücher zu diskutieren, auf Vincents Sofa Vinylplatten zu lauschen und herumzuknutschen. Am Ende war die Beziehung einfach verpufft. Wie Will es formulierte, *ging das Leben weiter*, und keiner von beiden brauchte oder, wenn man einmal ehrlich war, wollte eine Beziehung, doch sie hatten weiterhin viel füreinander übrig.

Vincent hatte flüchtige Abenteuer gehabt, zufällige Küsse und bei einer Gelegenheit einen One-Night-Stand, aber er war bei Weitem kein Casanova. Außerdem hatte Evie eine merkwürdige Wirkung auf ihn. Obwohl sie unglaublich herzlich und freundlich war, fühlte er sich von ihr eingeschüchtert, ohne genau sagen zu können, weshalb.

Sie hatten den Tisch und die Campinghocker zusammengeklappt und ließen sie an Vincents Stammplatz zurück. *Darum kümmere ich mich morgen*, dachte er in Gedanken an den wütenden Bahnhofsmitarbeiter, der auf ihn warten würde, wenn er am folgenden Tag mit seiner Straßenmusik anfinge. Im Moment ging es ihm allerdings einzig und allein um Evie. Als sie aus dem Bahnhof traten, nieselte es leicht, aber nicht unangenehm, und der Fluss, der durch die Stadt führte, kräuselte sich glänzend im Regen. Evie lief über die Straße, beugte sich über das schwarz gestrichene Brückengeländer und sah ins Wasser hinunter. Die Zehenspitzen gerade noch am Boden, beugte sie sich so weit wie möglich vor, um ihr Spiegelbild betrachten zu können – doch Regentropfen ließen es immer wieder verwackeln. Vincent erschien neben ihr im Wasser, allerdings sah er in die andere Richtung, den Rücken ans Geländer gelehnt.

»Was *machst* du da?«, fragte er.

»Wonach sieht es denn aus?«, entgegnete Evie. Vincent drehte sich zum Fluss, um sehen zu können, was sie sah.

»Du – suchst nach dem Ungeheuer von Loch Ness?«

»Nö. Ich bezweifle, dass sich Nessie so einen dreckigen Fluss aussuchen würde.«

Vincent nickte zustimmend. »Okay. Vielleicht – versuchst du, in die Zukunft zu schauen, und nimmst den

Fluss als deine Kristallkugel?« Er fuhr geheimnisvoll mit den Händen durch die Luft.

»Nein«, erwiderte Evie lachend. »Aber probiert habe ich das schon. Funktioniert nicht!«

»Du – du – versuchst, mein Gehirn überzustrapazieren. Ich gebe auf. Was *machst* du?«

»Ich habe *nichts* gemacht«, neckte sie. »Ich habe bloß geschaut.«

»Warum hast du das nicht gleich gesagt?« Spielerisch stupste er ihren Arm an.

»Du wolltest eine Antwort, und ich hatte keine. Ich dachte, es würde dir Spaß machen, deine eigenen Geschichten zu erfinden.«

»Machst du das jedes Mal, wenn du keine Antwort parat hast? Du erfindest eine?« Vincent fing an, den Bürgersteig entlangzugehen, in der Hoffnung, sie würde ihm folgen, was sie jedoch nicht tat.

»Warum nicht? Es ist lustiger sich vorzustellen, ich würde im Wasser nach meiner Zukunft suchen, als zu wissen, dass ich ohne richtigen Grund hingeschaut habe, oder?«

»Wahrscheinlich.« Mittlerweile war Vincent gute drei Meter von ihr entfernt und musste ein wenig lauter sprechen, damit sie ihn noch hören konnte. In einem Haus in der Nähe ging ein Licht an, und er fragte sich, ob sie zu ihm aufschließen würde, aber sie machte keine Anstalten, sich vom Fleck zu rühren.

»Na also! Warum sollte ich deine wunderbare Fantasie mit meiner langweiligen Realität ruinieren?«

Was für eine brillante Aussage, dachte Vincent. Dann dachte er ein wenig länger nach und …

»Was für eine brillante Aussage«, sagte er.

»Aber es stimmt doch, oder?« Evie sah wieder in den Fluss.

Vincent hatte genug von der Distanz. Er wollte ihr näher sein und fing an zurückzuschlendern, wobei er sich Mühe gab, beiläufig zu wirken, auch wenn ihm klar war, dass es ihm nicht gelang. Es gab Regeln, die besagten, er sollte drei Tage warten, bevor er sich nach dem heutigen Abend bei ihr meldete, und dass er eigentlich desinteressiert wirken sollte, damit sie ihn mehr wollen würde, doch er hatte nie gern Spielchen gespielt, bei denen die Gefühle von Menschen manipuliert wurden. Gefühle waren verwirrend genug, auch ohne dass Menschen mit ihnen spielten, um sie an ihre eigenen Bedürfnisse anzupassen. Und selbst wenn er ein Befürworter von Manipulation wäre, sagte ihm etwas, dass Evie ihr sowieso nicht zum Opfer fallen würde. Ihr Gehirn funktionierte jenseits solcher Dummheiten.

»Schau mal dort drüben.« Evie deutete auf eine Frau, die die Brücke über den Fluss überquerte. Sie trug einen khakifarbenen Mantel mit einer Kapuze, die ganz über ihren Kopf gezogen war und den Großteil ihres Gesichts verdeckte. Die Frau war allein und mühte sich mit zwei Plastikeinkaufstüten ab. »Wie lautet ihre Geschichte, was meinst du? Wie *willst* du, dass ihre Geschichte lautet?«

Vincent dachte einen Moment nach. Die Frau sah ganz gewöhnlich aus, wenn auch ein wenig durchnässt und melancholisch. Wahrscheinlich befand sie sich nur auf dem Heimweg von ihrem Wocheneinkauf.

»Sie ist auf der Flucht«, erklärte er ernst.

»Glaubst du?«, flüsterte Evie.

»Ja. Sie ist gerade mit ihrem gesamten Hab und Gut in Tüten aus ihrem Haus entkommen, kurz bevor sich die Polizei Zugang verschafft und ihren ermordeten Bruder gefunden hat.«

»Und warum hat sie ihren Bruder ermordet?«

»Weil *der* ihren Ehemann ermordet hat.«

»Und jetzt hat sie niemanden«, sagte Evie in tragischem Tonfall.

»Und sie versteckt sich.«

»In aller Öffentlichkeit.« Evie schüttelte den Kopf, spielte mit.

Vincent warf ihr einen verschmitzten Blick zu. »Wir sollten sie besser fangen und der Polizei übergeben.« Und mit diesen Worten lief er los.

»Was? VINCENT!« Evie jagte ihm hinterher, ohne zu wissen, ob sie über seine Albernheit lachen oder aber Angst haben sollte, dass es ihm ernst sein könnte. Sie holte ihn ein, packte seinen Arm mit beiden Händen und zog ihn in die entgegengesetzte Richtung. »Aufhören!« Da sie jetzt sehen konnte, dass er ein Lachen unterdrückte, kicherte sie ebenfalls.

»Nein, Evie! Wir müssen diese Schwerverbrecherin aufhalten!« Mittlerweile lachte er so heftig, dass er die Wörter kaum herausbrachte. Die Frau kam geradewegs auf sie zu. »Entschuldigen Sie!«, rief er, so gedämpft, dass sie es nicht hören konnte, aber so laut, dass Evie ihm die Hand über den Mund legte.

»PSCH!« Evies Kichern hatte ihr die Kräfte geraubt, und Vincent drehte den Kopf weg, um den Mund freizubekommen. Mittlerweile war die Frau die Straße viel zu weit gegangen, um ihr Gespräch noch hören zu können, vermutlich weil sie eine schnellere Gangart angeschlagen hatte, als sie sah, wie Evie und Vincent mitten auf der Straße miteinander rangen. Doch das war dem Paar nicht aufgefallen, und es machte auch nichts.

»Entschuldigen Sie, Ma'am, wir haben Grund zu der Annahme, dass Sie auf der Flucht sind …«

Sie versuchte wieder, die Hand über seinen Mund zu legen, doch er hielt ihr Handgelenk von sich weg.

»… und zwar vor der Polizei!«

»VINCENT!« Evie versuchte, ihm die andere Hand über den Mund zu legen, doch die wehrte er ebenfalls ab und hielt ihre Handgelenke zu beiden Seiten seines Gesichts von sich, nur sanft, doch aufgrund ihres Gekichers hatte sie keine Kraft, sich zur Wehr zu setzen. Ihre kleinen Hände wedelten herum, während sie die ganze Zeit über fast platzte vor Lachen.

»… WEGEN DES MORDES AN IHREM BRUDER!«, brüllte Vincent.

Rasch riss Evie die Handgelenke zurück, sodass er an sie herangezogen wurde, seine Arme um ihre Taille, die Finger immer noch um ihre Handgelenke. Er sah sie an und versuchte, ihre Miene zu deuten, da sie beide auf einmal sehr still und ernst geworden waren, als wäre eine Decke aus Schnee über die Welt um sie herum gefallen. Im Vergleich zu Evie kam er sich groß und tölpelhaft vor. Dabei war sie nicht klein, sondern von durchschnittlicher Größe, und wirkte ganz robust mit ihren breiten Schultern, und obwohl ihr Rock in der Taille geschnürt war, hatte sie dank ihrer Vorliebe für Brot und Käse ausladende Hüften und Oberschenkel. Er war lediglich zu groß und zu breit und hatte das Gefühl, sie völlig zu vereinnahmen, indem er so die Arme um sie legte. Evie hingegen hatte das Gefühl, perfekt dorthin zu passen. Sie war schon immer breiter als andere Mädchen gewesen, nie graziös und elegant, und bei Vincent kam sie sich endlich einmal zart und fein vor. Vincent wollte mehr als alles andere die Lücke zwischen ihnen schließen, doch seine Unsicherheit bezüglich ihrer Gefühle ließ ihn zögern.

»Evie«, sagte er mit trockenem Mund und heiserer Stimme.

»Ja«, flüsterte sie zurück, einen leichten Gewürzgurkengeruch verströmend.

»Noch eine Frage.« Er konnte nirgendwohin als in ihre Augen sehen. Ihr Make-up war ein wenig verwischt, sodass die schwarzen Linien um ihre Augen weicher geworden waren, doch die schokoladene Mitte glänzte immer noch von den Tränen, die sie gelacht hatte.

»Lass es eine gute sein«, ermahnte sie ihn und kam ein Stück näher. Vincent rührte keinen Muskel.

»Du kannst ruhig Nein sagen …«

»Okay …«

Evies Fersen berührten den Boden nicht mehr. Vincent schien sich in Marmor verwandelt zu haben, seine Worte entwichen nur aus dem winzigen Spalt zwischen seinen Lippen, seine Arme lagen starr um Evie. Er entspannte die Hände, und ihre Handgelenke entglitten seinem Griff. Dann, als wäre es völlig natürlich, hob sie die Arme und legte die Handflächen auf seine Brust. Zum zweiten Mal an dem Abend wusste er nicht, was er mit seinen Händen machen sollte, also verschränkte er seine eigenen Finger und ließ sie in ihrem Kreuz liegen. Evie sah die Unsicherheit in seinen Augen, und auch dieses kleine nervöse Zucken seiner Augenbrauen war wieder da. Sie wünschte, sie würde ihn nicht so nervös machen, aber dennoch war sie ein klein wenig froh, dass sie es tat, denn ihre eigenen Schmetterlinge waren ebenfalls zurückgekehrt. Ihre Nasenspitzen stießen aneinander, und Vincent hauchte: »Darf ich dich küssen?«

Bevor er wusste, wie ihm geschah, hatte sie den Abstand zwischen ihnen überwunden. Evies Gedanken überschlugen sich, während Vincents Gehirn zu Schaumgummi wurde. In der Art, wie er sie küsste, lag so viel Unsicherheit, dafür waren Evies Küsse noch nie so echt gewesen. Sie hielt sich am Revers seines Mantels fest, als hätte ihr Leben gerade von Null auf Hundert beschleunigt, und endlich zog Vincent sie eng an sich. Die ganze Welt verschwand, und da waren nur Evie und Vincent, die ins Nichts trieben, vielleicht ohne Wiederkehr, aber das war in Ordnung, denn sie hatten einander.

Sie lösten sich voneinander, nur ein kleines bisschen.

»Ich habe mir versprochen, dass ich das nicht tun würde«, flüsterte Vincent.

»Warum solltest du so etwas versprechen?« Evie forschte in seiner Miene nach einer Antwort.

»Du sollst nicht denken, dass ich das ständig tue und ich in der Beziehung selbstbewusst bin, denn das bin ich nicht, *wirklich* nicht«, gestand er.

»Ich weiß, dass du das nicht bist. Deine Augenbrauen zucken dauernd.« Sie lächelte zu ihm empor, was noch mehr Zucken hervorrief.

»Und ich will – das hier – nicht überstürzen. Was auch immer *das hier* ist.«

»Ich auch nicht, aber vielleicht ist es kein Überstürzen. Kommt es dir überstürzt vor?«

»Nein.« Er küsste sie flüchtig auf die Lippen.

»Ist dir unbehaglich zumute oder so, als hätte das hier nicht passieren sollen?«

»Nein.« Er küsste sie erneut.

»Dann ist es nicht überstürzt. Es ist richtig.« Und wieder waren sie für die Welt verloren, beziehungsweise die Welt für sie.

Es waren nur zwei Haltestellen zwischen dem Bahnhof, an dem Vincent musizierte, und der Station, wo Evie wohnte. Die beiden schlenderten allerdings so gemächlich zu ihrem Wohnblock, dass sie für den zwanzigminütigen Weg vierzig Minuten brauchten. Obwohl sie sich schon geküsst hatten, hielt Vincent erst auf halber Strecke ihre Hand, als sich ihre Finger versehentlich berührten, und er instinktiv nach ihren griff. Sie blieben kurz stehen, als sie ihre verschlungenen Finger bemerkten, und Evie nutzte die Gelegenheit und reckte sich auf Zehenspitzen nach oben. Sie rechnete lediglich mit einem flüchtigen Kuss, doch er führte die andere Hand an ihr Gesicht und hielt Evie ein wenig länger dort. Insgeheim genoss sie es, wie scheu er nach jedem ihrer Küsse aussah.

Als sie vor Evies Wohnblock eintrafen, blieben sie widerwillig stehen.

»Hier wohne ich.« Sie wies nach oben. »Meine ist die da, gleich dort.« Sie deutete auf eine Wohnung mit einem kahlen Balkon. Drinnen brannte Licht, und ein kleines Fenster war weit aufgerissen.

»Aha.« Vincent schob die freie Hand in die Tasche und zog die Schultern hoch.

»Möchtest du …« Sie deutete wieder nach oben, ohne

zu wissen, wie sie ihn hereinbitten konnte, ohne dass es klang, als würde sie ihn auf mehr als einen Kaffee einladen.

»Ähm …« Obwohl es dunkel war, und die beiden nur von den Straßenlaternen beleuchtet wurden, sah Evie dennoch die Röte, die sein Gesicht überzog.

»Bloß auf einen Kaffee, meine ich. Sonst nichts.« *O Evie*, dachte sie.

»Richtig. Natürlich.« Er konnte ihr nicht in die Augen sehen. *Vincent, du bist achtundzwanzig, hör auf, rot zu werden*, schalt er sich.

»Es ist das erste Date. Ganz so leicht lasse ich mich nicht erobern.« Sie versuchte, lässig zu sein, malte sich Audrey Hepburn oder Marilyn Monroe aus, doch sie bezweifelte, dass Audrey und Marilyn mit einem rasenden Herzen und sich überschlagenden Gedanken zu kämpfen gehabt hatten, während sie ihren Text aufsagten.

»Du hörst dich an, als wärst du ein Land.«

»Auf dessen Terrain niemand gleich beim ersten Date auf Erkundungszug geht!« *Okay, das war ein ziemlich guter Spruch.*

»Dann war das hier ein Date?« Ein Lächeln kroch über seine Lippen.

»Na ja – wir haben zu Abend gegessen, haben einander besser kennengelernt und uns gegen Ende geküsst. Wenn das kein Date ist, dann muss ich eine Neueinschätzung meines romantischen Wissens vornehmen.«

»Wenn du es so formulierst, war es das wohl.« In Vincents Augen trat Wärme.

»Wohlgemerkt nur ein *erstes* Date«, sagte sie, sehr zögerlich, in der Hoffnung, er würde den Wink verstehen.

»Das erste von vielen.« Er nahm ihre rechte Hand in seine und küsste sie. »Ich überlasse dich dem Rest deines Abends, Evie. Wann kann ich dich wiedersehen?«

»Morgen?«, erwiderte sie zu rasch, doch Vincent antwortete wie aus der Pistole geschossen: »Ja, morgen. Mittag?«

»Mittag«, bestätigte sie, und mit einem letzten, innigen Kuss trennten sie sich, bereits begierig, einander wiederzusehen.

Evie erklomm die Steinstufen, ging durch den Haupteingang des Gebäudes und sah durch die Glastüren zurück zu Vincent, der ihr vom Fuß der Treppe nachsah, weil er immer noch nicht so recht wollte, dass der Abend zu Ende ging. Sie winkte ihm kurz, und als er sich endlich wegdrehte, spürte sie etwas in ihrer Brust, das sie in seine Richtung zurückzog. Widerwillig machte er sich auf den Weg zu seinem eigenen Zuhause in dem armseligen Stadtteil.

»Und wer ist das, wenn ich fragen darf?« Evie hatte nicht bemerkt, dass sich Liefde von hinten an sie herangeschlichen hatte, und ihr wurde klar, dass sein Anblick Vincent zu der Entscheidung bewogen haben musste zu gehen.

»Liefde, Sie haben mich erschreckt!« Sie versetzte seinem Arm einen Klaps, und der kleine Mann lachte.

»Ich hätte es nicht getan, wenn du keine Dummheiten machen würdest! Nun sag schon. Wer ist der heiße Typ?«

»Heißer Typ!«, mokierte sich Evie. »Er heißt Vincent Winters, und er ist ein sehr anständiger Mann. Er ist klassischer Musiker«, sagte sie spitz mit hoch erhobener Nase.

»Wunderbar! Na, warte nicht zu lange, bis du ihn hereinbittest. Ich möchte ihn kennenlernen.«

»Ich habe ihn hereingebeten, aber es war erst unser erstes Date, und wie schon gesagt, ist er ein anständiger Mann.«

»Aber was sagt das über dich, wenn du ihn beim ersten Date nach oben in deine Wohnung einlädst?« Liefde hob scherzhaft die Augenbrauen, während Evie nach Worten rang. Schließlich versetzte sie ihm nur wieder lachend einen Klaps und zog sich dann in ihr Apartment zurück, um die Nacht über von dem Abend zu träumen, den sie gerade erlebt hatte.

DEZEMBER

Das zweite Date

Als Vincent am nächsten Morgen erwachte, hatte er Sonnys Füße im Gesicht. Vincent war auf dem Sofa eingeschlafen, und Sonny war um drei Uhr morgens sturzbesoffen nach Hause gekommen und hatte sich an ihn gekuschelt. Für Vincent war das nur noch ein Beweis dafür, dass der vergangene Abend nichts weiter als ein Traum gewesen sein konnte. Doch dem war nicht so.

Mittags trat Evie in einem burgunderroten Kleid, braunen Stiefeln und ihrem grünen Mantel aus ihrem Wohnblock. Geschnittenes Brot, immer noch in der Plastikverpackung, baumelte von ihrer Hand. Vincent fühlte sich in seinen schwarzen Skinny Jeans, dem fast-nicht-violetten T-Shirt und schwarzen Mantel mit fast-nicht-violetter Paspel underdressed.

»Du siehst toll aus.« Bei den Worten kam er sich töricht vor.

»Du siehst genauso aus wie gestern!« Evie lachte. »Was übrigens wunderbar ist«, fügte sie mit einem Begrüßungskuss auf seine Wange hinzu.

»Wohin soll's gehen?«, fragte Vincent mit Blick auf das Brot.

»Wie wär's mit dem Park?« Sie zuckte die Schultern.

»Zum Entenfüttern?« Er hob eine Augenbraue.

»Genau.«

»Perfekt.« Er nahm ihr das Brot ab und bot ihr seinen Arm an, den sie gern ergriff, und damit gingen sie los.

»Vincent, es tut mir *so* leid!« Evie riss ihre Wohnungstür auf und lief direkt ins Badezimmer, um ein Handtuch zu holen, während der tropfnasse Vincent auf dem Fußabtreter stehen blieb.

»Ist nicht schlimm!« Lachend nahm er das gelbe Handtuch entgegen und wischte sich damit so gut wie möglich das Gesicht und die triefenden Haare ab.

»Komm rein, komm rein! Egal, wenn etwas nass wird!«

Vincent schlüpfte aus den patschnassen Schuhen und ließ sie vor der Wohnungstür stehen. Die durchweichten Strümpfe zog er auch aus, steckte sie in die Schuhe und schloss die Tür hinter sich.

In einem Park in der Nähe, in dem es von Vögeln und alten Menschen wimmelte, hatten sie einen wunderbaren Tag am Teich verbracht. Da hatte Evie ihre Liebe zu Enten erwähnt.

»Das sind deine Lieblingstiere? Echt?«

»Mm-hmm«, hatte Evie geantwortet und beobachtet, wie eine Ente nach Brotkrumen aus ihrer hohlen Hand schnappte.

»Nichts Majestätisches oder Furchterregendes wie ein Löwe oder ein …«

»Drache?«, hatte sie ganz ernst vorgeschlagen, und Vincent hatte gelächelt. »Enten sind albern. Albern gefällt mir«, hatte sie argumentiert.

»Wie du?«, hatte Vincent sie geneckt. Er war näher an

den Rand des Teiches getreten, die Hände wie gewöhnlich in den Taschen. Evie hatte eine ganze Scheibe Brot aus der Tasche geholt und sie wie ein Frisbee auf sein Gesicht zugeworfen. Er hatte die Scheibe ohne Weiteres abgewehrt, und sie war im Teich gelandet, doch als er einen Schritt zurückgegangen war, um ihr auszuweichen, hatte er nicht mit der Gans gerechnet, die direkt hinter ihm stand. Er war mit den Kniekehlen an den Vogel gestoßen, der lautstark protestiert und nach seinem linken Bein geschnappt hatte, sodass Vincent das Gleichgewicht verloren hatte und direkt nach hinten in den Teich gefallen war. Glücklicherweise war der Teich nicht sonderlich tief gewesen, und Evie hatte schallend gelacht, auch wenn ihre Heiterkeit schnell ihrem schlechten Gewissen gewichen war, als sie bemerkt hatte, dass Vincent vor Verlegenheit purpurrot angelaufen war.

Da Vincent nun bis auf die Haut durchnässt war, hatte er allerdings einen Vorwand, Evies Wohnung einen Besuch abzustatten, und dafür war er dankbar.

»Zum Badezimmer geht es da lang. Du – ähm – du kannst dich gern ausziehen und duschen, wenn du willst.« Evie streckte die Hand aus und zog ein Stück grünen Teichschleim aus seinen Haaren. »Da drinnen ist ein Bademantel. Er ist nicht – kurz oder so. Er wird alles bedecken … Ich – ähm – setze Wasser für eine Tasse Tee auf.« Nervös reichte sie ihm ein weiteres gelbes Handtuch und wies ihm den Weg, ohne ihm richtig in die Augen sehen zu können.

Nach einer Viertelstunde erschien Vincent in dem Bademantel, der tatsächlich alles bedeckte. Evie nahm ihm seine Kleidungsstücke ab und steckte sie in die Waschmaschine.

»Es wird wahrscheinlich ein oder zwei Stunden dauern, bis alles gewaschen und getrocknet ist.« Sie biss sich entschuldigend auf die Lippe, doch seine Augen strahlten.

»Das klingt super!«

Grinsend reichte sie ihm eine Tasse Tee. »Ich habe leider kein Sofa. Bloß einen Sessel und eine Matratze.«

»Ich sehe schon. Dein Schlafzimmer steht also einfach leer?« Er bewegte ein Teilstück ihres Bettrahmens von der Wand und betrachtete es verwirrt.

»Ich hatte einfach noch keine Zeit, das Gestell zusammenzubauen, und ehrlich gesagt habe ich die Matratze ganz gern im Wohnzimmer. Die Fenster hier drinnen sind viel schöner.« Evie nahm ihren Mantel von dem grünen Sessel, damit Vincent sich hinsetzen konnte, doch er berührte ihren Arm.

»Keine Sorge. Ich habe eine bessere Idee.«

Gemeinsam nahmen sie eine Bettdecke mit auf den Balkon und mümmelten sich darin ein, während sie die Menschen beobachteten, die unten auf den Straßen in ihren Autos vorüberfuhren. Manche hatten die Fenster heruntergekurbelt und spielten laute Musik, zu der Evie und Vincent falsch mitsangen.

»Ich kann Geige spielen, aber singen kann ich wirklich *überhaupt* nicht«, gestand er.

»Ich kann weder singen *noch* Geige spielen! Du hast mir was voraus«, erwiderte Evie lachend.

Vincent und Evie unterhielten sich stundenlang, noch lange nachdem der Trockner zum Zeichen, dass Vincents Kleidung fertig war, gepiepst hatte. Sie tauschten Anekdoten über Pech und Pannen aus der Kindheit aus, brachten einander mit Geschichten über verrückte Familienmitglieder zum Lachen, und vertrauten sich gegenseitig Erinnerungen an schwere Zeiten an. Der Nachmittag neigte sich rasch und ging in den Abend über, sodass Vincent an Aufbruch dachte.

»Wie spät ist es?«, erkundigte er sich.

»Ich bin mir nicht sicher.« Evie zuckte mit den Schultern und hoffte, dass er noch nicht gleich wieder ginge.

Er blickte in seine leere Tasse. »Ich sollte wahrscheinlich …« Er ließ den Satz unvollendet.

»Länger bleiben?«, beendete sie ihn für Vincent und versuchte, scherzhaft zu klingen, meinte jedoch jedes einzelne Wort ernst.

»Ich bin dir nun schon lange genug zur Last gefallen. Ganz zu schweigen davon, dass ich deine Wohnung viel feuchter gemacht habe, als sie war!«

»Das war meine Schuld, weil ich dich heute schwimmen geschickt habe«, erwiderte sie lächelnd, dann brach sie wieder in Gelächter aus, als das Bild von ihm, wie er in dem Teich gesessen hatte, erneut vor ihrem geistigen Auge aufblitzte. »Tut mir leid«, prustete sie. »Du sahst so hilflos aus!«

Diesmal stieg Vincent nicht die Schamesröte ins Gesicht. Er schenkte ihr nur wieder diesen Blick. Den, bei dem die romantischen Filmhelden einen Tunnelblick bekommen und nur noch Augen für den von ihnen begehrten Menschen haben.

»Du hast mich schon einmal so angesehen«, sagte Evie leise.

»Wie denn?«

»Du *weißt* wie.« Sie stupste ihn mit dem Finger an der

Schulter an. »Woran denkst du, wenn dein Gesicht das macht? Was bedeutet dieser Blick?« Auch wenn sie nicht auf Komplimente aus war oder eine wahrhaftige Liebeserklärung benötigte, hoffte sie doch, dass er genauso empfand wie sie.

»Auf einmal so voller Fragen?«, erwiderte Vincent, der jetzt genauso leise sprach wie sie.

»Es ist zwecklos, sich zu zieren. Wir haben uns schon geküsst.« Sie zwinkerte verschmitzt, um die Stimmung aufzulockern, doch gleichzeitig drehte sich ihr der Magen um. »Und ich mag keine Spielchen. Aufrichtigkeit macht alles einfacher.«

»Ganz meine Meinung.« Vincent nickte.

»Was soll also der Blick?«, wiederholte Evie.

Vincent merkte, dass er mit dem Rücken an der Wand stand und sie nicht lockerlassen würde, bis sie eine Antwort erhielt. Zudem hatte er keinen Grund, nicht ehrlich zu sein.

»Da ich keinen Spiegel habe, kann ich mir nicht ganz sicher sein, aber – ich tippe mal darauf, dass es mein ›Ich würde sie wirklich gern wieder küssen‹-Gesicht ist. Andererseits könnte es auch mein ›Ich kann mein Glück nicht fassen‹-Gesicht sein. Oder mein ›Sie ist völlig durchgeknallt und das gefällt mir richtig gut‹-Gesicht. Du hast die Wahl.«

Er hatte sie kein einziges Mal angesehen. Stattdessen hatte er seine Hände betrachtet, während er an einem der Knöpfe am Fußende der Bettdecke herumgespielt hatte. Evie stellte ihre Tasse neben sich auf den Boden und nahm seine beiden nervösen Hände in ihre. Sie waren doppelt so groß wie ihre, kräftig und rau und zu Fäusten geballt, doch sie öffnete sie, um sie halten zu können. So elegant es ging, schob sie sich näher an ihn heran. Das Zucken um seine Lippen verriet ihr, dass sie sich kein bisschen graziös anstellte, doch dann erstarrte seine Miene, als sich ihr Gesicht seinem näherte, bis ihre Nasen sich berührten. Sie drückte sanft ihre Nasenspitze an seinen Nasenrücken und fuhr ihn bis ganz nach unten nach, bevor sie den Kopf weiter neigte, um seine Lippen erreichen und ihn küssen zu können.

Ihre Hände glitten von seinen, und sie griff nach oben in seinen Nacken, wo sie die Finger in seiner Zottelmähne verschränkte und sich festhielt, während sie spürte, wie sich die Geschwindigkeit ihres Lebens erneut beschleunigte. Vincent ließ die Arme um ihre Taille gleiten, sich bewusst, dass er mehr von ihr bekam, als er je gewagt hatte sich vorzustellen, und er zog sie näher an sich. Sie merkte, dass er sie gern noch näher bei sich hätte. Ihn immer noch küssend, kletterte sie auf seinen Schoß, sodass er sie ganz in die Arme schließen konnte. Ihre Küsse wurden inniger, voller Begehren, und einander so nah zu sein, schien auf einmal nicht mehr nah genug.

Ihre Hände wurden schwerer, und während Vincent immer noch versuchte, an ein paar seiner Hemmungen festzuhalten, waren Evies in der Abendbrise davongedriftet, längst vergessen und leichten Herzens verloren. Evie entzog sich ihm schnell und stand auf. Sie nahm seine Hand und zog ihn in die Wohnung. Neben der Matratze hielt sie inne und fragte ihn mit den Augen, ob es das war, was er wollte. Er antwortete, indem er sie hochhob. Sie schlang die Beine um seine Taille, und als sie auf ihr behelfsmäßiges Bett niedersanken, erfüllte sie ein Gedanke: *Schließlich ist es nicht mehr das erste Date.*

Mit zitternden Händen zog Evie die Bettdecke vom Balkon auf die Matratze zurück und versuchte dabei, möglichst nicht von aller Welt gesehen zu werden. Sofort zog sie die Decke über sich, nicht aus Scham vor Vincent – dafür war es längst zu spät –, sondern, weil die Balkontüren immer noch weit offen standen und die Winterluft frisch war. Sie schmiegte sich an Vincent, dessen Augen geschlossen waren, und legte den Kopf auf seine Brust, die sich im Takt seiner schweren Atemzüge bewegte. Sobald ihre Wange seine Haut berührte, legte er instinktiv den Arm um sie, und es fühlte sich so richtig an, dass sie sich nicht vorstellen konnte, sich je aus seinen Armen zu entfernen.

»Evie?«, murmelte Vincent.

»Mmm«, flüsterte sie zurück.

»Geh nicht weg.«

Sie legte den Kopf schräg, um ihn anzusehen. Zwar hatte er immer noch die Augen geschlossen, doch die Brauen darüber waren zusammengezogen.

»Was meinst du?« Sie war völlig erschöpft und konnte die eigenen Augen kaum offen halten.

Sein Arm zog sie näher, und Evie streckte den Körper aus und schmiegte sich an Vincents Seite. »Du bist atemberaubend.« Als er ihr leichtes Kopfschütteln spürte, atmete er ungläubig aus. »Das meine ich ernst.« Er öffnete die Augen und hob ihren Kopf mit einem Finger an ihrem Kinn an. »Du bist wie – der eine Feuerwerkskörper, der allen bei einem Feuerwerk, das ansonsten recht enttäuschend gewesen wäre, den Atem stocken lässt.« Evie genoss seine alberne Spontanität, während Vincent erleichtert war, endlich aussprechen zu können, was er sich vor Stunden ausgedacht und nicht zu sagen getraut hatte. Er holte tief Luft und beobachtete, wie sich Evies Kopf mit seinem Atemzug hob und senkte. »Ich bin nur ein wenig … Ich weiß auch nicht. Wir kennen uns zwei Tage, und es fühlt sich bereits an, als wäre ich schon eine Million Male hier so mit dir zusammen gewesen.« Er wickelte eine ihrer Haarsträhnen um seinen Finger, und ihre geschlossenen Augen öffneten sich einen Spalt.

»Ich weiß«, sagte sie. »Und du machst dir genau wie ich Sorgen, dass es so schnell, wie es gekommen ist, wieder verschwinden wird?« Vincent nickte und küsste sie auf die Stirn, die sich an seinen Lippen warm anfühlte. »Wir sind beide keine Kinder mehr, Vincent. Ich weiß, was ich vom Leben will, und ich weiß, wie ich empfinde.« Evie wand sich, bis sie auf dem Bauch lag, und stützte sich auf die Ellbogen, um ihn anzusehen.

»Natürlich tust du das.« Das Gesicht von Sorge gezeichnet, streichelte er sanft ihre Wange mit dem Daumen. »Aber die Dinge ändern sich mit der Zeit.«

»Dann machen wir uns darüber Sorgen, wenn die Zeit gekommen ist. Im Moment bin ich glücklich, und ich weiß nicht, warum sich das ändern soll.«

»Ich auch nicht.«

Trotz Vincents Worten sah Evie ihm an, dass seine Sorge nicht verflog. Ihr blieb nur eines zu tun übrig, sie musste ihm beweisen, dass das, was auch immer zwischen ihnen war, kein unbeständiges, kindisches Abenteuer war. Es fühlte sich ehrlich und unkompliziert an, und für beide völlig neu, wenn auch auf ganz unterschiedliche Weise. Evie schob sich vor, verlagerte ihr gesamtes Gewicht auf seine Brust und gab ihm einen langen, trägen Kuss, und seinem Auge entschlüpfte eine Träne, in der sich all seine

Ängste widerspiegelten, doch er wischte sie weg, bevor Evie sie sehen konnte. Schließlich wich sie ein Stück zurück, die Augen voll Glück, und sie machten es sich unter der Bettdecke gemütlich und redeten schläfrig über nichts, bis beide nahtlos einschlummerten.

Keiner von beiden konnte ahnen, dass dies die Ruhe vor dem Sturm war.

Dieser Dezember war im Grunde genau wie jeder andere, den Evie bisher erlebt hatte, bloß dass Glühwein jetzt süßer schmeckte, sie überall den Duft von Zimt bemerkte, und Sternsinger viele Bonbons in ihren Instrumentenkästen und Hüten fanden.

»Evie! EVIE!«

Liefde stürzte zur Eingangstür des Wohnblocks und sah nach links, wo er auf dem Gehsteig unter Evies Fenster einen Mann erblickte, der dicke Gartenhandschuhe trug, und zu dessen Füßen ein gewaltiger und sehr echter Weihnachtsbaum lag.

»Sie müssen Vincent sein«, sagte er. »Kann ich Ihnen damit helfen?«

Vincent sah verlegen aus. Es war Silvester, und Evie hatte Weihnachten ohne Baum verbracht. Auch wenn die Sache in Vincents Kopf eine überaus romantische Idee gewesen war, hatte sie sich als recht unpraktisch herausgestellt. Den Baum ohne Auto quer durch die Stadt zu schleppen hatte ihn ausgelaugt, und obwohl der Wind bitterkalt und ganz gewiss Schnee auf dem Weg war, war sein T-Shirt durchgeschwitzt, sein Mantel vermutlich ebenfalls, und sein Gesicht war röter als Rudolphs Rentiernase.

»Vincent? Was ist los?« Evie war auf den Balkon gelaufen, nachdem sie sich in aller Eile halbwegs anständige Kleidung zusammengesucht und übergeworfen hatte. Vincent war außer Sichtweite, da er gerade den Baum durch die Eingangstür des Gebäudes zog, doch er hörte sie und rief zurück: »Ich bin gleich oben!«

Liefde half Vincent, den Baum in den Aufzug zu stellen, aber daneben hatte nur Vincent Platz. »Viel Glück!«, wünschte Liefde und salutierte angedeutet mit zwei Fingern, während sich die Tür schloss.

Evie wartete schon, als die Tür im siebten Stock aufging, und lachte beim Anblick des Aufzugs, der völlig mit Baum und einem an die Wand gedrückten Vincent ausgefüllt war. Gemeinsam zerrten sie den Baum den Korridor entlang, eine Spur Kiefernnadeln hinterlassend, und manövrierten ihn durch die Tür von Apartment 72. Sobald Vincent ihn in der Ecke von Evies Wohnzimmer aufgerichtet hatte, traten sie beide zurück, um ihn zu bewundern. Er war ein wenig schief gewachsen, aber sie liebten ihn trotzdem.

»Verleiht ihm Charakter«, sagte Evie lächelnd.

Vincent zog den ersten Baumschmuck aus der Tasche. Es war ein Bonbon aus orangefarbenem Glas, mit einem grünen Band in der Mitte, damit Evie es an einen Zweig hängen konnte.

»Wo hast du das gefunden?«, fragte Evie, die es staunend zwischen den Fingern nach oben ins Licht hielt.

»Es ist einfach eines Tages in meiner Tasche aufgetaucht.« Er hielt die Hände hoch, und sie schlug ihn mit einem Geschirrtuch, das sie in der Küche benutzt hatte, während er den Baum aufgestellt hatte. »Ich habe mir gedacht, dass es wie für dich bestimmt ist.«

Evie war dem Weihnachtsfest im Kreis ihrer Familie entgangen, indem sie vorgegeben hatte, krank zu sein. Eleanor Snow hasste es, wenn jemand auf irgendeine Art krank war, umso mehr, wenn sie Gäste eingeladen hatte. Sobald sie vernahm, dass ihre Tochter einen leichten Schnupfen hatte, hatte sie darauf bestanden, dass Evie nicht zum Weihnachtsessen oder der alljährlichen Snow-und-Summer-Weihnachtsfeier nach Hause kam. Sie beendete sogar das Telefonat, indem sie schneller als gewöhnlich auflegte, nur für den Fall, sie könnte sich durch den Hörer mit Evies »Krankheit« anstecken.

Alles in allem wirkte Eleanor nicht allzu traurig, und Evie hätte nicht glücklicher sein können. Vincent und sie gingen stattdessen zum Weihnachtsessen zu Violet und nahmen eine Schachtel mit Mince Pies mit, die Evie am Abend zuvor gebacken hatte, auch wenn etliche schon frühzeitig in Vincents Mund verschwunden waren. Während des Essens beobachtete Vincent zu seiner Freude, wie aufrichtig Evie und Violet voneinander angetan waren. Anschließend hatte Evie darauf bestanden abzuräumen, und als sie außer Sicht war, legte Violet ihrem Sohn eine Hand auf den Arm.

»Sie ist wirklich wunderbar«, sagte sie mit glänzenden Augen.

»Ich weiß«, erwiderte Vincent strahlend.

Vincent war tagelang nicht in seiner Wohnung gewesen, aber ob seine Abwesenheit überhaupt aufgefallen war, wusste er nicht, da Sonny sich nicht gemeldet hatte. Immer mehr seiner Kleidungsstücke und Habseligkeiten waren bei Evie gelandet, da das dortige Übernachten für ihn zunehmend zur Routine wurde. Sie hatten Wimpel- und

Lichterketten aufgehängt, und während Evie an ihrem neu gekauften Schreibtisch eine Skizze nach der anderen zeichnete, heftete Vincent auch diese an die Wände. Sie hatten die Einzelteile ihres Bettes zusammengebaut und benutzten nun tatsächlich das Schlafzimmer zum Schlafen, aber oft nahmen sie abends eine Decke nach draußen auf den Balkon, um bei einer Tasse Tee vor dem Schlafengehen über den Tag zu reden. Als das neue Jahr näher rückte, freute sich sowohl Evie wie auch Vincent auf gemeinsame Neuanfänge. Das Leben, das sie sich in dem Monat seit ihrem Kennenlernen erschaffen hatten, war ideal, auch wenn sie wussten, dass es nicht leicht sein würde, es aufrechtzuerhalten.

Ihr Plan für Januar bestand darin, dass sich Vincent bei Musikschulen bewerben und versuchen würde, größere Auftrittsmöglichkeiten zu finden, als in unterirdischen Tunneln vor schlecht gelaunten Pendlern zu spielen, während Evie Verlagen und Animationsstudios Kopien ihres Portfolios zuschicken würde. Sie brauchte nur einen Menschen, der ihr eine Chance gewährte, damit sie etwas an der von ihrer Mutter für sie geplanten Zukunft ändern konnte. Nur ein Mensch musste Ja sagen, damit sie ihr Leben mit Vincent verbringen konnte, und sie wollte alles daran setzen, dass das passieren würde.

Als an Silvester Mitternacht herannahte, waren Evie und Vincent in ihrem Wohnzimmer und wechselten sich ab, einander Schokoladenchips in den Mund zu werfen. Sobald einer von ihnen traf, schnellten Hände triumphierend in die Höhe, und es gab viel Jubel. Als sie hörten, wie auf der Feier eines Nachbarn der Countdown gestartet wurde, liefen sie auf den Balkon.

»… VIER … DREI … ZWEI… EINS!«

Feuerwerkskörper gingen los und erhellten den Himmel um sie herum. Vincent hob Evie vom Boden hoch in seine Arme, und noch während des Küssens konnte sie sein Lächeln spüren. Als er sie wieder auf dem Boden absetzte, lehnte sie sich über den Balkon und schrie »FROHES NEUES JAHR!« zu den Menschen unten auf der Straße, die meisten riefen zurück. Dann sagte eine sehr ruhige Stimme vom Balkon zu ihrer Linken: »Ich hoffe, dass es für Sie beide ein wunderbares Jahr werden wird.« Ein Mann in Tweedjackett mit wildledernen Ärmelschonern hob ein Glas Whisky, um ihnen zuzutoasten.

»Oh, das wird es«, sagte Evie und lächelte ihrem Nachbarn zu. »Ihnen das Gleiche!«

JULI

Sonny

Evie hatte seit Monaten nichts von ihrer Mutter gehört und fragte sich, ob Eleanor es leichter fand, den Rest ihres Lebens so zu tun, als hätte sie keine Tochter. Sie kam sich ein wenig grausam vor, weil sie wünschte, es könnte wahr sein, doch ihre Zeit mit Vincent war so gut wie perfekt, und Evie wollte sie durch nichts ruinieren lassen. Und Eleanor Snow würde sie zweifellos ruinieren. Das einzige Problem an Vincent bestand im Moment darin, dass Evie voll und ganz in ihn verliebt war.

»Vincent. Was machen wir, wenn ich es nicht über die Zeitung hinausschaffe?« Evie war gerade damit fertig, nach dem Abendessen abzuräumen, und stand im Türrahmen zur Küche, ein Geschirrtuch in der Hand. Es war wieder einmal einer dieser Momente, die sich in letzter Zeit häuften, wenn ihr die Auflagen ihrer Mutter einfielen, die diese daran geknüpft hatte, dass Evie in dieser Wohnung lebte und bei der Zeitung arbeitete. Dann überkam Evie regelmäßig das Gefühl, sich übergeben zu müssen.

»Wird deine Mutter dich tatsächlich dazu zwingen, jemanden zu heiraten, den du nicht heiraten willst?«, fragte Vincent sanft.

Obwohl Evie Eleanor als äußerst kalt kannte, fragte sie

sich bei Vincents Worten, ob ihre Mutter derart herzlos sein würde, besonders wenn sie Vincent persönlich träfe.

»Du bist siebenundzwanzig«, fuhr Vincent fort. »Du kannst deine eigenen Entscheidungen treffen … oder etwa nicht?« Er las ein Buch in dem grünen Sessel, den sie weiter ins Wohnzimmer gerückt hatten, nachdem die Matratze sich jetzt auf dem Bett befand, wo sie hingehörte. Evie trocknete die Hände an dem Geschirrtuch ab, glitt dann in ihren Strümpfen ins Wohnzimmer, blieb neben dem Sessel stehen, wo sie theatralisch auf Vincents Schoß zusammensackte.

»Natürlich kann ich meine eigenen Entscheidungen treffen. Aber was, wenn es Entscheidungen sind, die mich glücklich machen, die aber beim Rest meiner Familie Entsetzen und Betreten hervorrufen und sie so sehr beschämen, dass sie mich völlig verstoßen?«

»Bin ich *so* furchtbar?« Er zog einen Schmollmund, doch sie küsste ihn und sagte: »Überhaupt nicht. Du bist wunderbar, und genau das ist das Problem. Sie mögen langweilig und bieder.«

»Ich kann langweilig sein! Schau.« Vincents Miene wurde völlig ausdruckslos, und er strich seine Haare zu einer ordentlichen Scheitelfrisur.

Das Telefon läutete, und als Evie hinlief, folgte Vincent ihr und hielt ihr sein langweiliges, ernstes Gesicht vor die Nase, sodass es Evie sehr schwerfiel, ein Lachen zu unterdrücken, als sie nach dem Hörer griff.

»Hallo?«, fragte sie und formte Vincent gegenüber mit den Lippen: *Hier ruft nie jemand an.*

»Hallo, spreche ich mit Evelyn Snow?« Die Stimme am

anderen Ende der Leitung war höflich und voller Charme, und Evie hätte sie überall erkannt.

»Hier *spricht* Evelyn Snow, ja. Spreche ich mit James Summer, von Snow & Summer Ltd.? Dem attraktivsten Mann im ganzen Land, dem die wohlhabendsten Damen der Welt tagaus, tagein zu Füßen liegen?« Evie hatte den abgehackten, vornehmen Tonfall ihrer Mutter angenommen, den sie als Kind perfektioniert hatte, um ihren kleinen Bruder zum Lachen zu bringen.

Jim kicherte. »Es tut gut, deine Stimme zu hören. Ich war heute bei deinen Eltern zu Besuch, und es ist, als hättest du niemals existiert! Wie läuft es mit der Arbeit und der Wohnung?«

Vincent saß wieder mit dem offenen Buch in der Hand in seinem Sessel, doch er hatte denselben Satz nun schon viermal gelesen, weil er zu abgelenkt war, während er sich große Mühe gab, Evies Gespräch nicht zu belauschen.

»Das überrascht mich nicht«, sagte sie. »Im Moment bin ich der Schandfleck der Familie. Die Arbeit ist in Ordnung – irgendwie. Aber hey, ich zeichne und werde dafür auch noch bezahlt, und das allein ist schon toll.« Ihre Brust schwoll vor Stolz an.

»Und deine Mutter *lässt* dich das machen? Ist sie völlig *gesund*?« Es gelang Jim nicht, die Verblüffung aus seiner Stimme herauszuhalten.

»Nein, sie ist ganz genauso grässlich wie eh und je. Ich bin hier natürlich nicht ohne gewisse Auflagen.« Evies Stolz sank rasch wieder in sich zusammen.

»Na ja, ich wollte nur anrufen, um dir zu sagen, dass deine Gegenwart vermisst wurde. Ich dachte, du würdest wenigstens an Weihnachten nach Hause kommen. Du hast die berühmte Snow-Party verpasst, und wir tanzen sonst immer ein- oder zweimal miteinander.«

»Jim, du tanzt nur mit mir, um Nelly Weathersby zu entgehen.« Nelly war die Tochter eines Anwalts, der in der Kanzlei arbeitete, und sie war völlig in Jim vernarrt. Eigentlich war sie eine attraktive junge Frau, doch wenn sie Jim ansah, hatte sie jedes Mal ein Glitzern in den Augen, das sie psychotisch aussehen ließ, und einmal hatte er sie sagen gehört, sie sei schon wahnsinnig gespannt, wie ihre gemeinsamen Kinder aussehen würden. »Und es sind immer mehr als ein oder zwei Tänze, das weißt du!«

An Jims Ende trat eine Pause ein. Er dachte an die Gelegenheiten, wenn Evie und er jedes Jahr auf eben der Weihnachtsfeier miteinander getanzt hatten, und es nur teilweise wegen Nelly Weathersby war, sondern hauptsächlich weil es die einzige Zeit war, in der er der Frau, die seine Liebe niemals erwidert hatte, nahe sein konnte.

»Tja«, sagte er im nächsten Moment, und Evie spürte den Anflug von Traurigkeit, der durch den Charme brach. »Ich hatte nur gehofft, dich bald einmal zu sehen, das ist alles, aber es reicht zu wissen, dass es dir gut geht.«

»Das tut es.« Evie warf Vincent, der immer noch zu lesen vorgab, einen Blick zu.

»Gut. Lass dich mal wieder blicken, Evie. Ohne dich ist es hier ermüdend.«

»Mache ich. Ich komme bald zu Besuch. Oh, und Jim, könntest du mir einen Gefallen tun? Pass für mich auf Eddie auf.«

»Sowieso. Bis bald.«

Als Evie auflegte, konnte sie sich das Unbehagen nicht erklären, das ihr am ganzen Körper ein Kribbeln verursachte. Vielleicht war es eine seltsame Art von Heimweh, nachdem sie nun monatelang von dem Ort fort war, an dem man sie gefangen gehalten hatte, oder vielleicht lag es an dem Wissen, dass der Mann, mit dem sie gerade eben gesprochen hatte, vielleicht eines Tages aus einer familiären Verpflichtung heraus ihr Ehemann sein könnte. Sie wandte sich Vincent zu.

»Ich brauche einen besseren Job. Und du auch.«

»Wir haben getan, was wir können.«

Und das hatten sie. Sobald das neue Jahr begonnen hatte, hatten sie Papier und Umschläge gekauft, und Evie hatte in der Zeitungsredaktion heimlich ihre Illustrationen eingescannt und Kopien ihrer besten Zeichnungen ausgedruckt. Gemeinsam hatten sie Briefe an Verleger und Animationsstudios geschrieben. Vincent hatte Anmeldungsformulare für jede erdenkliche Musikschule ausgefüllt, und Evie half ihm, etwas in die Felder einzutragen, die er gewöhnlich leer ließ. Jemand musste mit *etwas* antworten.

»Es sind jetzt schon Monate«, sagte Evie. »Ich bin mir nicht so sicher.«

»Schulen nehmen erst im September neue Studenten auf, also werde ich frühestens im Sommer etwas hören.«

»Aber wenn der September erst einmal da ist, bleiben mir nur noch zwei Monate, bis meine Mutter ein Machtwort spricht und das hier aus ist.« Evie beendete den Satz schnell, da sie spürte, wie sich in ihrer Kehle ein Kloß bildete.

»Hey, warte.« Vincent legte sein Buch beiseite und streckte die Arme aus, und sie ließ sich von ihm auf seinen Schoß ziehen. »Auch wenn sich deine Mutter aus deinem Munde wie ein Pterodaktylus anhört, der sich gleich auf seine Beute stürzen wird, habe ich keine Angst vor ihr. Wenn du jemanden heiraten willst, den du liebst, dann musst du ihr nur sagen, dass sie sich ihre arrangierte Hochzeit sonst wohin stecken kann!«

Zwar hörte sich das in Evies Ohren gut an, aber sie wusste, dass es nicht so einfach war. Doch sie hatte weder den Mut noch die Energie zur Widerrede. Stattdessen nickte sie und schmiegte sich an seine Schulter, tat, als hätte er recht. »Eine Tasse Tee?«, fragte sie, holte tief Atem und entschloss sich, weiterzukämpfen und die potenziell sehr düstere Situation positiv zu betrachten.

»Ja, bitte.« Vincent küsste ihren Haarschopf, und sie hüpfte von seinem Schoß und ging in die Küche.

»Hörst du das auch?« Vincent lauschte mit gespitzten Ohren auf ein Geräusch, das durch die offene Balkontür drang. Es klang vertraut, aber er kam nicht darauf, woher er es kannte.

»Hörst du mal wieder Stimmen?«, neckte Evie ihn von der Küche aus.

»Die sind immer da!«, rief Vincent zurück. »Das hier ist was anderes.« Er trat auf den Balkon und bemerkte einen Mann, der mitten auf der Fahrbahn entlangtorkelte. Er trug zerrissene graue Jeans und ein langes, ausgeleiertes Oberteil, das ihm von einer Schulter hing. Wie ein Rucksack hing ihm eine Gitarre am Gurt auf dem Rücken, und er hielt in jeder Hand eine Flasche Bier. Ein Auto kam von hinten auf ihn zu und hupte, doch er sang nur noch lauter, und auf einmal wusste Vincent, warum das leicht falsche Geleier so vertraut geklungen hatte.

»Sonny!«, rief er. Der Mann mit der blonden Zottelmähne hörte zu singen auf und wirbelte herum, um herauszufinden, wer da seinen Namen rief. »Hier oben, Sonny!« Vincent hätte gelacht, wenn er nicht schon bei früheren Gelegenheiten gezwungen gewesen wäre, sich um einen betrunkenen Sonny zu kümmern. Er wusste, wie unangenehm es sein konnte, und heute Abend hatte er ganz bestimmt keine Lust darauf. Nicht in Evies Beisein.

»HEEEYYYYY!«, brüllte Sonny, als er Vincent endlich erblickte.

»Was zum Teufel machst du hier?«, rief Vincent eine Spur leiser. »Das hier ist eine gute Gegend, und du lässt die Immobilienpreise sinken, indem du nur durchläufst!«

»UNVERSCHÄMT! Du bist UNVERSCHÄMT!« Sonny streckte den Arm aus, um auf Vincent zu deuten, wobei ihm allerdings eine Bierflasche entglitt und auf dem Beton zerbarst. »Ooooo nein!« Er ließ sich davor auf die Knie fallen, und kurzzeitig dachte Vincent, Sonny werde vielleicht anfangen, das Bier wie eine Katze aufzulecken.

»Geh nach Hause, Sonny.«

»Ich … ähm … ich hab 'nen Auftritt.«

»Sehr lustig. Du hast nie Auftritte.«

»Nein. Mir isses abso … absolut … todernst damit.« Sonny hielt sich kurz die Hand vors Gesicht und setzte anschließend eine sehr ernste Miene auf. Eine Sekunde lang blickte er so drein, brach dann aber in schallendes Gelächter aus.

»Warum bist du dann hier?« Vincent sah nach hinten in die Wohnung. Evie stand im Türrahmen zwischen Küche und Wohnzimmer, die Augenbrauen hochgezogen und mit einem leicht verwirrten Lächeln auf den Lippen.

»Na, weißt du, ich wollte schon immer bei einem richtigen Konzert auftreten, und da es nun so weit ist, bin ich ein bisschen – nervös. Acht Biere nervös. Wenn wir mal – weißte – ehrlich sin'.« Sonny trank einen Schluck von seinem verbliebenen Bier. »Neun, wenn man das hier mitzählt. Aber nicht zehn …« Er deutete auf die Bierlache und die Glasscherben zu seinen Füßen.

»Aha. Dann mach dich mal besser auf den Weg!« Vincent wies die Straße entlang, als würde er einem Hund, der ihm zur Schule gefolgt war, befehlen, nach Hause zu gehen.

»Yep. Okay. Bin schon auf dem Weg!« Sonny stand vom Asphalt auf, wäre aber um ein Haar gleich wieder hingefallen. »Tschüs, Vincent!«

»Auf Wiedersehen, Sonny.« Vincent wandte sich zurück zur Wohnung. Evie sah immer noch ein wenig verwirrt aus, vor allem aber belustigt. Sie hatte Vincent noch nie auch nur ansatzweise verärgert erlebt.

»Vincent!«, rief Sonny.

»WAS JETZT?« Diesmal schrie Vincent in voller Lautstärke. Evie zuckte zusammen, und er formte mit den Lippen lautlos das Wort *Sorry*, doch ihre Augenbrauen blieben zusammengezogen und ihre Lippen zu einer einzigen dünnen Linie verschmolzen.

»Vinny, ich weiß nicht, wo ich hinmuss.« Sonny klang hilflos.

Vincent rieb sich die Schläfen. »Wieso weißt du nicht, wo das Konzert stattfindet?«, fragte er entnervt, während er sich wieder zum Balkon umdrehte.

»Ich weiß, wo es stattfindet!« Sonny hatte zu lange zum Balkon hochgesehen, und jetzt torkelte er rückwärts. »Ich weiß nur nicht, wie …« Er ließ zwei Finger seiner leeren Hand wie ein Paar Beine durch die Luft vor sich gehen und zuckte dann mit den Schultern.

»Du weißt nicht, wie du dorthin kommst?«, fragte Vincent, und Sonny nickte, zog einen Schmollmund und kicherte dann. »Tja, das ist deine eigene Schuld, weil du dich so unglaublich besoffen hast.«

»Ich weiß«, erwiderte Sonny sachlich.

»Wahrscheinlich ist es am besten, wenn du das Konzert sausen lässt und nach Hause gehst.«

Vincent wollte gerade in die Wohnung zurückkehren, als Sonny sagte: »Aber ich werde dafür bezahlt!«

»Ein bezahlter Auftritt? Wie hast du denn das geschafft?«

»Es ist eine Schule. Ein Abschlussball. Die Band, die sie ursprünglich engagiert hatten, war besser.«

»Was ist mit der ursprünglichen Band passiert?«

»Sie haben abgesagt. Also haben sie mich gebucht. Yippiiiie!« Sonny jubelte, würgte und erbrach sich dann über die zerbrochene Bierflasche.

Evie trat auf den Balkon und blickte nach unten. Sonny versuchte, seine Haare nach hinten zu halten, aber sein langes T-Shirt hing mitten in dem Strom aus Erbrochenem, der aus seinem Mund quoll.

»Wir müssen ihm helfen.« Sie sah zu Vincent auf. »Ein bezahlter Auftritt bedeutet, dass er seine Miete bezahlen kann, und das bedeutet, dass keiner von euch beiden rausgeschmissen wird. Versuchen wir, ihn auf dem Weg nüchtern zu bekommen, dann behalten wir ihn in der Schule im Auge, tun so, als wären wir seine Entourage oder so, und bringen ihn wieder sicher nach Hause.« Evie lief in die Wohnung zurück und zog sich bereits die Stiefel an, bevor Vincent einen Ton erwidert hatte. »Und?«, fragte sie, während sie sich den Mantel überwarf.

Vincent konnte sehen, dass Evie das ganze Unterfangen als eine Art Abenteuer betrachtete, und sie gehörte nicht zu den Menschen, die einen hilfsbedürftigen Freund – oder den Freund eines Freundes – im Stich ließen, und schon gar nicht in einer Lache seines eigenen Erbrochenen mitten auf der Straße. Vincent blickte noch einmal zu Sonny hinunter und schnaufte.

»Okay«, sagte er. »Aber ich hasse ihn trotzdem.«

Sonny war auf seiner Suche nach dem Konzert nicht allzu weit vom Weg abgekommen, also hatten Evie und Vincent ihn nicht sehr weit mitschleifen müssen. Die Schule befand sich in einem guten Stadtteil, lediglich eine Viertelstunde zu Fuß von Evies Wohnung entfernt. Auf dem Weg hatte Sonny sich noch einmal in eine Mülltonne übergeben, aber sie hatten Halt gemacht, um ihm einen Kaffee zu besorgen, und bis sie das Schultor erreicht hatten, klangen seine Sätze schon viel zusammenhängender. Problematisch war nur, dass er sehr stark nach Alkohol und Erbrochenem roch. Vincent hatte eines seiner eigenen T-Shirts mitgebracht, als Ersatz für dasjenige, das Sonny vollgekotzt hatte, wollte es Sonny aber erst später anziehen lassen, wenn er überzeugt war, dass nichts mehr passieren würde. Perfekt war diese Lösung nicht, aber zumindest würde der Geruch den Jugendlichen nicht die Sinne rauben.

»Besser wird's nicht. Es ist seine eigene Schuld.« Vincent trat zurück, das Gesicht wegen des Gestanks verzogen. Evie klopfte einem schwankenden Sonny die Kleidung ab und schob ihm Haarsträhnen hinter die Ohren.

»Hör auf, so fies zu sein. Er ist bloß nervös, das ist alles.«

»Die ist viel zu schade für dich, Vinny. Sie ist großartig!« Sonny zwinkerte Evie zu, und sie lächelte mit fest verschlossenen Lippen und versuchte, nicht einzuatmen.

Sie gingen durch das Eingangstor und wurden von einer verwirrten Sekretariatsdame ins Rektorat verwiesen. Mr. Glass war ein unruhiger Mann, der ständig die Hände rang und die Überreste seiner grau melierten Haare glatt strich. Bei Sonnys Anblick fiel er beinahe in Ohnmacht.

»Und wer sind Sie beide?«, blaffte er und wischte sich Schweiß von der stoppeligen Oberlippe.

»Wir sind seine Freunde«, sagte Evie aalglatt. »Wir sind zur moralischen Unterstützung hier, aber wir beaufsichtigen auch gern die Kinder, falls das nötig sein sollte.«

Beeindruckt von ihrer Geistesgegenwart sah Vincent sie an.

»Uns fehlen *tatsächlich* ein paar Lehrkräfte«, murmelte Mr. Glass. »Und ohne *ihn* haben wir nur veraltete Platten …« Er musterte Sonny erneut von Kopf bis Fuß, und Sonny schenkte ihm ein mattes, entschuldigendes Lächeln. Zu dem Zeitpunkt hoffte Sonny insgeheim, man werde ihm den Auftritt entziehen. Er fühlte sich zu betrunken, zu nervös und ihm war zu übel, um auf einer Gitarre herumzuklimpern und zu singen, ohne dass seine Stimme zitterte. Doch sein Stolz verbot es ihm, das Konzert von sich aus abzusagen.

Mr. Glass stieß ein langes Seufzen aus. »Schön. Sie sind in zehn Minuten dran. Eine halbe Stunde davon, was auch immer Sie zu bieten haben. Oh, und die Presse ist hier. Wir haben ihnen noch nicht erzählt, dass die Dream Catchers einen Rückzieher gemacht haben. Sie haben recht viele

Anhänger, und *The Teller* wollte es auf der Titelseite bringen, aber ich hoffe, es springt wenigstens ein kleiner Artikel für uns heraus. Für diese vermaledeite Schule brauchen wir jegliche gute Presse, die wir kriegen können!« Er marschierte aus seinem Büro und knallte die Tür hinter sich zu.

Sobald er fort war, sank Sonny würgend auf einem Bürostuhl zusammen. »Ich kann … das … nicht«, sagte er zwischen Würgeanfällen.

»Er kann es *wirklich* nicht«, stimmte Vincent ihm kopfschüttelnd zu.

»Er *kann* es! Du *kannst* das, Sonny.« Evie ging neben dem Stuhl in die Knie und strich Sonnys Haare zurück, wobei sie nur durch den Mund atmete. »Wir werden gleich im Publikum sein. Schau einfach uns an und spiel für uns. Es sind bloß ein paar Lieder. Und ich kenne die Leute von *The Teller*, also werde ich sicherstellen, dass sie nur gute Bilder machen und Nettes schreiben.«

Sonny betrachtete Evie mit seinen weit aufgerissenen grauen Augen. »Im Ernst, Vinny.« Er schüttelte den Kopf. »Wo hast du sie gefunden, und kannst du mich da hinbringen?«

Das Thema »Alice im Wunderland« schien bei den Jugendlichen gut anzukommen. Die Schulaula war mit roten Rosen und weißen Kaninchen geschmückt, und etliche Pärchen knutschten bereits wie wild auf der Tanzfläche (zu den Klängen von tatsächlich sehr veralteten Schallplatten), während missmutige Singles abseits saßen und sich mit Keksen vollstopften, auf denen »Iss mich« stand. Evie und Vincent ließen Sonny neben der Bühne stehen und gingen zur Rückseite der Aula, wo der Fotograf und der Journalist von *The Teller* standen.

»Aber hallo, Prinzessin! Was machen Sie denn hier?« Terry Lark war ein untersetzter Mann, der älter als seine vierunddreißig Jahre aussah.

»Heute keine Tiara?«, fragte Harrison Feather, ein schlaksiger Typ, den Evie noch nie ohne Beanie auf dem Kopf gesehen hatte. Er behauptete, die Mütze helfe ihm, sich beim Fotografieren zu konzentrieren, doch das erklärte nicht, warum er sie *nie* absetzte. Evie spürte, wie sich Vincents Hand fester um ihre legte.

»Heute nicht, Gentlemen. Ich bin wegen Sonny Shine hier.« Sie erntete fragende Blicke, während sie sich an die Wand lehnte. Ihr Versuch, lässig zu wirken, schlug fehl, da sie ein wenig weiter als gewollt an der Wand hinunterrutschte, sodass sie gute dreißig Zentimeter kleiner als Harrison war und sich mit Terry unangenehmerweise auf Augenhöhe befand. »Sie haben doch bestimmt von ihm gehört? Er ist ein echter Rebell. Ich dachte, deshalb sind Sie hier. Er ist ganz sicher einen Aufmacher wert.« Sie sah Vincent in die Augen und zwinkerte. Er erwiderte ihren Blick wie ein Reh im Scheinwerferlicht.

»Wir sind hergekommen, um darüber zu berichten, dass die Dream Catchers in der Schule auftreten, auf die der Leadsänger gegangen ist, bevor die Band ihren großen Durchbruch hatte«, erläuterte Harrison. »Aber da sie nicht hier sind, können wir genauso gut Feierabend machen. Komm schon, Terry.«

»Euer Schaden, Jungs«, sagte Evie mit einem Schulterzucken. »Sonny ist ein genialer Musiker.«

»Evie …«, flüsterte Vincent.

»Ganz zu schweigen von seiner Unverfrorenheit«, fuhr sie fort. »Wer weiß, was er in petto hat, um den heutigen Abend zu etwas Besonderem zu machen?«

»Evie.« Vincent stupste sie an und deutete auf die Bühne. Sie hatte nicht gemerkt, dass die veralteten Platten aufgehört hatten, und ein Scheinwerfer direkt auf Sonny gerichtet war. Hatte schon Vincent gerade eben wie ein Reh im Scheinwerferlicht ausgesehen, spottete Sonnys entsetzter Gesichtsausdruck, während er auf die Schar kritischer Teenager starrte, jeder Beschreibung.

»Das ist Ihr genialer Musiker?«, schnaubte Terry, während Harrison seinen Fotoapparat fieberhaft klicken ließ, um Sonny aus jedem einzelnen besonders unvorteilhaften Winkel einzufangen.

Sonny hatte sich das Kleidungsstück angezogen, das Vincent ihm zugeworfen hatte, bevor Evie und er ihn neben der Bühne hatten stehen lassen, doch in ihrer Eile, aus dem Apartment zu kommen, hatte Vincent Evies violettes Kleid anstatt seines eigenen violetten T-Shirts mitgenommen. Vielleicht wäre Sonny damit durchgekommen, wenn er es einfach über seine Jeans angezogen hätte, doch in seinem Rausch hatte er viel zu buchstäblich gedacht. Es war ein Kleid, also trug er es wie ein Kleid. Er hatte sich nicht nur sein eigenes, durch Erbrochenes beschmutztes T-Shirt, sondern auch seine Jeans ausgezogen und stand nun in einem Kleid auf der Bühne, das auf halber Höhe seiner Oberschenkel aufhörte, sodass seine orangefarbenen Boxershorts, klobigen schwarzen Lederstiefel und nackten behaarten Beine zum Vorschein kamen. Hätte Sonny sich von Natur aus in Frauenkleidung wohler gefühlt, hätten Evie und Vincent dies, unvoreingenommen, wie sie waren, von ganzem Herzen akzeptiert, doch da die Sache unbeabsichtigt war (dank der Alkoholmenge, die durch Sonnys Blutkreislauf strömte), schoss den beiden vor Verlegenheit die Röte in die Wangen.

»Das ist mein Kleid …«, flüsterte Evie aus dem Mundwinkel.

»Ich dachte, es wäre eines meiner T-Shirts. Es tut mir *so* leid.«

»Bei mir brauchst du dich nicht entschuldigen.«

Sonny stand mit geschlossenen Augen am Mikrofon, und sein Atem hallte über die Lautsprecher durch die Aula.

»Dann spiel schon was!«, rief ein stämmiger Junge, der kaum in seinen geliehenen Smoking passte.

Sonny schlug die Augen auf und suchte die Menge nach dem Jungen ab. Er klimperte einen Akkord, und zwar laut. »Zufrieden?«, blaffte er.

»O nein«, stöhnte Vincent mit brüchiger Stimme.

Überall kicherten Teenager betreten, und Sonny schirmte mit der Hand die Augen vor dem Scheinwerferlicht ab, um seinen Zwischenrufer besser sehen zu können.

»Meinst du, das hier ist leicht?« Er brachte das Mikro nahe ans Gesicht, sodass seine Worte laut und rau erklangen. »Hier hochzukommen. Sich den Blicken zu präsentieren.«

»Du präsentierst mehr, als wir sehen wollen!«, rief der Junge. »Aus welchem Nuttenladen ist denn das Kleid?«

»Na, na!« Evie sagte es etwas lauter als geplant, und ein paar Teenager hinten in der Menge drehten sich zu ihr um. Manche Mädchen deuteten sogar auf sie, tuschelten und kicherten, und Evie war heilfroh, dass ihre eigene Highschoolzeit lange zurücklag.

»Es *ist* recht tief ausgeschnitten …«, murmelte Vincent, und Evie versetzte ihm einen Klaps auf den Arm.

»Jetzt weiß ich auch, warum es dir so gut gefallen hat!«

»Wenn ich ein Kleid tragen will, trage ich ein Kleid!« Sonny wankte vom Mikro weg und rülpste leise. »Wisst ihr, mit wie viel Bier ich mir den nötigen Mut antrinken musste, um auch nur auf diese Bühne zu steigen?«

»Bier?« Mr. Glass tauchte neben Evie und Vincent auf. Ihm tropfte der Schweiß von der Stirn. »Wir müssen ihn da runterholen!« Vincent machte Anstalten, den Rektor aufzuhalten, der auf die Seite der Bühne zueilte, doch Evie legte ihm eine Hand auf den Arm und zog ihn zurück.

»Am besten mischen wir uns nicht ein. Lass ihn Sonny holen, und wir gehen einfach nach Hause.«

»Ja, geh am besten zurück in dein Schloss, Prinzessin«, witzelte Harrison, der immer noch weiter fotografierte.

»Vielleicht lässt dich der Märchenprinz hier auf seinen Turm steigen.« Terry lehnte sich zurück und stieß ein dreckiges Lachen aus. Doch die Worte waren ihm kaum von den Lippen, da traf Vincents Faust auf seine Nase, und das Geräusch, das nun aus Terrys Kehle drang, hatte nichts mehr mit Gelächter zu tun.

»Vincent!«, kreischte Evie. Vincent zog die Hand zurück, die von Terrys zweifellos gebrochener Nase blutbesudelt war – ein Bild, das sich Harrison mit seiner Kamera nicht entgehen ließ. Vincent wusste nicht, was über ihn gekommen war, aber seine Handlungsweise, ob nun richtig oder falsch, tat ihm gewiss nicht leid. Die Jugendlichen in der Aula hatten sich alle zu ihnen nach hinten gedrängt, als sie Terrys Aufheulen gehört hatten, und riefen nun im

Chor. »SCHLAGT EUCH! SCHLAGT EUCH! SCHLAGT EUCH!«

Verständlicherweise schien der Vorfall Terry provoziert zu haben. Er sah aus, als würde er am liebsten jeden Moment auf Vincent einprügeln, doch das aus seinen Nasenlöchern strömende Blut sowie seine tränenden Augen hielten ihn davon ab, das Bedürfnis in die Tat umzusetzen. Evie sah ihre Chance.

»Los, los, los!« Sie packte Vincents Hand, drehte sich dann um und schrie: »SONNY!«

Das ließ sich Sonny nicht zweimal sagen. Er sprang von der Bühne, lief zu dem Jungen, der dazwischengerufen hatte, umarmte ihn und hüpfte dann, immer noch in dem violetten Kleid, Evie und Vincent hinterher.

»Evie …«, setzte Vincent an.

»Nicht!«, fuhr sie ihn an.

Sie waren zu dritt auf dem Weg zu Evies Wohnung, obwohl sie gewollt hatte, dass Vincent Sonny sofort nach Hause brachte und dort bei ihm blieb. Sie hatte beide Männer seit dem Verlassen der Schule keines Blickes gewürdigt.

Sonny trug immer noch ihr Kleid. Seine Jeans und das vollgekotzte T-Shirt hatte er liegen gelassen.

»Ich werde mich nicht entschuldigen«, sagte Vincent.

»Dann werden wir sehr lange nicht miteinander reden.«

»Du hast gehört, was er gesagt hat, Evie! So etwas solltest du dir nicht bieten lassen!« Vincent war immer noch wütend über die Art, wie Terry mit Evie gesprochen hatte. Er war fassungslos, dass sie nie erwähnt hatte, wie abscheulich ihre Kollegen bei der Zeitung waren. Bisher hatte er keine Ahnung gehabt, was sie sich jeden Tag bieten lassen musste.

»Du hast recht, das sollte ich nicht, aber weißt du, warum ich es doch tue?«

Vincent hob die Hände. »Ich habe ehrlich keinen blassen Schimmer!«

»Um meine Stelle nicht zu verlieren!« Evie wirbelte so schnell herum, dass Vincent mit ihr zusammenstieß. Sonny wiederum stieß von hinten an Vincent, rutschte aus und landete auf dem Bürgersteig. »Ich lasse mir ihre abscheulichen Kommentare und meinen seltsamen, widerlichen Chef bieten, ich halte den Mund und tue meine Arbeit, weil – rate mal, Vincent? – ich dich liebe und ich mit dir zusammenbleiben will, und wenn ich diesen Job verliere, habe ich keine Chance, je einen besseren zu ergattern, und das ist die *einzige* Möglichkeit, wie wir zusammenbleiben können. Und jetzt hast du die Sache ruiniert. Du hast es total vermasselt.«

Erst in dem Moment wurde Vincent die Tragweite seiner Handlungsweise klar. Evie würde bestimmt bei *The Teller* rausfliegen, nachdem Terry und Harrison ihren Artikel einschließlich des Fotos, das Vincent wie einen Hooligan aussehen lassen würde, abgedruckt hatten. Zumal gewiss nicht erwähnt werden würde, wie niederträchtig Terry gewesen war.

»Ach, Scheiße«, murmelte er und wurde ganz bleich.

»Ausdrucksweise!«, schalt Sonny ihn.

»Halt den Rand, Sonny«, sagte Evie.

»Hey, ich dachte, du wärst nett«, murmelte Sonny und pflückte Blumen aus dem Vorgarten, neben dem er gerade hockte.

»Evie, ich habe nicht nachgedacht«, sagte Vincent, ohne auf Sonny zu achten.

»Nein, hast du nicht.«

»Wir *können* es wieder hinbiegen.« Wie, wusste er zwar nicht, doch wenn sie ihm eine Chance gab, würde er alles daran setzen, es zu versuchen.

»Ich sehe nicht, wie, Vincent. Ich habe keine Freunde bei *The Teller*. Es gibt da niemanden, der sich für mich einsetzen würde.« Evie fühlte sich hilflos und ausgelaugt. Vincent hatte ihr Leben beschleunigt, doch jetzt hatte sie das Bedürfnis, es anzuhalten, bloß einen Abend lang, um den Schaden richtig zu begutachten. *Wie konnte ich nur so leichtsinnig sein?*, dachte sie. Sie war so glücklich gewesen, dass sie vergessen hatte, was auf dem Spiel stand. Als sie Vincent betrachtete, sah sie ihn kurzzeitig mit den Augen ihrer Mutter, und sie erblickte nichts als Ärger. »Ich denke einfach, dass es am besten wäre, wenn du Sonny nach Hause bringst.«

»Ich würde jetzt sehr gern nach Hause gehen.« Sonny umarmte Vincents rechtes Bein, aber Vincent war zu besorgt angesichts Evies kalter, glänzender Augen, um über etwas anderes nachzudenken. Das Funkeln darin war merklich schwächer geworden, und zu wissen, dass das seine Schuld war, brach ihm das Herz.

»Evie … Es tut mir *so* leid.«

»Mir auch.« Ihre Stimme bebte.

»Wir kriegen das hin«, sagte Vincent mit Nachdruck.

Am liebsten hätte er ihre Hände ergriffen, Evie an sich gedrückt, doch sie strahlte eine Unnahbarkeit aus, die ihn daran hinderte. Der Kloß in Evies Kehle war zu groß, als dass sie trotzdem hätte reden können, also nickte sie nur und ließ den Tränen freien Lauf. Als Vincent die Tränen auf ihrer Wange glänzen sah, konnte er nicht anders. Er ging mit ausgestreckter Hand einen Schritt auf Evie zu, aber sie wich zurück, weg von ihm, und sein Herz brach glatt entzwei.

JULI

Besuch

Es gibt Zeiten im Leben, da reden zwei Menschen nicht miteinander, einzig und allein aus dem Grund, weil beide befürchten, der andere wolle nicht mit ihnen reden. Evie und Vincent befanden sich acht Tage nach dem Schulball in dieser Situation. Evie hatte eine Nacht allein verbracht, um sich zu überlegen, was genau sie tun sollte, falls sie gefeuert werden würde, was am folgenden Montagmorgen geschah, und zwar unmissverständlich und ohne viel Federlesens. Eingefallen war ihr nur, dass sie ihre Mutter daran hindern musste, es herauszubekommen. Abgesehen davon musste sie eine neue Stelle finden, die besser war als diejenige, die sie bei *The Teller* innegehabt hatte.

Während Evie damit beschäftigt war, weitere Briefe an Verlage zu schreiben, die vielleicht nach Illustratoren suchten, und Animationsstudios, die möglicherweise Künstler benötigten, hockte Vincent neben dem Telefon und wünschte sich, dass es läutete – genauer gesagt, wünschte er sich, dass Evie anrief. Die Warterei trieb ihn (und Sonny) in den Wahnsinn, sodass er schließlich entschied, dass es Zeit war, die Sache selbst in die Hand zu nehmen.

Evie war nach Hause zurückgekehrt, nachdem sie wieder einmal ihr Glück bei einer anderen Zeitung versucht hatte. Sie hatte versucht, beim Redakteur vorzusprechen, um ihm ihre Arbeit persönlich zu zeigen, doch man hatte sie abgewiesen und beinahe aus dem Gebäude geworfen, als sie sich geweigert hatte zu gehen, bis jemand, irgendjemand einen Blick auf ihre Zeichnungen warf. Es war eine Frau aus den oberen Etagen gekommen, um zu erklären, Terry Lark habe bei jeder Zeitung in der Stadt angerufen und erzählt, was auf dem Schulball passiert war. Zwar hatte er nicht die Macht, sie auf die schwarze Liste zu setzen, aber wer würde eine Mitarbeiterin haben wollen, die einen befreundeten Musiker ermunterte, betrunken vor Schulkindern aufzutreten, und dann zuließ, dass ihr aggressiver Partner ihrem Kollegen die Nase brach?

Immer noch in Mantel und Schuhen ließ sich Evie in den grünen Sessel plumpsen und legte den Kopf in die Hände, während sie das vertraute Prickeln von Tränen spürte. Sie wusste nicht, wie lange sie dort gesessen hatte, als sie Flügelflattern hörte. Sie blickte auf. Durchs Fenster sah sie eine Taube, die auf der Balkonbrüstung hockte. Abgesehen von einem kleinen schwarzen Streifen entlang des rechten Flügels war sie schneeweiß. Evie ließ ihre Sorgen im Sessel zurück und öffnete ganz langsam die Balkontür, behutsam, um den Vogel nicht zu erschrecken, weil sie hoffte, bloß ein wenig näher herankommen und sich ein wenig die Zeit damit vertreiben zu können, ihn zu beobachten. Die Taube schlug nicht mit den Flügeln oder wurde unruhig, als die Tür mit einem dumpfen Geräusch aufging. Ja, sie kam sogar näher, schob sich auf der Brüstung heran und nickte Evie zu.

»Hallo, Täubchen«, sagte Evie schniefend.

Der Vogel gurrte und reckte den Kopf in ihre Richtung. Evie streckte eine Hand aus, und der Vogel ließ sich willig von ihr mit einem Finger streicheln. Er schloss die Augen und gurrte noch ein wenig, wie eine Katze schnurren würde, wenn man sie hinter den Ohren kraulte. »Du bist ein komischer Kauz, was?« Evies Wangen schmerzten, als sie sich auf eine Art verzogen, wie sie es seit über einer Woche nicht mehr getan hatten, und sie sich erinnerte, dass sich so ein Lächeln anfühlte. Der Vogel drehte sich von ihr weg, wobei er mit den kratzenden Füßen geübt auf der Metallbrüstung balancierte, und streckte den rechten Flügel aus. Erst dachte Evie, es handele sich lediglich um normales Vogelverhalten: Sie schlugen ständig mit den Flügeln und streckten sie, wenn Evie sie im Park und auf der Straße sah. Erst als er den Flügel sinken ließ, ihr den Kopf zudrehte, einen Schrei ausstieß und den Flügel erneut ausstreckte, wurde ihr klar, dass er versuchte, ihr etwas zu zeigen. Sie sank auf die Knie und sah endlich, was er sie sehen lassen wollte. Was sie für einen schwarzen Streifen gehalten hatte, natürliche Gefiederfarbe, war tatsächlich Tinte. Tinte, die Wörter in Vincents Handschrift bildete:

Acht Tage deines Schweigens haben mich davon überzeugt, dass deine Stimme der schönste Klang ist, den ich je hören werde.

Evie las den Satz, und dann las sie ihn ein Dutzend Mal, bis der Flügel des Vogels allmählich ein wenig hinunterhing, weil ihn das lange Ausstrecken ermüdet hatte.

»Danke, Täubchen.«

Der Vogel zog den Flügel ein und drehte sich ihr zu, und Evie hätte schwören können, dass ein Lächeln seinen Schnabel umspielte, während er stolz die Brust schwellte.

»Darf ich dich um einen Gefallen bitten?« Evie schrieb längst in Gedanken eine Antwort. Sie fragte sich, ob der Vogel den anderen Flügel und seine Flugfähigkeit zur Verfügung stellen würde, um die Botschaft für sie zu überbringen. Die kleine weiße Taube drehte sich noch einmal um und streckte willig den linken Flügel aus, der noch unbeschrieben war. Evie eilte zurück in die Wohnung, um einen Füller aus ihrem Federmäppchen zu holen. In ihrem Magen sprudelte freudige Erregung, während sie schrieb:

Acht Tage meines Schweigens haben acht Tage
mit Sonnys Gesang bedeutet. Kein Wunder,
dass du mich vermisst.

Sie fand, dass ein heiterer Tonfall wahrscheinlich das Beste wäre.

In Gedanken kehrte sie zum letzten Mal zurück, als sie miteinander gesprochen hatten, als sie Vincent auf der Straße praktisch angeschrien hatte. Sofort stieg Scham in ihr hoch, doch dann fiel ihr wieder ein, dass Vincent sie an dem Abend immerhin ihren Job gekostet hatte, und sie fühlte sich erneut in ihrer Handlungsweise gerechtfertigt. Doch das hielt sie nicht davon ab, ihn zu lieben, genauso wenig bedeutete es, dass sie ihn nicht vermisst hatte. Mit dem Gedanken aufzuwachen, dass er da sein könnte, und sich daran zu erinnern, warum dem nicht so war, hatte ihrer Brust jeden Morgen einen Stich versetzt. Sie hatte ihn unbedingt anrufen und bitten wollen, nach Hause zu kommen, hatte aber Angst gehabt, er könnte wegen der Art, wie sie mit ihm gesprochen hatte, wütend auf sie sein – selbst wenn er es verdient gehabt hatte.

»Danke«, sagte sie zu dem Vogel, als sie fertiggeschrieben hatte.

Er neigte einmal den Kopf, wie ein Nicken, und flog dann davon. Zu Vincent, wie sie hoffte, auch wenn sie nicht gerade Expertin war, was die Verlässlichkeit von Tauben beim Überbringen privater Botschaften betraf. Sie kniete immer noch mit dem Füller in der Hand auf dem Balkon, ein paar Tintenkleckse auf den Fingern, als sie von hektischem Klopfen an der Wohnungstür aus den Gedanken gerissen wurde.

»Evie, wenn du da bist, mach bitte die Tür auf, und zwar schnell! Uns bleibt nicht viel Zeit.«

Evie wusste, dass sie diese Stimme kannte, aber … das war doch unmöglich? Die Stimme drang gedämpft durch die Tür, vielleicht hatte Evie sich also getäuscht.

»Evie, *bitte*!

Diesmal gab es keinen Zweifel.

»Jim?«

Evie lief zur Tür, öffnete sie und erblickte Jim Summer, der auf ihrem Fußabtreter stand. Obwohl sie ihn immer wie einen Bruder betrachtet hatte, bekam sie beim Anblick seines schönen Gesichts ein bisschen weiche Knie. Er sah wie eine Statue aus, zu perfekt, um tatsächlich zu existieren, doch dann rührte er sich und redete, und ihr wurde klar, warum ihn tagaus, tagein sowohl Männer wie auch Frauen anschmachteten.

Auch wenn Jim unerwartet und in dringender Mission

aufgekreuzt war, konnte er nicht anders, er musste bei Evies Anblick lächeln und zog sie in eine innige Umarmung.

»Darf ich reinkommen?« Er war nervös und sprach hastig.

»Was ist denn nur los mit dir?« Evie lachte, dennoch beschlich sie eine gewisse Sorge. Derart fassungslos hatte sie Jim noch nie erlebt.

»Deine Mutter ist auf dem Weg hierher. Sie hat gerade das hier gesehen.« Jim zog eine Zeitung aus der Tasche. Und zwar nicht irgendeine Zeitung. *The Teller*. Er schlug Seite fünf auf, und da war es.

Evie hatte seit dem Ball vermieden, die Zeitung zu lesen. Sie hatte gedacht, dass Terry vielleicht nicht so grausam sein würde, die Story einzureichen, geschweige denn, sie veröffentlichen zu lassen, aber falls er es doch getan haben sollte, fände sie es unerträglich, sie abgedruckt zu sehen. Und nun war die Geschichte obendrein schlimmer, als Evie sie sich je hätte vorstellen können. Vincents zorniges Gesicht und geballte Faust und Terrys blutige Nase. Komplett mit Evie im Hintergrund, mit weit aufgerissenen Augen, die Hände nach Vincent ausgestreckt. Sie fand mit den Kniekehlen den Sessel hinter sich und sank hinein.

»Eleanor ist fuchsteufelswild, Evie. Sie kommt her, um dich nach Hause zu holen.«

»Das hier *ist* mein Zuhause.« Evie blickte flehend zu Jim empor.

Jim kniete neben ihr nieder und legte ihr eine Hand auf den Arm. »So wird Eleanor es nicht sehen, und das weißt du. Für dich war das hier der Anfang eines neues Lebens.

Für sie – war es eine törichte Eskapade mit Verfallsdatum, falls sie nicht sowieso schon früher mit Tränen beendet wäre.«

Evie war getroffen. Sie spürte, wie sie jeglicher Mut verließ, und sah sich mit den Augen ihrer Familie: ein dummes kleines Mädchen mit dummen kleinen Träumen, und sie lachten über ihre vergeblichen Versuche, diese Träume zu verwirklichen. Wie ein Kleinkind, das sich nach der Keksdose auf dem obersten Regal reckte.

»Du weißt doch, dass ich das nicht denke, Evie«, sagte Jim, diesmal sanfter. »Schau mich nicht so an. Aber wie lange hätte das hier mit einer Mutter wie Eleanor wirklich funktionieren können?«

Die Last der Realität erdrückte Evies Herz. Bisher hatte sie ihr Bestes gegeben, um optimistisch zu sein, dem Leben, das sie in dieser Wohnung mit Vincent führte, positiv gegenüberzustehen. Jetzt wurde ihr klar, dass alles nur eine Illusion gewesen war, und die Hoffnung, die sie noch vor wenigen Minuten verspürt hatte, war erloschen. Vincent und sie hatten monatelang so getan, als könnte das Leben, das sie so lieb gewonnen hatten, genauso weitergehen, doch die letzten Tage hatten bewiesen, dass es nicht so einfach war. Und Jim hatte recht: Eleanor würde niemals zulassen, dass es funktionierte.

»Wie lange bleibt uns, bevor sie hier eintrifft?« Evies Herz pochte heftiger, ihre Atemzüge wurden hektisch.

»Vielleicht eine halbe Stunde? Ich habe mit angehört, wie sie sich mit meiner Mutter unterhalten hat. Dann bin ich sofort hergekommen, um dich zu warnen, dass sie auf dem Weg ist.«

»Mit deiner Mutter? Warum hat sie mit deiner Mutter

gesprochen?« Panik und Wut bildeten einen festen Knoten in Evies Magen.

»Eleanor besteht darauf, dass ich – dass wir …« Jims Stimme verlor sich.

Tränen der Wut strömten über Evies Wangen.

»Sie will, dass ich einen Heiratsantrag mache. Und zwar dir«, fuhr Jim schließlich fort. »Und sie will, dass du ihn annimmst. Ganz gleich, wie – es uns damit geht.« Er konnte sie nicht ansehen.

Jim wünschte sich nichts sehnlicher, als Evie zu heiraten. Aber nicht so. Er hatte sich wahrscheinlich in die einzige junge Frau verliebt, von der er wusste, dass sie nicht seine Freundin, geschweige denn seine Gattin sein wollte, andererseits war das vielleicht der Grund, warum *er* sich in *sie* verliebt hatte. Evie kannte Jim. Seit dem Tag, an dem sie sich in der Kindheit begegnet waren, sorgte Evie dafür, dass es keinerlei Verstellung gab, keine törichten Familientraditionen, die überdeckten, wer sie wirklich waren, und auch keine Geheimnisse. Sie hatte Geheimnisse immer gehasst. Wenn sie das Gefühl hatte, dass er etwas verbarg, entlockte sie es ihm auf die eine oder andere Art und redete dann tagelang kein Wort mehr mit ihm, einfach weil er etwas vor ihr verborgen gehalten und sie ausgeschlossen hatte. Sie hatte ihm beigebracht, ehrlich zu sein, aber gleichzeitig *kannte* Jim auch Evie. Er wusste, dass sie von einer Beziehung mehr wollte, als jedes Mal bei seinem Anblick ins Schwärmen zu geraten. Sie wollte Gespräche. Abenteuer. *Liebe*. Jim wusste das, und es war genau der Grund, weshalb er die Frau, der längst sein Herz gehörte, nicht heiraten wollte.

»Ich kann nicht …«, flüsterte Evie.

»Ich weiß«, erwiderte Jim. »Deshalb bin ich hier. Ich wollte, dass du deiner Mutter nicht allein die Stirn bieten musst.« Er nahm ihre Hand und drückte sie.

»Danke.« Sie erwiderte den Druck.

Jim zögerte eine Sekunde. »Ich muss also nachfragen …«

Natürlich muss er das, dachte Evie.

»Er heißt Vincent«, antwortete Evie, noch bevor Jim die unvermeidliche Frage stellen konnte. Er sah sie verblüfft an. »Er ist Geiger. Er macht in der U-Bahn Straßenmusik, um die Miete für eine Wohnung zu bezahlen, in der er mit einem Möchtegern-Rockstar wohnt, der eigentlich nicht singen kann.«

»Tja«, sagte Jim mit dem Anflug eines traurigen Lächelns, »du hättest dir keinen Besseren aussuchen können, um deine Mutter auf die Palme zu bringen.«

Evie lachte durch ihre Tränen hindurch, und Jims Lächeln verbreiterte sich, weil er sie trotz allem zum Lachen gebracht hatte. Jim brauchte nicht nachzufragen, ob sie Vincent wahrhaft liebte oder nicht. Er sah es deutlich, und außerdem hatte Evie Jim all die Jahre nur ein einziges Geheimnis für sich behalten lassen, auch wenn sie es die ganze Zeit über gewusst hatte: dass er sie liebte. *Darüber* sprachen sie nie. Ihr diese liebenswürdige Geste zu vergelten, war das Mindeste, was er tun konnte.

»Du musst mit ihm zusammen sein, mit diesem Vincent«, sagte er einfach. »Und ich werde alles in meiner Macht Stehende tun, es zu ermöglichen.«

Evie schüttelte den Kopf. Hier stand der gutherzigste Mann, den sie je gekannt hatte. Ein Teil von ihr wollte ihn so lieben, wie er sie lieben musste, doch das änderte nichts an der simplen Tatsache, dass er nicht Vincent war, ihr fehlerhafter und schrecklich ungeeigneter Vincent.

Der bloße Gedanke an ihn und daran, wie weit er weg war, verursachte ihr körperliche Schmerzen.

»Und da ist noch etwas. Man hat mich außerdem im Grunde davon ausgeschlossen, bei irgendeiner Zeitung in der Stadt zu arbeiten, denn wer will als Mitarbeiterin schon die Verrückte mit den zornigen Freunden, die anderen mit der Faust ins Gesicht schlagen?« Evie lachte darüber, wie lächerlich es sich anhörte, doch bei Jims mitleidiger Miene entrang sich ihrer Kehle ein Schluchzen.

Im Hausflur erklang das abgehackte Klackern von Absätzen, und Evies Hand schloss sich instinktiv fester um Jims Finger. Ihr drehte sich der Magen, als dreimal präzise, in jeweils gleichem Abstand mit den Fingerknöcheln an ihre Tür geklopft wurde. Bei jedem Klopfen zuckte sie zusammen.

»Ich gehe hin«, sagte Jim.

»Nein. Lass mich.« Evie erhob sich, wischte die Tränen aus dem Gesicht und zupfte ihr Kleid zurecht. Die paar Schritte zur Tür fühlten sich wie ein meilenweiter Marsch an, und als Evie aufmachte und sie der starre Blick aus den kalten Augen ihrer Mutter traf, der durch Evie hindurchsah, als wäre sie gar nicht vorhanden, wünschte sie, sie hätte Jim doch gestattet, den Gastgeber zu spielen.

»Pack deine Koffer. Du kommst nach Hause.« Für Eleanor war es wirklich so einfach, doch für Evie bedeuteten diese Worte das Ende all dessen, was sie sich jemals gewünscht hatte.

»Das hier *ist* mein Zuhause«, erwiderte sie und kam sich wie ein Kind vor, das mit den Füßen aufstampfte. Sie fragte sich, wie viele andere Siebenundzwanzigjährige derart gegen ihre Mütter ankämpfen mussten, um ihre Freiheit zu erringen.

»Sei nicht lächerlich. Ich habe gesagt, du hast ein Jahr, eine höhere Position in deinem …«, sie rümpfte die Nase, »*gewählten Tätigkeitsfeld* zu erreichen, und es ist dir nicht nur misslungen, eine bessere Stelle zu ergattern, sondern du hast diejenige verloren, die du innehattest!«

»Mutter, bitte …«

»Es geschieht dir recht, wenn du mit Raufbolden wie *dem hier* verkehrst.« Eleanor hielt ihre eigene Ausgabe von *The Teller* in die Höhe. Sie hatte sich sogar die Freiheit genommen, Evies Gesicht mit dickem Rotstift einzukreisen und Vincents durchzustreichen.

»Mrs. Snow, bei allem Respekt …«, setzte Jim an, der an die Tür trat. Doch als Eleanors scharfer Blick ihn traf, brach er mitten im Satz ab.

»Was machst *du* denn hier?«, fragte sie.

»Evie und ich sind alte Freunde, Mrs. Snow. Das wissen Sie doch. Ich – bin hergekommen, um nachzusehen, wie es ihr geht.«

»Wie *praktisch*, dass du scheinbar zufällig kurz vor meinem Eintreffen hier aufgetaucht bist.« Sie beäugte Jims Aufzug, immer noch in Mantel und Schuhen, ganz wie Evie. Jim richtete sich auf. In Gedanken wurde Evie von seiner Freundin zu seiner Mandantin, und er bediente sich des Tonfalls, den er vor Gericht benutzte.

»Mrs. Snow, bei allem Respekt, letzten November haben Sie gesagt, Evie könne ein Jahr haben, um dieses Leben hinzubekommen, das sie sich aufgebaut hat. Wir haben noch nicht einmal August.«

»Genau. Das Ende des Jahres ist noch nicht einmal in Sicht, und sieh dir an, welchen Schlamassel sie bereits fabriziert hat!«, verkündete Eleanor.

Evie hasste es, dass die beiden über sie redeten, als wäre sie Luft, doch sie konnte kaum sprechen. Sie wünschte, die Wut würde ihr nicht gleich immer die Tränen in die Augen treiben. Es ließ sie hysterisch aussehen, und es war weniger wahrscheinlich, dass sie sich ihrem jeweiligen Gegenüber verständlich machen konnte. Wenn es sich bei der Person um ihre Mutter handelte, hatte sie ohnehin kaum eine Chance.

»Sie werden doch gewiss nicht Ihr Wort brechen, bevor Evie eine echte Chance hatte, sich zu beweisen?«

»Sie hat bewiesen, dass sie eine größere Peinlichkeit ist, als ich ursprünglich dachte.«

Jim war sprachlos. Wie konnte eine Mutter ihr eigen Fleisch und Blut so grausam behandeln?

»Das kann nicht dein Ernst sein«, murmelte Evie.

Evies Beziehung zu ihrer Mutter war nie herzlich gewesen. Ihr Bruder und sie waren von Kindermädchen großgezogen worden und hatten in der Kindheit nicht allzu viel von ihren Eltern zu Gesicht bekommen, aber Evie war immer in dem Glauben gewesen, dass ihre Mutter sie letztlich doch liebte und nur das Beste für sie wollte. Das glaubte sie nun nicht mehr. Wie sollte sie auch, wenn ihre Mutter versuchte, ihr das Einzige wegzunehmen, worum Evie sie je gebeten oder das sie je wirklich gewollt hatte?

Eleanor richtete ihren unbeirrbar bohrenden Blick auf Evie, ihre Lippen kaum als Linie auszumachen, aber da war etwas. Ein Aufflackern von Unsicherheit. Ein Moment des Zweifels. Ein Anflug von Panik, dass sie vielleicht nicht recht hatte. Evie sah es, atmete durch und packte die Gelegenheit beim Schopf.

»Ich komme nicht mit dir mit, Mutter. Ich kann mich nicht mit jemandem verheiraten lassen, den ich nicht liebe, und ebenso wenig könnt ihr das Jim antun. Es ist mir gleich, was die Familientraditionen besagen, und es ist mir auch gleich, dass der Mann, mit dem ich zusammen sein möchte, nicht das ist, was du als gute Partie bezeichnen würdest.«

»Das kann nicht dein Ernst sein, dieses … dieses …« Eleanor wedelte in der Hoffnung, ihr würden die richtigen Wörter zufliegen, mit der Zeitung durch die Luft.

»Was? Dieses was?«, fragte Evie, deren Wut schneller aus ihr herausbrach als ihre Tränen. »Er ist ein *Mensch*. Er ist ein guter Mann und er macht mich glücklich, und für dich als meine Mutter sollte das alles sein, was du für mich willst!«

»Erzähl du mir *nicht*, was ich für dich wollen sollte und was nicht. Ich weiß genau, was sowohl für dich wie auch für Eddie das Beste ist, und …«

»Diesmal nicht, Mutter«, unterbrach Evie sie. »Diesmal liegst du falsch, und ich komme nicht nach Hause, bis ich die Sache zu Ende gebracht habe.«

Hätte Evie Eleanor nicht gekannt, hätte deren Gesichtsausdruck ausgereicht, um ihr Angst einzujagen – doch sie kannte Eleanor, und da sie wusste, was hinter dieser Miene steckte, hatte Evie mehr als nur Angst. Trotz ihres vordergründigen Aufbegehrens war sie völlig eingeschüchtert. Ein Blick auf die Miene ihrer Mutter verriet ihr, dass sie einen Kompromiss eingehen musste, ansonsten würde Eleanor sie an den Haaren aus dem Apartment schleifen, und obwohl Evie wusste, dass es völlig falsch war, war sie dennoch eine Tochter, die sich nach der Anerkennung und, wichtiger noch, nach der Liebe ihrer Mutter sehnte.

»Ich erbitte mir nur, dass du mir bis November gibst, damit ich versuchen kann, das hier hinzubekommen. Wie du es versprochen hast. Wenn ich eine neue Arbeit finde, eine bessere als die bei *The Teller*, eine Stelle, die für diese Wohnung und für das Leben bezahlt, das ich führen möchte, dann ist Schluss mit deiner Kontrolle über mich. Ich heirate einen Mann meiner Wahl, und du musst noch nicht einmal zur Hochzeit kommen.«

Eleanor schwieg und verarbeitete Evies Worte. Schließlich schniefte sie zustimmend, und Evies Herz machte eine Talfahrt. *Du hast noch nicht einmal um mich gekämpft*, dachte sie traurig.

»Wenn du darauf bestehst, dieses törichte Spielchen zu spielen, dann nur zu.« Eleanors Gesicht war steinern. »Doch ich möchte hiermit klarstellen, dass du weder von mir noch von deinem Vater je wieder hören wirst, solltest du nach November in dieser Manier fortfahren. Ebenso wenig wird dir ein Erbe zustehen.«

»Mrs. Snow …«, warf Jim ein, doch Evie unterbrach ihn.

»Schön«, sagte sie, während ihr eine Träne entwich.

»Und du wirst Eddie nie mehr wiedersehen.«

»Nein«, flüsterte Evie. »Das kannst du nicht …«

»Du glaubst doch nicht allen Ernstes, dass ich dich auch nur in seine Nähe lasse, damit du ihn mit deinen dummen Ideen ansteckst?« Eleanor sah ungläubig aus. »Nein. Wenn du dieses Leben hinbekommst, dann wird es für Eddie sein, als hätte er keine Schwester.«

Evie war sprachlos, und Eleanor deutete ihr Schweigen als Zustimmung.

»Was geschieht also, sobald du scheiterst?«

»*Sobald?* Mrs. Snow, ich glaube nicht, dass Sie ganz fair …«, setzte Jim an, doch Evie streckte die Hand aus und brachte ihn abermals zum Schweigen.

»Falls es nicht klappt, dann – komme ich anstandslos nach Hause«, sagte sie leise. »Ich werde im Haus bleiben, weggesperrt, um euch jegliche weiteren Peinlichkeiten zu ersparen, und – und ich werde heiraten, wen auch immer du willst. Meine einzige Bitte ist, dass du Jim zu nichts zwingst. Du bist *meine* Mutter. Jim kann seine eigene Wahl treffen. Besser gesagt … kann es *seine* Mutter.«

»Evie …«, flüsterte Jim.

»Einverstanden.« Eleanor schniefte nochmals zustimmend, machte dann auf dem Absatz kehrt und ging.

Sobald die Wohnungstür krachend ins Schloss gefallen war, sackte Evie schluchzend in Jims Armen zusammen. Noch während er sie hielt, kehrte das Geräusch eines Flügelschlags zurück, und ihr Herz war eine winzige Spur leichter. Sie lief auf den Balkon, wo Täubchen stolz die neue Botschaft auf seinem rechten Flügel herzeigte:

Wäre es schrecklich von mir, wenn ich darum bitten würde,
dich sehen zu dürfen? Ich vermisse dich.
Und deine Wohnung. Sie riecht nicht nach Sonny.

»Evie? Ist das eine Taube?«, fragte Jim, der ihr auf den Balkon gefolgt war, wo Evie auf dem Boden kniete und sanft den Flügel des Vogels zwischen den Fingern hielt.

»Der Vogel ist ein Bote«, sagte sie geistesabwesend, in

Gedanken ganz bei den Wörtern vor ihr und ihrer eigenen Antwort.

»Evie, schau mich einen Moment an.«

Widerwillig wandte sie ihr tränenüberströmtes Gesicht Jims zu, das voller Sorgenfalten war. Es war ihr bisher nicht aufgefallen, aber obwohl Jim immer noch blendend aussah, wurde er doch älter. In ihrem Kopf war er immer der achtjährige Junge geblieben, den sie vor beinahe zwanzig Jahren getroffen hatte, doch jetzt sah sie die Falten, die sich allmählich um seine Augen und seinen Mund bildeten. Er wurde älter. Genau wie sie.

»Wie wirst du eine neue Arbeit finden?« Jim sah verlegen aus, als wollte er zu ihr gehen und sie halten, vielleicht mehr für sich als um ihretwillen, wenn man die große Sorge bedachte, die aus den Falten in seinem Gesicht sprach.

»Ich habe keine Ahnung. Ich glaube noch nicht einmal, dass ich es schaffen werde.« Ihr Blick wurde starr, und sie hatte wieder das Gefühl, als würde alles taub werden.

»Warum hast du dann so heftig darum gekämpft, dass deine Mutter dir drei weitere Monate zugesteht?«

»Weil es drei weitere Monate mit Vincent bedeutet. Mich heute von ihm zu verabschieden war einfach zu früh.«

Ohne noch Tränen übrig zu haben, drehte sich Evie wieder zu der Taube um und schrieb:

Komm jetzt zu mir.

Jim verließ Evie, nachdem er sie zum Abschied lange und innig umarmt hatte. Auf der Straße stieg er in seinen Wagen und richtete den Rückspiegel so aus, dass er den Balkon ihrer Wohnung sehen konnte, doch sie war nicht dort.

Wenig später traf Vincent ein, schicker gekleidet, als Evie ihn je gesehen hatte. Er hatte sogar seine schwarze Jeans gebügelt und war sich mit den Fingern durch die Frisur gefahren, um es weniger nach »verrückter Professor« aussehen zu lassen. Evie hatte sich einen kalten nassen Waschlappen aufs Gesicht gelegt, damit es weniger rot und fleckig aussah, doch Vincent wäre ohnehin nichts aufgefallen. Sobald sie die Tür öffnete, hielt er einen steifen, cremefarbenen Umschlag hoch, der an der Oberseite offensichtlich aufgerissen worden war. Der Absender in der Ecke verriet ihr, dass er von einer Musikschule stammte. Einer guten.

»Jemand hat geantwortet?« Evie entriss ihm den Umschlag und fing an, den Brief herauszuziehen.

»Vor zwei Monaten«, sagte er aufgeregt. Evie blickte verwirrt drein. »Ich wurde eingeladen vorzuspielen. Dir wollte ich nichts davon erzählen, weil ich dich nicht enttäuschen wollte, falls es nicht gut lief, und außerdem wusste ich, dass es mich nervös machen würde. Aber dann ist das hier gestern eingetroffen. Lies!«

Grinsend zog Evie rasch den Brief aus dem Umschlag und überflog ihn nach einem einzigen Wort: *Stipendium*. Als sie es erblickte, brach sie in Tränen aus und schlang die Arme um Vincent.

»Herzlichen Glückwunsch«, flüsterte sie.

»Ich habe dich vermisst.« Vincent strich mit der Rückseite seiner Finger über ihre Wange und lächelte, als sei nun, da sie zusammen waren, wieder alles in seiner Welt in Ordnung. Evies Magen verkrampfte sich. Sie fand nicht die

Worte, um ihm zu sagen, was vorgefallen war, also küsste sie ihn stattdessen, als könnte es etwas an ihrer Zukunft ändern.

Das Leben nahm wieder seinen Gang. Für Vincent waren jene acht Tage lediglich eine Zäsur in ihrem unendlich langen gemeinsamen Leben gewesen. Evie hatte sich entschieden, ihm nicht zu erzählen, dass die Dinge bereits zu Ende gegangen waren, und dass es sich bei diesen letzten drei Monaten bloß um einen in die Länge gezogenen Abschied handelte. Dieses Wissen stimmte sie traurig, doch was würde es nützen, ihn ebenfalls traurig zu machen? Ohne es zu merken war Evie distanzierter geworden, während sie sich auf den unvermeidlichen Abschied vorbereitete, was Vincent stark verwirrte und Anlass zu vielen Auseinandersetzungen gab. Sie stieß ihn von sich, während sie ihn früher eingeladen hatte, und sie hielt mit Dingen hinterm Berg, wohingegen früher alles aus ihr herausgesprudelt war. Vincent kehrte alle paar Abende nach einem Streit in seine eigene Wohnung zurück, und am nächsten Morgen tauchte dann Täubchen auf Evies Balkon auf, damit Vincent aus respektvollem Abstand herausfinden konnte, wie sie empfand und ob sie ihn sehen wollte. Die Antwort lautete stets *natürlich*.

Die Flügel des Vogels waren mittlerweile beinahe schwarz, sodass er angefangen hatte, ihre Worte auf dem Rücken und der Brust zu transportieren, doch er hieß diese Botschaften mit offenen Flügeln willkommen. Niemand wollte mehr als er, dass ihre Liebe funktionierte. Ihre Botschaften der Liebe und Güte verliehen ihm Kraft und gaben ihm einen Sinn. Wenn er an Fremden vorüberflog, überkamen sie unerklärliche Glücksgefühle. Er war zu einem Leuchtfeuer der Hoffnung geworden, und Evies und Vincents Botschaften waren die Flammen, doch so sehr Täubchen auch ihre Nachrichten las, konnte er doch nie in Evies Kopf schauen oder das ernste Gesicht ihrer Mutter sehen, wie es Evie jedes Mal erging, wenn sie die Augen schloss. Evie wusste, dass ihre Tage mit Vincent gezählt waren, doch Täubchen, das arme Täubchen, tappte genauso im Dunkeln wie Vincent, und der geflügelte Bote konnte nicht ahnen, dass er eine Liebe unterstützte, die von Anfang an dem Untergang geweiht war.

6

August

Evie blickte zum Musikinstitut auf dem Campus der Universität hoch, die ihr Sohn besucht hatte. Das Gebäude war alt und majestätisch, und der hohe Uhrenturm zeichnete sich bedrohlich vor dem grauen Himmel ab. Der Regen war eiskalt und unwirtlich und prickelte auf ihrem Gesicht, wenn sie direkt nach oben sah, also schlug sie den Mantelkragen hoch und eilte die Treppe zum Institut empor.

Sie war sich nicht sicher, wie sie sich in dieser Welt verhalten sollte. Nachdem sie bereits durch eine Wand hindurchgegangen war, rechnete sie damit, durch Türen und Wände gehen zu können, doch als lebende, atmende Frau hatte sie vor dem Betreten eines Zimmers stets angeklopft, und sie hatte nicht das Gefühl, dass das nun, da sie tot war, anders sein sollte. Da eine Tür, die von alleine aufging, jemanden erschrecken könnte, wartete sie ein paar Minuten im Regen, bis endlich ein Mann mit Filzhut, schöner grauer Wildlederweste und Aktentasche das Gebäude verließ. Während er an seinem Regenschirm herumhantierte, schlüpfte Evie durch die Tür, und der Mann schob die Kälte, die ihn überkommen hatte, auf das grässliche Wetter, auch wenn er sich den Hauch von Sirupduft nicht erklären konnte, der ihm entgegenwehte, als die Tür hinter ihm zuging.

Im Innern befand sich ein Empfangstisch, hinter dem eine umwerfende rothaarige Frau saß und an der Telefonschnur herumspielte, während sie leise telefonierte. Evie war erst einmal zuvor an der Universität gewesen, als sie hergekommen war, um sich ein Konzert ihres Sohnes anzusehen. Sie hatte so laut geweint, dass sich die Mutter eines anderen Studenten in der Reihe vor ihr umgedreht und ihr ein Taschentuch angeboten hatte. Evie konnte nicht anders. August hatte so wunderschön gespielt. Beinahe von Geburt an hatte ihn eine Liebe zur Musik beseelt, und sie hatte dafür gesorgt, dass sie nicht verkümmerte. Sie schwor sich, dass ihre Kinder im Gegensatz zu ihr selbst die Chance erhalten würden, genau das zu tun, was sie wollten. Ob sie nun Erfolg hatten oder nicht, sie war bei jedem Schritt an ihrer Seite gewesen.

Als August gesagt hatte, er wolle Musik studieren, hatte Evie alles in ihrer Macht Stehende getan, um ihm zu helfen. Sie kaufte ihm seine erste Geige, bezahlte seine Klavierstunden und bat fast jeden Abend darum, ihn spielen zu hören. August übte während der Schulzeit Tag und Nacht, bis er ein Stipendium an der zweitbesten Universität in der Stadt erhielt (die beste hatte keine Basketballmannschaft, und Augusts Leidenschaft für Basketball war zur Zeit seiner Bewerbung unersättlich gewesen). Später hatte er mit seinen klassischen Klavierstücken Komponistenwettbewerbe gewonnen, und ein solcher Wettbewerb hatte ihm die Gelegenheit eröffnet, dass eines seiner Lieder im Abspann eines Independent-Films gespielt wurde, und so nahm seine Karriere als Komponist von Filmmusik ihren Anfang. Jetzt, im Alter von einundfünfzig Jahren, lag die Studienzeit weit hinter August, und die Universität hieß ihn willkommen, wann immer er in den Musiksälen auf den Klavieren spielen wollte, auf denen er früher geübt hatte, doch gewöhnlich kam er nur her, wenn er Raum zum Nachdenken benötigte.

Evie ging durch jeden Flur in jedem Stockwerk, spähte durch die Fenster und hoffte, die grau melierten rostbraunen Haare ihres Sohnes zu sehen sowie seine Finger, die auf den Tasten hoch und runter sausten. Als sie ihn schließlich fand, waren seine Hände reglos, und sein Kopf ruhte auf der Tastatur. Er schnarchte leise. Die Schatten unter seinen Augen verrieten ihr, dass dies wahrscheinlich der längste Schlaf war, den er in den letzten Tagen abbekommen hatte.

Etwas zwischen August und seiner Frau Daphne war inmitten der Leere und Stille des Hauses abhanden gekommen, seitdem ihre zweite Tochter aus dem Haus war. Eine Flamme, die einst mit der Hitze von tausend Sonnen gebrannt hatte, war zur Glut verkommen, und die Erinnerung daran, was sie einst füreinander empfunden hatten, verhöhnte sie nun beide. August liebte Daphne immer noch mehr als alles auf der Welt. Die einzigen Frauen, die ihr seine Liebe streitig machten, waren seine beiden Töchter Gwen und Winifred, und Evie selbst, als sie noch am Leben gewesen war, doch August wusste, dass die Liebe zwischen Daphne und ihm nicht mehr so war wie früher, dass etwas verloren gegangen war, und er hatte keine Ahnung, wie er es wiederfinden sollte. Es war, als würde etwas sein Herz blockieren. Als sei ein Teil einer Maschine kaputt, und als würden sämtliche Dinge, die er früher immer einwandfrei kommuniziert hatte, vom Fließband fallen und verloren gehen. Irgendwo in seinem Innern häuften sich die wunderbaren Dinge, die er dachte, und schwelten in ihrer eigenen Schönheit. August und Daphne stritten nicht. Ja, sie sprachen kaum miteinander, denn August hatte vergessen, wie, und sein unerträgliches Schweigen führte zu den Besuchen in den Übungsräumen seiner alten Universität, wo er jedes Mal stundenlang dasaß, gewöhnlich, bis er auf den Tasten einschlief.

Evie dachte, dass sie vielleicht doch durch diese besondere Tür hindurchgehen musste, bloß diese eine, um mit ihrem Sohn zu reden. Es konnte Stunden dauern, bis jemand herkam und die Tür öffnete, und sie auf diese Weise hindurchgehen konnte. Sie trat zurück und musterte die Tür eingehend. Es war wohl ein Fall von Anpeilen und Losgehen. Nach einem Atemzug trat sie vor, und obwohl es bloß eine kurze Strecke war, schloss sie dennoch in dem Moment, in dem ihr Kopf gegen die Tür hätte stoßen sollen, fest die Augen. Ihr ganzer Körper wurde kalt und starr, beinahe, als wäre sie einen Moment lang selbst zu der Tür geworden, und dann spürte sie, wie sie wieder weich wurde wie ihr eigener Leib, und sie befand sich auf der anderen Seite. Augusts Schultern bewegten sich, als die Zimmertemperatur ein wenig absank, und er eine Gänsehaut auf den Unterarmen bekam. Evies Mutterinstinkt gewann die Oberhand, und sie summte ihm beruhigend zu, während sie neben ihm niederkniete. Am liebsten hätte sie über seine Haare gestreichelt, die Arme um ihn gelegt, doch wenn ihn ihr Eintreten im Schlaf gestört hatte, wollte sie nicht herausfinden, welche Wirkung eine Berührung auf ihn haben könnte.

»August?«

Sie war sich nicht sicher, was er hören konnte oder ob er reagieren würde. Sie musste einfach glauben, was Liefde ihr gesagt hatte. Sie musste glauben, dass das hier funktionieren würde.

»August. Mein lieber Junge. In all der Zeit, die wir gemeinsam hatten, in all den Jahren, in denen ich dich großgezogen und mit angesehen habe, wie du zu einem prächtigen Mann herangewachsen bist, bin ich dir gegenüber nie ganz ehrlich gewesen.«

Evies Geisterherz raste. Diese Worte zu Lebzeiten zu sagen, hätte sie umgebracht, doch jetzt, da sie im Jenseits gelandet war, musste sie die Geheimnisse offenbaren, die sie so sicher bewahrt hatte, ansonsten würde ihre Seele nie Ruhe finden. Sie suchte nach einem Zeichen, dass August ihr zuhörte, doch ihr blieb nichts übrig, als fortzufahren.

»Als ich jünger war, bevor du auf die Welt kamst, habe ich – jemandem – Liebesbotschaften geschickt. Es ist wohl gleich, wem. Wir schickten unsere Botschaften auf den Flügeln eines Vogels, den ich Täubchen nannte. Als ich ihn das erste Mal sah, den Vogel, war er weiß wie Schnee und so schön, doch er hatte so viel unserer Liebe zu überbringen, dass seine Federn bald schwarz wie Tinte wurden. Mir sind Gerüchte zu Ohren gekommen, dass er immer noch da draußen ist und bis zum heutigen Tag auf dem Balkon meiner alten Wohnung sitzt und darauf wartet, dass unsere Geschichte zu Ende geht. Falls die Gerüchte stimmen sollten, dann ist Täubchen all die Jahre nicht zur Ruhe gekommen. Es hat einfach auf seinen nächsten Auftrag gewartet.«

Evies Augen glänzten vor schlechtem Gewissen. Es

hatte ihr solche Sorge bereitet, Vincent zu sagen, dass die Dinge zu einem Ende kommen mussten, und wie er reagieren würde, dass sie vergessen hatte, Täubchen Bescheid zu geben. Der Vogel war sich ihrer Liebe so sicher gewesen, dass er auf Evies und Vincents Rückkehr gewartet hatte, und während des Wartens hatte er weiterhin die Liebe, die er auf seinen Flügeln trug, an alle verbreitet, die er erreichen konnte. Er war müde geworden und wollte manchmal schon aufgeben, doch er hatte trotzdem weitergemacht, stets voller Hoffnung. Evie hatte ihn immer finden wollen, doch sie war ein Feigling gewesen und brachte es einfach nicht über sich, sich auf die Suche nach ihrer Vergangenheit zu begeben. August darum zu bitten es für sie zu tun, würde zwar bedeuten, dass sie die Geschichten offenbarte, die sie fast ihr ganzes Leben lang verborgen gehalten hatte, aber sie wusste auch, dass es Zeit war, sich geschlagen zu geben. Es war Zeit, Täubchen freizulassen.

»August, du musst ihn finden. Lass dein Herz nach ihm rufen, und wenn er zu dir kommt, wasch seine Flügel. Befreie ihn von den Pflichten, die er so gewissenhaft ausgeführt hat, als ich noch am Leben war. Und sage ihm von mir …«, flüsterte sie, »danke.«

Eine Träne quoll über und tropfte auf Augusts rechten Handrücken. Sie schimmerte einen Moment wie eine Perle, versickerte dann in seiner Haut, und er rührte sich. Evie hielt den Atem an und beobachtete, wie sich seine Augen einen Spalt öffneten. Da war ein Moment des Erkennens, bevor ihr Herz sie rückwärts zog, ohne dass sie die Kraft besaß, dagegen anzukämpfen. Sie schloss die Augen und ließ die Glieder schwer werden, während eine Kraft sie behutsam hochhob und aus dem Zimmer zog. Ein schmatzendes Geräusch ertönte, und die Atmosphäre wurde so dick wie Sirup, und dann schlug Evie unvermittelt mit dem Hintern auf festem Boden auf.

Evie öffnete ihre glasigen Augen und erblickte verschwommen Liefdes Gesicht, das auf sie herabspähte.

»Wie ist es gelaufen?«

Sie blinzelte ein paarmal, bis es sich nicht mehr anfühlte, als würde sie durch Mattglas sehen. »Okay, glaube ich. Eigentlich bin ich mir nicht sicher.«

»Du hast ihn also gefunden?« Liefde packte sie am Arm und half ihr in den Schreibtischstuhl.

»Ja, ich habe ihn gefunden. Er hat geschlafen, also habe ich ihm erzählt, was ich ihm zu sagen hatte. Gerade als er aufwachte, wurde ich hierher zurückgezogen, aber da war ein Moment … der Bruchteil einer Sekunde, als er die Augen öffnete und es beinahe war, als könnte er mich sehen.« Evie schnaubte, da sie nicht wieder sentimental werden wollte.

»O Evie! Das hast du gut gemacht. Möchtest du dich ausruhen? Die anderen morgen besuchen? Schließlich steht uns hier Zeit zur Verfügung.« Liefde machte Anstalten, zur Tür zu gehen. Er sah selbst erschöpft aus, nachdem er die Zeit über, während sich Evie auf der anderen Seite der Wand befunden hatte, vor Unruhe die Hände gerungen hatte.

»Nein, ich möchte weitermachen, aber …«

»Was ist los?« Liefde wirbelte zu ihr herum, und seine Sorge war ihm deutlich an den Augen abzulesen: *Hatte sie es sich anders überlegt? War das hier zu viel für sie? Zu schmerzhaft, es noch einmal zu erleben?*

»Wie sähe es vorher mit einer Tasse Tee aus?«

Als August erwachte, hatte er das Gefühl, nicht allein zu sein. Er glaubte, ein vertrautes Gesicht gesehen zu haben, das über ihn wachte, doch als er sich den Schlaf aus den Augenwinkeln wischte, war da niemand, und er schob es auf den seltsamen Traum, den er gehabt hatte. Er massierte seine Schläfen, während er sich an einen Vogel erinnerte, der vor seinem geistigen Auge vorübergeflogen war. Er war schwarz, doch während er flog, fielen mit Tinte geschriebene Wörter von seinen Federn und purzelten nach unten, tropften zu Boden und bildeten Lachen, sodass die natürliche weiße Farbe des Vogels darunter zum Vorschein kam. August konnte immer noch eine leise, aber lange nachklingende Stimme hören, die wiederholte: *Lass dein Herz nach ihm rufen – wasch seine Flügel – sage ihm – danke.*

August schüttelte den Kopf, um die Gedanken zu verscheuchen, doch sie ließen ihn nicht los, während er später am Abend nach Hause stapfte. Sie nagten an ihm, als er sah, wie sich der sehnsuchtsvolle Blick seiner Frau in Enttäuschung verwandelte, als er ihr keinen Gutenachtkuss gab, nicht, weil er nicht wollte, sondern weil er es verlernt hatte. Und als er neben Daphne ins Bett stieg, surrten und klackten die Gedanken wie Zahnräder in seinem Gehirn weiter. Nur Augenblicke, nachdem er zu Bett gegangen war, erhob er sich wieder. Daphne setzte sich auf.

»Wohin gehst du, August?«

»Bloß nach unten. Mein Kopf will einfach nicht abschalten.«

»Wirst du mir je verraten, was da drinnen vor sich geht?« Obwohl der Mond durch das Fenster schien, konnte

August sie nicht sehen, weil die Traurigkeit in ihrer Stimme jegliches Licht aus dem Zimmer sog.

»Ich bekomme bloß eine Melodie für diese neue Titelmusik nicht aus dem Kopf«, log er und spürte den Flügelschlag des Vogels hinter seinen Augen. »Schlaf du. Ich bin gleich wieder da.« Und August ging, bevor ihre Traurigkeit ihn erreichen konnte.

Am reglosen schwarzen Himmel fehlten die Tupfen silberner Sterne, aber Regenwolken gab es auch keine, und dafür war August dankbar. Er mochte Regen nicht, auch wenn der seltsame Baum am Fuß des Gartens ihn aufsog, als ob es kein Morgen gäbe, und Früchte nicht saisonbedingt trug, sondern jedes Mal nach einem Unwetter. Als Kinder hatten August und seine Schwester entdeckt, wie schrecklich das Obst schmeckte, also pflückten sie es nie, sondern ließen es nur herunterfallen und im Gras zwischen den Wurzeln verfaulen.

August stand an der Hintertür des Hauses der Snows, eine Tasse entkoffeinierten Kaffee in der Hand, und sah zu dem Baum am Fuß des Gartens hinaus. Sie waren kurz nach Evies Tod in das Haus der Snows gezogen, um sich um Augusts Onkel Eddie und seinen Partner zu kümmern, die jetzt beide Ende siebzig waren und ein wenig Unterstützung brauchten. Es war das Haus, in dem Evie aufgewachsen war, und August hatte gedacht, es könnte ein Neuanfang für Daphne und ihn sein. Doch auch wenn sich die Dinge nicht verschlimmert hatten, hatten sie sich doch auch nicht verbessert. August hoffte, sie könnten vielleicht das, was sie verloren hatten, in diesem Haus wiederfinden, doch sie fanden lediglich mehr von seinem betretenen Schweigen und mehr von ihrer sehnsuchtsvollen Traurigkeit. August dachte darüber nach, wie sehr er seine Frau liebte, und fragte sich, wie er verlernt hatte, es ihr zu sagen. Wie hatte er diesen Zug zum Entgleisen gebracht, und wie würde er ihn je wieder auf die Schienen zurückbringen?

Er ging nach draußen auf die Terrasse und setzte sich auf einen der metallenen Gartenstühle. Wie heftig es tagsüber geregnet hatte, fiel ihm erst wieder ein, als das Wasser anfing, seine Flanellschlafanzughose zu durchweichen. Er stand ruckartig auf, wobei seine Tasse an die Kante des Gartentisches schlug. Der Henkel brach ab, die Tasse fiel zu Boden und heißer Kaffee ergoss sich über seine nackten Füße. Er schrie auf und vollführte einen kleinen Tanz, bis der Kaffee sich abgekühlt hatte, dann sank August auf den Stuhl zurück, da ihm das Regenwasser mittlerweile gleich war, und weinte. Er ließ den Kopf hängen und weinte die in seinem Herzen abgelagerten Gefühle hinaus, bis sich seine Tränen mit den Regenlachen auf dem Tisch vermischten. Sein Herz brach glatt entzwei, und er hätte schwören können, dass es ein Geräusch machte, das durch die Luft vibrierte, sodass die Blätter an dem seltsamen Baum am Fuß des Gartens raschelten.

»August?«

Daphnes Stimme war ängstlich und scheu, ganz anders als die Stimme, die er vernommen hatte, als sie sich das erste Mal an der Universität begegnet waren. Sie hatte so laut in dem Übungsraum neben Augusts gesungen, dass er hinübergegangen war, um von ihr zu verlangen, leiser zu sein. Doch als er die Tür aufgerissen und da nur diese winzige Maus von einer Frau erblickt hatte, die lauter und besser sang als die meisten Bühnenstars, die er gehört hatte,

hatte er sich auf der Stelle in sie verliebt. Schließlich hatte er sie eingeladen, mit ihm zu singen, während er sie auf dem Klavier begleitete, was sie die nächsten fünf Wochen lang in jeder freien Mittagspause getan hatten, bevor er sich endlich mit ihr zum Abendessen verabredet hatte. Sie war immer so winzig und *so* laut gewesen.

»Du bist mein kleiner Oxymoron«, sagte August immer zu ihr.

»Und du bist mein kleiner Riese«, erwiderte sie dann scherzhaft und stellte sich auf die Zehenspitzen, um ihm einen Kuss auf die Wange zu geben.

Doch im Laufe der Jahre war ihre Stimme leiser geworden. Daphne sang kaum noch, und wenn sie sprach, klang sie ausgelaugt und gehemmt, ihre Ausgelassenheit war verkümmert.

»O August!« Sie eilte zu ihm und schlang so gut wie möglich die Arme um ihn, doch ihre Hände erreichten sich nicht hinter seinen Schultern. »Was ist passiert?«, fragte sie mit einem Blick auf die Keramikscherben auf den Steinen, doch er schüttelte nur den Kopf.

»Was ist mit uns passiert?«, fragte er und sah sie durch tränenverquollene Augen an.

Völlig verblüfft erwiderte sie seinen Blick. »Ich dachte schon, du würdest nie fragen. Ich dachte, du wolltest nicht darüber reden. Ich dachte, es …« Ihre Stimmer verlor sich.

»Dachtest was?« Er zögerte, weil er hoffte, sie würde nicht das sagen, was er erwartete.

Sie holte tief und bebend Luft. »Ich dachte, es wäre dir egal.«

August sackte noch einmal in ihren Armen zusammen und schluchzte, und Daphne hielt ihn fest, beinahe so, als versuchte sie, ihn daran zu hindern, ihr zu entgleiten. Nach einer Weile schüttelte sie ihn sanft.

»August«, flüsterte sie. »August, schau!«

Da ihre Herzen so laut in ihren Ohren schlugen, hatten beide nicht das Aufschlagen von Flügeln oder das Scharren von Füßen auf dem Tisch gehört, doch als Daphne die Augen geöffnet hatte, hatte sie den Vogel gesehen, und sie wollte, dass ihr Mann ihn ebenfalls sah: eine kühne Amsel, die dicht bei August auf dem Gartentisch saß. August schob sich schnell vom Stuhl und wich ein paar Schritte in Richtung Haus zurück, beinahe einen Blumentopf umwerfend, doch der Vogel gurrte leise, wie um ihn zu beruhigen.

»Psssst! Du weckst noch deinen Onkel!«, mahnte Daphne.

»Es kann unmöglich …«, flüsterte August, dem Tränen über die Wangen liefen. Instinktiv streckte Daphne die Finger nach dem Vogel aus, doch August ergriff ihre Hand und zog seine Frau zu sich.

»Was ist los? Was stimmt nicht?«, fragte sie.

»Dieser Vogel. Ich habe heute von dem Vogel geträumt, als ich im Übungsraum eingeschlafen bin.«

Es war ihm herausgerutscht, und er blickte verlegen drein, doch Daphne wusste längst Bescheid. Sie wusste, dass er in die alten Übungsräume an der Universität zurückkehrte, wenn er unter Stress stand, weil die rothaarige Empfangsdame oft anrief, bloß um Daphne wissen zu lassen, dass er wieder in einem der Übungsräume eingeschlafen war und wahrscheinlich spät nach Hause käme. Die Telefonnummer für den Anschluss im Haus seiner Mutter, wo sie jetzt wohnten, stand immer noch in den Institutsakten. Seine Ausflüge an die Universität waren nicht ganz das große Geheimnis, für das er sie hielt.

»*Dieser* Vogel?«, fragte Daphne skeptisch.

»Ja.«

»*Genau* dieser Vogel?«

August nickte, und sein Gesichtsausdruck überzeugte Daphne. »Dann muss es sich um eine ganz besondere Amsel handeln.«

»Ich glaube nicht, dass es eine Amsel ist.« August entsann sich seines Traums, ließ den Erinnerungen freien Lauf, und sie strömten durch seinen Kopf und seine Adern, glücklich, weil er keinen Widerstand mehr leistete.

Vorsichtig machte er einen Schritt auf den Vogel zu, und Täubchen machte einen Schritt auf ihn zu. So machten sie einen Schritt nach dem anderen, bis Täubchen am Rand des Tisches auf der Höhe von Augusts Bauchnabel hockte und direkt zu August hochsah. August kniete nieder, damit sie auf Augenhöhe waren, und streichelte vorsichtig den Kopf des Vogels mit dem Zeigefinger. Dann betrachtete er seinen Finger. Direkt an der Fingerspitze befanden sich die Wörter *zu Hause* in schwarzer Tinte. Er sah wieder zu dem Vogel, der jetzt eine weiße Stelle auf dem Kopf hatte.

»Nun schau dir das mal an!« Er ließ sich auf die Fersen zurückgleiten und winkte Daphne zu sich, damit sie es sich ansehen konnte. Ihr kam in den Sinn, dass sie sich zum ersten Mal seit Jahren wieder miteinbezogen fühlte.

»Es ist Tinte?«, stieß sie Luft schnappend hervor und konnte den Anblick der perfekt geschriebenen kleinen Wörter nicht fassen. »Darf ich?« Sie hatte direkt mit dem Vogel gesprochen, der nickte und die Federn eines Flügels ausbreitete. Daphne wischte mit dem kleinen Finger über eine Feder, aber der Flügel blieb schwarz wie die Nacht. Sie nahm Augusts Hand in ihre und drückte seinen Zeigefinger behutsam auf Täubchens Flügel. Gemeinsam erwischten sie die Wörter *Ich habe nie jemanden geliebt*. Mit gerunzelter Stirn nahm sie diesmal Augusts kleinen Finger, um nachzusehen, ob der traurige Satz noch weiterging. Als sie wieder die Hand betrachtete, erblickte sie *wie ich dich liebe, Evie*. Sie lachte auf und schüttelte ungläubig den Kopf. Mehr Tränen traten August in die Augen, quollen über und rannen durch die Furchen, die seine früheren Tränen hinterlassen hatten.

»Deine Mutter? Die Evie?« Daphne versuchte, die Worte ohne Schluchzen hervorzubringen.

»Von ihr habe ich heute auch geträumt. Sie muss es sein.« August kümmerte das Schluchzen nicht. »Warum funktioniert es mit deinen Fingern nicht?«

»Begreifst du nicht? Der Vogel ist ein fliegendes Buch voller Liebesbotschaften. Die *geheimen* Liebesbotschaften deiner Mutter, und wozu sind geheime Botschaften nutze, wenn jeder sie lesen kann? In deinen Adern fließt Evies Blut, und dieses schwarze Täubchen hier« – der Vogel legte beim Klang seines Namens den Kopf schräg – »muss das wissen.«

Daphne hielt Augusts Hand und las die Wörter immer wieder, vor allem, um seine Körperwärme noch ein Weilchen länger spüren zu können.

»Wir müssen seine Flügel abwaschen. Er trägt diese Botschaften seit Jahren mit sich herum. Es ist an der Zeit, dass er zur Ruhe kommt.« August streckte die hohlen Hände aus, und Täubchen hüpfte froh und vertrauensvoll hinein.

Gemeinsam säuberten Daphne und August die »Amsel«. Daphne holte warmes Wasser und Handtücher und kramte ein leeres Notizbuch heraus, das sie aufgehoben hatte. August entfernte vorsichtig die Tinte, Wort für Wort, und gemeinsam brachten sie die Wörter in dem Buch in die richtige Reihenfolge. Ein paar ließen sie hier und da fallen, sodass sie auf die Kacheln in der Küche tropften und verloren waren. Sie arbeiteten bis in die frühen Morgenstunden, bis Täubchen endlich sauber war. Die Flügel des Vogels waren wieder von ihrem herrlichen Cremeweiß, seine Federn strahlten, und er war wieder eine Taube. Das Notizbuch war voll, quoll schier über mit Evies und Vincents Geschichte, wie sie in ihren Briefen stand.

»Was wirst du damit machen?«, fragte Daphne August, nachdem sie Täubchen nach draußen gebracht hatten, um es freizulassen, auch wenn es nicht weiter als bis zum Baum am Fuß des Gartens hatte fliegen wollen.

August starrte auf das Buch, das aufgeschlagen auf dem Tisch lag, sein Verlangen, es zu lesen, im Widerstreit mit dem Wunsch, die gut gehüteten Geheimnisse seiner Mutter in Ehren zu halten.

»Was denkst *du*?«, fragte er schließlich, und wieder ging Daphne durch den Kopf, dass sie zum ersten Mal seit langer Zeit überhaupt ein Gespräch führten, noch dazu eines, bei dem er sie nach ihrer Meinung fragte. Daphne nahm das offene Buch in die Hände und schlug die erste Seite auf. Sanft legte sie es in Augusts Hände.

»August, ich glaube, dass du aus einem Grund zu diesem Buch geführt worden bist. Bitte sag mir nicht, dass wir uns gerade *solche* Mühe gegeben haben, eine Geschichte wiederherzustellen, die wir niemals kennenlernen werden.«

In der Nacht stiegen sie ins Bett und fingen zu lesen an, und obwohl sie seit Jahren verheiratet waren, benahmen sie sich wie Teenager beim ersten Date. Als ihre Hände versehentlich gegeneinander strichen, errötete Daphne, und August wagte nicht, ihr in die Augen zu sehen. Anfangs lasen sie jeder für sich, doch je weiter sie mit der Geschichte kamen, desto mehr lasen sie einander laut vor, und während der Lektüre schien die Kälte, die ihre Ehe so lange im Griff gehabt hatte, auf magische Weise dahinzuschmelzen. August legte sogar den Arm um seine Frau und hielt sie eng an sich, und Daphnes Traurigkeit hob sich wie Regen, der in die Wolken verdunstete.

Evie musste ihren Tee auf dem Boden abstellen, da ein seltsames Gefühl ihre Brust zusammenzog. Etwas hatte da drinnen zu rasseln begonnen, wie ein mit den Flügeln schlagender Kolibri, und sie umklammerte die Armlehnen des Bürostuhls, weil sie das Gefühl hatte, vielleicht gleich abzuheben. Dann hörte es auf, beinahe so unvermittelt, wie es angefangen hatte. Liefde sah sie an, als wisse er etwas, das sie nicht wusste.

»Wie fühlst du dich?«, fragte er.

Sie holte Atem, sammelte sich und lächelte. »Leichter.«

Ihre erste Reise war endlich zu Ende. Ihr Sohn hatte immer schon Empathie gezeigt, mehr noch als ihre analytisch denkende Tochter, weshalb ihr klar gewesen war, dass dieses Geheimnis für ihn bestimmt war. Er besaß zudem ein seltsames Bewusstsein für das Übersinnliche. Obwohl Evie ihm natürlich versichert hatte, dass es so etwas nicht gäbe, wenn August als Kind nachts aufgewacht war und Angst vor Schatten gehabt hatte, von denen er behauptete, es wären Geister und Monster, und Evie ihn wieder in den Schlaf gewiegt hatte. Hätte irgendwer sonst eine zottelige Amsel im Garten gefunden, hätte er sie verscheucht, trotz jeglicher merkwürdiger Träume, die er vielleicht gehabt hatte – doch nicht August. August war ein Mann, der glaubte, dass nichts grundlos passierte, und gewisse Dinge vorherbestimmt waren. Er glaubte ans Schicksal, und irgendwie wusste Evie, dass er die Teile des Puzzles zusammenfügen würde.

Jetzt war sie froh, dass er sich seine fantasievolle Natur bis ins Erwachsenenleben bewahrt hatte, denn entgegen allen Erwartungen existierte das Übernatürliche *sehr wohl*, und Evie war zweifellos ein Teil davon.

7

Horace

Evie erzählte Liefde beim Tee die Geschichte von Täubchen. Es fühlte sich merkwürdig an, so detailliert darüber zu sprechen, aber schwer fiel es ihr nicht mehr. Da August jetzt Bescheid wusste, hatte sie diese Tür für immer geöffnet. *Und jetzt die anderen öffnen*, dachte sie.

»Täubchen ist endlich zur Ruhe gekommen. Es ist an der Zeit, dass du es auch tust, wer ist also als Nächstes dran?«, fragte Liefde.

Evie rieb die Hände aneinander, um etwas Wärme zu erzeugen. Seit dem Unwetter war der Raum ein klein wenig abgekühlt und feucht.

»Meine Tochter«, sagte sie mit einem Nicken und musste ein Lächeln unterdrücken, während sie an das kleine Mädchen im Alter von vier Jahren dachte, stur und mit Schmollmund und vor der Brust verschränkten Armen.

»Okay«, erwiderte Liefde, »aber bevor du die Wand passierst, muss ich dich warnen, dass die Zeit hier anders funktioniert als auf der anderen Seite. Während wir uns in gemächlichem Schlendertempo fortbewegen, rast die Zeit auf der anderen Seite. Deshalb fühlt sich das Leben so kurz an, und der Tod – ewig.« Er seufzte.

»Wie lange sind Sie schon hier, Liefde?«, fragte Evie.

»Ach, ich habe den Überblick verloren, was die Jahre angeht – und die Tassen Tee«, antwortete er gutmütig. »Möchtest du noch eine?«

Evie schüttelte den Kopf. »Könnte ich mir einen Bleistift ausleihen?«, fragte sie und rollte den Stuhl mithilfe ihrer Absätze zum Schreibtisch in der Ecke. Sie öffnete die Schubladen und stieß auf ein paar vereinzelte Gegenstände: drei Knöpfe, eine Schachtel mit Büroklammern, eine Sicherheitsnadel – und einen Bleistift. Er war nicht gespitzt, aber ganz stumpf war er auch nicht, also würde er es tun.

»Selbstverständlich, aber wieso?«, rief Liefde oben von der Treppe, während er die Tassen in die Spüle der Kleinküche hinter seinem Büro stellte.

»Das ist der nächste Schlüssel!«, rief sie und rollte zurück zur Wand.

Bei seiner Rückkehr sah Liefde, wie Evie mit dem Bleistift über den Putz der Wand kratzte. Vor Konzentration lugte ihre Zunge seitlich aus dem Mund hervor. Sie bedeckte ihre Zeichnung mit den Händen, sodass Liefde nicht sehen konnte, worum es sich handelte. Er stand ein gutes Stück hinter ihr und verrenkte sich vor Neugier den Hals. Endlich wich sie zurück, sodass eine Cartoonzeichnung zum Vorschein kam, nicht größer als ihre Handfläche: eine Katze mit Weste und Monokel.

»Voilà!« Sie streckte die Hände aus, um das Meisterwerk zu umrahmen.

Liefde lachte glucksend. »Wer ist das denn?« Er verzog das Gesicht und betrachtete die Zeichnung mit zusammengekniffenen Augen, doch es half nichts, also trat er näher, bis seine Nase beinahe die Wand berührte, um sich die Skizze besser ansehen zu können.

»Das ist Horace. Er war eine echte Katze, aber er ist gestorben, als meine Tochter erst sieben Jahre alt war. Es hat sie schwer getroffen. Sie weinte und weinte und schlief immer an dem Platz, wo Horace geschlafen hatte, und wollte einfach nicht von dort weg. Also fing ich an, ihn für sie zu zeichnen, und mein Ehemann erfand Geschichten, die zu den Bildern passten. Als sie noch klein war, waren diese Geschichten ihr Ein und Alles, und wir sprachen so oft von Horace, dass sie später anfing, ihn auch für ihren Sohn zu zeichnen. Auf die Art ist Horace niemals richtig gestorben. Er hat länger als die meisten Katzen gelebt!«

»Wird dir das dabei helfen, deine Tochter zu finden?«

»Absolut. Horace war eines der letzten Dinge, über die wir vor meinem Tod gesprochen haben.«

»Sieht aus, als hättest du doch noch die Katze der Familie heraufbeschwören müssen!« Liefde stieß mit der Schuhspitze an die Verlustsachenkiste.

»Ja, aber nicht auf ganz so brutale Art. Das hier ist viel humaner.« Lachend drehte sich Evie zur Wand zurück, aber die Zeichnung war verschwunden. Evie berührte die Stelle, wo sie gerade eben noch zu sehen gewesen war, und die Wand reagierte auf ihre Berührung, indem ihr ein Fell wuchs.

Echtes Fell.

Von Evies Fingern aus kräuselte sich die Wand und ihr wuchs rot-oranges Fell, bis zu den Rändern. Evie konnte nicht anders, sie lachte und streichelte den weichen Flaum unter ihren Händen. Sie schlug sogar alle Vorsicht in den Wind und drückte die Wange daran, genoss die Wärme und das leise Schnurren, das sie im Innern der rot-orangen Wand widerhallen spürte.

»Evie. Ich an deiner Stelle würde da weggehen.«

Evie blickte hinter sich. Liefde sah ein wenig besorgt aus, doch seine glitzernden Augen verrieten seine Belustigung. Sie trat ein paar Schritte zurück, um einen besseren Blick auf die Wand zu erhalten, die sich jetzt in der Mitte ausbeulte und schwarz und gummiartig wurde. Über der Ausbeulung erschienen zwei Löcher und wurden von riesigen gelben Augen ausgefüllt. Das Fell legte sich in Falten und formte sich aus, bis sich die Wand schließlich in ein überdimensionales Katzengesicht verwandelt hatte.

»Horace!«, stieß Evie lachend hervor. Horaces Augen weiteten sich und er schnupperte wiedererkennend in dem Zimmer herum. Dann leckte er sich die Schnauze, und seine Zunge schlug beinahe gegen den Schreibtischstuhl. »Ich fasse es nicht!«

»Ich auch nicht. Ich kann dir versichern, dass die Wand noch nie so etwas hervorgebracht hat. Das hier ist sehr … neu.« Liefde rieb sich über das stoppelige Kinn und betrachtete die riesige Katze, doch Horace lächelte ihn nur mit seinen großen Katzenzähnen an.

»Tja …«, sagte Evie, die Horaces Schnauze streichelte, »wie soll ich durch die Wand kommen, wenn diese Riesenkatze den Weg versperrt?«

Horace zuckte mit der Schnauze, um Evies Hand abzuschütteln. Als sie zurücktrat, riss er das Maul so weit wie möglich auf, sodass all seine Zähne und die raue Zunge zum Vorschein kamen. Liefde brach in schallendes Gelächter aus.

»Was? Nein! Nein, nein, nein! Da gehe ich nicht rein!«

Evies Widerwille bewirkte bei Liefde nur noch mehr Gelächter.

»Ich glaube nicht, dass du eine Wahl hast, meine Liebe. Die Wand möchte, dass du auf diese Art reist, und ich fürchte, sie wird deine Weigerung nicht akzeptieren.« Er wischte sich eine Träne weg und drückte beruhigend Evies Schulter. Horace blickte missbilligend auf Evie herab.

»Na gut, na gut«, schnaubte sie. Ganz langsam ging sie auf Horaces untere Zahnreihe zu. »Es gibt wohl keinen anderen Weg ... oder?« Insgeheim hoffte sie, dass Liefde sie vielleicht auf den Arm nahm, und sie am Ende doch nicht hindurchmusste.

»Durch die Wand oder gar nicht!« Liefde lachte immer noch, als er auf dem Schreibtischstuhl Platz nahm, um sich die Vorstellung anzusehen. Er hatte sich schon sehr lange nicht mehr derart amüsiert.

Evie steckte den Kopf in das große, weit klaffende Maul und rief: »Hallo!« Der Klang ihrer Stimme hallte bis in Horaces Hals hinunter wider. Horace rollte die Zunge zu einem kompakten Bündel zusammen und warf sie dann über seine unteren Zahnreihe, sodass sie sich wie ein roter Teppich auf dem Kellerboden entrollte.

»Er muss viel von dir halten, Evie. Das sieht mir nach VIP-Behandlung aus!« Liefde schaffte es kaum, seine Stimme und sein Gesicht unter Kontrolle zu halten.

»Das reicht jetzt«, sagte Evie streng. Sie stieg auf Horaces Zunge, wobei sie versuchte, behutsam zu sein und ihm nicht wehzutun. Horace hob Evie ein paar Zentimeter vom Boden hoch und fing langsam an, sie in sein offenes Maul zu ziehen. Evie drehte den Kopf zu Liefde, bemüht, nicht das Gleichgewicht zu verlieren. »Wenn ich aus Horaces – anderem Ende herauskommen sollte, mache ich Ihnen bei meiner Rückkehr die Hölle heiß.« Sie duckte sich, als sie an den Zähnen der Katze vorbeikam, sog dann die Luft ein und hielt sie an, während Horace behutsam das Maul um sie herum schloss.

Horace zwinkerte Liefde zu, der das Ganze fasziniert beobachtete, dann schloss er die Augen, und das riesige Gesicht verschmolz wieder zu der Wand, die sich von rotorange zu cremefarben zurückverwandelte. Ohne die vereinzelten, auf dem Betonboden zurückgelassenen Haare hätte er ebenso gut nie da gewesen sein können.

DAS ZWEITE GEHEIMNIS

Der Schuhkarton

OKTOBER

Jim

James »Jim« Summer war ein ehrbarer Mann aus einer angesehenen Familie. Wenn sein Vater in Pension ging, würde er das Familiengeschäft übernehmen, und nach dem Tod seiner Eltern würde er Vermögen und Grundbesitz der Summers erben. Bis dahin kontrollierten sein Vater und seine Mutter, James und Jane Summer, jeden Schritt, den Jim unternahm. Seine Mutter ging sogar so weit, ihm jeden Morgen die Anziehsachen herauszulegen.

Obwohl er es nicht anders kannte, war ihm klar, dass etwas an der Art, wie die Snows und Summers funktionierten, nicht stimmte. Von der Art, wie sie sich ihre Partner aussuchten bis hin zu der Art, wie sie ihren Kindern Namen gaben, war alles zu koordiniert, zu tadellos. Beide Familien besaßen nicht die geringste Wärme, noch nicht einmal ein Fünkchen, was dazu führte, dass sie schrecklich finster wirkten und von den meisten Menschen gemieden wurden. Ohne ihren unglaublichen Reichtum, schätzte Jim, wären sie wahrscheinlich vollkommen von der Gesellschaft abgeschnitten gewesen. Und dass er das alles überhaupt wusste, lag einzig und allein daran, dass ein Mensch ihm die Augen angesichts dieses Wahnsinns geöffnet hatte, als er acht Jahre alt gewesen war. Und bei diesem

Menschen handelte es sich ausgerechnet um eine Snow: Evie.

Auch wenn Evie vielleicht buchstäblich das Mädchen von nebenan sein mochte, war sie doch alles andere als ein Klischee. In jüngeren Jahren war sie rundlich und linkisch gewesen. Zwar hatte sie nie eine Brille oder Zahnspange getragen und sie hatte schon immer ein ziemlich hübsches Gesicht gehabt, aber es haperte ihr an Haltung. Egal, was sie anhatte, sie wirkte, als wäre ihr unbehaglich, und sie schien in jeglicher Umgebung deplatziert zu sein. Und wenn sie rannte, was sie oft tat, sah sie wie eine neugeborene Giraffe aus, die versuchte, auf die Beine zu kommen. Ihre Mutter wollte sie dazu animieren, sich damenhaft zu benehmen, aber Evie hasste die Vorstellung, dass man sich, um als Dame zu gelten, nicht so benehmen konnte, wie es den kleinen Jungen nahegelegt wurde. Ihr Bruder Eddie und Jim wurden beinahe dazu gezwungen, zu spielen und wild zu sein, wohingegen Evie still sitzen und langweilig sein und so tun musste, als wäre sie elegant, obwohl sie offensichtlich darauf brannte, so schnell wie möglich durch so viele schlammige Pfützen, wie sie nur finden konnte, zu galoppieren. Sie fand nichts Schlimmes am Elegantsein, wenn es das war, was man sein wollte, aber *sie* wollte es nicht.

Mit zunehmendem Alter verlor sie fast alles Linkische, behielt aber fast alles Rundliche, doch obwohl sie zu einer sonderbaren, aber schönen jungen Frau heranwuchs, war sie für ihre Familie das hässliche Entlein. Aber im Gegensatz zu den meisten Frauen, die einen Hang zu Kuchen und Tee mit drei Stück Zucker hatten, hatte sie nichts gegen ihr Übergewicht. Teils weil sie wusste, dass die paar

Extrapfunde ihre Mutter ärgerten, aber hauptsächlich, weil sie rundum gesund war und den Gedanken an sportliche Betätigung verabscheute, es sei denn, es ging darum, die sieben Treppen zu ihrer Wohnung hochzusteigen, wenn einmal der Aufzug kaputtging – obwohl das glücklicherweise sehr selten vorkam, weil Liefde das Haus gut in Schuss hielt.

Als Kinder wurden Jim und Evie zusammengesteckt, da ihre Familien darauf versessen waren, dass sie einmal heirateten, wenn sie älter wären, doch als sie *tatsächlich* älter wurden, war ihre Freundschaft auf einmal »unangebracht«. Jetzt standen sie sich laut ihrer Eltern *zu* nah, sodass ihre gemeinsame Zeit verkürzt und auf die Wochenenden beschränkt wurde. Jim verstand es nicht, Evie hingegen schon. Es lag daran, dass Jim sich ganz offensichtlich in sie verliebt hatte. Beide Elternpaare hatten kein Verständnis für Liebe oder dafür, dass man jemanden heiratete, in den man sich verliebt hatte, weil in ihren Ehen keinerlei Gefühle für den jeweiligen Partner vorhanden waren. Sie waren miteinander verheiratet worden, weil es klug und strategisch günstig war und den meisten Sinn ergab. Jim und Evie hatte man aus den gleichen Gründen miteinander verkuppelt. Da die beiden Elternpaare nun also mit ansehen mussten, wie sich Jim in die Frau verliebte, die man für ihn ausgesucht hatte – etwas, das über ihren Horizont hinausging –, wurden sie von Entsetzen gepackt und versuchten, es zu unterbinden. Doch damit erreichten sie lediglich, dass Jim Evie noch inniger liebte. Und alles wäre gut gegangen, wenn Evie sich auch in Jim verliebt hätte, doch ihr Herz sehnte sich nicht auf die Art nach ihm, wie seines nach ihr rief. Oft wünschte sie, es wäre so, doch Jim war einfach nicht der Richtige für sie, und das wussten sie beide.

Evie fragte sich häufig, ob sie Abstand von Jim halten sollte, damit er nicht auf falsche Gedanken kam und Hoffnung schöpfte, doch auch wenn sie nicht in ihn verliebt war, war ihnen beiden klar, dass ihre Seelen aus demselben Stoff waren, und komme, was wolle, sie landeten bei jeder steifen Zusammenkunft, bei jedem Familienereignis und selbst bloß an den Wochenenden, Seite an Seite. Er war der beste Freund, den sie je gehabt hatte. Vielleicht sogar der einzige Freund, den sie je gehabt hatte, und deshalb konnte sie nicht von ihm lassen, noch konnte er sie lassen. Jim wäre es schwergefallen, seine Gefühle in Worte zu fassen, was nicht hieß, dass er sie nicht verstand. Er wusste sehr gut, dass Evie ihn wahrscheinlich niemals lieben würde, doch es war schon genug, bloß in ihrer Nähe zu sein und ihre Zuneigung auf die eine Art zu besitzen, wenn auch niemals auf die andere.

Jetzt saß Jim jedoch im Salon des Familiensitzes der Summers, im Sessel seines Vaters neben dem lodernden Kaminfeuer, und hielt eine kleine grüne Samtschatulle auf der Handfläche. Er öffnete sie, nahm den Verlobungsring heraus und studierte ihn im Schein des Feuers. An einem Reif aus Weißgold saß in der Mitte ein glitzernder Smaragd, den kleinere Diamanten umgaben, die ganz genauso hell glänzten. Jim seufzte. Es war der perfekte Ring, und er wusste, dass Evie ihn lieben würde, doch der bloße Akt, ihn ihr zu geben, könnte jeglicher Zuneigung zwischen ihnen ein Ende setzen. Falls sie Ja sagte, würde sie es aus Pflichtgefühl, nicht aus freien Stücken tun, und falls sie Nein sagte, würde ihre Familie sie verstoßen. Seine Familie würde ihn wahrscheinlich ebenfalls verstoßen, weil er sie blamiert hätte. Ob er ihr nun einen Antrag machte oder nicht, und ob sie ihn annahm oder ob sie ablehnte, sowohl Jim wie auch Evie war kein Glück vorherbestimmt. Nein, nun ging es einfach um die Entscheidung, welcher Pfad ihren Herzen den geringsten Schaden zufügen würde.

Jim hörte, wie die Haustür zuging und Stimmen plapperten. Er ließ die Ringschatulle zuschnappen und in die Hosentasche gleiten. Da ihm ein wenig schwindlig geworden war, löschte er das Feuer und wollte seine Jacke holen, um spazieren zu gehen, doch als er sich der Tür näherte, wurde allmählich die Unterhaltung in der Eingangshalle vernehmbar. Er zog leicht am Türknauf und erblickte seine Mutter Jane und Eleanor Snow, die nach einem Spaziergang mit den Hunden ihre Mäntel und Hüte ablegten. Das Belauschen von Gesprächen gehörte nicht zu Jims Angewohnheiten – ein Gentleman tat so etwas nicht –, aber er wusste, dass das Belauschte möglicherweise Evie nützen könnte, und er wollte ihr auf jede erdenkliche Art behilflich sein.

»Jane, du weißt so gut wie ich, dass meine Tochter spätestens am 1. November zu Hause sein wird«, sagte Eleanor, die ihren Mantel aufknöpfte und ihren Schal an den Kleiderständer hängte.

»Und wenn sie *doch* eine neue Stelle findet, Eleanor? Was dann? Wir werden Jim mit dieser grässlichen Nelly Weathersby verheiraten müssen!«

Bei dem Gedanken lief Jim ein kalter Schauder den Rücken hinunter, dann streckte er die Schultern und atmete tief und lautlos durch. Wenn er Nelly Weathersby heiraten musste, damit Evie das Leben führen konnte, das sie sich wünschte, dann sei's drum.

»Sei nicht dumm, Jane. Ich habe Evie drei Monate lang gestattet, sich etwas vorzumachen, aber am Ende kommt sie nach Hause, ob sie nun eine Stelle gefunden hat oder nicht. Ich werde nicht zulassen, dass sie ewig herumirrt und ihr Leben verpfuscht. Besonders nicht angesichts dieses *Streuners*, den sie sich angelacht hat. Ausgerechnet ein Musiker! Ich wusste ja, dass meine Tochter dämlich ist, aber Herrgott noch mal! Und Eddie benimmt sich in letzter Zeit auch eigenartig. Ich hoffe stark, dass sie nicht allzu sehr auf ihn abgefärbt hat …«

Die beiden Frauen verschwanden irgendwo im Haus, und ihr Gespräch verklang, aber Jim hatte genug gehört. Mit wild hämmerndem Herzen stürzte er aus der Haustür, ohne auch nur auf dem Weg nach draußen nach seinem Mantel zu greifen.

Die Wohnung war mit Evies Zeichnungen tapeziert. Jeder Zentimeter war mit Seiten aus ihren Skizzenbüchern bedeckt. Sie hatte sich ihrem Tintenfass hingegeben und versucht, ihre Zukunftssorgen zu verdrängen, indem sie Skizzen zeichnete und sie jedem schickte, der möglicherweise eine Künstlerin benötigte. Sogar Firmen, denen sie bereits Zeichnungen geschickt hatte, erhielten weitere, bloß für den Fall, dass die ersten untergegangen sein sollten. Vincent lümmelte auf dem Sofa, das die beiden eines Tages in einem Secondhandladen gefunden hatten, heftete Notenblätter in Mappen und trug Noten in die Notenlinien seiner Übungshefte ein. Mittlerweile war er ein älterer Student an einer recht guten Musikhochschule, und es machte ihm wahnsinnig viel Spaß. In seiner Jugend war er nicht viel zum Lernen gekommen, besonders nicht, was das betraf, was er am meisten liebte. Da sich ihm nun also endlich die Chance bot, würde er sie sich nicht durch die Finger gleiten lassen. Evie hingegen sah immer mehr wie ein Papagei aus, der sich die Federn ausgerupft hatte, und Vincent konnte kaum etwas tun, um sie zu trösten, doch heute war einer ihrer besseren Tage. Sie war ganz ins Zeichnen versunken, und er kümmerte sich leise um seine Angelegenheiten, spielte gelegentlich ein Stück auf der Geige, was Evie in seinen Bann schlug, doch wie so oft war dies lediglich die Ruhe vor dem Sturm.

Die Wohnungstür rumpelte unter Jims Klopfen. Vincents Blick wanderte zu Evies Hinterkopf, wo ihre Locken von dem Haarband kaum gebändigt wurden, mit dem sie sie zurückgebunden hatte, damit sie ihr nicht auf die Zeichnungen hingen, während sie am Schreibtisch vor sich hin kritzelte. Da sie das Klopfen nicht gehört hatte, schlug Vincent sein Buch zu und ging selbst an die Tür, wo er einem Mann gegenüberstand, der wie ein Fotomodell aus der Modebranche aussah. Eines von denen, die seltsamerweise oft gar keine Mode *anhatten*. Verlegen über diesen Gedanken richtete Vincent seine Aufmerksamkeit stattdessen darauf, was dieses unglaublich gut aussehende Exemplar von einem Mann vor der Tür seiner Freundin zu suchen hatte.

»Oh. Hallo. Sind Sie …?«, fragte der Mann ein wenig verwirrt. Er wusste, dass Evie immer noch Zeit mit Vincent verbrachte, doch er hatte sich nie Gedanken darüber gemacht, wie es ihm damit gehen würde, falls er ihm je über den Weg laufen sollte. Ebenso wenig hatte er damit gerechnet, dass Vincent so *groß* war. Beim Klang von Jims Stimme blickte Evie auf und lief zur Tür.

»Sie wünschen?«, erkundigte sich Vincent freundlich.

»Jim? Was ist denn los?« Evie wusste, dass Jim nicht vorbeikäme, wenn es nicht dringend wäre. Er war Teil des Lebens, das sie nicht wollte, doch eines Lebens, das noch nicht vom Tisch war. Bis sie die Chance gehabt hatte zu beweisen, dass sie eine Arbeit finden und mit dem Mann, den sie liebte, leben konnte, würde Jim sich allerdings fernhalten. Jedenfalls war das so gewesen, bis er erfahren hatte, dass Eleanor nie beabsichtigt hatte, Evie dieses Leben zu gewähren, ob sie es nun hinbekommen sollte oder auch nicht.

»Darf ich reinkommen?«, fragte Jim mit einem Blick in den Hausflur hinauf, überzeugt, am anderen Ende Eleanor zu erspähen, die mit einer Fackel und einer Mistgabel hinter ihnen her war.

»Natürlich. Jim, das hier ist …«

»Vincent? Es ist mir wirklich ein Vergnügen, dich kennenzulernen.« Die beiden Männer schüttelten die Hände.

Vincent stand beschützend nah bei Evie, die Schulter ein Stück vor ihrer. Seine sorgenvoll gerunzelte Stirn und die Wärme in seinem Blick verrieten Jim, dass Vincent sie wirklich liebte, und obwohl er wusste, dass Evie nie jemanden gebraucht hatte, der sich um sie kümmerte, tröstete ihn das Wissen, dass sie jemand Guten an der Seite hatte.

»Vincent, das ist Jim.« Evie zögerte, während sie nach einer Art suchte, wie sich erklären ließ, wer genau Jim war. Eine Art, die alles umfasste, was Jim über die Jahre für sie gewesen war, und was er möglicherweise – an Vincents

Stelle – immer noch werden könnte. Nach einer viel zu langen Pause verfiel sie auf, »Er ist mein bester Freund«, und das gefiel Jim sehr.

Vincent entspannte sich ein wenig, doch er betrachtete Evie und fragte sich, warum sie ihm noch nie ausführlicher von diesem Jim erzählt hatte.

»Evie, wir müssen reden. Ich habe vorhin meine Mutter und Eleanor belauscht.«

»Du musst mit der Lauscherei aufhören, Jim.« Eigentlich sollte es scherzhaft klingen, doch ihr drehte sich der Magen um, und die Worte klangen eher nach einer Rüge.

»Ohne meine überaktiven Ohren könnte ich dich nicht warnen.«

»Mich warnen?«

Jim wirkte verlegen. Kaum merklich huschte sein Blick in Vincents Richtung.

»Vincent, könntest du uns eine Tasse Tee kochen?«, fragte Evie, die den Wink verstand. »Wir setzen uns auf den Balkon.«

Vincent war nicht beleidigt. Er wusste nun schon eine Weile, dass sie etwas verbarg, und das jähe Auftauchen dieses Kindheitsfreunds, bei dem sie zu erwähnen vergessen hatte, dass er wie ein Halbgott aussah, machte ihn ein wenig nervös. Allerdings wünschte er sich, sie würde einfach mit ihm reden. Was auch immer es sein mochte, gemeinsam ließe sich eine Lösung finden.

Vincent verschwand, und Evie nahm Jim am Arm und führte ihn auf den Balkon hinaus.

»Was ist los?«

»Evie … Ich hasse es, derjenige zu sein, der dir das hier sagt«, seine Hände zitterten, »aber ich habe gehört, wie

Eleanor meiner Mutter erklärt hat, selbst wenn du eine bessere Stelle finden solltest als den Posten, den du bei *The Teller* hattest, wird sie dich trotzdem nach Hause holen und dem allen hier ein Ende setzen.« Er wies in die Wohnung – und auf Vincent in der Küche. Evie hatte das Gefühl, sich über die Balkonbrüstung übergeben zu müssen.

»Nein. Nein, sie hat versprochen …«

»Eleanor hat uns wohl alle damit überrascht, wie kaltherzig sie sein kann.«

»Das würde sie *nicht tun*.« Evie konnte kaum atmen.

»Wenn du dich ihr widersetzt, verlierst du alles. Du wirst deine Eltern niemals wiedersehen, was wohl kein Riesenverlust wäre – aber Eddie wirst du ebenfalls verlieren, ob du nun eine neue Arbeit findest oder nicht. Falls du Arbeit findest, wirst du trotzdem alles verlieren. Und mir wird es deine Mutter wohl auch nicht leicht machen, dich zu sehen, auch wenn das natürlich bei Weitem nicht so wichtig wie der Rest ist.«

Evie sah ihn mit großen Augen an und atmete schwer. Jim nicht mehr zu sehen wäre, als würde man ihr den Rettungsanker entreißen. Er war immer da gewesen, und sie hatte sich immer an ihn gewandt, wenn die Dinge gut liefen, wie auch, wenn sie es nicht taten.

»Schau mich an, Evie.« Er bückte sich ein wenig, um ihr in die Augen sehen zu können. »Falls du dich dafür entscheidest, nicht nach Hause zu kommen, wirst du all das verlieren, ja, aber wenn jemand das hinbekommt, dann du.«

Evie schüttelte den Kopf, aber es kamen keine Tränen. Sie hatte bereits alle vergossen, immer wenn sie glaubte, Vincent würde nicht hinsehen, doch er hatte es jedes Mal geahnt. Ihre Augen waren zu groß, und er wusste sehr wohl, dass das Glück darin, in das er sich verliebt hatte – nur zeitweilig, wie er hoffte –, durch Traurigkeit verdrängt war. Vincent erschien im Türrahmen, nachdem er den Gedanken fallen gelassen hatte, Tee zu kochen, den dann doch keiner trinken würde.

»Evie?« Er betrachtete die zitternde Frau auf dem Balkon, und obwohl er wusste, dass etwas überhaupt nicht stimmte, sah sie immer noch stark aus. Ihr Kampfgeist hatte sie noch nicht ganz verlassen. »Sprich mit mir.«

Jim wusste, dass er gehen sollte, auch wenn er nicht wollte. Er stand auf. »Ich lasse euch mal machen. Es war mir wirklich ein Vergnügen, deine Bekanntschaft zu machen, Vincent.« Vincent sah ihm an, dass er es ernst meinte, aber er musterte die völlig veränderte, kaum noch fröhliche Evie und fragte sich, ob er sie tatsächlich glücklich gemacht hatte.

Jim blickte zu Evie zurück. »Du denkst über meine Worte nach?«, bat er, bevor er die Wohnung verließ.

Sobald Jim verschwunden war, trat Evie auf Vincent zu und ließ sich von ihm in die Arme nehmen. Sie brauchte nur ein paar Momente, in denen sie von dem Mann, den sie liebte, gehalten wurde, bevor sie ihn vollkommen unglücklich machen würde.

Evie kochte Tee, bat Vincent, Platz zu nehmen, und erzählte ihm alles. Sie erzählte ihm vom Besuch ihrer Mutter in der Wohnung und von Eleanors Versprechen, sie bis November nach einer neuen Stelle suchen zu lassen. Sie rief ihm außerdem ins Gedächtnis, dass niemand auf ihre Briefe und ihre Zeichnungen reagiert hatte, und bekundete ihre Zweifel, dass es jemand in der Zeit, die ihr noch blieb, täte. Und dann erzählte sie ihm, dass ihre Mutter so oder so ihr Wort brechen würde, ob Evie nun eine Arbeit fand oder nicht. Eleanor war der Windhauch, der ihrem gemeinsamen Kartenhaus den Todesstoß versetzen würde.

»Du glaubst doch nicht wirklich, dass sie das tun wird, oder?«, fragte Vincent eine Spur hysterisch.

»Voll und ganz. Wenn du ihr begegnet wärst, würdest du es wissen. Ich habe dir doch schon ein bisschen von ihr erzählt.«

»Ich weiß, aber ich habe nie … Das ist lächerlich!« Er erhob die Stimme. »Du bist eine siebenundzwanzigjährige Frau!«

»Ich *weiß*, Vincent. Aber ich stamme aus einer traditionsbewussten Familie. Arrangierte Hochzeiten. Geschäft vor Vergnügen. In meiner Familie ist die persönliche Entscheidungsfreiheit immer beschränkt gewesen, und wenn ich es nicht genauso mache, verliere ich alles.« Evie klammerte sich an ihre Tasse Tee, als wäre diese ein Stück Treibholz mitten im Ozean.

»Siehst du denn nicht, wie pervers das ist?« Vincent hatte sich erhoben und ging auf dem Boden um sie herum auf und ab, während sie auf dem Teppich saß. Immer wieder fuhr er sich mit den Händen durch die schwarzen Haare.

»Natürlich tue ich das. Glaub mir, ich weiß, wie verkehrt das alles ist, aber das sehen zu können, ändert nichts daran.«

Vincent blieb stehen und sah sie an, völlig verloren. Dann blitzte hinter seinen Augen ein Funke auf, wie ein Feuerwerkskörper, der in seinem Gehirn losging.

»Lass uns durchbrennen«, schlug er vor.

»O, Vincent! Bleib ernst.« Evie schlug in die Luft, als wolle sie seine Idee verjagen, doch ihr Herz hatte sie vernommen und hielt sich daran fest.

»Es *ist* mir ernst. Warum nicht? Was hält uns ab?«

»Zum einen deine Ausbildung. Wie lange hat es gedauert, bis du ein Stipendium ergattert hast? Ich werde nicht zulassen, dass du das hinschmeißt.«

»Aber ich würde es tun, Evie. *Wir* sind wichtiger. Wir gehen woandershin, an einen neuen Ort, an einen Ort, an dem uns deine Mutter nicht finden kann, und ich werde mich dort an Schulen bewerben. Ich – ich schaue, ob ich wechseln kann!« Er klammerte sich an alles, das bedeutete, dass sie zusammen bleiben könnten.

»Das würdest du wirklich tun?« Evie streichelte seine Wange.

»Für dich, Evie«, er tat es ihr gleich, berührte ihre Wange mit dem Daumen, und sie spürte, wie sich Erschöpfung in ihr breitmachte, »würde ich alles tun.«

30. OKTOBER

Eddie

Halloween hatte schon Mitte September das Regiment an sich gerissen. Man sah Skelette in Fenstern hängen, scheinbar trug jeder etwas Oranges oder Schwarzes, und überall roch es nach Kürbis. Evie liebte Halloween aus zwei Gründen. Als Kind hatte sie sich nie verkleiden dürfen, ebenso wenig hatte man ihr gestattet, sich Jim und ihrem Bruder anzuschließen, wenn ihr Vater mit ihnen von Tür zu Tür ging, also wurde daraus eine Art verbotene Frucht. Alles sah einzig aus dem Grund, weil sie nicht teilnehmen durfte, viel begehrenswerter und lustiger aus, als es wahrscheinlich war. Als Erwachsene kam sie sich zu alt vor, um mitzumachen, aber sie liebte es, sich den ganzen Spaß als Außenstehende anzusehen. Der andere Grund, warum sie Halloween so sehr liebte, war, dass Eleanor ihre Tochter zufälligerweise am unheimlichsten Tag des Jahres zur Welt gebracht hatte. Allerdings hatten die Snows nichts für Geburtstage übrig, und ohne Halloween wäre der Tag wohl sang- und klanglos verstrichen, ohne dass es Evie aufgefallen wäre. Evie hatte Sorge gehabt, dass die Festlichkeiten in dem Jahr so weit im Voraus eingesetzt hatten, dass alle die Nase von Halloween voll haben würden, bevor ihr Geburtstag heranrückte, doch da es nun beinahe so weit war, schien die allgemeine Aufregung nur zuzunehmen. Ein paar gut gezielte Eier trafen ihren Balkon, doch sie war den Unmengen Toilettenpapier entgangen, die jetzt die Balkone der Stockwerke eins bis vier schmückten. Die Welt wirkte am Vorabend von Halloween ein wenig feindseliger, und für Evie würden die Dinge viel furchterregender werden, als sie es sich je hatte erträumen lassen.

Um drei Uhr morgens am 30. Oktober läutete ihr Telefon. Es schrillte so laut in dem stillen Apartment, dass sie sich kerzengerade und hellwach im Bett aufsetzte. Vincent war am vorigen Abend wieder einmal nach einem Streit nach Hause gegangen. Zwar hatte sie schließlich in die Idee eingewilligt durchzubrennen – es schien wirklich ihre einzige Hoffnung zu sein –, doch bei dem Gedanken an Eddie, Jim, Violet und Vincents Stipendium hatten sie Schuldgefühle gequält, und sie hatte es sich wieder anders überlegt. Es war nicht das erste Mal, und jedes Mal versuchte Vincent erneut, sie umzustimmen, und sie gerieten in Streit.

Evie kletterte eilig aus dem Bett und merkte dann, dass es sich lediglich um das Telefon und keinen Alarm irgendeiner Art handelte. Doch ihr Herz hämmerte immer noch, als sie nach dem Hörer griff.

»Hallo?«, krächzte sie, die Stimme immer noch schlaftrunken.

»Evie? Da *spricht* doch Evie, oder?«, sagte die zitternde Stimme am anderen Ende.

»Ähm, ja. Hier spricht Evie Snow. Wer ist da? Es ist wirklich sehr früh.« Sie rieb den verkrusteten Schlaf weg, der verhinderte, dass sich ihre Augenlider ganz öffneten.

»Evie, hier spricht Eddie.«

Ihr stockte der Atem. »Eddie? Was ist los? Warum rufst du um …«, sie ging ein paar Schritte zurück, um auf die Uhr an der Küchenwand zu sehen, »drei Uhr morgens an?«

»Du wohnst doch in Apartment zweiundsiebzig, ja?«, erkundigte sich Eddie.

»Ja – wieso?«

Es klopfte an der Tür. Ohne zu zögern legte Evie den Hörer auf die Gabel, sodass die Leitung tot war, und öffnete die Tür, vor der ihr kleiner Bruder stand, die Kapuze eines klatschnassen marineblauen Regenmantels fest um sich gezogen und sein Handy an die Wange geklemmt. Er war zwanzig Jahre alt, aber Evie betrachtete ihn mit den Augen einer großen Schwester und sah nur einen kleinen Jungen, den sie beschützen und um den sie sich kümmern musste. Er sah durch die hellblonden Haarsträhnen, die schlaff um sein Gesicht hingen, zu Evie empor.

»Dem Himmel sei Dank!« Ohne daran zu denken wie nass er war, umarmte Eddie seine Schwester mit der Wucht eines durchgehenden Elefanten, sodass ihr die Luft wegblieb. Wenn sie sich nicht so übermäßig gefreut hätte, ihn zu sehen, hätte sie ihn gescholten, doch stattdessen holte sie ihm ein Handtuch und deponierte seine nassen Schuhe und den Mantel in der Badewanne. Dann ließ sie ihn auf dem Sofa Platz nehmen und kochte ihm eine Tasse Tee.

»Es tut mir echt leid, dass ich so spät herkomme, aber es war die einzige Zeit, zu der ich mich aus dem Haus schleichen konnte, ohne dass es jemand merkt. Mutter hat mir den strengen Befehl erteilt, dich nicht zu besuchen.« Eddie schniefte durch seine spitze Nase. Er war groß und dünn, richtig knochig, und hatte größere Ähnlichkeit mit ihrer

Mutter. Evie mit ihren Rundungen kam mehr nach ihrem Vater.

»Das überrascht mich nicht.« Evie schüttelte den Kopf. »Stimmt etwas nicht?« Eddie starrte unglücklich in seine Teetasse. »Ich weiß, dass du den Zorn einer Eleanor Snow nicht für nichts und wieder nichts riskieren würdest.« Sie berührte ihn am Arm. Eddie war immer noch kalt vom Regen, und er verspannte sich bei ihrer Berührung. Die Snows neigten nicht zu Gefühlsregungen, also waren Umarmungen und Küsse in ihrem Haushalt fremd, und auch wenn Evie diesen ganzen Unsinn abgelehnt hatte und mittlerweile daran gewöhnt war, Liebe mithilfe von körperlichen Gesten zu bekunden, war Eddie nicht derart geübt.

Er seufzte, wobei er ihrem Blick auswich. »Gestern ist Isla gefeuert worden.«

»Was?« Evie riss die Hand zurück, um sie sich vor den Mund zu schlagen. »Warum? Sie hat ihre Arbeit immer wunderbar gemacht!«

»Sie – ist dabei erwischt worden, wie sie jemanden an der Hintertür geküsst hat. Sie hat sich ins Haus geschlichen, nachdem sie etwas trinken war.«

Evie erinnerte sich an die Zeit, als sie sechzehn gewesen war, und die dreißigjährige Isla sie zu einem ihrer Abenteuer mitgenommen hatte. An den Abend, an dem sie mit angesehen hatte, wie Isla nicht nur Jungs geküsst hatte, sondern auch Mädchen. Den Abend, an dem Evie eine wertvolle Lektion in Sachen Liebe erteilt worden war. Als sie gesehen hatte, wie Isla sehr eng umschlungen mit einer Frau getanzt hatte, hatte Evie es merkwürdig gefunden, aber da hatte sie es lediglich auf den Mangel an körperlicher Zärtlichkeit geschoben, mit dem sie aufgewachsen war. Doch als sie gesehen hatte, wie Isla sich zu einem Kuss mit dieser Fremden vorgebeugt hatte, war Evie schnurgerade auf die beiden zumarschiert und hatte Isla nach draußen geschleift, wo sie eine Erklärung verlangt hatte. Mit sechzehn Jahren waren die Vorstellungen, die Evie über Beziehungen im Kopf gehabt hatte, begrenzt gewesen. Ihre Eltern hatten ihr beigebracht, dass es *ausschließlich* Liebe zwischen einem Mann und einer Frau geben konnte. Alles andere war falsch. Unnatürlich. *Beunruhigend*. Als demnach Isla, ein Mensch, den sie so wertschätzte, etwas tat, das sie für falsch hielt, musste sie wissen, warum. Islas Handlungsweise hatte sie enttäuscht.

»Evie, o Evie. Deine Mutter hat dir wirklich lauter Flausen in den Kopf gesetzt, nicht wahr?« Isla hatte den Kopf geschüttelt, sodass ihr glänzendes Haar um ihr längliches Gesicht wippte. Ihre Augenbrauen waren wunderbar ebenmäßig, und ihre dunklen Augen sahen bis auf den Grund der Seele. Doch wie sie so dagestanden hatte, die Hände in die Hüften gestemmt, hatte sie wie eine Mutter ausgesehen, die ihr Kind ausschalt.

»Was meinst du?« Zögerlich hatte Evie die Arme verschränkt.

»Glaubst du wahrhaftig, dass nur Männer Frauen lieben können, und nur Frauen Männer?«

»Na – was denn sonst?« Evies Zorn war langsam Neugier gewichen.

»Lass es mich vereinfachen. Lass mich dir erzählen, wie ich es sehe. Wenn man einen Schokoriegel isst …« Evie hatte eine Augenbraue hochgezogen. »Komm mir bloß nicht so! Lass mich zu Ende reden. Wenn man einen Schokoriegel isst, sicher, dann ist die Verpackung vielleicht hübsch, voller knalliger Farben und hübscher Verzierungen – aber was ist letzten Endes wichtig? Die Verpackung? Oder das, was sich *in* der Verpackung befindet?«

»Die Schokolade«, hatte Evie sofort geantwortet, da sie ihre Vorlieben und ihren Magen gut kannte. »Mir ist die Schokolade in der Verpackung wichtig.«

»Genau!«, hatte Isla nickend gesagt. »Mir geht es genauso mit Menschen. Es ist mir gleich, was außen ist. Mir ist wichtig, was im Innern ist. Was jemand denkt. Herz und Seele. Dabei ist es mir egal, ob es ein Mann oder eine Frau ist. Das ist nur die Verpackung. Wirklich wichtig ist mir die Schokolade. Man nennt es *pansexuell*.« Sie hatte vor wonniger Freude mit den Schultern gewackelt und die Hände in die Luft geworfen, ohne zu wissen, dass das eben Gesagte Evies Denkweise für immer verändert hatte.

»Moment mal«, hatte Evie gesagt und Isla an der Schulter berührt, als diese Anstalten machte, wieder hineinzugehen. »Ich habe nicht gesehen, dass du mit der Frau viel geredet hättest, bevor du sie geküsst hast. Hast du gewusst, dass du ihre – Schokolade – magst, bevor du die Verpackung geküsst hast?«

»Wir treffen uns hier schon eine Weile.« Da hatte Isla gelacht, ein lautes und glückliches Lachen. »Ihre knalligen Farben und – *hübschen Verzierungen* – mag ich auch!« Und mit diesen Worten war sie zwinkernd wieder hineingegangen und hatte Evie mit einer Unmenge neuer Gedanken zurückgelassen.

Als Evie sich nun in ihrer Wohnung an jene Nacht erinnerte, hatte sie mehr als eine Ahnung, warum Isla gefeuert worden war.

»Man hat sie dabei erwischt, wie sie eine Frau geküsst hat, nicht wahr?«, fragte sie.

Eddie nickte. »Woher hast du das gewusst?« Seine schmalen Augenbrauen kräuselten sich.

»Ich bin schon seit sehr langer Zeit mit Isla befreundet. Als Teenager habe ich ihr viel anvertraut, und sie hat mir auch viel erzählt. Sie hat meine Geheimnisse bewahrt, und ich ihre. Ich wusste, dass Mutter sie sofort rausschmeißen würde, sollte sie jemals herausfinden, dass Isla so drastisch davon abweicht, was eine Frau ihrer Meinung nach sein sollte.« Evie nahm sich vor, am Morgen zu versuchen, Kontakt zu Isla aufzunehmen.

»Sie hat schon eine Neue eingestellt! Ein kleines Ding namens Clementine Frost. Es ist fast so, als hätte es Isla nie gegeben«, sagte Eddie schniefend.

»Clementine Frost«, sagte Evie. »Hat sie rote Haare?«, fragte sie hoffnungsvoll.

»Ja!« Eddie lachte trotz der Situation. »Und ihre Haare sind außerdem unglaublich lockig, aber Mutter zwingt sie, ein Haarnetz zu tragen. Es sieht lächerlich aus.« Obwohl Eddie offensichtlich wegen Isla aus der Fassung war, entging Evie nicht, dass er etwas für Clementine übrig hatte und ihr gegenüber keinerlei Groll zu hegen schien.

»Weshalb das freche Lächeln? Bist du verknallt?« Evie stupste ihren Bruder spielerisch an, doch das Spielerische schlug schnell in Besorgnis um, als er in scheinbar unkontrollierbare Tränen ausbrach. Sie hatte ihn erst einmal derart schluchzen gesehen, und da war er sechs Jahre alt gewesen, und ihr Vater hatte ihn dabei erwischt, wie er Eleanors hochhackige Schuhe anprobierte.

»Eddie, was ist los?« Die Abneigung ihres Bruders gegen

Körperkontakt war ihr mittlerweile völlig gleich. Sie stellte ihren Tee ab, zog Eddie in ihre Arme und wiegte ihn sanft. Sie saßen lange Zeit so da, bis sich seine Atmung beruhigte, und er etwas in den Flanell von Evies Schlafanzugoberteil murmelte.

»Was war das?«, fragte Evie leise.

Eddie hob das Gesicht. »Wenn Mutter Isla gefeuert hat, dann wird sie mich ganz bestimmt auch rausschmeißen … wenn sie es herausfindet.« Er schniefte heftig und ließ den Kopf wieder an ihre Brust sinken.

»Wenn sie was herausfindet, Eddie?« Doch Evie wusste genau, wovon er sprach. Natürlich tat sie das. Sie war seine große Schwester. Sie hatte während des Heranwachsens immer ein Auge auf ihn gehabt und die kleinen Anzeichen bemerkt, an denen man erkannte, dass etwas nicht stimmte. Sie hatte es erraten, doch Eddie und sie hatten nie darüber geredet, sodass Eddie lange allein mit etwas gerungen hatte, das er niemandem zu enthüllen wagte. Niemandem außer Isla, wie es schien.

»Nichts«, sagte er mit Nachdruck. »Ich sollte gehen.« Er wich vor Evie zurück und versuchte, so schnell wie möglich die Wohnung zu verlassen, doch sie fasste seine Hand und drückte sie.

»Eddie, was auch immer es ist, du musst nicht allein damit klarkommen. Mutter und ich sind zwei völlig unterschiedliche Menschen. Ich werde niemals dein Vertrauen missbrauchen und es ihr verraten.«

Eddie konnte seine Schwester nicht ansehen. Er hatte geglaubt, stärker und tapferer zu sein, wenn er um des Friedens und der Akzeptanz in seiner Familie willen Stillschweigen bewahrte und verbarg, was er war, doch um welchen Preis? Seine eigene geistige Gesundheit? Sein eigenes Glück? Als ihm klar wurde, dass er genau all das riskierte, ließ er sich wieder neben seine besorgte Schwester aufs Sofa sinken. Eddie wusste, er musste jetzt etwas sagen, oder er würde es nie tun. Es war an der Zeit. »Ich – ich mag Männer«, flüsterte er schließlich unter leisen Tränenströmen, die sein Gesicht hinabliefen und sich an den Seiten seiner Lippen verfingen. »Ich bin schwul.« Mit diesen wenigen Worten verringerte sich die Last auf seinen Schultern beträchtlich, und seine Muskeln entspannten sich merklich.

»Ich weiß.« Evie drückte seine Hände.

Eigentlich sollte Eddie entsetzt sein, doch er kannte seine Schwester, und *natürlich* hatte sie es gesehen. Er kannte niemanden, der so aufmerksam war oder dem so viel daran lag herauszufinden, was andere traurig machte oder verstimmte.

»Du hast nie etwas gesagt.«

»Ich habe gewusst, dass du es mir eines Tages sagen würdest«, erwiderte Evie und strich ihm über die Haare. »Es musste von dir kommen, nicht von mir.«

Eddie nickte, doch die Last eines anderen Gedankens drückte nun auf seine Brust. »Mutter wird es herausfinden«, wimmerte er.

»Das muss sie nicht«, versicherte Evie ihm.

»Doch.« Er zuckte die Schultern. »Ich muss es ihr sagen. Ich kann nicht verbergen, wer ich bin. Sie hat schon meine ideale Gattin ausgesucht, wenn ich es ihr also nicht bald sage, werde ich noch vor dir verheiratet sein.«

»Wen denn?!« Evie war baff. Sie war noch nicht verheiratet, und ihre Mutter suchte bereits Partnerinnen für ihren jüngeren Bruder aus? Eleanor musste in Panik geraten sein, dass Evies Widerstand ihre Pläne vereiteln würde, und hatte deswegen früh damit angefangen, auch Eddies Leben zu ruinieren.

»Nelly Weathersby.« Eddie verdrehte die Augen. Evie hatte ihre Mutter noch nie so sehr gehasst wie in diesem Augenblick.

»Was! Die ist viel zu alt für dich! Sie ist älter als *ich*!«

»Und sie ist eine *Sie*«, merkte Eddie an.

»Ja, und offensichtlich ist das viel wichtiger.« Evie legte den Arm um seine Schultern und drückte ihn fest, und obwohl die Tränen immer noch flossen, sah sie den Anflug eines Lächelns auf Eddies Gesicht.

»Ich kann dir nicht sagen, wie gut es sich anfühlt, so etwas zu sagen.« Er hielt sich den Mund zu, um ein emotionales Lachen zu unterdrücken. Evie konnte sich nur vorstellen, wie es sein musste, ein derart großes Geheimnis so lange für sich zu behalten. »Aber wie sage ich es Mutter?« Seine Miene war niedergeschlagen, und die Sorgenlast fing wieder an, ihn zu erdrücken.

»Nun ja«, sagte Evie und versuchte, unbeschwert zu bleiben, »sie wird es nicht gut aufnehmen. Das wissen wir beide.« Sie hegte den Verdacht, dass Eleanor Eddie aus dem Haus werfen und ihr restliches Leben lang so tun würde, als hätte sie nie einen Sohn zur Welt gebracht.

Wahrscheinlich würde es Eleanor sogar gelingen, Eddie zu vergessen.

»Aber ich *muss* es ihr sagen, Evie. Ich weigere mich, mein Leben lang so zu tun, als wäre ich jemand, der ich nicht bin.« Eddie konnte sich das Leben, das er leben könnte, wenn er frei wäre, in Gedanken ausmalen, und er sehnte sich mit jeder Faser seines Körpers danach, dass es Realität wurde. Er wusste, dass er seine Familie einweihen musste, ganz gleich, was das bedeuten würde.

»Dann musst du dich auf das Schlimmste gefasst machen«, sagte Evie. »Aber ich werde für dich da sein, bei jedem einzelnen Schritt.«

»Aber wohin soll ich gehen?«

Eddie sah Evie an, Tränen voller Angst und Hoffnung angesichts der Zukunft in den Augen, und in dem Moment sah Evie deutlich, was ihre eigenen Entscheidungen im Leben ihrem Bruder antun würden. Wenn Eleanor Snow bereit war, ihre Tochter fallen zu lassen, weil sie den Mann heiratete, den sie liebte, wusste der Himmel, was sie Eddie antun würde, einfach weil er einen Mann heiraten wollte. Sie würde ihn auf die Straße setzen, ohne sich darum zu scheren, dass er keine Bleibe hatte, und es wäre Evies Aufgabe als seine Schwester, sich um ihn zu kümmern. Doch wenn Evie nicht tat, was ihre Mutter von ihr wollte, würde sie Eddie nicht den Schutz und die Sicherheit gewähren können, die er benötigte, um sein Leben zu leben.

Wenn Evie Jim Summer heiratete, würde sie ein Haus und das Vermögen haben, um für Eddie sorgen zu können, sobald er unweigerlich alles verlor. Sie könnte sich ohne Weiteres um ihn kümmern. Doch wenn sie stattdessen Vincent heiratete und von ihrer Familie abgeschnitten wäre, wären sie kaum in der Lage, Miete und Essen für sich selbst aufzubringen, geschweige denn auch noch für Eddie. Evie dachte an ihre gepackten Taschen und die leeren Schränke im Schlafzimmer. Sie dachte an Vincents Gesicht, als sie eingewilligt hatte durchzubrennen, und dann wieder, als sie es sich anders überlegt hatte. Dann malte sie sich aus, wie sein Gesicht sich verziehen würde, wenn sie ihm sagte, dass sie wirklich bleiben musste, dass sie es sich diesmal nicht anders überlegen würde. Wenn sie ihm sagte, dass sie Jim heiraten musste, um ihrem Bruder zu helfen. Wenn sie ihm sagte, dass Schluss war.

»Du wirst zu mir kommen«, sagte sie mit ruhiger Stimme und ausdrucksloser Miene. »Ich werde mich um dich kümmern. Wenn ich Jim heirate, wird Mutter so glücklich sein, dass sie vielleicht ein Auge zudrücken wird, wenn ich dafür sorge, dass es dir gut geht. Sie würde noch nicht einmal Bescheid wissen müssen, dass du bei mir bist. Du könntest sogar vor ihren und Vaters Augen dein Coming-out haben. Du könntest eine Szene machen, ihr sagen, sie könne dir mit ihrer arrangierten Hochzeit gestohlen bleiben, und gehen! Dann kommst du direkt zu Jim und mir, und sie müssten nie erfahren, wo du bist, wenn du es nicht möchtest.«

Obwohl die Vorstellung, einen anderen Mann als Vincent zu heiraten, Evie schier umbrachte, war der Gedanke an dieses Opfer die Erleichterung wert, die sich auf Eddies Gesicht widerspiegelte. *Die Chancen, erfolgreich durchzubrennen, standen ohnehin nicht gut*, dachte sie. *Mutter hätte uns auf die eine oder andere Art doch gefunden.* Zum ersten Mal betete sie darum, dass das stimmte.

»Das würdest du wirklich für mich tun? Du würdest mich bei dir aufnehmen?« Eddie sah wie das Kind aus, das er in Evies Augen immer war. Es war nicht so, dass sie ihn für schwach oder unreif hielt. Es war nur, dass er ihr kleiner Bruder war. Obwohl er lächerlich groß war, über eins achtzig, und sich ohne Weiteres um sich selbst kümmern konnte, verspürte sie dennoch den schwesterlichen Drang, im Regen einen Schirm über ihn zu halten, vor der Schule nachzusehen, ob er ein Taschentuch eingesteckt hatte, und eine Tasse Tee vor seine Zimmertür zu stellen, wenn er mit Vater gestritten hatte. Es war die Aufgabe älterer Geschwister, überfürsorglich zu sein, ob der Jüngere nun in der Lage war, sich um sich selbst zu kümmern, oder nicht.

»Eddie, für dich«, Evie strich eine Haarsträhne von seiner Wange, und aus ihren stumpf gewordenen braunen Augen glitzerten ihm Tränen entgegen, während sie die Worte wiederholte, die Vincent zu ihr gesagt hatte, »würde ich alles tun.«

31. OKTOBER

Träumen

Die Flügel der Balkontür standen sperrangelweit offen, und die an die Wände gehefteten Zeichnungen flatterten in der Brise. Nach Eddies Besuch hatte sie nicht mehr einschlafen können, also hatte sie Vincent per Täubchen zu sich gebeten und den gestrigen Tag in einem Zustand der Taubheit verbracht, ohne zu wissen, was sie denken oder fühlen sollte. Vincent sah ihr an, dass etwas nicht stimmte, doch etwas in seinen Eingeweiden riet ihm, die Büchse der Pandora lieber nicht zu öffnen. Stattdessen umarmte er sie, wenn sie es zuließ, und las, wenn sie nervös wurde und auf- und abging.

Mittlerweile war es zehn Uhr morgens am 31., und Evie hatte den schnarchenden Vincent im Bett liegen lassen, während sie Tee kochte, sich im Schlafanzug auf den kalten Betonboden des Balkons setzte und durch die Brüstung starrte, ohne auch nur einen Gedanken an ihren Geburtstag zu verschwenden. Ihr Pullover half nicht viel gegen die beißenden Zähne des Windes, aber es kümmerte sie nicht weiter. Sie war längst taub, auch ohne das Zutun des Windes. Heute war ihr letzter Tag in Freiheit. Insgeheim lachte sie darüber, dass sie es je als Freiheit betrachtet hatte; dass sie wirklich geglaubt hatte, ihre Mutter würde ihr die Chance geben, das zu tun, was sie wollte, zu sein, wer sie sein wollte, während es doch nichts weiter als ein vorübergehendes Abenteuer gewesen war. Eleanor hatte ihr einen vollen Eimer Wasser gezeigt, ihr einen Tropfen zu trinken gegeben, und den Rest in die Gosse gekippt. Und Vincent wusste immer noch nicht Bescheid.

Evie hörte, wie er sich im Schlafzimmer regte, und erwachte wieder zu neuem Leben, wischte die Tränen mit dem Handrücken aus ihren Augen und leerte den letzten Tee, obwohl er mittlerweile eiskalt war.

»Evie? Wohin bist du verschwunden?« Vincent war kaum wach, und dennoch klang er bereits zum Scherzen aufgelegt.

»Ich bin hier draußen.«

»Machst du Witze? Es ist eiskalt!« In eine Decke gewickelt trat er auf den Balkon. »Alles Gute zum Geburtstag«, sagte er lächelnd, während er die Decke um ihre Schultern legte und sich zu ihr auf den Boden setzte. Sofort drang seine Körperwärme durch ihre Kleidung und Haut. »Ist alles in Ordnung?« Er sah, dass dem nicht so war, aber es war wichtig für ihn, dass sie es ihm aus freien Stücken sagte. Gleichzeitig wollte er es dennoch nicht hören, denn er hatte das schreckliche Gefühl, dass er längst wusste, was sie ihm sagen würde.

Evie sah ihn an und erblickte die Welt, die in seinen Augen wirbelte. Ihn zu verlieren bedeutete, alles zu verlieren, was sie je gewollt hatte, doch ihn zu haben bedeutete, alles zu verlieren, was sie je gehabt hatte. Sie musste es ihm sagen.

»Vincent …« Sie ertrug es nicht, seine Hand zu nehmen.

»Es ist vorbei, nicht wahr?«, flüsterte er.

Er wusste es, aber er wollte ihre Stimme dennoch nicht die Worte sagen hören, vor denen er Angst hatte, seitdem er die Wahrheit über Eleanor Snows Ultimatum erfahren hatte.

Natürlich weiß er es, dachte sie.

»Bin ich so durchschaubar?« Evie spürte, wie Müdigkeit sie überkam, bis ganz tief in ihre Knochen. Sie wusste, dass sie sich merkwürdig benommen hatte, anders, unnahbar. Wie auch nicht, wenn sich ihr Herz wie ein Amboss anfühlte, so schwer, dass sie morgens kaum aus dem Bett kam?

»Warum?«, fragte Vincent. Er hatte sich geschworen, dass er nicht weinen würde, falls die Dinge auf diese Weise enden sollten, doch da er nun vor der Realität stand, Evie zu verlieren, konnte er nicht anders.

»Eddie hat sich letzte Nacht frühmorgens aus dem Haus geschlichen und ist hergekommen. Wir haben geredet, und er hat mir gestanden – na ja, er hat mir erzählt, dass er schwul ist. Irgendwie weiß ich es schon seit Jahren, aber es war das erste Mal, dass er es tatsächlich in Worte gefasst hat. Er will Mutter und Vater die Wahrheit sagen, aber wenn er es tut …«, Evie hielt inne, »wird Mutter ihn rauswerfen. Er wird allein sein, also muss ich mich um ihn kümmern.«

»Aha«, sagte Vincent und zog die Decke enger um sie beide.

»Wenn wir durchbrennen, wenn ich nicht hier bin, um ihm zu helfen, wird er weiterhin so tun, als wäre er etwas, das er nicht ist, weil er nirgendwohin kann. So kann er nicht leben. Selbst wenn wir weggehen würden und ich versuchen würde, in Kontakt zu bleiben, würde es nicht reichen. Mutter würde es nicht zulassen, dass ich ihn sehe, und sie hat bereits Nelly Weathersby als seine Ehefrau im Visier.« Sie holte tief Atem, der in ihrer Kehle brannte. »Wenn ich bleibe, muss ich Jim heiraten – aber das bedeutet, dass ich mich um Eddie kümmern könnte. Ich könnte ihm eine Bleibe verschaffen und das Leben, das er verdient, und Mutter müsste nie etwas erfahren. Jim wäre einverstanden, das weiß ich, und selbst wenn sie es herausfinden sollte, wird sie wahrscheinlich bloß froh sein, dass Eddie nicht mehr ihr Problem ist.«

Vincent hörte schweigend zu. Wann war etwas so Einfaches zu dieser unmöglichen Situation geworden? Sobald Evie fertig war, legte er ihr einen gekrümmten Finger unters Kinn und hob ihr Gesicht, sodass sie ihm in die Augen sah.

»Evie«, flüsterte er, »ich – ich verstehe es.« Evies Lippe bebte. »Getrennt zu sein, wird uns das Herz brechen, aber zusammen zu sein, das Leben zu führen, das *wir* wollen, würde mehr Menschen in große Schwierigkeiten bringen. Die Heirat mit Jim …«, er hielt inne, gewährte seinem Herz einen Augenblick, bis es wieder schlug, »ist das kleinere Übel.«

»Du bist kein Übel, niemals.« Evie legte eine Hand auf Vincents Brust, spürte sein Herz in seinem Innern schwirren. Sie musste ihm Hoffnung machen, sie musste sich selbst Hoffnung machen. »Nachdem etwas Zeit verstrichen ist, werden wir vielleicht einen Weg finden weiterzumachen, selbst ohne einander.« Und bei diesen Worten kamen die Tränen.

Vincent nahm Evie in die Arme, als sie an seine Brust

sank, und er über ihr zusammenbrach. Zusammen hielten sie die zerbrochenen Teile ihrer selbst an ihrem Platz, während sich der Leim löste, und die Fesseln aufgingen. Als sie keine Tränen mehr hatten und ihre restliche Energie versiegt war, schliefen sie ein, aneinandergeschmiegt unter der Decke.

Sirenengeheul unten auf der Straße ließ Evie hochschrecken. »Was ist los?«, fragte sie.

Es kam keine Antwort, und als Evie sich müde umsah, merkte sie, dass Vincent verschwunden war. Zuvor hatte er die Decke sorgfältig um sie gewickelt.

»Vincent?«, rief sie, und in ihrer Brust machte sich Panik breit, als sie keine Antwort erhielt. Als sie eilig aufstand, sah sie unten einen Krankenwagen, und Sanitäter in Grün strömten ins Haus.

»Vincent!«

Eine Stimme in ihrem Kopf sagte ihr, dass etwas passiert war, dass der Krankenwagen wegen Vincent hier war, doch als sie in die Wohnung zurücklief und sah, dass seine Zahnbürste im Badezimmer fehlte, dass seine Tasse aus dem Küchenschrank verschwunden war und sein gepackter Koffer nicht mehr neben der Wohnungstür stand, wusste sie, dass er einfach gegangen war.

Sie lief zurück nach draußen und erblickte Täubchen, das von oben herabstieß und auf dem Balkon zu ihrer Linken landete. Dem Balkon, der Mr. Autumn gehörte, ihrem stillen Nachbarn. Da erst fiel ihr müder, eingesunkener Blick auf die Gestalt, die im blau-weiß gestreiften Schlafanzug ausgestreckt auf dem Rücken lag. In seiner Hand war noch ein Whiskyglas, doch der Inhalt hatte eine Pfütze gebildet und war vom Rand des Balkons auf die Straße unten geflossen.

Täubchen hockte auf der Brüstung, das Gefieder ganz tintenschwarz. Sein Blick wanderte von Autumn zu Snow, von Snow zu Autumn, verloren. Evie stand da, selbst verloren, und obwohl die Sanitäter noch nicht bei Colin Autumn eingetroffen waren, wusste sie, dass er längst tot war.

Vincent besaß nicht genug, als dass seine Habseligkeiten in Evies Apartment für Unordnung hätten sorgen können, aber trotzdem fühlte es sich ohne sie leer an. Evie saß im Schneidersitz auf dem Teppich und starrte die Wände um sie herum an, während ihre Skizzen wütend zurückstarrten. Das letzte Tageslicht drang durch die Fenster und bewegte sich im Zimmer, berührte jede Skizze und umringte Evie. Dann ging es vorüber und verblasste, und ein langsames, feierliches Klopfen an der Tür jagte ihr einen Schauer über den Rücken. Ohne nachzudenken oder etwas zu empfinden, stand sie auf und öffnete die Tür einem ernsten Jim Summer, dicht hinter ihm eine wachsam dreinblickende Eleanor, die Evies Schlafanzug begaffte.

»Kein Drama, Evie«, sagte Eleanor kurz angebunden, und Jim zuckte zusammen.

»Es tut mir so leid«, flüsterte Jim, der sich wünschte, vor dem nächsten Schritt nur einen Moment mit Evie allein zu haben.

Wortlos trat Evie zurück, sodass sie hereinkommen konnten. Jim zögerte, doch Eleanor schubste ihn durch die Tür. Als die Tür hinter ihnen zugegangen war, war das Schweigen erdrückend.

»Und, Jim?«, fragte Eleanor. »Hast du Evie nicht eine Frage zu stellen?«

»Nicht aus freien Stücken«, sagte er mit starrem Blick.

Jim hatte Evie noch nie so gesehen. Sie war ungeschminkt und trug immer noch ihren Schlafanzug, doch sie sah nicht besiegt oder müde oder krank aus. Sie sah wie eine Frau aus, die kampfbereit war. Eine Frau, die ihr Schicksal kannte und beabsichtigte, ihm mit jedem Fünkchen Stärke und Tapferkeit, das sie aufbringen konnte, die Stirn zu bieten. Eine Frau, die das Beste aus einer Zukunft machen würde, die sie sich nicht ausgesucht hatte.

»Ich möchte erst etwas sagen«, fuhr er fort, und Evies Blick huschte zum ersten Mal, seitdem ihre Besucher eingetroffen waren, zu ihm empor. »Ich weiß, dass du das hier nicht willst. Ich weiß, dass du mich nie auf die Art lieben wirst, wie du ihn liebst, oder – oder wie ich dich liebe.« Evie stockte der Atem. Es war das erste Mal, dass er das sagte. Das erste Mal, dass er eingestand, was sie alle längst wussten. »Und ich weiß, dass ich dir nicht alles geben kann, was du dir erträumt hast.«

»Jim, das ist nicht die rechte Zeit für sentimentales Gesülze …«

»Eleanor«, fuhr er sie an. »Ehrlich gesagt ist es mir egal, was Sie denken.«

Einen Augenblick sah Eleanor verblüfft aus, und dann setzte sie wieder ihre gewöhnliche teilnahmslose Miene auf, einen verächtlichen Zug um die Lippen.

»Sie zwingen uns zu einer Zukunft, die keiner von uns beiden will, also können Sie uns zumindest ein wenig Sentimentalität gönnen«, sagte Jim scharf.

Eleanor nickte ein einziges Mal, so schnell, dass man

es ohne Weiteres verpasst hätte, wenn man geblinzelt hätte.

Jim drehte sich wieder Evie zu, und seine Miene und sein Tonfall wurden weicher. »Ich kann dir nicht alles geben, was du dir erträumt hast.« Er schluckte und senkte die Stimme zu einem Flüstern, auch wenn er wusste, dass Eleanor ihn immer noch hören konnte. »Ich weiß, dass ich nicht *er* bin, Evie. Doch deinen besten Freund zu heiraten, ist die nächstbeste Wahl. Ich werde alles in meiner Macht Stehende tun, um sicherzugehen, dass du dich vor jedem Übel sicher fühlst.« Er warf einen Blick auf Eleanor. »Und ich werde versuchen, dich so glücklich zu machen, wie es unter den Umständen möglich ist. Ich weiß, dass du es nie nötig gehabt hast, aber ich *werde* dich beschützen und mich um dich kümmern.«

Evie überlegte, dass sie eine außergewöhnliche Verstellungskünstlerin sein musste, denn im Moment wollte sie nur eines: dass sich jemand um sie kümmerte. Sich *richtig* um sie kümmerte und nicht so, wie ihre Mutter es versuchte, indem sie ihr Dinge aufzwang und jeglichen Protest ignorierte. Sie verzog keine Miene. Die Tränen, die sie geweint hatte, hatten alles weggewaschen, was sie war, sowie jegliche Hoffnung auf eine Zukunft, die nicht sein sollte. Sie war ein leeres Blatt, bereit für ihre Mutter, damit diese darauf zeichnen und ihr Leben planen konnte. Jim hatte mehr als das hier verdient, mehr als sie. Sie hatte nichts übrig, das sie ihm hätte geben können. Dennoch brachte sie ein kleines Lächeln zustande und nickte. Jim holte die Ringschatulle aus der Tasche und öffnete sie.

»*Eigentlich* solltest du auf einem Knie sein.« Eleanor deutete zu Boden.

»*Eigentlich* sollte man heiraten dürfen, wen man will«, fuhr Jim sie an.

Vorsichtig ging er vorwärts, die Schatulle vor sich. Evie spähte hinein. Der Ring war schön, wenn auch ein wenig extravagant. Der Smaragd war ziemlich groß – zweifellos Eleanors Wahl –, aber abgesehen davon waren Farbe, Form und Reif perfekt. Der einzige Makel daran war der Umstand, dass er für sie bestimmt war.

»Evie.« Jim schluckte, sein Mund war trocken, die Handflächen verschwitzt. »Willst du mich heiraten?« Die Situation war schrecklich, und Jim wünschte, es würde nicht so ablaufen, aber (und er hasste sich dafür, dass er so empfand) ein Teil von ihm hüpfte vor Freude, dass er Evie endlich die Frage stellte, die ihm schon seit Jahren auf den Lippen brannte.

»Na?«, fragte Eleanor mit hochgezogenen Augenbrauen.

Sie war nicht im Geringsten schuldbewusst und schien nicht zu begreifen, was hier tatsächlich vor sich ging: dass die Evie, die sie immer gekannt hatten, gerade verschwand.

Evie sah in Jims liebes, herzliches Gesicht, das von Sorge gezeichnet war. Ihre Skizzen schienen mit angstvollen Augen auf sie herabzustarren, alle in der verzweifelten Hoffnung, sie werde den Mut finden, ihrem Herzen zu folgen. *Mach es nicht, Evie,* flüsterten sie. *Eddie wird einen anderen Weg finden. Mach, was sich richtig anfühlt.*

Vor die Wahl gestellt zwischen dem, was richtig ist, und dem, was einfach ist, werden wir dazu ermuntert, das Richtige zu wählen, selbst wenn es uns in eine schwierige Situation bringt. Doch was passiert, wenn man vor die Wahl gestellt wird zwischen dem, was richtig für einen selbst ist, und dem, was richtig ist für die Menschen, die man liebt, und wenn *keine* von beiden Möglichkeiten einfach ist? Evie hatte sich darüber viel mehr Gedanken gemacht, als man gemeinhin tut oder tun sollte, und hatte entschieden, dass die richtige Wahl für ihre Lieben auch für sie richtig sein würde. Wie konnte sie ihr eigenes Glück über dasjenige ihres Bruders stellen?

Sie nahm einen ruhigen, tiefen Atemzug, ohne den Blick von Jim abzuwenden. Ihr Herz hatte sich in ihrer Brust zu einem Ball zusammengezogen, und sie nickte im Rhythmus seines Schluchzens.

»Soll das also ein Ja sein?« Eleanors Tonfall erinnerte an eine unbeeindruckte Lehrerin.

»Ja«, versetzte Evie schroff und zeigte zum ersten Mal an dem Abend ihre wahren Gefühle. Ihre Augen waren voller Hass, und Eleanor war unwillkürlich schockiert über den jähen Gefühlsausbruch ihrer Tochter. »Es ist ein Ja.« Evies Tonfall wurde sanfter, als sie sich Jim zuwandte.

»Na? Dann steck ihr den Ring an den Finger. Beeilung! Wir müssen nach Hause und Jane die guten Neuigkeiten verkünden.« Eleanor marschierte aus dem Zimmer, ohne sich auch nur die Mühe zu machen, ihrer Tochter oder deren frischgebackenem Verlobten zu gratulieren.

Jim nahm den Ring aus der Schatulle, und Evie streckte ihm die Hand entgegen, ohne hinsehen zu wollen. Das kalte Metall glitt ihren Ringfinger entlang.

»Da«, sagte Jim und küsste ihren Handrücken. »Es tut mir so leid, Evie«, flüsterte er.

»Wir kriegen das hin«, erwiderte sie. Sie versuchte, ein beruhigendes Lächeln aufzusetzen, fragte sich jedoch, ob es nicht eher nach einer Grimasse aussah. Jim zog sie an sich und hielt sie in seinen Armen, während er ihr übers Haar strich. Evie wusste nicht recht, was sie machen sollte. Ihre Hände hingen schlaff an ihren Seiten, und ihr Kopf ruhte an seiner Schulter.

»Ich weiß, dass dir alles genommen wurde, wovon du bisher geträumt hast«, sagte Jim. »Aber du musst weiter träumen, Evie. Du *musst.*«

Ein Bild schoss Evie durch den Kopf. Es war das Bild eines achtjährigen Jim, der in ihrem Garten als Drache verkleidet vor ihr stand. Er hatte ihr einen Holzlöffel und einen Topf gereicht, die als Schwert und Schild benutzt werden sollten. Dann hatte er gebrüllt und geschnaubt, bis ihr klar geworden war, dass sie ihn zu erschlagen hatte.

Dieses Bild wurde von einem anderen abgelöst: Jim, der ihr, als sie zwölf wurde, im Wald das Fahrradfahren beibrachte, weil ihre Mutter ihr nicht das Fahrrad geschenkt hatte, das sie sich so verzweifelt wünschte. Auf dem Sattel hatte sie sich so wacklig gefühlt, doch Jim hatte nicht losgelassen, bis sie es ihm gesagt hatte.

Als Nächstes sah sie Jims Gesicht durch die Flammen der achtzehn Kerzen auf dem Geburtstagskuchen, den er ihr selbst gebacken hatte, weil Eleanor gesagt hatte, achtzehn sei zu alt, um Aufhebens zu machen, und Evies Geburtstag bloß ein ganz normaler Tag im Jahr. In Gedanken ging sie all die Geburtstage durch, die sie zusammen mit Jim verbracht hatte, ein Bild nach dem anderen, ein Daumenkino der Zärtlichkeit und Liebe, die er ihr im Laufe der Jahre erwiesen hatte.

Dann durchwanderte ihre Erinnerung all die gewöhnlichen Tage, als die beiden einfach in der Gegenwart des anderen Zeit verbracht hatten. In jedem Augenblick, war

Evie jetzt klar, hatte Jim sie an erster Stelle kommen lassen. Er hatte immer dafür gesorgt, dass sie glücklich war, und hatte getan, was er konnte, um für sie da zu sein. Und nun tat er das nicht nur wieder einmal, sondern schwor, es für immer zu tun. Es war das beste Geburtstagsgeschenk, dass er ihr jemals geben könnte und würde.

Evie war überwältigt von Trauer und Dankbarkeit. Sie schlang die Arme um ihn und hielt ihn, so fest sie nur konnte, und in dem Augenblick verwandelten sich all ihre Zeichnungen in Glas und fielen von den Wänden, zerbarsten um sie her, für immer verloren.

1. NOVEMBER

Der Schuhkarton

Jim hatte vorgehabt, die Nacht in dem Sessel zu verbringen, da er Evie nicht allein lassen wollte, doch sie hatte seine Hand ergriffen und ihn zu ihrem Bett geführt, wo sie sich in seinen Armen eingerollt hatte. Die Lösung ihres Dilemmas war zwar so nicht gewollt, hatte ihr aber doch einen gewissen Frieden gebracht, sodass der Schlaf sie endlich gefunden hatte. Doch Jim blieb wach und gab sich Mühe, dass seine Tränen nicht in Evies Haar oder auf ihr Gesicht fielen. Gott bewahre, dass sie aufwachte und ihn in solch einem Zustand vorfand. Jim mochte weniger als seine Familie darauf bedacht sein, Haltung zu bewahren, doch vor Evie zu weinen brachte er einfach nicht über sich. Er hatte versprochen, stark für sie zu sein, und er würde dieses Versprechen nicht in ihrer Verlobungsnacht brechen.

Bevor Evie aufwachte, war Jim behutsam aufgestanden und hatte angefangen, so gut wie möglich ihre Sachen zu packen. Es wäre zu traurig für sie, dachte er, das Leben, das sie so sehr liebte, in Kartons zu packen, um sie von dem einen Ort fortzuschaffen, an dem sie sich zu Hause fühlte. Doch was sollte er mit ihren Zeichnungen tun, die nur mehr auf dem Boden verstreute Glasscherben waren?

Er durchsuchte die Wohnung und stieß nach einer Weile in dem Schrank neben der Wohnungstür auf einen alten Schuhkarton. Er fegte jedes Stück Glas hinein, sogar noch die letzten Splitter, die sich unter dem Läufer oder hinter dem Sessel verbargen. Als Evie gähnend ins Wohnzimmer geschlurft kam, waren die meisten ihrer Habseligkeiten von ihren angestammten Plätzen verschwunden und befanden sich in eben den Kartons, die sie verwendet hatte, um damals in die Wohnung einzuziehen.

»Wir hätten das gemeinsam tun können.« Sie drückte Jims Schulter, während er sich unter den Sofatisch kauerte, um den letzten Glassplitter hervorzuholen.

»Ich weiß. Aber ich wollte nicht, dass du das durchmachen musst.« Er griff nach der Scherbe und ließ sie in den Schuhkarton fallen. »Ich dachte, du möchtest die hier vielleicht behalten.« Er schloss den Deckel und reichte ihr den Karton, und obwohl sie ihn entgegennahm, schüttelte sie den Kopf.

»Nein, jetzt habe ich keine Verwendung mehr dafür.« Sie lächelte. Es wurde immer einfacher, so zu tun, als wäre ihr Lächeln echt. »Sie sollten hier bleiben. Hierher gehören sie.«

Sie ging neben ihm in die Hocke und machte sich daran, den Sofatisch beiseitezuschieben. Als Jim merkte, was sie tat, kam er ihr zu Hilfe. Zusammen rollten sie den Teppich zusammen, dann holte Jim ein robustes Buttermesser aus der Küche, ließ es zwischen zwei Dielenbretter gleiten und stemmte eines hoch, bis es sich vollständig löste. Evie kniete neben ihm nieder, den Karton in den Händen haltend, als befände sich etwas Lebendiges darin. Er legte ihr den Arm um die Schultern und wartete darauf, dass sie zusammenbrach, doch das tat sie nicht. Stattdessen küsste sie den geschlossenen Kartondeckel und versenkte die Schachtel behutsam in dem Loch im Boden.

»Lebt wohl, Träume«, sagte sie. »Ich hoffe, dass euch eines Tages jemand anderes findet, der euch besser nutzt, als ich es getan habe.«

8

Isla

Evie schoss Horaces Kehle hinunter, als handelte es sich um eine Rutsche, und wurde in einem gewaltigen Wasserschwall durch die Luft katapultiert. Wie eine Katze landete sie in einer Explosion aus fuchsrotem Fell fest auf den Beinen, und als sie die Augen aufschlug, sah sie, dass sie an der blauen Eingangstür ihres eigenen Hauses stand. Hier hatte sie Jahre nach dem Auszug aus ihrem Apartment gewohnt. Es war ein Haus, das sie gut kannte, doch es wirkte jetzt anders. Die Farbe an der Tür sah trübe aus, und der Kronleuchter in der Diele, den sie durchs Fenster sehen konnte, leuchtete nicht so hell wie früher. Es fühlte sich an, als habe das Haus seine Seele verloren, seine Magie – alles, was es zu einem Zuhause gemacht hatte, anstatt lediglich eines Gebäudes, das eine Familie und ihr Hab und Gut beherbergte.

In einem der oberen Fenster bewegte sich etwas, und Evie sah die blond gewellten Haare ihrer Tochter. Isla. Evie hatte sie nach der Frau benannt, die ihr viel mehr beigebracht hatte, als ihre eigene Mutter es je getan hatte. Isla hatte einen Mann, Chester, und einen Sohn, Percy, und ihr Haus war zwei Stunden mit dem Auto von Evies Zuhause entfernt, doch sie hatte hier gewohnt, während sie das

Haus nach dem Tod ihrer Mutter ordnete. Zudem wusste sie, dass es nicht infrage kam, ihren Vater in einem derart großen Haus allein zu lassen.

Die Haustür öffnete sich mit einem Knarzen, das Evie neu war, und heraus trat ein alter Mann Mitte siebzig. Er holte tief Luft und sah sich in dem überwucherten Vorgarten um. Dann, bloß für den Bruchteil einer Sekunde, sah er zu Evie, und ihr stockte der Atem, doch sein Blick schweifte wieder weiter, und Evie kam sich töricht vor, weil sie gedacht hatte, er hätte sie gesehen. Obwohl man ihm sein Alter an der faltigen Haut und seiner gebeugten Haltung ansah, glänzten seine Augen noch, als wäre er Mitte zwanzig, und Evie hätte ihr Funkeln überall erkannt.

»Onkel Eddie? Wohin bist du verschwunden?«, rief Isla aus dem Haus. Sie erschien neben dem Mann und hakte sich bei ihm unter. »Ich weiß, dass du Hausarbeit nicht ausstehen kannst, aber diese Kartons müssen sortiert werden. Und glaub ja nicht, dass du dich aufgrund deines Alters davor drücken kannst. Ich habe gesehen, wie du Oliver hinterherjagst!« Sie zwinkerte ihm zu, woraufhin er ein kehliges Lachen ausstieß, dann zog sie ihn sanft ins Haus zurück.

Mit über dreißig Jahren war Eddie mit seinem Partner ins Haus der Snows gezogen (natürlich erst nach dem Ableben seiner Eltern. Sie hätten es niemals gestattet und es verhindert, wenn sie noch am Leben gewesen wären und hätten einschreiten können, und es bereitete Eddie große Freude, seinen Eltern mit jedem einzelnen Tag, den sie dort lebten, den Stinkefinger zu zeigen). Da die beiden Männer nun jedoch weit über siebzig waren und Schwierigkeiten hatten, all das zu tun, was ihnen früher so leichtgefallen war, waren August und Daphne kurz nach Evies Tod bei ihnen eingezogen, und sie profitierten alle auf vielfältige Weise von der zusätzlichen Gesellschaft.

Evie nutzte die Gelegenheit, bevor die Tür ihr den Weg versperrte, und schlüpfte hinter ihnen in die Diele des Hauses, in dem sie so viele Jahre gewohnt hatte. Pappkartons standen verstreut herum, angefüllt mit Gegenständen, die sie als die ihren wiedererkannte. Sie kniete nieder, ohne recht zu wissen, warum sie aufpasste, nichts anzufassen. Ihre Schmuckschatulle, ihre Bücher, ihr Plunder und ihre Schätze befanden sich alle in Kartons, die mit Wörtern wie *Spende* oder *Speicher* beschriftet waren. Andere Kartons waren mit den Namen ihrer Kinder beschriftet. Sie waren mit Dingen gefüllt, die August und Isla so stark an ihre Mutter erinnerten, dass sie sie selbst behalten wollten.

»August!«, rief Isla von oben.

August sprang vom Sofa auf, auf dem er zweifellos eingenickt war, und fasste sich dann mit schmerzverzerrtem Gesicht ins Kreuz. »Diese Frau«, murmelte er, während er zum Fuß der Treppe humpelte. »Die bringt mich noch ins Grab, da bin ich mir ganz sicher.«

»August!«, rief Isla sogar noch lauter und trat oben auf dem Treppenabsatz ans Geländer. »Du hast geschlafen, nicht wahr?«, fragte sie beim Anblick ihres zerknautschten, blinzelnden Bruders, der die Treppe hochstieg.

»Nein«, widersprach August gähnend.

»Du treibst mich zur Weißglut«, sagte sie nüchtern.

»Du nervst mich«, versetzte er, ohne sie auch nur anzusehen.

Es war eine Routine, die sie im Lauf der Jahre viele Male durchgespielt hatten. Isla streckte ihm die Zunge heraus, August streckte ihr die Zunge heraus, und kurzzeitig waren sie wieder Kinder und vergaßen ihr tatsächliches Alter von siebenundvierzig und zweiundfünfzig Jahren. Isla konnte nicht anders, sie lächelte über ihren törichten großen Bruder.

»Komm«, sagte sie. »Die Kartons packen sich nicht von allein, und Onkel Eddie spielt bloß mit der Luftpolsterfolie.«

Evie konnte nicht viel tun, während ihre Tochter geschäftig durchs Haus ging und versuchte, Eddie und August zur Räson zu bringen, doch obwohl ihre Familie sie nicht sehen konnte, bereitete es Evie Vergnügen, Zeit in ihrer Gegenwart zu verbringen. Sie saßen in ihrem alten Schlafzimmer, leerten Schränke und Schubladen und redeten und lachten, und Evie lachte mit ihnen. Zusammen fanden Eddie und August viele neue Arten, um Isla zu ärgern, doch gegen deren brillante Schlagfertigkeit kamen sie nicht an, sondern kehrten jedes Mal betreten zu ihrer Aufgabe zurück. Sie stießen auf Habseligkeiten Evies, die sie liebend gern noch einmal in Händen gehalten hätte, und andere, an die sie sich gar nicht mehr erinnern konnte; sie behielten fast alles, was Evie aufgehoben haben wollte, bewahrten aber auch Dinge auf, die Evie, ohne mit der Wimper zu zucken, weggeworfen hätte.

»Was ist hiermit?« Isla zog eine reich verzierte Lampe hervor. Eine winzige Frauenstatue lehnte am Ständer der Lampe, ihr wallendes Kleid hing ihr von einer Schulter, sodass ihre Brust fast ganz entblößt war. Ein Handgelenk war an die Stirn gepresst, als würde sie gleich in Ohnmacht fallen. Die andere Hand ruhte aufreizend auf ihrer Hüfte, und in ihren Augen lag ein lockender Blick.

»Behalten?«, schlug Eddie mit einem Schulterzucken vor.

Mittlerweile war es fast neun Uhr abends, und der fünfundsiebzigjährige Eddie wurde allmählich müde, was zu immer halbherzigeren Antworten führte.

»Echt? Ich entsinne mich nicht, sie *jemals* irgendwo im Haus gesehen zu haben«, sagte August mit einem Blick auf die Lampe.

»Ich auch nicht, aber Mum muss einen Grund gehabt haben, sie so lange aufzuheben«, gab Isla zu bedenken.

»Ich habe die Lampe gehasst«, sagte Evie, auch wenn niemand sie hören konnte. »Tante Esme hat sie mir geschenkt, und ich habe sie so gut versteckt, dass ich sie bis jetzt vergessen hatte!«

»Dann behalt sie eben. Aber ich nehme sie nicht!«, sagte August und weigerte sich, sie sich von Isla aufdrängen zu lassen.

»Aber ich will sie nicht!«, sagte Isla, die sich jetzt wünschte, sie wäre nicht diejenige, die die Lampe hielt.

»Sieh mal, wenn du glaubst, Mum hätte gewollt, dass wir dieses – Ding – behalten, dann ist das deine Entscheidung. Aber ich werde das grässliche Teil ganz bestimmt nicht mit nach Hause nehmen!«.

Das Geräusch eines Autos auf dem Kies in der Einfahrt unterbrach den Geschwisterstreit. August stand auf und trat ans Fenster. Isla betrachtete die Lampe und ließ sie mit einem Schnauben in einen Karton gleiten, auf dem ihr eigener Name stand. Evie bedachte ihre Tochter mit einem zärtlichen Lächeln.

»Dad ist da«, sagte August mit gerunzelter Stirn und winkte Isla und Eddie ans Fenster. Evie folgte ihnen, unsicher, ob sie sehen wollte, was sie sahen. Sie wusste, dass ihr Tod, auch wenn er nicht überraschend gekommen war, ihren Mann mitgenommen haben würde. Jim hatte sie geliebt und sich bis zum Ende um sie gekümmert, und mit anzusehen, wie er zum Haus aufblickte und drei Gesichter am Fenster sah statt vier, weckte in ihr den Wunsch, sie wäre wegen ihm hier. Doch das wäre egoistisch, denn es gab keine Geheimnisse, die Evie ihm mitzuteilen hatte. Sie hatte ihrem Mann alles zu Lebzeiten erzählt, sodass es nicht nötig war, ihm etwas im Leben nach dem Tod zu enthüllen.

»Kommt. Wir gehen besser und schauen, ob es ihm gut geht«, sagte Eddie und führte die anderen nach unten.

Er öffnete die Haustür, um Jim zu begrüßen.

Jim Summer sah jetzt wettergegerbt und erschöpft aus, doch er war immer noch so attraktiv wie an dem Tag, an dem er Evie geheiratet hatte, und er hatte auch keine Spur seines Charmes eingebüßt.

»Hallo, alle zusammen!«, sagte er, genau wie er es schon immer auf dem Weg durch die Tür getan hatte, auch wenn es in letzter Zeit mit viel weniger Begeisterung geschehen war.

»Hallo, Dad.« Isla gab ihm zur Begrüßung einen Kuss auf die Wange. August umarmte seinen Vater einfach mit geschlossenen Augen und stockendem Atem, und Eddie schüttelte Jims Hand mit Nachdruck.

Hallo, Jim, flüsterte Evie in der Hoffnung, er könnte es hören, auch wenn sie es besser wusste.

»Wie war es bei ihr?«, fragte Isla.

»Ruhig.« Jims Miene verzog sich rasch, als hätte er sich in den Finger geschnitten. »Ich hasse es, sie allein zu lassen.« Bevor er den Mund bedecken konnte, entrang sich ihm ein Schluchzen, und August eilte zu ihm, um erneut die Arme um seinen Vater zu schlingen und ihm Halt zu geben, bevor dessen alte, wacklige Beine ihn straucheln ließen. »Mir geht's gut. Mir geht's gut«, versicherte Jim ihnen. Er tätschelte Augusts Rücken, holte tief Luft und fasste sich.

»Der Friedhof ist schön und friedlich, und du kannst sie so oft du willst besuchen. Das können wir alle«, sagte Isla, und erst da wurde Evie klar, dass Jim an ihrem Grab gewesen war. Tränen rannen ihre Wangen hinab, ohne dass sie sich dessen bewusst war.

»Ich weiß. Ich benehme mich töricht. Ich bin bloß müde. Ich werde wohl Schluss machen für heute.« Jim schenkte jedem ein Lächeln, damit sie wussten, dass wirklich alles in Ordnung war, doch in ihren Augen lag immer noch Sorge.

»Hier«, sagte Isla. »Lass mich dir helfen.« Sie ergriff die Hand ihres Vaters und half ihm die Treppe hoch.

»Haben sie sich heute benommen?«, fragte Jim und drückte die Hand seiner Tochter.

»Tun sie das jemals?«, erwiderte sie mit einem Seufzen, und Jim lachte. »Bist du sicher, dass du uns nicht helfen willst, ihre Sachen durchzugehen?«, fuhr sie fort. »Wir machen uns Sorgen, dass wir Dinge wegwerfen, die wir behalten sollten.« Isla öffnete die Tür zum Gästezimmer, und Evie konnte Jims Sachen verstreut herumliegen sehen. *Er hat da drin geschlafen*, dachte sie.

»Es ist wahrscheinlicher, dass ihr Dinge aufhebt, die sie

weggeworfen hätte«, sagte er. Er kannte sie so gut. Wie sollte es nach vierundfünfzig Ehejahren auch anders sein? »Nein. Ich kann das nicht. Ich vertraue eurem Urteil. Abgesehen davon habe ich schon alles von ihr, was ich behalten wollte.« Er ging langsam ins Gästezimmer und ließ sich vorsichtig aufs Bett plumpsen.

»Okay«, sagte Isla zögerlich, da sie ihren Vater nicht mit seiner Trauer allein lassen wollte.

»Mir geht's gut, Isla. Wirklich. Ich – vermisse bloß deine Mutter, das ist alles.« Er lächelte. »Wohlgemerkt«, er ließ den Blick durchs Zimmer schweifen und spähte in jede Ecke, »wie ich Evie kenne, ist sie wahrscheinlich immer noch irgendwo hier und versucht sicherzustellen, dass es uns allen gut geht.« Er lächelte vor sich hin, und Evie lachte mit ihm. So präsent und lebendig hatte sie sich schon lange nicht mehr gefühlt. Sie wusste, dass Jim ihre Nähe spüren konnte, und das freute sie.

»Wahrscheinlich hast du recht.« Isla war ein wenig zuversichtlicher, dass er heute Abend zurechtkommen würde. »Schlaf dich aus.« Langsam schloss sie die Tür. Zwar wollte sie ihn noch nicht allein lassen, aber sie wusste tief im Innern, dass er stärker als sie alle zusammen war, und dass er tatsächlich klarkam. Evie schlüpfte mit ihr aus dem Zimmer.

Isla war nie ein schwieriges Kind gewesen, allerdings resolut, stur und anscheinend stets zu einem Streit aufgelegt, was immer wieder Briefe aus der Schule bedeutet hatte, in denen es um ihre Neigung ging, den Lehrkräften freche Antworten zu geben. Während sich Evie um Augusts Kreativität kümmerte, widmete sich Jim Islas Diskussionsbedarf und brachte ihr bei, wie sie ihre Argumente zu strukturieren hatte, um nie zu verlieren – sehr zur Bestürzung ihres großen Bruders. August ertrug es nicht, dass ihn seine kleine, fünf Jahre jüngere Schwester schon im zarten Alter von sieben Jahren austricksen konnte. Evie sah dann Jim beim Abendessen mit hochgezogenen Augenbrauen über den Tisch hinweg an, woraufhin er nur mit den Schultern zuckte, doch nach dem Essen zauste er Islas Haare und beglückwünschte sie, weil sie ihre Argumente, warum sie genauso lang wie August aufbleiben dürfen sollte, so ruhig und vernünftig dargelegt hatte. Als Isla heranwuchs, liebte sie Diskussionen und stellte unzählige Fragen, um den Dingen auf den Grund zu gehen. Obwohl Jim sie ganz unter seine Fittiche genommen hatte, stellte Evie sicher, dass sie dem kleinen Mädchen Mitgefühl, Liebe und Toleranz vermittelte – all die Dinge, die ihre eigene Mutter ihr nie beigebracht hatte. Ihre Beziehung basierte auf diesen Eigenschaften, doch vor allem gründete sie auf Ehrlichkeit. Jedenfalls glaubte Isla das.

In dem Moment, als Evie Jims Heiratsantrag angenommen hatte, hatte sie sich geschworen, nie mehr über ihr altes Leben zu sprechen. Ihre Wohnung, ihre Zeichnungen und Vincent lagen in der Vergangenheit, und es hatte keinen Zweck, sie wiederaufleben zu lassen und von Neuem zu leiden. Folglich hatte sie einfach alles begraben und seine Existenz vollständig geleugnet. Als sich Islas unvermeidliche künstlerische Ader im Alter von sechzehn Jahren in all ihren Schulheften in Form von Zeichnungen niederschlug, stieg Panik in Evie hoch. Sie vermied eine ganze Woche längere Gespräche mit ihrer Tochter, bis Jim Evie am Esstisch vorfand, wo sie eine von Islas Zeichnungen hielt, die aus deren Schultasche gefallen war.

»Isla ist gut, nicht wahr?«, stellte er fest und setzte sich Evie gegenüber.

»Ist sie.« Evie nickte und strich zärtlich mit einem Finger über die Zeichnung.

»So gut wie du früher.«

Sie hob eine Hand, damit er nicht von Dingen sprach, die sie vergessen wollte.

»Du zeichnest dauernd Horace für sie«, fügte Jim zögernd hinzu und hoffte, sie damit nicht aus der Fassung zu bringen.

»Das ist etwas anderes. Alle Mütter zeichnen mit ihren Kindern, aber das hier …« Evie legte die Skizze beiseite und stützte den Kopf in die Hände.

»Du machst dir Sorgen, dass es sich für dich immer mehr nach Lügen anfühlen wird, wenn sie weiter zeichnet und dieses Talent auslebt«, sagte Jim. Evie blickte durch ihre Finger auf und nickte. »Dann sprich mit ihr.«

»Nein«, fuhr Evie Jim an, und er sah schockiert aus. »Es tut mir leid. Entschuldige. Ich kann nur nicht … ich kann diese Tür nicht öffnen. Ich kann es einfach nicht.« Evies Stimme zitterte, und sie holte tief Luft, um die aufkommenden Gefühle in ihrer Brust niederzukämpfen. »Ich will, dass aus ihr wird, was auch immer sie möchte, und sollte das eine Künstlerin sein, dann werde ich es vollends unterstützen, aber … ich werde mehr denn je deine Hilfe benötigen, um den Teil meines Lebens zu verbergen. Wenn ich ihr erzähle, dass ich vor vielen Jahren als Künstlerin bei einer Zeitung gearbeitet habe, und wie hart ich darum gekämpft habe, um an dieser Laufbahn festzuhalten, wird eines zum anderen führen, und ich werde ihr alles erzählen müssen. Und das kann ich nicht, ich kann es nicht noch einmal durchleben, ich kann nicht noch einmal verlieren …«

Jim war von seinem Platz aufgesprungen und rasch um den Tisch gegangen, um sie in die Arme zu nehmen, bevor sie zusammenbrach. Ihr Gesicht an seinen blauen Strickpullunder gedrückt holte sie ein paarmal tief Luft und atmete Jims Geruch ein, der sie beruhigte.

»Okay.« Er hob ihr Kinn, um ihr ins Gesicht sehen zu können. »Dann verheimlichen wir es, aber mach dich gefasst. Ich kenne das Mädchen nur zu gut, und wenn es sich in den Kopf setzt, Künstlerin zu werden, wird es sich durch nichts aufhalten lassen.«

»Dann werde ich mich glücklich zurücklehnen und im Stillen ersatzweise durch sie leben.« Evie lächelte, und Jim beugte sich hinab, um ihr einen sanften Kuss auf die Lippen zu geben.

Isla war keine Künstlerin geworden. Dem Ruf ihres Herzens folgend hatte sie Jura studiert, um die erste Frau an der Spitze von Snow & Summer Ltd. zu werden, und der erste Mensch, der die Kanzlei im Alleingang führte. Sie war teils Snow und teils Summer, und da August kein Interesse am Rechtswesen und Evies Bruder keine eigenen Kinder hatte, wurde sie freudig Jims Nachfolgerin und führte das Geschäft besser und gerechter, als irgendwer vor ihr. Edward Snow und James Summer senior hatten in der Angelegenheit kein Mitspracherecht, da beide in Augusts und Islas Kindheit verstorben waren. Eleanor Snow war kurz nach ihrem Gatten verschieden, nur Jane Summer war über neunzig Jahre alt geworden. Nach dem Tod ihres Mannes war sie jedoch ein völlig anderer Mensch geworden und hatte von ganzem Herzen zugestimmt, als Isla die Firma übernahm.

Obwohl Isla Anwältin geworden war, war ihre Liebe zur Kunst nie verschwunden. Sie zeichnete und malte in ihrer Freizeit, konnte aber nie den Gesichtsausdruck ihrer Mutter deuten, wenn sie dieser ein neues Bild zeigte. Ihre Mutter sah jedes Mal so wehmütig aus und vielleicht sogar ein wenig verängstigt. Isla hasste diesen Ausdruck so sehr, dass sie letztlich aufhörte, Evie ihre Werke zu zeigen, weil sie glaubte, ihre Mutter hielte sie nicht für sonderlich gut. Diese Überzeugung hatte sie nie losgelassen, und sie stimmte beide Frauen traurig.

Evie folgte Isla den Flur entlang zu deren ehemaligem Kinderzimmer. Als Isla die Tür öffnete, schlüpfte Evie hinter ihr ins Zimmer und sah sich um. Jim und sie hatten nichts an den Kinderzimmern geändert, als die beiden ausgezogen waren. Isla war immer ein eigenwilliger Wildfang gewesen, ihre Lieblingsfarbe aber dennoch ein mädchenhaftes Blassrosa, und sie hatte darauf bestanden, dass so viele Gegenstände wie möglich glitzerten oder juwelenbesetzt waren. Jetzt ließ Evie den Blick über die rosa-cremefarben gestreifte Tapete und die glitzernden Vorhänge schweifen. Kleine Plastikjuwelen leuchteten ihr aus allen Ecken und Winkeln entgegen, und die Augen ihrer Tochter spiegelten den Glanz voll Trauer wider. Isla lief zum Bett und warf sich hinein, wie sie es als Kind während eines Wutanfalls getan hatte. Sie vergrub das Gesicht im Kopfkissen und ließ die Tränen in den Stoff rinnen. Evie sah ihr vom Bettende aus zu, wo sie früher immer gesessen und ihrer Tochter beim Schlafen zugesehen hatte, nachdem sie Isla nach einem Albtraum zurück ins Bett gebracht hatte.

»Ich bin immer noch hier, Isla«, flüsterte sie. »Das werde ich immer sein.«

Isla schlief nach wenigen Minuten des Schluchzens ein, und Evie hoffte, es hatte etwas damit zu tun, dass sie ihr so nah war. Jetzt bot sich ihre Gelegenheit.

»Isla.«

Isla zog bei ihrem Namen die Brauen zusammen, selbst im Schlaf.

»Isla, meine geniale Tochter. Du bist so klug. Du hast immer gewusst, dass etwas mit mir nicht stimmte, etwas, das ich vor dir verbarg, aber du hast mir so sehr vertraut, dass du es nie infrage gestellt hast. Danke, dass du mir meine Geheimnisse gelassen hast. Ich dachte, ich wäre tapfer, indem ich meine Vergangenheit vor dir verheimlichte, aber in Wirklichkeit war ich bloß ein Feigling. Ich wollte nicht mehr leiden. Ich wünschte, du hättest mir Fragen gestellt, damit ich gezwungen gewesen wäre, mich dem zu stellen, wozu ich zu Lebzeiten nie den Mut hatte, aber im Tod … hat sich gezeigt, dass mir keine andere Wahl bleibt, als den größten Dämonen die Stirn zu bieten. Mein Rat an dich lautet also, es hinter dich zu bringen, solange du noch am Leben bist.« Evie lachte über sich selbst, und Isla entspannte sich bei ihrem Lachen, genauso wie sie sich immer in Evies liebevollen Umarmungen entspannt hatte. »Aber jetzt, mein geliebtes Mädchen, ist es an der Zeit, dass du alles erfährst. Nun denn. Es gibt da einen Karton, Isla, einen Schuhkarton in meiner alten Wohnung. Jim – dein Vater kennt die Adresse. Unter dem Teppich im Wohnzimmer ist ein loses Dielenbrett, und darunter wirst du den Karton finden. In dem Karton – na ja, du brauchst bloß nachzuschauen, aber ich verspreche dir, es wird alles klarwerden, sobald du ihn gefunden hast, aber du musst mir eines schwören. Pass für mich auf sie auf, okay? Pass besser darauf auf, als ich es getan habe.«

Evie erhob sich, zog den Rock glatt und schlich auf Zehenspitzen näher zu ihrem schlafenden Kind. Zögerlich strich sie ein paar Haarsträhnen aus Islas Gesicht, und als Isla sich nicht bewegte, beugte sie sich hinab und gab ihr einen Kuss auf die Stirn. Sobald Evies Geisterlippen die Haut ihrer Tochter berührten, setzte sich Isla kerzengerade auf.

»Mum?«, schrie sie auf.

Evie schnappte nach Luft, aber ihr Atemzug schien sie rückwärts durch das Zimmer zu saugen, und die Welt um sie herum verblasste. Zum zweiten Mal wurde sie aus der Welt der Lebenden geschleift.

Im nächsten Moment schlug Evie mit einem dumpfen Knall auf dem Kellerboden auf. Mit einer sehr ungraziösen Rolle landete sie mit dem Gesicht nach unten zu Liefdes Füßen.

»Und?«, erkundigte sich der kleine Holländer ungeduldig.

Da der Aufprall Evie völlig den Atem geraubt hatte, presste sie lediglich die Spitzen von Daumen und Zeigefinger zu einem Kreis zusammen. Mehr musste Liefde nicht sehen. Er griff nach einer Tasse Tee, die er für ihre Wiederkehr bereits gekocht hatte, und stellte sie vorsichtig neben Evies Gesicht auf den Boden.

9

Magie

Isla schoss das Blut in den Kopf. Sie war sich sicher, dass sie gerade eben nicht allein im Zimmer gewesen war. Sie hatte die Anwesenheit gespürt, sanft und beruhigend, hatte sie so stark gespürt, dass sie aus dem Schlaf geschreckt war. Doch bei ihrem Erwachen war das Zimmer leer gewesen. Sie massierte sich die Schläfen und lachte über ihre eigene Torheit. Im Gegensatz zu ihrem Bruder hatte sie nie an Geister und Ghule geglaubt, und während August häufig im Dunkeln kauerte oder sich durch Schatten erschrecken ließ, genoss Isla einen gesunden Schlaf und ließ sich nicht verunsichern. Sie warf einen Blick auf die rosafarbene verschnörkelte Wanduhr und merkte, dass sie bloß ein paar Minuten geschlafen hatte. Sie war immer noch sehr müde, ihre Augenlider waren schwer, und so nützte sie den Umstand, dass sie nicht hellwach war, und sank in ihre Kissen zurück.

Im Traum schwebte Isla durch einen schwarzen Himmel, während in der Luft um sie her Glasscherben hingen. Sie blitzten und glitzerten im Mondschein, und manche waren so sauber und klar, dass Isla ihr eigenes Spiegelbild sehen konnte, aber es war nicht ihr siebenundvierzigjähriges Ich, dessen blondes Haar allmählich ergraute und dessen Haut faltig wurde. Sie war wieder elf. Ein Blick nach unten zeigte ihr, dass ihre Hände mit Farbe und bunter Kreide beschmiert waren, und auf ihrer pinkfarbenen Hose und dem hellgrünen Oberteil befanden sich ebenfalls Farbflecken. Sogar ihre Haarspitzen waren mit getrockneter Acrylfarbe verklebt.

Das Glas fing mit einem warmen Klirren zu vibrieren an, und auf einmal flitzten alle Scherben davon, flogen an ihr vorbei in eine Richtung, sorgsam darauf achtend, die kleine Isla nicht zu schneiden. All die Splitter tanzten wie Vögel am Himmel, und Isla war völlig gebannt, bis die Scherben sich eine nach der anderen anordneten. Jedes einzelne Stück schien mit dem nächsten zusammenzupassen: ein Puzzle aus Glas. Die letzte Scherbe hüpfte frech herum, bevor sie sich in den Rest fügte, dann füllten sich die Falten und Ritzen zwischen den Teilen, bis eine saubere Scheibe Glas übrig blieb – ein glänzendes Fenster. Während Isla Beifall klatschte, verblasste ihr Spiegelbild, erst allmählich, dann war es mit einem Mal verschwunden. Das Glas wurde milchig, und die glänzende Oberfläche rau. Die Ränder kräuselten sich, und Isla merkte, dass sich das Glas in Papier verwandelt hatte. *Aber warum?*, dachte sie, und in dem Augenblick erschien ein schwarzer Punkt in der Mitte der leeren Seite. Ein einzelner schwarzer Punkt, doch dann wurde daraus eine geschwungene Linie, als würde jemand Unsichtbares direkt vor ihr zeichnen. Sie folgte der Linie, die auf der Seite herumwirbelte und – flitzte, bis etwas Vertrautes entstanden war: Horace mit Weste und Monokel, wie ihre Mutter ihn früher gezeichnet hatte.

»Horace!« Isla lachte mit ihrer hohen Elfjährigenstimme.

Die Katze spitzte die Ohren.

»Horace?«, stieß Isla keuchend hervor.

Die Katze streckte die Pfoten vor sich aus, schlitterte zur unteren linken Ecke der Seite und wies auf die leere Mitte. Der schwarze Punkt erschien wieder, und diesmal verwandelte er sich in die Karikatur eines als Cowboy verkleideten kleinen Jungen. Sobald er vollständig gezeichnet war, zog er eine Spielzeugpistole aus dem Gürtel, und neben ihm tauchten die Wörter *PENG! PENG!* auf, während er so tat, als würde er die Pistole abfeuern. Er rannte in die untere rechte Ecke, und der schwarze Punkt erschien erneut in der Mitte. Ein Cartoon nach dem anderen erschien. Eine strenge Mutter. Ein glückliches Pärchen. Ein gemein aussehender Chef. Eine Gans mit Zornesmiene. Die Seite füllte sich mit Bleistiftskizzen an, bis nur noch ein winziger Fleck in der Mitte leer war. Es vergingen ein paar Augenblicke, bevor der schwarze Punkt zurückkehrte, doch diesmal folgte keine Zeichnung. Stattdessen erschien eine Signatur, eine winzige, bescheidene Signatur, die zweifellos der Künstlerin gehörte.

Evie Snow

Alle Zeichnungen wandten sich der Signatur zu und bekundeten Islas Mutter schweigend ihre Anerkennung, weil diese sie ins Leben gerufen hatte. Die Menschen applaudierten, die Gans öffnete den Schnabel und ließ ihn leise schnatternd zuschnappen, und Horace verbeugte sich tief, eine Pfote auf seiner Weste über dem Herzen. Die Augen der elfjährigen Isla weiteten sich, und auf einmal starrte sie zu ihrer rosafarbenen Zimmerdecke empor und fühlte sich nicht mehr klein und gelenkig, sondern schwer und müde.

Sie war wach. Wieder in der Realität. Wieder siebenundvierzig.

Aber etwas war anders. Der Traum hatte so real gewirkt. Isla tastete sogar ihre Kleidung auf der Suche nach Farbklecksen ab, doch sie trug immer noch ihre sauberen Sachen vom Vortag, und die rosafarbene verschnörkelte Uhr verriet ihr, dass sie acht Stunden geschlafen hatte: Es war beinahe neun Uhr morgens. Sie stöhnte. Sie hatte definitiv nicht das Gefühl, als hätte sie so lange geschlafen.

Isla duschte, zog sich frische Kleidung an und machte sich ein wenig zurecht, aber die ganze Zeit über jagten die Skizzen, die sie im Traum gesehen hatte, um die Außenbahn ihres Gehirns. Der Chef jagte die Mutter und versuchte, ihr in den Po zu kneifen; die Mutter jagte das Pärchen und drohte missbilligend mit dem Zeigefinger; das Pärchen jagte dem Jungen hinterher, der versuchte, die Gans an den Schwanzfedern zu ziehen; die Gans watschelte Horace hinterher, der es genoss, sie alle auszutricksen; und die arme Isla jagte ihnen auf der Suche nach Antworten auf ihre unzähligen Fragen hinterher.

August fiel als Erstem auf, dass etwas nicht stimmte.

»Liebe Schwester. Du hast den Kopf in den Wolken«, spottete er in albernem Shakespeare-Tonfall. Er schlich auf Zehenspitzen um sie herum, während sie ihr Frühstücksgeschirr abwusch. »Du hast den Kopf nie in den Wolken«, fuhr er fort, als Isla nicht antwortete, und in seiner Stimme schwang nun Sorge mit. Er riss ihr das nasse Buttermesser aus der Hand, sodass er sie beide mit Wasser bespritzte, und deutete spielerisch damit auf sie. »Wer sind

Sie und was haben Sie mit meiner muffigen Schwester gemacht?«

Lachend griff Isla nach dem Messer und schrubbte weiter das angetrocknete Eigelb von seinen Kanten. »Ich habe nicht gut geschlafen, nichts weiter.« Sie starrte auf die glänzenden Oberflächen der Schaumblasen in der Spüle und dachte, dass sie wie die klare Glasscheibe aus ihrem Traum aussahen.

»Hat Mums Geist dich auch heimgesucht?«, fragte August, nur halb im Scherz.

Ein Teller glitt Isla aus der Hand und fiel krachend ins Spülbecken. Glücklicherweise war er nicht zerbrochen, aber Wasser schwappte hoch und ergoss sich in einer gewaltigen Flutwelle über Islas bequeme rosafarbene Hausschuhe.

»Ach, nein!«

August starrte einen Augenblick ihre klatschnassen Füße an, dann brach er in Gelächter aus. »Was hat dir denn so einen Schreck eingejagt?«, fragte er, als er sich wieder gefasst hatte.

»Du hast *auch* gesagt«, erwiderte Isla und wirbelte zu ihrem Bruder herum. Ihre Stimme klang schroffer als beabsichtigt. »Was hast du damit gemeint, ob ihr Geist mich *auch* heimgesucht hat?« Das Wasser durchtränkte im Nu ihre Strümpfe, also setzte sie sich und zog sie verärgert aus.

»Eigentlich ist es töricht«, sagte August, jetzt verlegen. Er hatte mit niemandem außer Daphne darüber gesprochen, was mit dem Traum und dem Vogel geschehen war, und wahrscheinlich hätte er es nicht einmal ihr erzählt, wenn sie nicht da gewesen und den Großteil der Geschichte miterlebt hätte. Allerdings war er unendlich dankbar, dass sie da gewesen *war*, denn ihre Ehe war jetzt so gut wie an dem Tag, an dem sie ihr Eheversprechen abgelegt hatten. »Ich …« Er hielt inne, nahm sich einen Apfel aus der Obstschale und biss hinein. Beim Kauen überlegte er, wie er diese seltsame Geschichte in Worte fassen sollte.

»Mach schon«, drängte Isla.

»Ich hatte diesen – Traum.«

Islas Herz hämmerte gegen ihre Rippen. »Einen Traum?«

»Es wird töricht klingen, aber ich konnte Mutters Stimme hören, die mir von diesem … diesem Vogel erzählt hat. Ich habe gesehen, wie er mit den Flügeln schlug, und als ich aufwachte, hat mir die Sache keine Ruhe gelassen.« Er spürte, dass die Geschichte aus ihm herausströmte wie Tinte aus einem Füller. »Es war, als wäre der Vogel in meinem Kopf, bis er auftauchte. Ich meine, *wirklich* auftauchte.«

»Der Vogel?«, fragte Isla furchtsam.

»Ja. Diese Amsel, bloß dass es überhaupt keine Amsel war! Es war eine weiße Taube, aber Mum und ein Mann, den sie einst geliebt hat, hatten ihn mit Liebesbotschaften übersät. Der Vogel flog früher zwischen ihnen hin und her, wenn sie voneinander getrennt waren, und trug ihnen die Nachrichten zu, die sie ihm auf die Flügel geschrieben hatten.«

Isla starrte ihn nur an.

»Ich weiß, dass es sich verrückt anhört. Aber warte …«

August lief aus dem Zimmer und stürzte nach oben, wo sich sein Koffer befand. Er kramte unter Kleidung und Unterwäsche herum, bis er auf die vertraute Form des Notizbuches stieß. Als er die Küche wieder betrat, befand sich Isla immer noch genau an derselben Stelle mit genau demselben Gesichtsausdruck.

»Wir haben die Liebesbotschaften aufgehoben. Lies. Du wirst dich ihr näher fühlen, wenn du es tust.«

Schweigend griff Isla nach dem Buch, brachte es jedoch nicht über sich, es aufzuschlagen.

»Isla?« Es bereitete August Sorge, wie bleich sie geworden war.

»Ich bin gleich wieder da.« Isla schob sich von dem Küchenstuhl und beschleunigte ihr Tempo auf dem Weg zur Treppe. »Ist Dad wach?«, rief sie über die Schulter.

»Ich glaube, ich habe ihn oben herumgehen gehört. Warum? Isla, was ist denn los?«

Doch Isla war schon auf dem Treppenabsatz und hielt auf die Tür ihres Vaters zu. Hektisch klopfte sie an.

»Dad? Dad! Bist du wach?« Sie lauschte angestrengt auf eine Antwort, doch es regte sich nichts. »Dad!«, rief sie mit lauterer Stimme.

Die Badezimmertür ging auf, und dort stand ihr Vater in seinem gestreiften Schlafanzug mit einer Zahnbürste im Mundwinkel.

»Was ist denn los?«, gurgelte er durch Zahnpastaschaum.

»Ich brauche Mums Adresse. Ihre *alte* Adresse«, stellte Isla klar, als sie sah, wie sich seine buschigen Augenbrauen zusammenzogen.

Auf einmal fühlte er sich schwach. Er hielt sich mit der freien Hand am Türrahmen fest.

»Dad?« Isla eilte auf ihn zu, als er das Gleichgewicht verlor und fiel. Die Zahnbürste landete auf dem Boden und spritzte Zahnpasta quer über das Holz. Isla fing ihn auf, bevor er zu Boden stürzen konnte, und hielt ihn mit all ihrer Kraft aufrecht. »August!«

Jim kam beinahe sofort wieder zu sich, und nachdem sich August und Isla ausgiebig um ihn gekümmert hatten, fühlte er sich sicher genug, um sich anzukleiden. Er gesellte sich unten zu seinen Kindern, wo sie beide saßen und in besorgtem Tonfall tuschelten, allerdings verstummten, als Jim im Türrahmen erschien und in Sichtweite kam.

»Tut euch wegen mir keinen Zwang an«, sagte er. Es war ihm peinlich, dass sie Zeugen seiner Gebrechlichkeit im Alter geworden waren.

»Dad, ich habe eine Frage. Na ja – ich habe viele Fragen«, sagte Isla. Augusts Notizbuch lag aufgeschlagen in ihrem Schoß.

»Worüber?« Jim betrat das Zimmer vorsichtig und gab Acht, dass jeder Schritt sicher und fest war.

»Über Mum und – ihr Leben vor uns«, sagte August und griff nach dem Buch.

Jims nächster Schritt war schwankend, und es bereitete ihm große Mühe, nicht das Gleichgewicht zu verlieren, bevor sein Fuß wieder auf dem Boden aufsetzte. Er holte tief Luft. »Ich verstehe.« Endlich erreichte er den Sessel gegenüber vom Sofa und ließ sich vorsichtig Zentimeter für Zentimeter hineinsinken.

»Ich – habe das hier gefunden«, flunkerte August, weil er seinem Vater die an Unwahrscheinlichkeit grenzende, seltsame Geschichte ersparen wollte. »Es ist ein Notizbuch voller Botschaften. Genauer gesagt *Liebes*botschaften. Von Mum an …«

»Vincent?«, erkundigte sich Jim mit einem matten Lächeln.

»Ja«, hauchte Isla. »Woher weißt du …?«

»Ich bin ihm einmal begegnet. Nur flüchtig. Netter Bursche. Hat eure Mutter innig geliebt.«

»Das sehe ich.« August reichte seinem Vater das Buch.

Jim blätterte durch die Seiten und freute sich, Evies Handschrift zu erblicken. Wenn ihm Wörter auffielen, die nur sie benützte, wie »rumfloppen« und »Dödel«, schmerzte die Lücke in seinem Herzen, die früher Evie gefüllt hatte.

»Du hast dieses Buch nicht einfach – *gefunden*, nicht wahr, August?«, fragte er scharfsinnig.

August schwieg verblüfft.

»Du bist Täubchen begegnet«, fuhr Jim fort, als würden sie ein völlig normales Gespräch führen. Er blickte von den aufgeschlagenen Seiten auf, die Wärme verströmten. Da August vollkommen verwirrt aussah, sprach Jim weiter. »Die Amsel, die keine Amsel ist. Auch Täubchen bin ich nur einmal begegnet, aber Evie hat mir alles von ihm erzählt.«

August ließ sich nicht länger bitten. Er fing an zu erzählen, wie schrecklich die Dinge zwischen Daphne und ihm gestanden hatten, von dem Traum, den er gehabt hatte, und von Täubchen, das aufgetaucht war und alles ins Lot gebracht hatte.

»Es hat sich angefühlt, als würde Mum über mich wachen, und jetzt …« Augusts Blick schweifte zu Isla, die ihren Vater hoffnungsvoll ansah.

»Und jetzt hatte ich einen ähnlichen Traum. Einen Traum, der sich so real angefühlt hat und so vertraut, wie … Es hat sich angefühlt, als habe Mum versucht, mir etwas mitzuteilen.«

Behutsam klappte Jim das Buch zu und legte seine leicht zitternden Hände auf den Umschlag. »Und was glaubst du, hat sie gesagt?« Sein Tonfall hatte sich verändert. Jim klang skeptisch, weniger hilfsbereit, und in Isla stieg Panik hoch.

»Sie hat gesagt, sie hat irgendwo gewohnt, nachdem sie zu Hause ausgezogen war und bevor sie heiratete. Sie hat dort etwas zurückgelassen, das ich finden soll. In dem Traum, den ich hatte, ging es um Glas, das sich in Papier verwandelt hat – und Zeichnungen, die lebendig wurden, und …«

»Ich habe genug gehört.« Jim hob die Hand, und Isla hielt die Luft an. August beugte sich leicht nach links, um Islas Schulter zu berühren und ihr zu verstehen zu geben, dass er auf ihrer Seite war. »Du mischt dich in Dinge, die dich nichts angehen. Das Leben deiner Mutter vor uns war ihre Angelegenheit. Nicht unsere. Respektiere ihre Entscheidung, dir nicht davon zu erzählen, und hör auf, in ihrer Vergangenheit herumzuwühlen. Ich – ertrage es einfach nicht.« Er legte den Kopf in seine offene Hand, um seine Tränen zu verbergen, und winkte seine Kinder mit der anderen fort. Es lag nicht in seiner Absicht, abweisend oder grausam zu sein, doch er fühlte sich zu schwach, um sich aus dem Sessel zu stemmen, und er brauchte einen Augenblick für sich allein.

August nahm seine Schwester am Arm, doch bevor sie die Treppe erreichten, drehte Isla sich zu ihrem Vater um.

»Was auch immer sie geheim halten wollte, Dad, jetzt bittet sie mich, es zu suchen. Ich benötige nur diese Adresse. Das ist alles. Du brauchst damit nichts weiter zu tun zu haben. Bitte – lass es dir einfach durch den Kopf gehen. Ich möchte sie so kennen, wie du sie gekannt hast.«

Jim saß lange sinnierend da und las das Notizbuch, schwelgte in einer Vergangenheit, über die er sehr lange nicht hatte reden dürfen, auch wenn er oft darüber nachgedacht hatte. Sie hatten Vincent nie mehr wiedergesehen, und ob Evie nun an ihn gedacht hatte oder nicht, erwähnt hatte sie es nie. Doch Jim fragte sich an den meisten Tagen, wo Vincent war, und *wie es ihm ging*, ob er eine andere gefunden hatte und ein glückliches Leben führte. Jim hatte stets gehofft, dass dem so war. Nun war Jim jedoch verwirrt. Auf Evies Bitte hin hatte er ihre Vergangenheit unter Verschluss gehalten, aber jetzt schien ihr Geist seine Kinder heimzusuchen und dazu zu überreden, den Schlüssel zu suchen, den er immer noch versteckt hielt.

»O Evie. Was soll ich tun?«, flüsterte er, während er in dem Sessel neben dem Kamin einschlummerte.

»Etwas stimmt nicht«, sagte Evie. Sie lag nun schon eine Weile auf dem Rücken auf dem Kellerboden, sich nur aufsetzend, wenn sie von ihrem Tee trank. »Ich spüre noch nichts.« Sie hatte sich auf die Enge und das Vibrieren in ihrer Brust gefasst gemacht, die letztlich dazu führen würden, dass sie sich leichter fühlte. Doch seit ihrer Rückkehr in das Haus war beträchtliche Zeit verstrichen, und … nichts.

»Geduld, Evie. Manchmal brauchen die Lebenden ein bisschen, um die Botschaft zu erhalten«, sagte Liefde.

»Nein … Es ist mehr als das. Es ist …« Evie wusste, dass nicht ihre Tochter die Dinge aufhielt. Isla mochte einen Anwaltskopf auf den Schultern haben, aber das Mädchen besaß eine gewisse Magie, die sich ganz gewiss darauf stürzen würde, was Evie ihr eingeflüstert hatte. Isla hätte es zu Ende führen wollen, selbst wenn sie nichts fand. Nein, an Isla lag es nicht. Aber wenn nicht an ihr, an wem dann?

»Es ist Jim.« Seufzend trank Evie einen großen Schluck Tee.

»Was ist mit ihm?«, erkundigte sich Liefde und trank selbst einen kleineren Schluck.

»Jim ist ein Summer. Er mag anders als seine Eltern gewesen sein, er hatte Fantasie, aber es war eben immer *nur* Einbildung. Es konnte und würde niemals real sein. Er ist der Einzige, der meine alte Adresse hat.«

»Und …?« Liefde kam nicht mit.

»Ich habe ihm das Versprechen abgenommen, er würde meine Vergangenheit und alles darin geheim halten. Er gibt meine Adresse nicht preis, weil er glaubt, ich hätte es so gewollt. O Jim.« Evie war gerührt, weil er ihre Geheimnisse so gut bewahrte, doch sie musste ihm zu verstehen geben, dass sie seine Hilfe jetzt auf andere Weise benötigte.

Komm schon, Isla, wünschte sie sich von ganzem Herzen. *Überzeuge ihn.*

Isla fand ihren Vater schlafend im Sessel vor. Sie entfachte das Feuer, damit ihm nicht kalt wurde, während sich der Nachmittag dem Abend zuneigte, und sich die Luft in dem geräumigen Haus abkühlte. Sie ließ sich gegenüber nieder und beobachtete ihn beim Schlafen. Selbst unbewusst schaffte er es, besorgt auszusehen, und Isla fragte sich, ob ihre Mutter auch ihn in seinen Träumen heimsuchte. Er musste Islas Anwesenheit gespürt haben, denn er fing an, sich zu regen, und nach einer Weile flatterten seine Augen auf.

»Isla«, sagte er mit trockenem Mund.

»Dad.« Sie lächelte ihn an. »Hör mal, was ich vorhin gesagt habe …«

Jim stemmte sich in dem Sessel hoch, während seine knarrenden Gelenke protestierten. »Isla.« In seiner Stimme schwang leise ein warnender Tonfall mit.

»Ich weiß, dass Mum dich gebeten haben muss, die Sache geheim zu halten, ansonsten würdest du dich nicht so sehr zur Wehr setzen. Aber wenn du mir die Adresse gibst, wird das, was ich aufdecke, in der Familie bleiben. Ich werde noch nicht einmal August etwas verraten, wenn du es nicht willst. Ich werde so tun, als hätte ich nichts gefunden, falls ich überhaupt etwas finden sollte. Aber ich habe einfach dieses – dieses Gefühl. Es gibt da etwas, wonach ich suchen soll, das weiß ich einfach.«

Jim spürte, wie er allmählich einlenkte. Alles, was er in seinem Kopf weggesperrt hatte, stemmte sich gegen den Käfig und verbog die Stäbe jedes Mal ein kleines Stückchen weiter.

»Mum hat mir an der alten Adresse etwas zurückgelassen, das ich haben soll.«

Mehr brauchte sie nicht zu sagen. Die Erinnerung an den Karton voller Glas strömte durch das Schlüsselloch in Jims Kopf, endlich befreit.

»Ich weiß nicht, warum ich das hier tue«, sagte er.

»Was denn?«, fragte Isla, eine schmale Augenbraue hochgezogen.

Jim schloss die Augen und ließ die Erinnerung in seine Brust sickern, wo der Ruf seines Herzens ertönte. Das Schweigen ihres Vaters machte Isla nervös, doch in der nächsten Minute ertönte draußen Flügelgeflatter.

»Folge dieser vermaledeiten Taube und finde heraus, was du willst.« Er lächelte niedergeschlagen.

Isla drehte sich zum Fenster. Auf dem Fensterbrett saß ein schneeweißer Vogel, und sie hätte schwören können, dass er lächelte.

»Frag mich nicht, wie. Ich bin nie dahintergekommen, aber deine Mutter hatte ein Wort dafür.«

»Und wie hat das gelautet?«, fragte Isla.

»Magie.«

10

Apartment 72

Das Haus war längst nicht mehr bewohnt. Die Fassade war von Grünzeug bedeckt, das so sehr gewuchert hatte, dass das Blattwerk an jedem Balkon mit dem des nächsten verschlungen war. Fenster waren zerbrochen, und statt frischer, glatter Farbe waren da jetzt trübe, abgeblätterte Späne, die mit Moos gesprenkelt waren. Doch obwohl das Gebäude verwahrlost und baufällig war, fand Isla, dass es Charakter besaß. Als würde man sich ein Foto eines alten Menschen aus dessen Jugend ansehen. Man konnte eben diese Jugend immer noch in den Augen erkennen, selbst wenn der Körper im Laufe der Jahre an Vitalität eingebüßt hatte. Sie fragte sich, ob sie sich beim Betreten des Gebäudes in Gefahr begeben oder ob sie überhaupt einen Weg hinein finden würde. Eine Glastür am Eingang war zerborsten, und sie überlegte, ob im Innern vielleicht Hausbesetzer lebten. Sie hoffte, dass das hier nicht der schlechteste Einfall war, den sie je gehabt hatte, aber sie wusste, dass sie es zumindest versuchen musste.

Als sie durch das zerbrochene Glas stieg, war sie froh, dass sie vor ihrem Aufbruch daran gedacht hatte, ihre Pumps gegen Turnschuhe auszutauschen. Die Eingangshalle lag im Dunkeln, und sie konnte die schimmelige

Feuchte riechen, die unaufhaltsam an den Wänden emporkroch. Das Einzige, was so weit heil geblieben war, war der Beleuchtungskörper in der Mitte der Eingangshalle. Es war ein überaus bescheidener Kronleuchter – wenn man ihn überhaupt als solchen bezeichnen konnte –, aber dennoch glänzte er durch seine Staubschicht hindurch und war noch nicht verwüstet worden wie der Großteil des Mobiliars. Im Staub waren Spuren, wo einst Stühle gestanden hatten, die Tapete war über und über mit Graffiti bedeckt, und in die Holzoberflächen waren verschiedene unanständige Wörter geritzt. Der Aufzug war offensichtlich außer Betrieb, und selbst wenn er völlig funktionstüchtig gewesen wäre, wäre Isla das Risiko nicht eingegangen. Sie sah zur Treppe. Der Teppich war von Mäusen zernagt worden, aber die Stufen selbst wirkten recht stabil.

»Siebter Stock, hallo hier komm ich.«

Das Gebäude hatte nichts Ungewöhnliches an sich und nichts, das Isla Angst einflößte, doch es herrschte eine Atmosphäre, die sie einfach nicht erklären konnte. Sie hatte das Gefühl, als wäre das Haus früh gestorben, dass ihm das Leben und die Freude genommen worden waren, bevor es Gelegenheit gehabt hatte, wirklich etwas aus sich zu machen. Sie hörte beinahe Musik und Gelächter hinter den Apartmenttüren, und malte sich Menschen aus, die sich über die Geländer beugten, um einander etwas zuzurufen, und die Vorstellung, dass es sich hier um eine Gemeinschaft gehandelt hatte, wo jeder jeden gemocht und einander auf eine Tasse Tee eingeladen hatte, wärmte ihre Seele. Sie hoffte, dass es wirklich so gewesen war, als ihre Mutter hier gewohnt hatte. Doch beim jetzigen Anblick des Hauses mit seinen zerbrochenen Fenstern und verwüsteten Wänden haftete der Vorstellung, dass es einst so geliebt worden war, Traurigkeit an.

Als Isla den siebten Stock erreichte, musste sie sich auf die oberste Stufe setzen, um wieder zu Atem zu kommen. Wenn sie es sich recht überlegte, hätte sie den Aufzug doch genommen, wenn er funktionieren würde. Eine Minute später sprang sie jedoch auf. Sie war immer noch kurzatmig, und ihre Oberschenkel schmerzten, weil sie sich schon seit Jahren nicht mehr derart sportlich betätigt hatte, aber sie war jetzt so dicht dran, und es ließ ihr keine Ruhe zu wissen, dass sie sich nur wenige Schritte von dem Ort befand, an dem einst ihre Mutter gelebt hatte.

Sie ging leise am Aufzug vorbei. Die verrostete goldene Tür war mit *CB liebt PF* in gelben Graffitibuchstaben besprüht, eingerahmt von einem schiefen Herz. Der Flur sah wie viele der übrigen aus, an denen sie vorbeigekommen war, aber trotzdem war hier etwas ganz anders. Je näher sie dem Apartment ihrer Mutter kam, desto lauter vernahm sie das warme Klirren, das sie in ihrem Traum gehört hatte. Kurz darauf stand sie vor der schmutzigen Holztür mit der Nummer 72, die sie durch eine Staubschicht anblitzte.

In Islas Magen machte sich ein nervöses Gefühl breit, als sie merkte, dass die Tür geschlossen war. *Natürlich ist sie das*, dachte sie. *Wie dumm von mir zu glauben, ich könnte einfach so hineinspazieren!* Auf gut Glück drehte sie heftig am Türknauf und versetzte der Tür gleichzeitig einen Ruck mit der linken Schulter. Sehr zu ihrer Überraschung und Freude öffnete sich die Tür inmitten einer Staubwolke knarrend einen Spalt. Isla wich zurück und wartete vor dem Eintreten ab, bis sich der Staub wieder gelegt hatte.

Das Apartment war völlig leer. Keine Möbel, keine Vorhänge, nichts. Isla wusste nicht recht, warum sie erwartet hatte, die Sachen ihrer Mutter darin vorzufinden. In ihrer Vorstellung war es voller Charakter gewesen, hier und da etwas Grün, Burgunderrot und Orange, Schränke voller Teebeutel und Bonbons und Sirupduft. Ihre Mutter hatte immer nach Sirup gerochen. Isla schloss die Augen und versuchte, sich die junge Evie vorzustellen, die sie nur von Bildern her kannte, wie sie in diesen Zimmern herumeilte. Genau ausmachen ließ es sich nicht, aber etwas in den Wänden und der Atmosphäre schrie geradezu nach Evie Snow. Es war klar, dass ihre Mutter hierher gepasst hatte.

Während Isla so mitten in dem leeren Apartment stand, wurde ihr auf einmal klar, dass sie keine Ahnung hatte, wonach sie suchte, oder ob es überhaupt etwas zu finden gab. Ein vertrautes Flattern ertönte, als Täubchen auf den Balkon flog und sich auf die Brüstung setzte. Isla zog an einem der Türflügel, der sich wacker zur Wehr setzte, doch schließlich gaben die Angeln nach, und die Tür ging auf. Bevor Isla ins Freie treten konnte, hüpfte Täubchen herein.

»Nein!« Isla befiel Panik, dass sie nun stundenlang versuchen würde, den Vogel aus dem Apartment zu locken. Sie würde ihn nicht einsperren und ihn jemand anderes überlassen können, weil sie sich nicht sicher war, ob es überhaupt noch jemanden gab, der für das Gebäude zuständig war. August hatte den Vogel so lieb gewonnen, dass er ihr niemals verzeihen würde, wenn sie zuließ, dass der Taube etwas zustieß.

Allerdings war Täubchen nicht panisch. Der Vogel war ruhig und gelassen, während er auf dem Boden hin und her ging, vor und zurück, bis er sich schließlich für ein Dielenbrett entschied, auf das er dreimal mit dem Schnabel klopfte. Verwirrt legte Isla den Kopf schräg. Täubchen pickte erneut dreimal, diesmal heftiger. Isla kniete sich neben den Vogel, der von dem Brett hüpfte, und mit rasendem Herzen hebelte sie die Diele ganz einfach mit den Fingernägeln hoch. Darunter befand sich ein dunkles Loch, viel tiefer, als sie gedacht hatte. Ganz untypisch für sie schossen ihr Gedanken durch den Kopf, wie sie hineingriff, und Ungeheuer ihre Handgelenke packten und sie auf Nimmerwiedersehen in die Tiefe zogen. Sie schüttelte den Kopf. Da durchzuckte sie ein noch viel schlimmerer Gedanke: *Und wenn sie hineingriff und überhaupt nichts vorfand?* Es sah Isla ähnlicher, Angst vor der Wirklichkeit zu haben, als vor dem Unbekannten.

Sie sah den Vogel an, der ganz am Rand hockte und den Hals reckte, um in das Loch zu spähen. »Also los«, flüsterte sie und tauchte die rechte Hand in die Dunkelheit.

Sie war fast bis zur Schulter in dem Loch, bevor ihre Fingerspitzen an etwas Festes tippten. Das unvermittelte Gefühl ließ sie zusammenzucken, und sie zog den Arm instinktiv zurück. Dann lachte sie über sich und ihre Torheit, rollte die Ärmel ihres Pullis hoch und griff mit beiden Armen in das Loch, packte was sie ertastet hatte und brachte es ans Licht. Ihren Blicken bot sich ein ganz gewöhnlicher brauner Schuhkarton. Er war nicht zugeklebt worden und wies eine zwei Zentimeter hohe Staubschicht auf, doch erstaunlicherweise hatten ihn weder Mäuse noch Termiten zerfressen. Isla pustete auf den Deckel, als würde sie Geburtstagskerzen ausblasen, und Täubchen hielt die Flügel über den Kopf, während der Staub aufstob.

»Oh, tut mir leid!«, sagte Isla und wedelte mit der Hand

durch die Luft um die Taube. Täubchen gurrte zum Zeichen, dass es ihre Entschuldigung annahm, und plusterte das Gefieder auf.

Isla schüttelte den Karton ein wenig, und vernahm erneut dieses Klirren. Da wurde sie von Neugier gepackt. Sie konnte nicht länger abwarten. Mit den Daumen öffnete sie den Deckel, und sofort wurde ihr Gesicht von Hunderten Glasscherben erleuchtet, die das Licht von den Fenstern auffingen und überall Regenbogen warfen. Sie lachte, verstummte aber wieder, als sich ein Gefühlsklumpen in ihrem Hals bildete.

»Es ist wie in meinem Traum«, brachte sie hervor, auch wenn sie noch immer nicht so recht wusste, was sie da betrachtete. Es war bloß ein Karton mit zerbrochenem Glas. Da waren kein Papier und keine Zeichnungen, und nichts bewies, dass dieser Karton früher einmal ihrer Mutter gehört hatte. Soviel sie wusste, konnte es sich einfach um ein Trinkglas handeln, das jemand früher einmal zerbrochen hatte. Doch warum wäre es dann überhaupt aufgehoben worden, geschweige denn unter einem lockeren Dielenbrett vor der Welt verborgen? In ihrem Kopf summten so viele Fragen, und dennoch empfand sie Erleichterung, dass sie *etwas* gefunden hatte, auch wenn sie sich nicht ganz sicher war, worum es sich bei diesem Etwas handelte.

Isla schloss den Deckel, und das Licht verschwand wieder aus dem Zimmer, dann verließ sie Apartment 72, dicht gefolgt von Täubchen.

11

Die größte Künstlerin, die je gelebt hat

Isla weigerte sich, August den Karton und seinen Inhalt zu zeigen, bis sie hinter des Rätsels Lösung gekommen war. Sie kippte die Scherben behutsam auf eine Decke auf ihrem Schlafzimmerboden und versuchte in ihren Gartenhandschuhen, das Glas zusammenzusetzen, aber es waren einfach zu viele Scherben. Zum Teil waren es gar keine Scherben, sondern eher zermahlener Glasstaub, der zu nichts zu gebrauchen war. Manche Scherben passten perfekt zusammen, und Isla triumphierte lauthals, sodass August, Jim und Eddie irgendwo im Haus zusammenfuhren und sich fragten, was in aller Welt sie trieb. Doch die meisten Scherben waren so zerbrochen und hatten derart gezackte Ränder, dass sich nicht erraten ließ, wohin sie passten.

Nach stundenlanger Plackerei und ein paar Schnitten trotz der Handschuhe, gab Isla den Versuch auf, die kristallklare Glasscheibe zu erschaffen, die immer noch vor ihrem geistigen Auge schimmerte. Vorsichtig schüttete sie das Glas von der Decke in den Karton, schloss ihn dann widerwillig und schob ihn außer Sicht unters Bett. Sie zog die Beine an die Brust, schlang die Arme fest um die Knie und kämpfte gegen Tränen der Niederlage an.

Nein, dachte sie. *Ich gebe nicht auf. Mum hatte einen Grund, weshalb ich diesen Karton finden sollte, und wenn ich diese unmögliche Glasscheibe nicht hinbekomme, werde ich eben etwas anderes daraus machen müssen.*

Mit frischer Entschlossenheit zog sie den Karton wieder hervor und ging dann zum Schreibtisch. Rasch räumte sie ihren nutzlosen Plunder von früher beiseite und durchsuchte Schränke und Schubladen auf der Suche nach ihrer alten grünen Schachtel mit Werkzeug und Bastelmaterial. Endlich standen zwei Schuhkartons auf dem Tisch: die fünfundfünfzig Jahre alte braune Schachtel aus Apartment 72 und eine sechsunddreißig Jahre alte grüne Schachtel, in dem sich einst ein Paar Schulschuhe befunden hatte, die Isla mit elf Jahren getragen hatte. Isla öffnete ihren eigenen Karton. Darin befanden sich Bänder, Schnur, Glitzer, Pailletten und Knöpfe, und dort ganz unten, ordentlich gefaltet, eine Zeichnung von Horace, die Weste sauber zugeknöpft und das Monokel am richtigen Platz. Isla wartete darauf, dass er die Ohren spitzte, aber das tat er nicht. Sie legte das Papier flach auf den Tisch, strich die Falten glatt und lehnte es dann an die Wand, sodass Horace ihr bei der Arbeit zusehen konnte.

Isla trennte die Glasscherben, die zu nichts nütze waren, von denjenigen, die groß genug waren, um etwas damit anzufangen. Sie schmirgelte die Kanten jeder Scherbe ab, damit sich niemand daran verletzen konnte. Dann bohrte sie ein Loch in die Spitze jeder Scherbe, wobei sie sich Mühe gab, sie nicht in noch kleinere Stücke zu zertrümmern. Anschließend fädelte sie eine Schnur durch jedes Loch und machte einen festen Knoten. Sie angelte einen alten runden Stickrahmen aus ihrem Karton und band das andere Ende eines jeden Schnurstücks daran fest. Die ganze Zeit über beobachtete Horace sie, und Isla blickte oft auf und fragte sich, ob er sich auf dem Blatt Papier bewegt hatte, während sie nicht hingesehen hatte.

Endlich, als sich der Mond schon beinahe verabschiedete, nahm sie ein Stück Band heraus und knotete es mit beiden Enden so an den Holzring, dass man ihn aufhängen konnte. Sie hielt ihn hoch, um ihre harte Arbeit zu betrachten, und die Glasscherben schaukelten glücklich, und Isla war ebenfalls glücklich. So glücklich, dass sie ihn an den Griff ihres Schlafzimmerfensters hängte, damit jede Scherbe am Morgen das Licht einfangen konnte.

Auf einmal fühlte sie sich erschöpft und ließ die Müdigkeit die Oberhand gewinnen. Sie hatte nicht gemerkt, wie angestrengt und wie lange sie sich mit dem Glas beschäftigt hatte. Ihre Hände schmerzten von dem Hantieren mit den scharfen Scherben und dem Abschmirgeln, und ihr Nacken tat weh, weil sie sich ständig über das Glas gebeugt hatte. Zum zweiten Mal in der Woche schlief sie angekleidet ein.

Am folgenden Morgen flutete die Sonne tatsächlich durchs Fenster in Islas Zimmer und strahlte das Fensterbild an, das sie gebastelt hatte. Doch sie sah keine Lichtmuster, die um die Wände tanzten. Was sie sah, ließ sie wie ein Kind die Augen reiben.

»August!«, rief sie. »Komm schnell!«

Wie aus der Pistole geschossen hörte August ihr Rufen in der Küche und stürzte die Treppe hoch, zwei Stufen auf einmal nehmend, weil er glaubte, seine Schwester schwebe in Gefahr. Doch als er durch ihre Schlafzimmertür eilte, empfing ihn kein Ärger, sondern eine Zeichnung von

Horace, der lebendig war und an den Wänden entlanglief. Eine Gans watschelte über die Zimmerdecke, klapperte mit dem Schnabel und schlug mit den Flügeln. Ein glückliches Pärchen tanzte unbeholfen Walzer. Ein kleiner Junge warf seine Mütze in die Luft und schoss dann mit seinen Pistolen danach. Nachdem die Zeichnungen über fünfundfünfzig Jahre in einem Schuhkarton eingesperrt gewesen waren, hatten sie sich einen Weg durch das Glas in das Zimmer gebahnt und feierten ihre endlich gewonnene Freiheit.

Evies Kinder standen völlig sprachlos da, und Tränen rannen ihre Wangen hinab.

»Mum war Künstlerin«, schluchzte Isla.

»Das war sie«, erklang eine Stimme an der Tür. Während Jim hinsah, bemerkte das Walzer tanzende Pärchen ihn und winkte, woraufhin er einen imaginären Hut zog und lächelte.

»Warum hat sie es mir nie erzählt?«, fragte Isla, zwei Finger an der Wand entlangfahrend, damit Horace sie fing.

»Es gab vieles, was sie nie jemandem erzählt hat, Dinge, die alle miteinander in Zusammenhang standen. Wenn sie dir eines erzählt hätte, hätte sie dir alles erzählen müssen, und das – konnte sie einfach nicht. Als du nicht nur ein Interesse, sondern ein Talent für Kunst an den Tag gelegt hast, hatte sie deshalb große Angst, ihre eigene Leidenschaft mit dir zu teilen, für den Fall, dass du Fragen gestellt hättest. Sie hat es gehasst, Dinge vor dir zu verbergen, aber anscheinend hat sie jetzt das Gefühl, dass du Bescheid wissen musst.« Jim blickte nach oben, wie um zu Evie zu deuten, wo auch immer sie war.

Isla trat zu der Zeichnung von Horace, die sie am vorigen Abend in ihrem eigenen Schuhkarton gefunden hatte. Sie spürte, wie die Elfjährige in ihr an die Oberfläche kam, als sie fragte: »Dann fand sie meine Zeichnungen also nicht schrecklich?«

»Oh, Isla. Hast du das geglaubt?« August ging zu seiner Schwester und legte den Arm um ihre Schultern, während sie unter Tränen nickte.

»Isla«, sagte Jim, »sie hat sich selbst in deinen Zeichnungen gesehen. In der Hinsicht bist du sehr nach ihr geraten.«

»Das ist gut zu wissen. Denn in meinen Augen«, Isla schniefte und lächelte, sah zu dem Horace auf, der sie aus der gegenüberliegenden Zimmerecke beobachtete, »war sie die größte Künstlerin, die je gelebt hat.«

Evie hatte auf dem Kellerboden gelegen, und es hatte sich angefühlt, als wären Jahre verstrichen. Die Reisen durch die Wand hatten ihren Tribut gefordert. Es war ihr unerklärlich, warum sie sich derart erschöpft fühlte, obwohl sie gar nicht mehr am Leben war, doch sie war zu ausgelaugt, um nachzufragen. Sie lag einfach da und ließ sich vom Summen der Wand trösten und wärmen, bis sie, als sie schon fast die Hoffnung aufgegeben hatte, erneut dieses Gefühl verspürte. Es fing in der Nase an, als müsste sie gleich niesen, und breitete sich ihre Kehle hinunter aus und durch die Brust. Sie rührte sich nicht von der Stelle, an der sie lag, doch Liefde spürte die Veränderung.

»Evie, passiert es?«, fragte er, und sie nickte fieberhaft, die Augen fest zugekniffen. Etwas in ihrer Brust fing zu rasseln und dröhnen an, zehnmal heftiger als zuvor, und es kostete sie alle Kraft, am Boden zu bleiben. Sie dachte, es würde nie aufhören, und wollte schon um Hilfe rufen, als das Gefühl auf einmal verschwand und nur ein Kribbeln am ganzen Körper hinterließ.

»Und …?«, erkundigte sich Liefde, der sich fragte, ob sie noch bei Bewusstsein war.

Evie wischte den Schweiß von der Stirn. »Wenn das hier mit jeder Reise durch die Wand immer schlimmer wird«, sagte sie, »dann habe ich Angst davor, was als Nächstes kommt.«

12

Die letzte Reise

Evie setzte sich hin und erzählte Liefde alles über ihre Kinder. Liefde hatte die Welt verlassen, bevor August und Isla geboren wurden, und sie wünschte sich von ganzem Herzen, sie hätten die Gelegenheit gehabt, sich zu begegnen.

»Isla ist stur und sehr gescheit«, sagte sie liebevoll.

»Eine tödliche Kombination«, lachte Liefde.

»Davon kann ihr Bruder ein Lied singen! Der gute August hatte in der Jugend immer eine Heidenangst vor ihr. August ist kreativ. So was hat man noch nie gesehen. Wie sich seine Finger über ein Klavier bewegen, und die Melodien, die er einfach aus der Luft pflückt … er ist unglaublich.« Evies Blick wurde glasig, aber ihre Gedanken galten jetzt nicht ihrem Sohn. Jemand anderer war ihr in den Sinn gekommen. Ein genialer Musiker, den sie früher einmal gekannt hatte, der stolz auf den Sohn gewesen wäre, den sie gehabt hatte, und auf den Mann, zu dem dieser herangewachsen war.

»Evie«, holte Liefde Evie sanft aus ihrer Trance heraus.

»Ja?«

»Ist es an der Zeit, die Süßigkeiten zu holen?« Er lächelte.

»Ja, Liefde«, sagte sie. »Es ist an der Zeit, die Süßigkeiten zu holen.«

Evie war zwar nervös gewesen, als es darum ging, ihren Sohn und ihre Tochter zu besuchen, doch ihrer nächsten Reise durch die Wand stand sie völlig hilflos gegenüber.

»Ist Vincent noch – du weißt schon?« Liefde riss sie aus ihren Gedanken.

»Was?«, fragte Evie verwirrt.

»Am Leben?«, flüsterte Liefde.

Evie zog ihren grünen Mantel an. Völlig verstört ließ sie die Hände an den Seiten sinken. »Ich habe nicht die leiseste Ahnung. Daran habe ich gar nicht gedacht. Wieso ist mir das nicht in den Sinn gekommen?«

»Vielleicht hast du bloß das Beste gehofft. Wenn er sich irgendwo in *dieser* Welt befindet, wird die Wand nichts ausrichten. Ich habe es schon erlebt. Es gibt allerdings Wege, ihn auch hier zu finden, keine Sorge.«

Der Gedanke, dass Vincent vielleicht vor ihr ohne ihr Wissen verstorben, dass er viel näher sein könnte, als sie ursprünglich gedacht hatte … Evie machte so gut wie jedes Gefühl durch, bis sie sich schließlich für Übelkeit entschied.

»Ich hoffe, er ist glücklich, wo immer er auch sein mag«, sagte sie.

»Ich auch.« Liefde lächelte wohlwollend. Obwohl er Vincent nicht richtig gekannt hatte, so wie er Evie kannte, wusste er doch, dass Vincent ein lieber Mensch gewesen war. Liefde hatte gesehen, wie glücklich es Evie gemacht hatte, als Vincent in ihr Leben spaziert war. Man hatte sie schon zwei Stockwerke vorher summen gehört, bevor sie aus dem Aufzug trat, und ihre Umarmungen waren herzlicher denn je gewesen.

Liefde musste Vincent nicht besser kennen, um zu wissen, dass er ein guter Mensch war, denn er kannte Evie.

Evie nahm eine Handvoll Bonbons aus der Verlustsachenkiste und stopfte sich die Taschen voll.

»Ich denke, eines sollte reichen«, sagte Liefde mit Blick auf das glänzende Bonbonpapier, das aus ihrem Mantel quoll.

»Ich auch. Die Übrigen sind für mich«, antwortete sie lächelnd. Sie holte eines heraus und legte es auf die Handfläche. »Es ist so klein. So leicht.« Sie hielt es ins trübe Licht empor. »Eine Handvoll von diesen brachte mich dem einzigen Mann näher, den ich je geliebt habe. Sie waren von allem der Anfang«, sagte sie und staunte über die gewaltige Bedeutung, die etwas derart Kleinem innewohnen konnte.

»Manch einer würde sagen, sie sind schuld an allem!«, gab Liefde zu bedenken. »Es gibt Leute, die für immer die Finger von Bonbons lassen würden, wenn sie durchgemacht hätten, was du durchgemacht hast.«

Liefde schob den Schreibtischstuhl in die Zimmermitte, um sich das bevorstehende Spektakel ansehen zu können.

»Ja, es war schrecklich, und ja, ich habe mein ganzes Leben damit zugebracht, es zu verheimlichen.« Evie packte das Bonbon aus und schob es sich in den Mund. »Aber das bedeutet nicht, dass ich auch nur einen Moment daran ändern würde. Um nichts in der Welt.«

»Warum nicht?«, fragte Liefde, der sich mit einem Stöhnen auf dem Schreibtischstuhl niederließ.

Evie lächelte, da sie sich an eine ähnliche Unterhaltung

vor vielen Jahren erinnerte. Sie schob das Bonbon in die Wange und setzte zu einer Erklärung an. »Denn wenn nichts davon passiert wäre, hätte ich mich vielleicht zu einem ganz anderen Menschen entwickelt. Wenn ich immer alles im Leben gehabt hätte, was ich wollte, wäre ich vielleicht zu einer verwöhnten Göre geworden. Wenn ich mir nie die Mühe gemacht hätte, den Traum vom Künstlerdasein zu verfolgen, wenn ich meiner Mutter nie die Stirn geboten hätte, hätte ich vielleicht nie erfahren, wie es sich wirklich anfühlt, in jemanden verliebt zu sein, denn dann wäre ich niemals Vincent begegnet. Ja, dieser Traum ging letztlich in die Brüche, aber ich habe so viel gelernt. Hauptsächlich Kleinigkeiten, aber um ein Feuer zu entfachen, bedarf es nur eines Funkens. All die Kleinigkeiten zusammengenommen haben mich zu der gemacht, die ich bin. Wenn nichts davon passiert wäre, hätte ich ein viel schlimmeres Leben haben können, als es der Fall war. Deshalb würde ich, trotz des Herzeleids, des Scheiterns und der Geheimnisse, nichts ändern, wenn man mir die Chance geben würde, in die Vergangenheit zu reisen. Noch nicht einmal eine Sekunde.«

Liefde sah sie an. Als sie noch am Leben gewesen war, war sie eine einzigartige Frau gewesen, die all dieses Feuer in sich getragen hatte, ohne dass es irgendwohin hätte entweichen können. Sie hatte Grenzen ausgelotet und gegen Menschen angekämpft, von denen sie ein Nein zu hören bekam – doch vergeblich. Für die meisten hätte das das Ende bedeutet. Sie hätten aufgegeben und wären umgekehrt. Manche wären vielleicht sogar verbittert, weil sie das Gefühl hätten, das Universum stehe in ihrer Schuld, und hätten anderen den Erfolg missgönnt, doch nicht

Evie. Sie hatte das Gefecht verloren, doch ihr Krieg war gewonnen, als sie zu der Mutter geworden war, die ihre Kinder brauchten. Als sie ihnen gestattete, zu den Menschen zu werden, die sie sein wollten. Und vor allem, als sie ihr Los akzeptierte und das Allerbeste daraus machte. Ein Teil von Liefde wünschte sich, er könnte in die Vergangenheit reisen und sie für Evie ändern, damit sie alles hätte werden können, was sie sich jemals erträumt hatte. Doch gleichzeitig war er sehr froh, dass die Ereignisse die Frau hervorgebracht hatten, die nun vor ihm stand, denn er fand sie einfach wunderbar.

»Bist du bereit hierfür?« Er verschränkte die Finger und lehnte sich auf dem Stuhl zurück.

»So bereit, wie ich jemals sein werde, was nicht allzu bereit ist, aber es wird schon reichen.«

Evie nahm das orangefarbene Bonbon aus dem Mund. Es war warm und klebrig, und bevor es trocknen konnte, klebte sie es mit festem Druck mitten an die Wand. Das Summen hörte augenblicklich auf. Sie rechnete damit, dass das Bonbon verschwinden, oder sich die Wand in etwas verwandeln würde, das ihre lange verloren geglaubte Liebe repräsentierte, doch die einfache vergilbte Oberfläche mit den Tapetenfetzen am Rand veränderte sich nicht. *Bitte sei am Leben*, sang sie immer wieder in Gedanken.

»Habe ich sie kaputt gemacht?«, fragte sie und ließ die Wand für alle Fälle nicht aus den Augen.

»Ich bin mir nicht sicher.« Liefde setzte sich auf. »Gewöhnlich dauert es nur zwei Sekunden, bevor sie …«

»Psch!«, brachte Evie ihn auf einmal zum Schweigen. »Hören Sie das?« Sie drückte das Ohr an die Wand, behutsam, um das Bonbon nicht zu lösen. Das Geräusch war schwach, aber unverkennbar da. »Er spielt gerade. Wo auch immer er ist, spielt er gerade.«

Evie spürte eine Woge der Erleichterung. Er war doch noch am Leben, und bestimmt ging es ihm gut, wenn er Geige spielte. Allmählich wurden die Klänge lauter, und sie fragte sich, wie sie so lange ohne seine Musik hatte leben können. Die Töne ließen jeden Knochen in ihrem Leib erklingen und jedes Nervenende kribbeln. Es gab ihr das Gefühl, wieder lebendig zu sein.

»Er ist gut.« Liefde lächelte.

»Er ist außergewöhnlich.«

Evie legte eine Handfläche an die Wand, doch etwas dahinter schepperte, und sie zog hastig die Hand zurück, als das orangefarbene Bonbon in der Mitte zerbrach. Sie ging in die Hocke, um das kaputte Bonbon zu inspizieren, doch als sie es tat, folgte die Wand seinem Beispiel und bekam ebenfalls einen Sprung in der Mitte, sodass sich auf beiden Seiten jeweils eine Hälfte des Bonbons befand, wie winzige Griffe an einer sehr großen Tür.

»Tritt zurück, Evie«, sagte Liefde, da er die temperamentvolle Ader der Wand kannte. Er hatte sie schon vieles machen sehen, und jedes Mal waren es ungewöhnliche und unerwartete Dinge gewesen.

Evie hörte auf seinen Rat und zog sich in den hinteren Teil des Raumes zurück, während sie beobachtete, wie die Seiten der Wand auseinanderglitten und eine dunkle Lücke freigaben, ungefähr so groß wie …

»Eine Rolltreppe. Das ist das Geräusch einer Rolltreppe!«, rief sie. »Hören Sie es?« Während ihres Jahres als Pendlerin war Evie der Klang der dahingleitenden Metallstufen vertraut gewesen, und sie wusste, dass es das war, was jetzt ertönte.

Liefde schnupperte die Brise ein, die ins Zimmer strömte. »Kannst du die Burger riechen?«, fragte er, und Evie lachte.

»Ja!« Sie schloss die Augen und erinnerte sich an den Abend im Bahnhof, und wie perfekt und unkompliziert er gewesen war. Als sie die Augen wieder aufschlug, sah sie etwas, das sich durch die Dunkelheit schob, immer näher, bis die Rolltreppe, die sie gehört hatte, in Sicht kam. Die sich bewegenden Handläufe passten perfekt in die Lücke in der Wand, und da, auf den untersten Stufen, mit schrecklich zerknitterten Seiten, lag ihr Buch. Evie lief los, um es aufzuheben. Es war genau die Ausgabe des Buches, die sie an dem Abend gelesen hatte, als sie Vincent zum ersten Mal gehört hatte.

»Ich glaube, er wartet auf dich«, sagte Liefde.

»Ich habe auf ihn gewartet«, erwiderte Evie, als sie auf die Treppe trat, die sie nach oben trug, hin zu den Klängen von Vincents Geigenspiel.

DAS DRITTE GEHEIMNIS

DER GUTE BAUM

24. DEZEMBER

Die Hochzeit

Die Hochzeitsplanung war außergewöhnlich leicht gewesen, da Jim und Evie sie ihren Müttern überließen. Schließlich war die Hochzeit eigentlich nicht für das Paar. Das Schlimmste war vorüber, und was auch immer ihr Hochzeitstag für sie bereithielt, sie würden ihm gemeinsam entgegentreten, Hand in Hand.

Evies Herz war ihr seit dem Tag, an dem sie Vincent verlassen hatte, schwer in der Brust gewesen, und jeder Tag ohne ihn war ein weiterer Tag, an dem ihr Herz diese Last zu tragen hatte. Anfangs hatte es erträglich gewirkt, doch sie hatte nicht damit gerechnet, dass ihre Liebe immer weiter wachsen würde, ohne irgendwohin zu können, sodass ihr Herz im Laufe der Zeit nur immer schwerer wurde. Nun, am Toilettentisch im Haus der Summers, während sie ihr Make-up vor dem Spiegel richtete, durchzuckte sie die Vorstellung von Vincent, der statt Jim am Altar auf sie wartete, und ließ ihr Herz schier zerspringen. Sie griff nach der Tischkante, um Halt zu finden, und warf einen Behälter mit Pinseln zu Boden. Eleanor schüttelte den Kopf, kam ihr jedoch nicht zu Hilfe. Stattdessen riss Evie sich zusammen, bückte sich und hob die Pinsel auf, von denen manche unter den Saum ihres Hochzeitskleides gerollt waren. Eleanor schüttelte weiter den Kopf.

»Du heiratest einen der attraktivsten Männer, den die Welt je zu Gesicht bekommen hat, dein Hochzeitskleid ist von einem der ganz Großen entworfen worden, James' Vater hat alles bezahlt, und du bläst *immer noch* Trübsal. Was in aller Welt müssen wir tun, um dich glücklich zu machen?«

Evie ertrug Eleanors Versuche, ihr einzureden, sie wäre undankbar. Es rief ihr nur ins Gedächtnis, wie dankbar sie war, da die Dinge tatsächlich viel schlimmer stehen konnten. Doch tief im Innern wusste Evie, dass sie dennoch guten Grund hatte, traurig zu sein.

»Ich bin für alles dankbar, was ich habe, Mutter, das bin ich wirklich, aber das heißt nicht, dass alles, was ich habe, das ist, was ich mir wünsche. Du *weißt*, dass ich alles aufgeben würde, um noch einmal die Chance zu bekommen, die zu sein, die ich sein will.« Sie versuchte nicht, ihre Mutter umzustimmen, sondern wünschte nur, Eleanor würde verstehen. Doch als sie den angewiderten Gesichtsausdruck der älteren Frau sah, wusste sie nicht recht, warum sie sich überhaupt die Mühe machte, es zu erklären.

»Warum hast du dann all dem hier zugestimmt? Du könntest in diesem Moment da draußen sein und mit diesem Rüpel in deinem eigenen Dreck leben, ohne Geld, und versuchen, deine dummen Träume zu verwirklichen. Sag mir, warum in aller Welt hast du es aufgegeben, wenn es so herrlich war?«

»Erstens hast du mir im Grunde keine andere Wahl gelassen. Zweitens …« Evie sah aus dem Fenster. Auf dem Rasen lachte Eddie mit Jim bei einem Glas Champagner, während die anderen Gäste in ihren Pelzmänteln und ihrem Festtagsstaat in dem mit Stechpalmenzweigen geschmückten Festzelt umherliefen. Eddie sah freudig erregt aus. In seinem Leben stand eine gewaltige Veränderung bevor, und es machte Evie überglücklich, dass sie in der Lage war, ihm diese Chance zu gewähren. »Eigentlich gibt es kein Zweitens. Du hast mir nie eine andere Wahl gelassen.« Sie sah ihrer Mutter in die Augen.

»Du hattest ein Jahr.« Eleanor strich ihr fliederfarbenes Kleid glatt, unbeeindruckt von der Wendung, die das Gespräch nahm. »Sei dankbar dafür.«

»Ja. Ich hatte ein Jahr. Ein ganzes wunderbares Jahr, um das Leben zu sehen, das ich verpasst hatte, und das Leben, das ich hätte haben können.« Evie erhob sich. Eleanor hatte ihr gesagt, wenn sie nicht so mollig wäre, wäre sie vielleicht sogar schön, aber niedlich auszusehen, würde eben reichen müssen. Der Schnitt des Kleides betonte ihren Busen, und ein juwelenbesetztes Band schnürte die Taille ein, sodass der aschenputtelartige Rock sogar noch weiter wirkte. Evie griff an den Hinterkopf und zog den Schleier übers Gesicht, wich dem Blick ihrer Mutter allerdings nicht aus, als sie sagte: »Wenn ich doch bloß eine Mutter hätte und keine Gefängniswärterin.«

Ein paar Minuten vor der Zeremonie, gleich nachdem Eleanor aus dem Wohnzimmer der Summers gestürmt war, das Jane Summer freundlicherweise für den Tag in die »Brautsuite« umbenannt hatte, trat Eddie ein, um nach seiner Schwester zu sehen.

»O, Evie«, stieß er keuchend hervor. »Du siehst – unglaublich aus!« Er eilte zu ihr und ergriff ihre Hände, wagte es allerdings nicht, sie zu umarmen, weil er nicht den Stoff zerknittern oder auf den Saum treten wollte.

»Eddie, du bist genau der Mensch, den ich brauche.« Evie zuckte zusammen, als ihr Herz noch schwerer wurde und in ihrer Brust hin und her schaukelte.

»Was ist los?«, fragte er, denn er spürte, das etwas nicht stimmte.

»Du musst Jim von mir sagen, er soll bloß noch …«, sie warf einen Blick auf die Wanduhr, »eine Viertelstunde warten, bevor er alle bittet, sich auf ihre Plätze zu setzen.«

»Natürlich. Aber warum?«

Evie raffte bereits ihr voluminöses Kleid und versuchte, mit ihren dummen weißen Stöckelschuhen und ihrem dummen schweren Herzen zur Tür zu rennen. »Jim wird es verstehen.«

Und mit einem entschuldigenden Blick war sie verschwunden.

Zu ihrer Verblüffung schaffte es Evie aus der Haustür, ohne dass jemand etwas merkte. Während die Minuten immer näher an den entscheidenden Moment des Tages herantickten, waren die Gäste der Reihe nach durch das Haus in den Garten geschlendert, wo weiße Stühle in ordentlichen Reihen aufgestellt waren, ein Bogen aus Rosen am Ende eines völlig geraden Mittelgangs stand, und es scheinbar unbegrenzt Champagner und Appetithappen gab. Es war viel zu kalt für eine Hochzeit im Freien, doch Eleanor hatte darauf bestanden, dass sie so bald wie möglich stattfand, damit Evie keine Zeit blieb, es sich anders zu überlegen. Derart auf die Schnelle kam als Veranstaltungsort nur das Haus der Summers infrage, da sämtliche Kirchen schon seit Monaten ausgebucht waren.

Evie lief zu ihrem eigenen Haus, das sich nicht weit entfernt hinter einem kleinen Wäldchen befand, der das Grundstück der Snows von dem der Summers trennte. Sie war eine schneeweiße Wolke vor dem eisigen Grün und bewegte sich mit großer Schnelligkeit und Entschlossenheit, obwohl ihre Absätze alle paar Schritte im Boden versanken, und ihr Herz aufgrund seines Gewichts auf und ab schwankte. Doch als sie beim Haus ankam, fiel ihr zu ihrem Entsetzen ein, dass sie keinen Schlüssel bei sich hatte. Da blitzte durch die Milchglasscheibe etwas Rotes auf. Evie fragte sich schon, ob bei ihr zu Hause eingebrochen worden war, aber dann fiel ihr ein, dass das Personal der Snows neulich Zuwachs bekommen hatte.

»Clementine? Clementine!« Sie konnte ihren Atem vor sich sehen. Er erhob sich in Richtung der schwebenden roten Kugel, die nach und nach größer wurde, während Clementine Frost eilig an die Tür kam.

»Was ist denn nur los?«, fragte die junge Frau unter der Sicherheitskette hervor, die über den Spalt reichte. Ihre Stimme war melodiös und süß, das Gesicht rund und unsagbar freundlich. Evie begriff, warum Eddie Gefallen an ihr gefunden hatte.

»Ich bin Evie Snow, die Tochter von Eleanor und Edward. Ich heirate heute, und ich fürchte, ich habe – ähm – etwas hier vergessen, das ich unbedingt brauche. Darf ich reinkommen?«

Clementine war bereits dabei, die Tür zu schließen, um die Kette zu entriegeln, und bat Evie sofort ins Haus. »Wie sind Sie unbemerkt entkommen?«, fragte sie und steckte den Kopf aus der Tür, um sicherzustellen, dass ihr niemand gefolgt war.

»Entkommen?« Evie stieß ein hysterisches Lachen aus. Ihr Herz raste immer noch, weil sie den ganzen Weg gelaufen war. »Was meinen Sie …«

»Ich arbeite hier nun schon lange genug, um Ihre Mutter zu kennen. Wenn sie wüsste, dass Sie sich nicht drüben in dem Haus befinden und tun, was sie Ihnen sagt, hätte sie Sie wahrscheinlich längst einen Kopf kürzer gemacht.«

»Da liegen Sie falsch«, erwiderte Evie. »Sie hätte mich *definitiv* einen Kopf kürzer gemacht!« Die beiden lachten, und ihr Gelächter erwärmte die eisige Luft in dem Haus ein wenig.

»Ich heiße Clementine.« Sie streckte Evie eine zarte Hand entgegen, doch anstatt ihre Hand zu schütteln, umarmte Evie Clementine behutsam und achtete darauf, sie nicht mit Unmengen weißen Stoffes zu erdrücken.

»Ich weiß. Eddie hat mir alles von Ihnen erzählt.«

Clementine grinste. »Mir hat Eddie auch alles von Ihnen erzählt. Möchten Sie eine Tasse Tee? Wasser? Etwas zu essen?« Sie war bereits in der Küche und öffnete auf der Suche nach etwas, das sie anbieten konnte, Schubladen und Schränke.

»Nein, nein, wirklich, ich brauche nichts. Ich bleibe höchstens fünf Minuten. Wenn ich länger wegbleibe, fällt die Hochzeit aus, weil meine Mutter mich umbringen wird.« Evie quetschte ihr Kleid durch die Küche, ohne darauf zu achten, ob es irgendwo Fäden zog, und öffnete die Hintertür. »Ach, und Clementine.« Sie sah über die Schulter, da sie sich wegen des weiten Rockes nicht ganz umdrehen konnte. »Falls ich erwischt werden sollte, sage ich Mutter, dass ich mich hinten reingeschlichen habe, ohne dass Sie es gesehen haben. Okay?«

Clementine seufzte erleichtert auf. »Sie haben das hier schon einmal gemacht.« Es war eine Feststellung, keine Frage. Beeindruckt sah sie Evie mit amüsiert hochgezogener Augenbraue an, die Arme verschränkt.

»Bei einer Mutter wie Eleanor? Natürlich habe ich das!«

Clementine löste ein Stück Stoff von einer Küchenschublade und sagte: »Danke.«

»Ach, seien Sie nicht albern. Leider ist es unbedingt erforderlich, meine Mutter zu belügen, wenn ich je irgendwie glücklich sein will«, räumte Evie ein.

»Das glaube ich gern! Aber eigentlich«, Clementine griff nach Evies Hand und drückte sie, »habe ich gemeint: dafür, dass Sie nicht wie sie sind.«

Evie humpelte durch die Hintertür, die Verandastufen hinunter und zum Ende des Gartens. Dort wuchs nie etwas. Ihre Mutter hielt Blumen für frivol, und Bäume versperrten den Sonnenschein, also wurde der Garten lediglich von einer langen, einfachen, langweiligen Hecke gesäumt. Ganz am Fuß des Gartens kniete sie auf halber Höhe der Hecke nieder, wobei sie das Kleid vorsichtig anhob, damit nur die weiße Strumpfhose schmutzig wurde. Die würde niemand zu Gesicht bekommen. Sie brach einen Zweig von der Hecke ab und fing in der Erde zu graben an, sodass ein Loch von der Größe einer Bowlingkugel entstand. Mit zitternden Händen legte sie den Zweig beiseite und atmete die kalte Luft ein paarmal tief ein, um sich zu sammeln. Dann drückte sie vorsichtig die Hände an den Brustkorb und stieß heftig zu. Etwas in ihrem Innern klickte, und als sie die Hände wegzog, öffnete sich ihre

Brust wie ein Schrank. Ihr Brustkorb teilte sich, als hätte er zwei Türen, und offenbarte ein großes, leuchtendes Herz, das so viel Wärme verströmte, dass der Frost von den Blättern der Hecke schmolz, und Evies Nase und Wangen rosig anliefen.

Evie hatte ihr Herz noch nie zuvor gesehen. Es war rot und glänzte, war mit schwarzen Punkten gesprenkelt von jedem Mal, wenn sie gelogen, betrogen oder wissentlich etwas Schlechtes getan hatte. Allerdings gab es auch goldene Sprenkel, von jedem Mal, wenn sie jemandem in Not geholfen, wenn sie etwas Selbstloses getan oder sich größte Mühe gegeben hatte, die bestmögliche Version ihrer selbst zu sein. Die Farben ihres Herzens repräsentierten ihre Taten, sowohl die guten wie auch die schlechten, doch der leichte Sirupduft verriet ihr, dass sie insgesamt ein süßes Herz besaß.

Behutsam griff sie mit einer Hand in ihre Brust und legte die Finger, so gut es ging, um ihr Herz, doch ihre Handfläche war zu klein, um es zu umfassen. Sie sog die Luft ein, sah zu, wie sich ihre Lunge ausdehnte, und zog dann mit einer drehenden Bewegung an ihrem Herzen. Es kam in einem Stück heraus, und sie hielt es in den hohlen Händen. Protestierend leuchtete es heller, und seine Farben wirbelten besorgt durcheinander.

»Sch«, machte sie. »Alles wird gut.«

Das Herz hämmerte lauter, und eine von Evies Tränen fiel auf die rote Oberfläche. »Ich kann dich nicht dem Mann schenken, den ich liebe, und ich kann dich doch auch nicht dem Mann schenken, den ich heirate. Ich werde dich niemandem schenken, bloß weil man es mir vorschreibt. Du hast mehr verdient.« Mit ruhigen Kreisbewegungen ihrer Daumen streichelte sie die beinahe gläserne Oberfläche. »Also werde ich dich überhaupt niemandem schenken. Du hast die Chance verdient, die ich nie haben werde. Die Chance, zu sein, was du sein möchtest.«

Während sie ihr immer noch schlagendes Herz in das Loch legte, das sie gegraben hatte, bildete sich in einem Wirbel ein weiterer goldener Fleck auf der Oberfläche. Da wusste sie, dass sie das Richtige tat. Ihr Herz zu behalten, wenn sie bereits entschieden hatte, wem es gehörte, fühlte sich verkehrt an, als wäre es Diebesgut. Nein. Ihr Herz gehörte ihr nicht mehr, konnte nicht Vincent gehören, und würde leider niemals Jim gehören. Deshalb schob sie rasch die Erdhaufen, die sie ausgegraben hatte, zurück in das Loch über ihr immer noch schlagendes Herz. Als sie mit der Hand über die Erde fuhr, um sie glattzustreichen, damit sie wieder unberührt aussah, spürte sie eine warme Stelle, wo ihr Herz lag. Sie hoffte, dass es keinem auffallen und niemand dort graben würde.

Sie schloss die Türen ihres leeren Brustkorbs, und obwohl sie sich hohl fühlte, fühlte sie sich doch auch vollständig. Ihr Herz hatte zu lange in seinem Käfig herumgerasselt und sich danach gesehnt, bei dem Mann zu sein, dem es gehörte. Jetzt hatte es ein festes Zuhause, wo es in Sicherheit und gut versorgt wäre, ohne die Gefahr, dass es in die falschen Hände geraten könnte.

Evie ging den Mittelgang entlang auf Jim zu, Arm in Arm mit ihrem Vater. Edward Snow hatte sie kaum eines Blickes gewürdigt, seitdem sie ein Kleinkind gewesen war, und an ihrem Hochzeitstag gab er sich, ganz wie Evie es erwartet hatte, auch keine sonderliche Mühe. Sie lächelte, legte ihr Gelübde ab, das Hochzeitspaar tauschte Ringe, und als der Pfarrer es verlangte, küsste Evie Jim zum ersten Mal und besiegelte auf diese Weise für immer ihr gemeinsames Schicksal. Jim ließ sich so lange, wie Evie es für nötig befand, von ihr küssen und machte keine plötzlichen Bewegungen, da er nicht recht wusste, wie sie sich fühlte. Ihr an ihrem Hochzeitstag noch mehr unnötiges Leid zu verursachen war das Letzte, was er wollte. Als sie zwischen den Stuhlreihen zurückgingen, drückte Jim die ganze Zeit über ihre Hand, aber eine Gelegenheit zu reden bot sich ihnen erst bei ihrem ersten Tanz als Ehemann und Ehefrau.

»Du hast meinen Kuss nicht erwidert«, sagte Evie ein wenig beleidigt.

»Nein. Ich war mir nicht sicher, wie du dich fühlst. Ich – ich mache mir Sorgen um dich.« Er hielt sie enger an sich gedrückt, während sie unter den Augen ihrer Familie und Freunde langsam über den Boden des warm erleuchteten Festzeltes kreisten.

»Wirkt es so, als müsstest du das?« Evie blickte zu ihm auf, und dank der jetzt vergrabenen Last aus ihrer Brust fühlte sie sich leichter.

Jim hielt sie von sich weg, nahm sie bei der Hand und drehte sie unter seinem Arm, nur das eine Mal. »Es scheint dir überraschend gut zu gehen.« Er hielt sie wieder dicht an sich, achtete allerdings darauf, keine Grenze zu überschreiten.

»Wir haben trotzdem ein Leben zu leben. Entweder verzehre ich mich nach dem Leben, das ich will, obwohl ich genau weiß, dass ich es nicht haben kann, oder ich lebe dasjenige, das ich habe, und mache das Beste daraus.« Evie zuckte die Schultern und lehnte den Kopf an Jims Schulter. »Das heißt nicht, dass es immer leicht sein wird. Es wird Zeiten geben, wenn es aufgrund des Geschehenen schwierig für uns sein wird, aber wir haben großes Glück, einander zu haben.«

»Ich fühle mich glücklich.« Er drückte sie. »Aber ich fühle mich auch schlecht.«

Evie hob den Kopf, um ihn anzusehen. »Nichts von dem, was geschehen ist, ist deine Schuld, Jim. Bloß weil du das Mädchen geheiratet hast, das du liebst, und irgendwie das bekommen hast, was du wolltest, bist du noch lange kein Bösewicht. Es bedeutet, dass du mit weniger Verletzungen und Prellungen davongekommen bist als wir Übrigen, aber du hast deinen fairen Teil des Schmerzes abbekommen.« Sie streichelte seine Wange und wünschte, sie könnte die Sorge aus seinen Augen vertreiben und sie zusammen mit ihrem Herzen für immer begraben.

»Ich fühle mich schlecht wegen uns allen. Besonders …« Jim wagte nicht, seinen Namen auszusprechen, doch Evie wusste, wen er meinte.

»Er hat verstanden, warum das hier geschehen musste. Er kommt schon klar. Das werden wir alle.«

Jim ließ seine Gedanken von Evies Augen beruhigen, dann nickte er.

»Und wie wäre es jetzt mit diesem Kuss?«, fragte Evie. »Schließlich sind wir Mann und Frau. Unsere Freunde könnten allmählich Verdacht schöpfen.« Sie lächelte, und als Jim überlegte, wie oft er sich schon vorgestellt hatte, sie würde ihn um einen Kuss bitten, vollführte sein Magen einen Salto. Behutsam entfernte er eine weiche, karamellfarbene Locke, die sich in ihren Wimpern verfangen hatte, dann hob er ihr Kinn mit dem Finger an und küsste sie mit all der Liebe, die er besaß.

Evie und Jim machten keine Hochzeitsreise. Sie hatten nicht das Gefühl, dass es notwendig oder angemessen war. Stattdessen suchten sie sich ein Haus am Meer, so weit weg von ihren Eltern wie möglich, und packten ihre Koffer, einzugsfertig am Neujahrstag. Das Haus verfügte über vier Schlafzimmer. Eines für sie, eines für Gäste, eines für potenzielle Kinder und eines für einen bestimmten Menschen, dem sie versprochen hatten, dass sie ihn nicht zurücklassen würden.

»Möchtest du, dass ich mit hineingehe?« Evie und ihr Bruder standen vor der Wohnzimmertür in ihrem Elternhaus. Als Evie Eddies Hand drückte, spürte sie sein Herzklopfen in seinen Fingerspitzen. »Eddie, du zitterst ja. Tu es nicht allein.«

»Nein. Nein, ich kann dir nicht sagen, wie bereit ich hierfür bin. Ich habe keine Angst. Ich weiß, dass alles in Ordnung gehen wird, ganz gleich, was sie sagen. Dank dir.« Eddie umarmte seine große Schwester zum millionsten Mal seit der Hochzeit. Evie glaubte zwar nicht, dass er das ganze Ausmaß dessen kannte, was sie für ihn aufgegeben hatte, aber er war nicht dumm, und selbst die leise Ahnung, dass Evies Einwilligung in die Ehe mit Jim etwas mit ihm zu tun hatte, veranlasste ihn dazu, ihr bei jeder Gelegenheit zu danken. Auf einmal umarmte der Junge, der früher jegliche Zärtlichkeit gemieden hatte, seine geliebte Schwester unzählige Male am Tag.

»Und jetzt kann ich das neue Jahr als der anfangen, der *ich* sein will. Also los!« Eddie grinste.

»Ich warte gleich hier.« Evie deutete auf ihre Füße und stand reglos da, um zu bekräftigen, dass sie sich bis zu seiner Rückkehr nicht vom Fleck rühren würde.

Eddie schob die Tür auf. »Mutter, Vater. Kann ich euch mal sprechen?« Mit diesen Worten trat er ins Zimmer.

Evie hatte das Gefühl, jede Sekunde wäre ein Jahr, und sie würde alt und grau sein, bevor sie ihren Bruder wiedersah. *Er ist schon viel zu lange da drin*, dachte sie. Ihre Sorgen spitzten sich immer weiter zu, da ging die Tür auf, und Eddie erschien wieder, völlig unbeschadet.

»Was ist passiert? Was haben sie gesagt?«

Eddie packte sie am Arm und schob sie nachdrücklich auf die Haustür zu.

»Was ist los, Eddie? Hast du es ihnen nicht gesagt?«

»Natürlich – na ja – irgendwie schon. Sie wissen es noch nicht.« Er sprach schnell, die Wangen rot und heiß.

»Du konntest es nicht?« Evie war ein wenig enttäuscht, aber sie wusste, dass sie ihn nicht dazu drängen durfte, wenn er nicht so weit war.

»Doch, doch, das schon! Ich habe bloß …« Bevor Eddie fortfahren konnte, stieß ihre Mutter im Wohnzimmer einen Schrei aus, der das Haus in seinen Grundfesten erschütterte.

»Ich habe uns einen Vorsprung verschafft«, sagte er.

Die Tür wurde aufgerissen, und dort stand ihr Vater, das Gesicht braunrot, die Adern an seinem Hals kurz vor dem Zerplatzen. In seiner verschwitzten Hand steckte ein zerknittertes Blatt Papier, das er zusammenknüllte und nach Eddie warf. Er traf nicht, und Evie fing es in der Armbeuge auf. Sie faltete es rasch auf und las:

Mutter und Vater,
ich liebe Männer, also werde ich ausziehen. Vielleicht werdet ihr eines Tages anständige Menschen sein und mich so akzeptieren, wie ich bin, aber bis dahin scheiß ich auf euch.
Eddie

Evie war sicher, dass Eleanors Schluchzen und Geheule meilenweit zu hören waren, doch Edward Snows donnernde Schritte, als er auf die beiden zugestürmt kam, machten dem Geräusch durchaus Konkurrenz.

»*Los!*« Eddie schubste Evie aus der Haustür und folgte ihr auf dem Fuß. Sie liefen direkt in Jims Arme, der gekommen war, um sie abzuholen und zu dem neuen Haus zu fahren. »*Auto!*«, schrien ihm beide zu. »Steig ins Auto!«

Jim geriet in Panik und rutschte die Eingangsstufen hinunter, doch die Geschwister Snow halfen ihm auf und schubsten ihn auf den Wagen zu, in dem sich ihre Habseligkeiten türmten. Evie kletterte zu den Kartons auf den Rücksitz, und Jim ließ den Motor an, bevor Eddie auch nur die Tür geschlossen hatte. Fast die ganze Einfahrt entlang hing Eddie aus der Beifahrertür, gefährlich knapp davor, auf die Straße zu rutschen.

Evie fand, es hätte nicht viel schlimmer laufen können, doch nachdem Eddie endlich den Griff erwischt und die Tür zugeknallt hatte, stieß er einen Freudenschrei aus, trommelte zur Feier mit den Fäusten auf das Armaturenbrett und lachte die ganze Heimfahrt über in einem fort.

ZEHN JAHRE SPÄTER

Eine Überraschung

James Summer senior verstarb kurz nach Islas Geburt. Jim war traurig, dass sein Vater sie nie kennengelernt hatte, andererseits war er aber auch froh, dass Isla nicht im Schatten eines derart kalten und lieblosen Mannes aufwachsen musste. Evies Vater starb drei Jahre später, und nur ein paar Monate danach folgte Eleanor ihm dorthin, wo auch immer er sein mochte. Jim und Evie gingen auf die Beerdigungen, doch es wurden nur wenige Tränen vergossen. Evie würde ihre Eltern vermissen, wie es jede Tochter täte, doch ohne die beiden wurde ihre Welt weit weniger kompliziert.

Als August zehn Jahre alt war, und Isla fünf, fanden Evie und Jim, es wäre an der Zeit, ihr Haus am Meer zu verkaufen und zurückzuziehen, um sich um Jims Mutter Jane zu kümmern. Das Haus der Snows war laut Testament ihrer Eltern Evie vermacht worden, aber sie weigerte sich, an einen Ort zurückzukehren, der für sie mehr ein Käfig als ein Zuhause gewesen war. Sie überreichte die Schlüssel Eddie, den die Vorstellung überwältigte, sein eigenes Haus zu haben, das er sich mit der Liebe seines Lebens teilen konnte.

Oliver Hart war ein bescheidener junger Mann, der in der Küstenstadt aufgewachsen war, in die sie gezogen waren, und in einem Café an der Strandpromenade arbeitete. Eddie war hauptsächlich dorthin gegangen, weil er ständig kostenlosen Kaffee bekam, aber als Evie ihn eines Tages begleitete und ihn darauf hinwies, wer für die großzügige Geste verantwortlich war, verschlug es Eddie den Atem. Oliver hatte ein rundes Gesicht, eine Vorliebe für dicke Stricksachen und schnitt sich selbst wie auch seinem Vater die Haare, was dazu führte, dass die beiden sich seltsam ähnlich sahen. Eddie hatte es genossen, neue Leute zu treffen, die seine Interessen teilten, nicht nur für Männer, sondern bezüglich jedes Aspekts seines Lebens, den er bisher nie hatte erkunden dürfen. Er hatte verschiedene Typen gehabt, die Evie toll gefunden und bei denen sie sich gedacht hatte, dass sich der Männergeschmack ihres Bruders gar nicht so sehr von ihrem eigenen unterschied. Jedes Mal, wenn Eddie eine Trennung verkündet hatte, hatte Evie sich laut gefragt, was mit dem Betreffenden nicht stimmte, und ihr Bruder hatte lediglich erwidert, »wenn man es weiß, weiß man es einfach.« Diesmal wusste Eddie es. Oliver war der Mann für ihn, und Oliver schien es mit Eddie genauso zu gehen. Ihre Beziehung entwickelte sich ohne Komplikationen, was Evie ungemein freute. Sogar Olivers Dad akzeptierte ihre Partnerschaft.

Obwohl sich Evie weigerte, im alten Haus der Snows zu leben, gab es doch etwas, worauf sie neugierig war, also willigte sie ein, mit Eddie hinzufahren und sich das Haus anzusehen, bevor er und Oliver dort einzogen. Als sie die Einfahrt entlangfuhren, sah sie ihre Fragen beantwortet.

»Was ist *das* denn?«, fragte Eddie.

Sie neigten alle die Köpfe, um durch die Windschutzscheibe sehen zu können. Hinter dem Haus erblickten sie einen gewaltigen Baum mit unzähligen langen, krummen Ästen.

»Keine Ahnung«, erwiderte Evie mit einem wissenden Lächeln, das Jim nicht entging, während er die Handbremse zog. »Na schön, Kinder! Wollt ihr sehen, wo Mummy und Onkel Eddie aufgewachsen sind?«

Isla jubelte. August, der Melodien summte und mit den Fingern dazu auf dem Knie trommelte, bekam die zweite Hälfte des Satzes nicht mit, folgte Onkel Eddie allerdings trotzdem. Eddie lief die Treppe hinauf, voller Freude, den Schlüssel zum ersten Mal im Schloss zu drehen, seitdem das Haus ihm gehörte. Er ballte beide Hände zu Siegesfäusten und tat so, als würde er Jim und Evie zujubeln, die ihn vom Wagen aus beobachteten. Dann hob er Isla hoch, nahm August an der Hand und erzählte ihnen alberne Märchen aus seiner Kindheit.

»Also schön, was geht hier vor sich?«, fragte Jim, sobald Eddie und die Kinder im Haus verschwunden waren.

»Ich weiß nicht, wovon du sprichst.« Evie konnte ihm nicht in die Augen sehen, gleichzeitig konnte sie aber auch das Lächeln nicht unterdrücken.

»Dieses Lächeln kenne ich. Es ist das ›Evie weiß etwas, das sonst keiner weiß‹-Lächeln, und es treibt mich in den Wahnsinn!« Er lachte, nur halb scherzend.

»Ich erzähle es dir später. Du wirst es dir erst selbst ansehen müssen.« Sie stieg aus dem Wagen, aber nicht bevor sie ihm die Zunge herausgestreckt hatte.

Evie konnte nicht an sich halten. Sie lief schnurstracks durch das Haus, entriegelte die Hintertür und stürmte in den Garten. Am Ende des Rasens stand ein Baum, der sich durch die schmucklose, langweilige Hecke schob und das

Haus um gute drei Meter überragte. Er war dunkelbraun, und die Rinde wies einen seltsamen orangefarbenen Glanz auf. An den Ästen befanden sich ein paar Blätter, doch keine auf dem Boden darunter. Evie fragte sich, ob er je blühen würde. Sie konnte es nicht erwarten zu sehen, wie er aussehen oder was vielleicht daran wachsen würde.

»Ist es tatsächlich möglich?«, fragte sie laut. Als sie den Baumstamm berührte, spürte sie die Wärme, die von jeder Ritze in der Rinde ausströmte, und unter ihrer Handfläche pochte leicht der unverkennbare Schlag ihres eigenen Herzens. Die Äste des Baums erzitterten, da sie wussten, dass ihre Besitzerin endlich zurückgekehrt war.

»Was für ein Baum ist das?«, rief August von der Mitte des Rasens aus, während er mit den Fingern immer noch geistesabwesend Melodien auf seinen Oberschenkeln spielte. Jim stand hinter ihrem Sohn und beobachtete, wie Evie von ihrem Zuhause begrüßt wurde.

»Zweifellos ein ganz besonderer«, sagte er und lächelte seiner Frau zu, die ihm immer noch ein Rätsel war.

»Er ist bestenfalls Durchschnitt«, erwiderte sie mit einem Achselzucken, »aber er ist gut. Es ist ein guter Baum.«

August legte angesichts der seltsamen Unterhaltung seiner Eltern den Kopf schräg. »Es ist bloß ein Baum«, sagte er mit gerunzelter Stirn und blinzelte zu den höchsten Ästen empor.

»Er ist nicht *bloß* irgendwas! Manche Leute würden vielleicht sagen, dass du *bloß* ein Kind bist, aber *bist* du das?« Evie lief auf ihn zu, hob ihn hoch und kitzelte ihn.

»Nein!«, rief er lachend.

»Was bist du dann?«, fragte sie, stellte ihn wieder auf die Füße und kniete sich vor ihn, ohne darauf zu achten, dass sich ihre Strumpfhose mit dem Tau des Grases vollsog. Sie sah ihm direkt in die Augen und gab sich bedrohlich.

»Was auch immer ich sein will«, sagte er mit einem Nicken auf, was Evie ihm schon unzählige Male erklärt hatte.

»Genau. Tja, einmal habe ich diesem Baum gesagt, dass er sein kann, was immer er sein will, und er hat sich dazu entschieden, gut zu sein.« Evie drückte ihrem Sohn einmal mit dem Finger auf die Nasenspitze.

»Okay.« August nickte verständnisvoll. »Es ist ein guter Baum.«

»Ich glaube, es ist *der* gute Baum«, sagte Jim. »Wahrscheinlich einzig in seiner Art.« Wie sein Sohn verstand auch er allmählich. In der Ferne grollte Donner. »Gehen wir ins Haus, bevor das Unwetter heranzieht.« Er deutete auf die dunklen Wolken, die sich immer näher am Himmel türmten.

»Ooooch, aber ich mag Regen!«, maulte August, während Jim ihn zur Hintertür führte.

»Du ähnelst deiner Mutter so sehr.« Jim sah Evie an und verdrehte liebevoll die Augen. Nach einem letzten Blick auf den Baum folgte sie ihrer Familie ins Haus.

Oliver gesellte sich später am Tag zu Eddie, und Evie und Jim überließen die beiden ihrer ersten Nacht, in der sie offiziell zusammen wohnten, und fuhren die lächerlich kurze Strecke zum Haus von Jims Mutter, das ihr neues Zuhause werden sollte.

Sobald Jim eingetreten war, blieb er wie angewurzelt in der Eingangshalle stehen und sah sich ungläubig um. »Warum sind die Wände – blau?« Jim war so daran gewöhnt, dass das Haus langweilig und grau war, voll ausgestopfter Tierköpfe von den Jagdausflügen seines Vaters an den Wänden. Jetzt befand sich dort eine mit Veilchen gesprenkelte Tapete in einem angenehmen Blauton, und Jane Summer kam in einem pinkfarbenen Seidenanzug herbeigestürzt, was allgemeines Erschrecken auslöste.

»Ich habe eine Veränderung gebraucht. Außerdem habe ich ein Leben gebraucht, also bin ich losgezogen und habe mir eines besorgt. Ich lasse mich nicht mehr zurückhalten. Oh, ich fasse es nicht, wie schön es ist, euch zu sehen!« Sie schlang die Arme um ihren Sohn und anschließend der Reihe nach um die restliche Familie. Isla und August liebten die Aufmerksamkeit, doch Evie und Jim waren völlig verblüfft.

»Mutter … was in aller Welt ist geschehen?«

Jane stand zwischen den Kindern, drückte die Hände auf ihre Ohren und die anderen Ohren an ihre Seite, damit die beiden nicht hören konnten, was sie sagte. »Dein Vater ist gestorben. *Das* ist geschehen. Ich habe ihn geliebt, das habe ich wirklich, aber ich habe den Großteil meines Lebens damit verbracht, alles für ihn zu tun und mein eigenes Leben hintanzustellen. Schluss damit!«, sagte sie mit einer schwungvollen Bewegung und ließ die Kinder los, ohne zu ahnen, dass die beiden jedes einzelne Wort verstanden hatten. Sie liefen weiter ins Haus und kicherten über die verrückte Grandma Jane.

»Mutter, ich – ich …«

Jane machte sich auf die Meinung ihres Sohnes gefasst.

»Ich freue mich unendlich für dich!«

»Ich auch!«, sagte Evie und umarmte sie ein zweites Mal, denn sie liebte die Vorstellung, dass Jane von nun an vielleicht eher eine Mutterfigur für sie und eine richtige Großmutter für die Kinder sein würde.

Jane wischte eine Träne fort. »Tja, worauf wartet ihr? Kommt herein und schaut euch an, was ich mit dem Rest des Hauses gemacht habe!«

Sie leerten das Auto und den Lieferwagen, suchten aus, welches Zimmer wem gehörte, und schliefen recht schnell ein nach der langen Fahrt, dem anstrengenden Tragen der schweren Kartons und dem Versuch, einer müden, eingeschnappten Isla zu erklären, warum August das größere Zimmer bekommen sollte. Donner grollte durch die Nacht, Regen trommelte aufs Dach, und Isla träumte von vielen winzigen Wesen, die ans Dach klopften, weil sie hereinkommen und sich mit ihr anfreunden wollten.

Als Evie am nächsten Morgen nach unten kam, waren Eddie und Oliver in der Küche und plauderten mit Jane, die hysterisch über Olivers Witze lachte.

»Morgen, alle miteinander. Alles okay hier?«, erkundigte sich Evie, deren Frage hauptsächlich Eddie galt, da sie nicht sicher war, was Jane von dem Pärchen hielt, das da in ihrer Küche stand – oder ob ihr überhaupt klar war, dass die beiden schwul waren.

»Alles ist bestens, meine Liebe. Jims Vater war derjenige mit der altmodischen Lebenseinstellung, nicht ich!« Jane grinste und berührte Oliver auf eine Art am Arm, die eher an Flirterei als Akzeptanz erinnerte, doch solange sie nicht das Haus zusammenschrie, wie Evies eigene Mutter es getan hatte, war Evie zufrieden.

»Ich habe heute Morgen Kuchen gebacken.« Eddie schob ihr einen Teller hin, und der Duft, der davon aufstieg, ließ Evies Magen knurren. »Oooh! Weltbester Bruder!«

Jane reichte ihr ein Messer. Evie schnitt sich ein gewaltiges Stück ab, und sobald die erste Gabel ihre Lippen berührt hatte, wusste sie, dass etwas nicht stimmte. Sie kaute weiter, ohne recht zu wissen, was sie da schmeckte oder mit welchem Obst der gedeckte Kuchen gefüllt war.

»Was für ein Kuchen ist es?«, fragte sie mit vollem Mund.

»Wir haben nicht die leiseste Ahnung«, sagte Oliver, der kaum merklich von Jane abrückte, die ihn nicht aus den Augen ließ.

»Was?« Evie stellte den Teller ab, da sie dem, was sie da schluckte, nicht länger traute. »Ich dachte, ihr hättet ihn gebacken?«

»Haben wir«, erwiderte Eddie. »Aber wir haben das Obst von dem seltsamen Baum am Ende unseres Gartens. Wir haben es nachgeschlagen, konnten aber nichts dergleichen finden. Da wir uns gedacht haben, dass es vielleicht besser wäre, es abzukochen, anstatt es einfach so zu probieren, haben wir einen Kuchen gebacken. Wie schmeckt er?«

»Okay, erstens: Wollt ihr mich umbringen? Was wenn die Frucht giftig ist?«

Oliver warf Eddie einen Blick zu. »Ups«, sagte Eddie entschuldigend. »Daran haben wir nicht gedacht. Fühlst du dich gut?«

»Ich glaube, es ist alles in Ordnung. *Glaube* ich. Wenn ich zusammenbreche, wisst ihr, warum. Zweitens: Habt ihr ihn nicht selbst probiert?«

Eddie schüttelte den Kopf. »Ich dachte, wir könnten ihn alle zusammen probieren.«

»Praktisch, dass ihr mich als Erste habt probieren lassen.« Evie schob ihnen den Kuchenteller zu und nahm sich eine weitere, kleinere Gabel von ihrem eigenen Stück. Sie sezierte und musterte es, ohne etwas Schlechtes an dem Obst finden zu können. Es hatte eine schön reife orange Farbe und schien nicht schlecht oder schimmlig zu sein. Es schmeckte nur anders als alles, was sie je zuvor gegessen hatte, aber genießbar war der Kuchen allemal. Evie beobachtete, wie sich Eddie selbst ein großes Stück in den Mund schob, doch in dem Augenblick, als seine Geschmacksknospen damit konfrontiert waren, spuckte er es mit einem angewiderten Ausruf in die Spüle hinter sich.

»Du heilige Scheiße! Evie! Es tut mir so leid! Iss bloß nicht weiter. Das ist das Widerlichste, was ich je gegessen habe.« Er machte Anstalten, den Kuchenteller zum Abfall zu tragen, doch Oliver hielt ihn auf.

»Das muss ich probieren!« Oliver nahm mit den Fingern ein Stück Obst aus der offenen Seite des gedeckten Kuchens und schob es sich in den Mund. Evie hoffte, dass es ihm schmecken würde, doch er schnitt die gleichen Grimassen und gab die gleichen Geräusche wie Eddie von sich. Er ließ den Geschmack über sich ergehen und schluckte das Stück hinunter, schaffte es aber anschließend kaum, um ein Glas Wasser zu bitten. Jane versuchte den Kuchen ebenfalls und spuckte ihr Stück dezent in ein Taschentuch, um Eddie und Oliver nicht zu kränken. Ein Familienmitglied nach dem anderen probierte den Kuchen, und allem Anschein nach war Evie die Einzige, die den Geschmack nicht absolut ekelhaft fand.

»Moment mal«, sagte Jim. »Der Baum war gestern noch

völlig kahl. Seid ihr sicher, dass das Obst von dem Baum stammt?«

»Es gibt nur den einen Baum im Garten, aber kommt rüber und überzeugt euch selbst!«, sagte Eddie.

Gemeinsam gingen ein Hart, ein Snow und fünf Summers in Eddies Garten, und durch die wenigen grünen Blätter des Baumes sahen sie, dass er tatsächlich über und über mit dem eigenartigen Obst behangen war.

»Seht ihr?«, fragte Eddie und deutete zu den obersten Ästen.

»Wie merkwürdig«, sagte Evie. »Das Gewitter muss ihm zugesagt haben.« Mit einem Lächeln hob sie eine ovale orange Frucht vom Boden auf.

Sie passte perfekt in ihre Handfläche. Dort gehörte sie hin.

Im Laufe der nächsten Monate behielten sie alle den Baum im Auge. Ihnen wurde schon bald klar, dass er nur Früchte hervorbrachte, wenn am Himmel Donner und Blitz herrschten. Die Jahreszeiten spielten dabei keine Rolle. Er liebte einfach den Regen.

Eines Tages fragte Jim: »Wie es wohl als Marmelade schmecken würde?« Er hatte eine Vorliebe für Erdbeermarmelade auf Toast am Morgen, doch als Eddie die Theorie in die Praxis umsetzte, verleidete es Jim mehrere Wochen lang Toast. Sie versuchten Pasteten und Gelee, Kuchen und Kekse, bis sie schließlich aufgaben, und der Baum am Fuß des Gartens einfach der Baum am Fuß des Gartens blieb. Ein Baum, der hübsch, aber nutzlos war, ein Baum, der Obst trug, bei dem jedem außer Evie schlecht wurde.

»Ist es nicht merkwürdig, dass der Baum nur nach einem Unwetter Früchte trägt?«, sinnierte August eines Abends, während er mit den Fingern auf das Fenstersims trommelte und durch den Regen nach draußen sah. Jim stand neben ihm, und gemeinsam beobachteten sie, wie winzige orangefarbene Flecken auf den höchsten dunkelbraunen Ästen erschienen, die vom Haus aus zu sehen waren. Ein Fleck nach dem anderen sog dann den Regen auf und ploppte in die Gestalt von Obst. August kicherte jedes Mal, wenn eine neue Frucht ins Leben barst, mit einem Plopp, das von ihrem Standort aus zu hören war. Jim hingegen wusste, dass der Baum mehr war, als es den Anschein hatte, auch wenn er an sich schon recht außergewöhnlich war.

Er wusste, dass mehr hinter der Geschichte steckte.

»Der Baum macht das Beste aus einer schlechten Situation«, antwortete Jim und sah seine Frau an, die im Sessel beim Feuer saß und so tat, als läse sie, jedoch ein Grinsen nicht verbergen konnte.

»Was glaubst du, Evie?«, fragte Jim gezielt.

»Scheint so.« Sie zuckte mit den Schultern, ohne von dem Buch aufzublicken, immer noch grinsend.

»August, ich glaube, es ist Zeit fürs Bett.« Der Junge wollte schon die Treppe hinauflaufen, aber Jim erwischte ihn am Kragen seines Schlafanzugoberteils und zog ihn rückwärts in seine Arme. »Gute Nacht, du Schlingel.«

»Hab dich lieb, Dad«, flüsterte August.

»Ich hab dich auch lieb.«

Nachdem der Junge nach oben in sein Zimmer verschwunden war, setzte sich Jim in den Sessel gegenüber seiner Frau. »Dieser Baum«, sagte er.

»Mmm?« Evie blätterte um.

»Er wirkt recht – vertraut.« Jim stützte die Ellbogen auf die Knie, um ihre Miene genau mustern zu können.

»Mmm.« Evie lächelte.

»Evie?«, fragte er besorgt, und sie blickte zu ihm auf. »Wie hast du ihn angepflanzt?«

Evie verlor ein wenig ihrer Verspieltheit, als sie überlegte, wie sie erklären sollte, dass ihr buchstäblich das Herz fehlte, und warum sie es im Garten vergraben hatte. Doch sie musste es ihm sagen. Sie hatten keine Geheimnisse voreinander. Als sie endlich die richtigen Worte fand, hörte Jim einfach zu und nickte.

»Der Baum ähnelt dir also so sehr weil … na ja, weil das du *bist*«, sagte er lachend. Er hielt einen Finger hoch. »Aber warum schmeckt das Obst so schlecht?« Er streckte angewidert die Zunge heraus. Bei der bloßen Erinnerung erschauderten seine Geschmacksnerven.

»Also das kann ich nicht beantworten.« Evie runzelte die Stirn.

»Du weißt es nicht?«

»Ich weiß es nicht«, bestätigte sie.

»Nur noch eine Frage.«

Evie nickte, denn es bereitete ihr Vergnügen, das mitzuteilen, was sie wusste.

»Gibt es da noch weitere Geheimnisse, die du versteckst, in deinem alten Zuhause – oder in diesem?« Jims Blick huschte durch das Zimmer, auf der Suche nach seltsamen Artefakten, die ihm bisher noch nicht aufgefallen waren und die ungesagte Wahrheiten verbergen mochten, Wahrheiten, die wie Termiten herausströmen würden, falls man die Gegenstände von ihrem angestammten Platz entfernte.

»Keine«, sagte Evie mit Nachdruck.

»Keine?«, bohrte Jim noch einmal nach, bloß um sicherzugehen.

»Keine. Jetzt kennst du sie alle.«

13

Das allergrößte Abenteuer

Die Rolltreppe ratterte nach oben in eine überwältigende Dunkelheit, die in Evie die Frage aufwarf, ob sie immer noch bei Bewusstsein war, oder ob sie, ohne es zu merken, eingeschlummert war. Sie trat vor, als die Stufen flach wurden, verfing sich allerdings mit dem Absatz und geriet ins Straucheln. In der Ferne ertönte kurz und explosionsartig das Signal eines Zuges, dann noch einmal, doch diesmal schien es viel näher zu sein, irgendwo in der Dunkelheit, bis der Zugführer das Signal so laut und so lang auslöste, dass Evie sicher war, sie würde plattgewalzt werden. Sie drückte die geballten Fäuste in ihre Augen und war auf die fürchterlichen Schmerzen gefasst, die sie für unvermeidlich hielt, doch das Geräusch schoss an ihr vorbei. Ein Windstoß von dem vorbeirasenden Zug brachte sie aus dem Gleichgewicht, und als sie die Arme ausstreckte, um ihre Balance wiederzufinden, und die Hände von den Augen nahm, sah sie, dass sie sich in dem Bahnhof befand, wo sie auf der Heimfahrt von den Redaktionsräumlichkeiten von *The Teller* immer umgestiegen war. Nicht nur das, sondern sie stand gegenüber der Stelle, an der Vincent früher immer musiziert hatte. Jetzt spielte dort ein alter Mann. Seine Geige war schwarz, wie Vincents gewesen war, doch dieser Mann war offensichtlich über achtzig Jahre alt. Er spielte im Sitzen auf einem kleinen Klappstuhl aus grünem Segeltuch, weil ihn seine Beine wohl nicht so lange tragen würden, wie er zu musizieren gedachte, den vielen Münzen in seinem Geigenkasten nach, eine lange Zeit.

Evie schlenderte auf den Eingang des Bahnsteigs zu, doch da erregte etwas an dem Geiger ihre Aufmerksamkeit. Etwas, das deplatziert war und doch vollkommen vertraut. Seine Augen waren geschlossen, während er eine schöne leise Melodie spielte, und zu seinen Füßen befand sich eine kleine silberne Schüssel voller einzeln verpackter Bonbons. Oranger, um genau zu sein. Daneben lehnte ein kleines handbeschriebenes Pappschild. Darauf stand:

Große Abenteuer können klein beginnen.
Sogar so klein wie ein Bonbon.
Nehmen Sie sich ein Abenteuer.

Evie las das Geschriebene immer wieder, bis der Geiger zu spielen aufhörte. Dann blickte sie zu ihm auf, während seine Geige in seinem Schoß ruhte, und obwohl er ein ganz anderer Mensch zu sein schien, mit kurzem grauen Haar, lederner und fahler Haut und zitternden, wettergegerbten Händen, hatten sich die grünen Augen kein bisschen verändert.

»Vincent.«

Vincent Winters packte seine Geige und die Bonbons ein, klappte seinen Stuhl zusammen und schleppte sich langsam aus dem Bahnhof, um den Heimweg anzutreten. Kalt war es nicht, aber die Gehsteige waren noch nass vom

Regen, und es dauerte lange, bis er nach Hause kam, weil er jeden Schritt mit Bedacht setzte, um nicht auszurutschen. Evie ging mit ihm, und obwohl er nichts von ihrer Anwesenheit ahnte, war sie froh, dass er nicht allein war.

Gemeinsam überquerten sie eine Brücke und gelangten in einen idyllischen Stadtteil, wo sich die Häuser mit ihren in verschiedenen Pastelltönen gestrichenen Fassaden in ordentlichen kleinen Reihen aneinanderschmiegten. Vincent humpelte die Stufen mit einer Hand am Geländer hoch, die Geige in der anderen, den Stuhl unter den Arm geklemmt, und Evie wünschte sich, sie könnte ihm mit ihrem wiederhergestellten und vitalen Körper einer Siebenundzwanzigjährigen eine Hand reichen. Stattdessen sah sie nur hilflos zu und betete, dass er nicht hinfiel.

Das Haus war klein, aber offensichtlich mehr wert, als sich der Vincent, den sie einst gekannt hatte, hätte leisten können. Evie empfand Stolz. Letztlich musste er etwas im Leben erreicht haben. Sie schlüpfte durch die schwarze Haustür, bevor er sie schloss, und sah zu, wie er den Mantel auszog und an den Ständer in der Diele hängte. Der schwarze Mantel schwang auf, sodass das violette Seidenfutter zu sehen war, und Evie lächelte.

Während Vincent unaufhaltsam ins Wohnzimmer trottete, gönnte Evie sich einen Moment, um sich umzusehen.

Die Wände des Flurs waren mit gerahmten Fotos bedeckt, hauptsächlich von Vincent in jüngeren Jahren mit einer Frau, die Evie nicht wiedererkannte. Sie sah klein und glücklich aus, und sie passte perfekt neben ihn, als seien sie Puzzleteile, die wunderbar ineinandergriffen. Eifersucht regte sich in Evies Magen, aber sie war froh, dass Vincent sich nicht in ihrer gescheiterten Beziehung gesuhlt hatte, wie sie selbst es so leicht hätte tun können. Er hatte nach vorn geblickt und eine Frau gefunden, die ihn offensichtlich glücklich gemacht hatte. Die Fotos zeigten ein Abenteuer nach dem anderen, bei denen das Paar jeweils außergewöhnliche Dinge vor fremden Kulissen tat. Auf einem Bild standen sie zu beiden Seiten eines Löwen, die Arme um seine dicke Mähne gelegt, und der Löwe leckte sich das Maul. Auf einem anderen balancierten sie auf den Flügeln eines Flugzeugs, Hunderte Meter in der Luft. Sie standen auf Bergspitzen, knietief im Schnee. Sie hielten sich auf einem Hochseil an den Händen, über Hunderten von Zuschauern. Sie saßen mit gelassenen Mienen im Lotussitz auf Nadelbrettern.

Jedes Bild versetzte Evie einen weiteren Stich in die Magengegend. Es war das Leben, das sie sich gewünscht hatte. Das Leben, das sie für ihre eigene Sicherheit und diejenige ihres Bruders aufgegeben hatte. Das Leben, das sie nie gekannt hatte.

Sie wandte sich von den Bildern ab, unsicher, was dieses glückliche Haus sonst noch für sie parat halten mochte, aber dennoch folgte sie Vincent ins Wohnzimmer, wo er sich gerade in einem gewaltigen Sessel niederließ. In dem Zimmer gab es viele Regale, alle voller Bücher, hauptsächlich Belletristik, doch in den Regalen neben Vincents Sessel befanden sich Notenblätter und Biografien großer Musiker, die er bewunderte. Vor dem Fenster, das auf die Straße hinausging, stand ein silberner Notenständer. Der Ständer war auf die Höhe eingestellt, wenn Vincent in seinem Sessel saß. Evie erinnerte sich, wie ihr Rücken, als sie über siebzig gewesen war, immer geschmerzt hatte, wenn sie mehr als ein paar Minuten am Stück gestanden hatte, und wie sie sich gewünscht hatte, dass es bei ihm nicht so war.

Sie verbrachte den Abend damit, auf dem Wohnzimmerboden zu sitzen und Vincent dabei zuzusehen, wie er las, gähnte, Geige spielte, gähnte, ein kleines Glas Portwein trank, gähnte und letztlich nicht mehr dagegen ankämpfte, zu Bett zu gehen. Er wirkte so allein, so ruhig, und sie fragte sich, ob ihm das genauso vorkam wie seiner Beobachterin. Selbst mit zunehmendem Alter war Evie immer unruhig geworden, wenn sie zu lang still gesessen hatte, und sie hatte sich mit etwas beschäftigen müssen. Sie hatte Stricken und Häkeln gelernt und einen Schal nach dem anderen angefertigt, damit ihrer Familie im Winter warm war, während sie den Sommer über Kissenbezüge und Teemützen häkelte. Sie schrieb Briefe und Karten an Freunde in dem kleinen Dorf, in dem Jim und sie nach ihrer Hochzeit gelebt hatten, oder sie buk stundenlang in der Küche. Sie hatte immer etwas zu tun und war rege, selbst wenn ihre alten Glieder protestierten. Vincent hingegen wirkte gelassen und recht zufrieden damit, dazusitzen und nichts zu tun, andererseits war er schon immer so gewesen, überlegte sie. Während sie hektisch gezeichnet oder das Abendessen oder Tee gekocht hatte, hatte er gewöhnlich mit einem Buch in der Hand auf dem Sofa gesessen. Sie hatte immer gewusst, dass sie ihn bei ihrer Rückkehr an genau der Stelle wiederfinden würde, an der sie ihn zurückgelassen hatte.

Vorsichtig erklomm er die Treppe ins Obergeschoss, setzte auf jeder Stufe beide Füße ab, bevor er auf die nächste stieg, doch Evie trödelte noch in der Diele herum. Sie fragte sich, ob die junge Frau auf den Fotos noch am

Leben war, und ob die beiden immer noch zusammen waren. Die Stille in dem Haus legte nahe, dass Vincent allein hier lebte, aber die Gegenwart der Fotos verriet ihr, dass dem nicht schon immer so gewesen war, dass sie einst zusammen in dem Haus gelebt hatten. Ihr kam ein Gedanke in den Sinn. Als sie die Fotos erneut betrachtete, wurde ihr klar, dass da immer nur die beiden zu sehen waren. Vincent hatte nie Kinder gehabt.

Ihr Blick fiel auf das einzige Bild, auf dem nicht Vincent und seine Liebste zu sehen waren. Es war ein Gesicht, das sie wiedererkannte, und sie lachte beim Anblick des Bildes von Sonny Shine, auf dem er so innig Vincents Wange küsste, dass sein Gesicht ganz zerdrückt und verzerrt war. Es war der Vincent, den sie gekannt hatte: Er sah aus, als hätte er die Nase voll von Sonny, lächelte aber trotzdem. Das Haar war ihm vors linke Auge gefallen, doch das strahlende Grün spiegelte das Blitzlicht und glänzte durch die dunklen Strähnen. Er sah nicht wie ein Model aus, wie ein griechischer Gott oder eine Romanfigur, die sich eine Frau erträumt hatte, damit sich andere Frauen danach verzehren konnten. Seine Nase war rund und krumm, seine Zähne waren leicht verfärbt, weil er als Teenager geraucht und ein Leben lang zu viel Tee getrunken hatte, und sein Barthaar war schon immer ungepflegt und wild gewesen … aber es war Vincent. Evie hatte ihn geliebt, wie er war, nicht nur die Teile an ihm, die allgemein als schön durchgingen. Gerade die Teile, die nicht konventionell waren, machten ihn einzigartig. Sie erinnerte sich, wie er immer mit der Hand auf ihrem runden Bauch geschlafen hatte, wie er ihr gesagt hatte, dass sie schön aussah, selbst wenn sie nicht geschminkt gewesen war, wie er ihren Nasenrücken zwischen ihren

Augen geküsst hatte, obwohl sie immer gesagt hatte, der Rücken ihrer Nase sei ein wenig zu breit und ließe ihre Augen komisch aussehen. Sie beide hatten ihre Makel gehabt, wie alle Menschen, aber zusammen waren sie perfekt gewesen, weil sie die Teile des anderen geliebt hatten, die nicht ganz so waren, wie sie selbst sie haben wollten. Evie berührte Vincents Nase auf dem Bild mit einem einzelnen Finger und vermisste ihn mehr denn je. Der Vincent im Obergeschoss war nicht der Mann, den sie kannte. Sie war in den Jahren, die ihn geprägt hatten, nicht da gewesen.

Sie schlich auf Zehenspitzen die Treppe hoch und schob sich vorsichtig durch zwei geschlossene Türen, bevor sie Vincents Zimmer am Ende des Flurs fand. Die Tür wurde von einem Türstopper aufgehalten, der wie eine schwarze Katze aussah. Vincent lag bereits im Bett eingemümmelt da und schnarchte leicht. Im Zimmer war es dunkel, aber im Mondschein konnte Evie die geblümte Bettdecke ausmachen, die zu gut zum übrigen Zimmer passte, um auf Vincents Konto zu gehen. In der Ecke war ein Schreibtisch, auf dem er seinen Geldbeutel und seine Taschenuhr abgelegt hatte, und an der Wand stand ein Kleiderschrank, doch abgesehen vom Wesentlichen wirkte das Zimmer kalt und leer. Aus keinem Winkel des Hauses schien ein Funke des Charakters, den Evie einst an Vincent gekannt hatte, und sie fragte sich, wie lange die Frau von den Bildern schon fort war. Eine lange Zeit, vermutete sie.

Sie ging um das Bett, um Vincents Gesicht besser betrachten zu können, und stellte fest, dass er schlafend mehr wie der Mann aussah, den sie gekannt hatte. Die Bürden seines Lebens hatten ihn gezeichnet, doch wenn er schlief, entspannte sich sein Gesicht zu demjenigen, das Evie kannte. Er war relativ sorglos und unbekümmert gewesen, als sie ihm das erste Mal begegnet war, doch als sie ihn jetzt am Bahnhof gesehen hatte, als alten Mann, war sein verhärmtes Gesicht wie eine Maske gewesen, durch die sie nicht hatte durchsehen können. Jetzt, im Schlaf, hatte sie den Vincent gefunden, in den sie sich verliebt hatte, nur dass er ein bisschen faltiger war.

»Vincent?«, flüsterte sie, und der Name ging ihr eigenartig von der Zunge. Seine Augenbrauen fuhren ein wenig in die Höhe, wie die Ohren eines Hundes, der sie beim vertrauten Klang seines Namens spitzte. »Vincent. Ich bin's … ich bin's, Evie.« Es ließ sich schwer ausmachen, aber etwas in seinem Gesicht veränderte sich, und er sah unendlich traurig aus. Ihre Stimme musste seine Träume beeinflussen, und sie fragte sich, was er vor seinem geistigen Auge sah, das ihn so verstimmte. Am liebsten hätte sie sein Gesicht berührt und die Sorgentäler geglättet, die sich in seine Stirn gegraben hatten. »Vincent. Es gibt so viel, was ich sagen könnte. So vieles, was ich so viele Jahre habe sagen wollen. Erstens sollst du wissen, dass Eddie genau der Mann geworden ist, wie ich es mir immer für ihn gewünscht habe. Er hat einen liebevollen Partner gefunden und führt ein glückliches Leben. Unser Ende war nicht umsonst, aber es ist kein Tag vergangen, an dem ich mich nicht gefragt habe, was geschehen wäre, wenn wir gegen alles und jeden gehandelt hätten. Ich frage mich, was unser alternatives Ende gewesen wäre. Ich frage mich, ob Eddie sein Glück ohne die Sicherheit gefunden hätte, die wir ihm gegeben haben, und ich frage mich, ob unser Leben überhaupt besser oder schlechter geworden wäre, als es tatsächlich gewesen ist.

Ich habe letztlich mein Glück gefunden. Ich habe es in meinen beiden Kindern gefunden. Sie sind meine Welt geworden, und ich würde mir niemals wünschen, etwas zu ändern, das bedeuten würde, dass es sie nicht gäbe, denn eine Welt ohne August und Isla wäre ein nicht so leuchtender und lebenswerter Ort. Aber trotzdem habe ich mir jeden Tag gewünscht, du wärst an meiner Seite, und habe mich gefragt, wo du bist und ob du mich auch vermisst. Es ist schwer, mit Wenns zu leben, aber mit einem derart großen war es unerträglich. Die Last auf meinem Herzen wurde so schwer, dass ich – tja, ich habe es an meinem Hochzeitstag herausgenommen und im Garten vergraben.«

Vincents Gesicht verzog sich, und eine einzelne Träne kullerte seinen Nasenrücken hinunter und versickerte im Kopfkissen.

»Aus meinem Herzen wuchs ein Baum. Ein gewaltiger Baum, der alle Häuser in der Umgebung überragt, und er trägt diese seltsamen Früchte, deren Geschmack niemand ausstehen kann abgesehen von mir – und möglicherweise dir, ich weiß es nicht.« Dieser Gedanke war Evie bisher nicht in den Sinn gekommen. »Wirst du ihm einen Besuch abstatten? Ich glaube, wenn du ihn siehst, würdest du begreifen. Du würdest wissen, wie sehr ich dich jeden einzelnen Tag vermisst habe, und du würdest sehen, dass ich nie aufgehört habe, dich zu lieben. Niemals.«

Auf einmal wimmerte Vincent und rollte auf den Rücken. Tränen strömten seitlich an seinem Gesicht hinab und in sein graues Haar. Er murmelte etwas, und Evie glaubte, er habe ihren Namen gesagt, aber sie war sich nicht sicher. Dann schniefte er im Schlaf und schien sich zu fassen, und Evie fragte sich, ob er von ihr träumte.

»Evie …«

Diesmal war es deutlicher. Sie war sicher, er wusste, dass sie da war, und oh, wie sie wünschte, er könnte aufwachen und sie sehen, damit sie reden und wieder gemeinsam in Erinnerungen schwelgen könnten, wenn auch nur für kurze Zeit. Doch Evie spürte das Ziehen in ihrem Nacken. Die Welt der verlorenen Seelen rief erneut nach ihr. Sie hatte nicht das Gefühl, alles gesagt zu haben, was sie zu sagen hatte, andererseits gab es so viel, was sie ihm sagen wollte, dass sie nie fortkäme, wenn sie weitermachte.

Sie schloss die Augen, um den Händen nachzugeben, die sie zurück zu Dr. Liefde zogen, als sie Vincent flüstern hörte. »Evie«, und sie öffnete die Augen, um ihn sagen zu sehen, »für mich warst du das allergrößte Abenteuer.«

Der Lärm eines Zuges sauste durch Evies Kopf und ließ ihren Brustkorb rattern wie die Schienen, auf denen er fuhr. Sie wurde mit einem großen *Wusch!* durch die Wand geschoben, hielt dann jedoch jäh inne, mitten in der Luft schwebend, und wurde allmählich zu Boden gesenkt, als stünde sie auf einer unsichtbaren Rolltreppe.

»Na, das war viel angenehmer als bisher!«, sagte sie der Wand, die zur Antwort die Oberfläche kräuselte.

»Wie war's?« Liefde half Evie aus dem Mantel und rollte den Stuhl hinter sie, damit sie sich rückwärts hineinplumpsen lassen konnte.

»Es war … Na ja, es war eben. Ich bin mir nicht ganz sicher, wie ich mich fühle, aber ich weiß, dass ich etwas fühle.«

Nickend verließ Liefde das Zimmer. Er schien nur Sekunden fort zu sein, kehrte dann jedoch mit zwei frisch gebrühten Tassen Tee zurück.

»Du brauchst nicht darüber zu reden, wenn du nicht möchtest, aber du weißt, dass ich hier bin, falls doch.« Er reichte ihr den Tee und stand verlegen mit seiner eigenen dampfenden Tasse da. »Möchtest du eine Weile allein sein?«, fragte er.

»Nein.« Sie schüttelte sofort den Kopf. »Ich freue mich über Gesellschaft. Alles was uns zu tun bleibt, ist abzuwarten.«

14

Unmögliche Einfälle beim Frühstück

Vincent erwachte am nächsten Morgen in einem Meer aus Tränen. Sein Kopfkissen war durchtränkt und sein Haar feucht. Er hatte von Evie geträumt, wie er es in vielen Nächten tat, doch diesmal war sie so lebendig gewesen, ihre Stimme so deutlich. Er setzte sich vorsichtig an die Bettkante und schob die Füße direkt in die Hausschuhe. Auf dem Weg nach unten, um sich Frühstück zuzubereiten, öffnete er in der Diele eine Schublade einer Kommode, zog einen Briefumschlag heraus und nahm ihn mit in die Küche. Über seinem Porridge las er die Einladung zu Evies Beerdigung beziehungsweise der »Feier ihres Lebens«, wie sie genannt wurde.

Die Nachricht, dass Evie verstorben war, hatte Vincent auf eine Art in Mitleidenschaft gezogen, die er nicht für möglich gehalten hätte. Nachdem sie vor all den Jahren getrennter Wege gegangen waren, hatte er vier Jahre lang allein verbracht und den Verlust einer Frau betrauert, ohne die er sein Leben nicht leben wollte. Er hatte sich ganz seinem Studium und der Musik hingegeben, hatte einen ausgezeichneten Abschluss erzielt und wurde eingeladen, in einem Orchester für ein Ballett zu spielen, das auf einer dreijährigen Tournee um die Welt reisen sollte.

Im Laufe dieser Tournee verliebte sich eine der Ballerinen, Cynthia Petal, in den gut aussehenden Geiger. Ehrlich gesagt verliebte sich jede Ballerina in Vincent, doch er schloss Cynthia ins Herz, weil sie so anders als Evie war.

Natürlich war Cynthia lieb und hatte Vincents Zuneigung verdient, aber obendrein war sie klein und kantig, und ihr Lachen konnte Glas zerspringen lassen. Jedes Mal, wenn eine junge Frau Interesse an Vincent gezeigt hatte, hatte er etwas gefunden, das ihn an Evie erinnerte. Wenn sie beim Lächeln all ihre Zähne zeigte, sah er Evie. Wenn sie Kurven an den »falschen« Stellen hatte, spürte er Evie, und wenn ihr Lachen die Atmosphäre in einem Abstand von drei Metern um sie her aufheizte, hörte er Evie. Vincent sah sie überall, außer in Cynthia Petal. Er ertrug es, mit Cynthia zusammen zu sein, ohne dass sein Herz alle zehn Sekunden gebrochen wurde, und deshalb wich er nicht von ihrer Seite, und sie ließ es geschehen.

Bei jeder Station auf der Tournee, in jedem fremden Land, fanden Vincent und Cynthia ein Abenteuer. Sie hatten so viel Spaß, dass sie, als die Tournee zu Ende ging, keinen Grund sahen, weshalb ihre Abenteuer auch enden sollten, also reisten sie weiter mit dem Geld, das sie durchs Tanzen und Musizieren in dem Ballett verdient hatten. Über das Heiraten wurde überhaupt erst geredet, als sie nach Las Vegas kamen und an einer Drive-through-Hochzeitskapelle vorüberfuhren. Zu dem Zeitpunkt hatte Vincent seit neun Jahren nichts von Evie gehört und wusste, dass er nie von ihr hören würde, und die vier Jahre, die er mit Cynthia verbracht hatte, waren wunderschön gewesen. Er sah keinen Grund, warum sie nicht den Rest ihres Lebens miteinander verbringen sollten. Er liebte Cynthia auf andere Art, als er früher Evie geliebt hatte, aber dennoch liebte er sie, und ihre Gefühle ihm gegenüber standen nie infrage, denn sie waren an ihren Augen abzulesen. Also riss Vincent das Steuer herum und lenkte den Wagen in den »Say I Do Wedding Drive-Thru«, um eine neue Art von Abenteuer zu beginnen.

Vincent und Cynthia verbrachten ihre Jahre damit, zusammen zu tanzen und zu spielen, um das damit verdiente Geld für Flugtickets und Hotelzimmer zu verjubeln. Erst als sie für eine Weile nach Hause kamen, wurde ihnen klar, dass sie nicht auf Reisen gewesen waren, sondern auf der Flucht. Auf der Flucht vor der ganz realen Wahrheit, dass sie keine Kinder haben konnten. Sie hatten es schon so lange versucht, und kein einziges Mal hatte es auch nur einen Funken Hoffnung gegeben. Um sich also abzulenken, flitzten sie von einem Ort zum anderen und taten so, als wären sie noch jung und hätten alle Zeit der Welt, leugneten die Realität, bis es zu spät war. Nun akzeptierten sie, dass es keine Kinder geben würde, und ließen sich in ihrer alten Heimatstadt nieder, wo sie sich kennengelernt hatten.

Man bot beiden Stellen an einer Schule für darstellende Künste gleich außerhalb der Stadt an. Vincent unterrichtete Geige und Cynthia erteilte Ballettunterricht, und obwohl sie nie Kinder bekamen, hatten sie doch einander, und das reichte. Wenigstens glaubte Vincent das, bis Cynthia im Alter von sechsundvierzig Jahren Anzeichen einer Schwangerschaft an den Tag legte. Vincent wachte frühmorgens auf und hörte, wie sie sich übergab, und eilte ins Badezimmer, in der Hoffnung, sie hätte gute Nachrichten für ihn, doch sie beharrte darauf, nur etwas Schlechtes gegessen zu haben. Nachdem sie sechs Wochen lang an fast jedem Morgen über der Kloschüssel gehangen hatte, bestand er darauf, dass sie zum Arzt ging, um herauszufinden, was nicht stimmte. Erst da brach sie zusammen und gestand, schwanger zu sein. Vincent war überglücklich und versuchte, sie zu küssen, aber sie wandte sich von ihm ab, Tränen rannen ihre Wangen hinunter, und sie beichtete ihm die Wahrheit.

Als Cynthia endlich klar geworden war, dass Vincent und sie niemals Kinder haben würden, hatte sie sich woanders Trost gesucht und den Gefühlen eines Tänzers nachgegeben, dessen leidenschaftliche Avancen sie bis dahin jahrelang abgewehrt hatte. Doch in einer schwachen Minute hatte sie dem Tänzer nachgegeben – allerdings stellte sich heraus, dass Cynthia zu schwachen Minuten neigte, und es hatte sich eine Affäre entwickelt. Sie war überzeugt, unfruchtbar zu sein, und war deshalb sicher, dass Vincent nie von der Affäre erfahren würde, doch in Wahrheit war es nicht Cynthia, die keine Kinder bekommen konnte. Nur Wochen nach Beginn ihrer Affäre mit Antoine Blanc merkte sie, dass etwas nicht stimmte, und nach Wochen voll Erbrechen, empfindlichen Brüsten und keinem Anzeichen ihrer Tage, konnte sie nicht länger leugnen, dass sie schwanger war und das Kind nicht von ihrem Ehemann.

Vincent war am Boden zerstört. Cynthia hatte ihn in einem grausamen Akt der Selbsterhaltung attackiert und ihm die Schuld daran gegeben, dass sie nicht schon früher im Leben Kinder bekommen hatte, und Vincent konnte ihr nur beipflichten und sich entschuldigen. Sie zog eine Weile zu ihrer Mutter und ließ Vincent allein zurück mit etlichen Flaschen billigem Whisky, mit denen er sich bis zur Besinnungslosigkeit betrank. Bis ein alter Freund an seiner Türschwelle auftauchte.

Sonny Shine, wie immer betrunken, hatte Vincents neue Adresse von Violet Winters erhalten, und als Vincent die Tür aufmachte und seinen ehemaligen Mitbewohner auf der Vordertreppe liegen sah, weil dieser sich anstatt zu klopfen gegen die Tür geworfen hatte, reichte das, um ihn auszunüchtern. Das folgende Gespräch zeigte ihm, dass sich Sonnys Leben im Lauf der Jahre, die sie sich nicht gesehen hatten, überhaupt nicht verändert hatte, und als Sonny ihm einen Schluck aus seinem Flachmann anbot, lehnte Vincent ab. Er wollte nicht, dass die Leute ihn erblickten und sahen, was er in Sony sah.

Gleich am nächsten Tag rief er Cynthia an und sagte ihr, er werde sich um das Kind kümmern und es aufziehen, als wäre es sein eigenes, wenn sie nur nach Hause zurückkäme. Das Leben würde seinen normalen Gang gehen, erklärte er ihr. Ihre Antwort kam schluchzend durch die knackende Leitung. Cynthia hatte das Baby verloren. Laut der Ärzte grenzte es an ein Wunder, dass sie überhaupt erst schwanger geworden war, doch es wäre niemals möglich gewesen, die Schwangerschaft aufrechtzuerhalten.

Cynthia kehrte voll Reue und Versprechungen, dass mit Antoine Schluss sei, nach Hause zurück, und Vincent schaffte es dank seines großen Herzens, ihr zu verzeihen. Sie war die einzige Frau, die ihn nach Evie jemals irgendwie glücklich gemacht hatte, und er durfte sie einfach nicht verlieren. Ihr gemeinsames Leben ging weiter, bloß dass da jetzt eine Zerbrechlichkeit an ihnen war, die jeder spüren konnte, der sie kannte. Jeder für sich betrachtet war wie aus Stein, aber gemeinsam waren sie Glas, und ihre

Freunde und Familien tanzten ein Ballett um sie herum und achteten darauf, den Frieden, den sie gefunden hatten, nicht zu stören. Sie lebten glücklich, aber ruhig, und ihre Abenteuer wurden immer seltener, bis sie ganz aufhörten. Cynthia starb im Alter von sechsundsiebzig Jahren, und Vincent blieben nur Bilder von ihren Abenteuern zur Gesellschaft.

Immer wieder las Vincent Winters die Kursivschrift auf der Einladung. Er wünschte verzweifelt, er wäre zu Evies Beerdigung gegangen, um ihr aufrichtig die letzte Ehre zu erweisen, doch er hatte nicht den Mut gehabt und hatte sich eingeredet, Evie hätte es so gewollt. Da Jim die Einladung geschickt hatte, hatte ihn nicht Sorge über Jims Reaktion ferngehalten; eher die Tatsache, dass er sicher war, Evie hätte nicht gewollt, dass ihre Kinder Fragen über den seltsamen alten Mann aus der Vergangenheit ihrer Mutter stellten, den sie nie gesehen und von dem sie nie gehört hatten. Außerdem glaubte er nicht, dass es sein Herz durchstehen würde. Es verging kein Tag, an dem er nicht an Evie dachte, doch er war gut geübt darin, Gedanken an sie von sich zu schieben und in den winzigsten Winkeln seines Gehirns zu verstecken. Doch ihren Kindern zu begegnen, die gewiss aussahen wie sie, redeten wie sie und bei allem, was sie taten, an sie erinnerten, wäre so, als würde er Evie von Neuem verlieren.

Schon beim ersten Anblick der Einladung hatte er beschlossen, nicht hinzugehen, und das Begräbnis war mittlerweile zwei Wochen her, doch jetzt grübelte er noch einmal über seine Entscheidung nach, ohne recht zu wissen, warum. Der Traum, den er von Evie geträumt hatte, hatte jede Pore mit dieser eigenartigen, unvorstellbaren Hoffnung erfüllt. Die gleiche Hoffnung und Energie, die er gehabt hatte, als er sie vor all den Jahren gebeten hatte, mit ihm durchzubrennen. Es war ein unmöglicher und regelrecht törichter Einfall gewesen, doch er hatte von ganzem Herzen geglaubt, dass sie es hinbekämen. Genau diese Art von Glaube verspürte er jetzt.

Vincent drehte die Einladung um, um die Adresse der Summers zu lesen. Bisher war ihm der Gedanke nie in den Sinn gekommen, doch jetzt, obwohl unmöglich und geradezu töricht, glaubte er, über seinem Porridge, dass er irgendwie Evie Snow eines Tages noch einmal wiedersehen würde.

15

Hallo, adieu

Vincent stand auf der untersten Eingangsstufe einer Villa und sah zu der blauen Tür hoch. Er klopfte nervös mit dem Stock auf den Kies, ein Wohlklang in seinen Ohren, drehte sich dann um und sah zu, wie sich das Taxi immer mehr entfernte. Fast wünschte er, er hätte den Fahrer gebeten zu warten, falls er es sich anders überlegen sollte. *Das ist gut so*, dachte er. *Jetzt gibt's kein Zurück mehr.* Und mit einem wackeren Ruck stieg er die Stufen hoch und klopfte mit den Fingerknöcheln recht heftig an. In den folgenden Momenten drehte sich ihm der Magen. Er hatte Angst, dass eines von Evies Kindern an die Tür kommen und den verrückten Alten wegschicken könnte, aber das Gesicht, das ihn begrüßte, war zwar keines, das er gut kannte, aber zumindest eines, das er schon einmal gesehen hatte.

»James Summer?«, krächzte Vincent und hustete dann, um sich zu räuspern.

»Ja, der bin ich.« Jim trat einen Schritt vor und zog die Tür fast ganz hinter sich zu. Er wusste, dass er diesen Mann von irgendwoher kannte. Rasch ging er im Geiste sein Adressbuch durch und versuchte, einen Namen zu dem Gesicht zu finden.

»Jim …«, sagte Vincent, um das Schweigen zu brechen, während er beobachtete, wie der andere verzweifelt versuchte, den Einbruch der Vergangenheit einzuordnen. Das allmähliche Dämmern, das sich auf seinem Gesicht ausbreitete, wäre ein Bild wert gewesen.

»Vincent Winters«, hauchte er, und bevor Vincent die Stufen zurückweichen und diesen törichten Einfall vergessen konnte, war Jim auf ihn zugehumpelt und umarmte ihn. »Ich kann dir nicht sagen, wie schön es ist, dich zu sehen«, sagte er, die Wörter gedämpft, da sie ihm schier in der Kehle stecken blieben.

Vincents Rücken versteifte sich. Als er das letzte Mal auf diese Art umarmt worden war, hatte es sich um seine Mutter gehandelt, in der Nacht, in der sie vor zwanzig Jahren gestorben war. »Es ist auch schön, dich zu sehen«, sagte er und erwiderte die Umarmung, entspannte sich dabei und genoss die Interaktion mit einem anderen Menschen. Davon hatte es in seinem Leben in den letzten Jahren nicht viel gegeben.

»Geht es dir gut? Du siehst gut aus.« Jim wurde seiner Aufregung nicht Herr. Er hatte sich so viele Jahre lang gefragt, wie es Vincent gehen mochte, ob er zurechtkam und was er mit seinem Leben angefangen hatte. Aus Respekt vor den Wünschen seiner Frau hatte er nie gewagt, es herauszufinden, doch jetzt stand der Mann persönlich vor seiner Türschwelle, und er hatte das Gefühl, es Vincent zu schulden, ihm all die Fragen zu stellen, die er immer schon hatte stellen wollen, und ihm die Freundschaft anzubieten, die er immer hatte anbieten wollen.

»Ja, geht es mir. Glaube ich. Die letzten Wochen waren etwas seltsam …«, sagte Vincent. Beide Männer waren im

Alter etwas geschrumpft, doch Vincent überragte Jim immer noch um fünfzehn Zentimeter und blickte selbst über seinen Stock gekrümmt auf ihn hinab.

»Seit Evies Tod?«, fragte Jim, und Vincent nickte verlegen. »So ist es uns allen ergangen. Möchtest du hereinkommen? Die Familie kennenlernen?«

Die Eingangstür war im Wind ein wenig aufgeschwungen, und Vincent vernahm Stimmen, die durcheinander redeten, lachten, sich mokierten, irgendwo im Haus lärmten. Sein Herz drängte in seiner Brust nach vorn, darauf zuzuschubsen, doch er stemmte die Fersen in den Boden.

»Wird das nicht zu Fragen führen?«, fragte er.

Jim nickte. »Wahrscheinlich. Sie haben in den letzten Wochen schon viel über dich herausgefunden, aber dennoch ist es wohl an der Zeit, dass sie alles erfahren ... Meinst du nicht?« Er legte den Arm um Vincents Schultern, und sie gingen gemeinsam ins Haus. »Sie haben in den letzten Wochen hier gewohnt, um Evies Sachen durchzusortieren. Jetzt fühlt es sich allerdings mehr so an, als würden sie bleiben, um sich um mich zu kümmern.«

»Wie ist es dir ergangen? Seit ...«, erkundigte sich Vincent, der das Gefühl hatte, vergessen zu haben, wie man mit Menschen Konversation betrieb.

Seufzend lehnte sich Jim an eine Kommode im Flur. »Du weißt, wie es ist, Evie zu verlieren.«

Ein vertrautes Stechen durchzuckte Vincent wie ein Stromschlag.

»Aber es geht mir – besser. Danke.« Jim lächelte mit den Lippen, aber nicht den Augen, und Vincent verstand nur zu gut.

»Dad?«, rief eine Frauenstimme.

»Bist gerade zur rechten Zeit gekommen, Vincent«, sagte Jim rasch, als das Geräusch von Schritten lauter wurde. »Isla bereitet gerade das Mittagessen vor, und gewöhnlich spannt sie mich ein, bloß um mir zu sagen, dass ich nicht schnell genug bin.« Er verdrehte voll Zärtlichkeit die Augen.

»Befreie ich dich deiner Küchenpflichten?« Vincent lächelte belustigt.

»Nein, du wirst meinen Platz einnehmen!« Jim lachte, während eine Frau mittleren Alters in weiter Trainingshose, einem leuchtend pinkfarbenen T-Shirt und einer rüschenbesetzten, roten Schürze voller Mehl am Ende des Flurs auftauchte.

»Da bist du ja! Du solltest doch eigentlich helfen, und … Oh. Wer ist das?«

Vincent konnte den Blick nicht von ihrem runden Gesicht losreißen. Es war, als wollte man nicht von einem Autounfall wegsehen. Tatsächlich ähnelte sie mehr Jim, aber ihre Lippen bewegten sich genau wie Evies, und trotz der grauen Strähnen wies ihr Haar den gleichen Blondton auf.

»Das ist Isla, meine Tochter.«

Isla kam auf sie zu, die mehlige Hand ausgestreckt, um Vincents zu ergreifen. Er schüttelte sie in der Hoffnung, dass sie nicht bemerkte, wie verschwitzt seine Handfläche war. Er hasste es, wie verlegen und deplatziert er sich vorkam.

»Isla, das ist Vincent.«

Unvermittelt hörte Isla auf, seine Hand zu schütteln, und hielt sie nur noch, den Mund jetzt leicht geöffnet. »Sie … Sie sind Vincent? Vincent Winters?«

Vincent holte tief Luft. »Das bin ich.«

Weder Vincent noch Jim wussten, was Isla durch den Kopf ging, da ihre Miene sich nicht veränderte, aber keiner von beiden rechnete damit, dass sie …

»AAAUUUUGGGUUUUSSSSTTT!!!!« Beide Männer zuckten bei ihrem Schrei zusammen. »Oh, du meine Güte! Es tut mir so leid, aber … Sie sind hier! Sie sind es! Sie sind Sie, und Sie sind tatsächlich hier!« Nachdem Isla das Notizbuch, das August, Daphne und Täubchen zusammengestellt hatten, immer wieder gelesen hatte, hatte sie das Gefühl, als wäre eine ihrer literarischen Lieblingsgestalten zum Leben erweckt worden und stünde nun in der Diele.

August stürzte mit einem hölzernen Teigschaber herumfuchtelnd aus der Küche, die Kleidung genauso mehlbesudelt wie Islas Schürze. »Was ist los?«, brüllte er, während er mit den Strümpfen auf dem Läufer ausrutschte und mit hoher Geschwindigkeit gegen die Wand krachte, allerdings ohne den Schaber fallen zu lassen.

Vincent war klar, dass August die meisten von Evies Genen geerbt hatte. Seine Augen waren so groß und braun, wie ihre gewesen waren, und sein Gesicht war rund, die Wangen zum Reinzwicken. Sein Nasenrücken war eine Spur zu breit, doch das ließ seine Augen nicht komisch aussehen, genau wie es Evies nie hatte komisch aussehen lassen. Einfach nur groß, glänzend und voll Glück und Unfug.

»Schon gut, schon gut! Hier ist jemand, den du kennenlernen musst!«, sagte Isla aufgeregt. »Dad …« Sie bedeutete Jim, sie einander vorzustellen.

»Du bist unmöglich«, sagte Jim, der über seine Tochter lachte, sich allerdings durchaus bewusst war, dass dies alles zu viel für Vincent sein könnte. Doch dann sah er, dass ein Lächeln die Lippen des anderen Mannes umspielte.

»Daaaad«, maulte Isla, als wäre sie wieder ein Teenager. »August.« Sie drehte sich zu ihrem Bruder um, der den Schaber höher als notwendig in die Luft hielt, immer noch unsicher, ob er damit auf den Eindringling einprügeln oder ihm Mittagessen kochen sollte. »Das ist Vincent Winters!«, sagte sie in schrillem Tonfall.

»Was?« August ließ die Arme schwungvoll nach unten sinken, sodass Soße vom Ende des Schabers auf den Läufer tropfte. »Sie sind Vincent? *Der* Vincent?«

»Ich – ich glaube schon.« Vincent, der sich mittlerweile ein wenig selbstsicherer fühlte, streckte die Hand aus, die August freudig schüttelte.

»Da soll mich doch der Teufel holen! Ich fasse es nicht! Kommen Sie rein, kommen Sie rein!« Übereinander stolpernd, gingen August und Isla geschäftig auf die Küche zu. Vincent warf Jim einen Blick zu, als sie sich ebenfalls in Bewegung setzten.

»Ich weiß nicht, was in sie gefahren ist«, räumte Jim ein.

»Es ist bestimmt das, was schon immer in ihnen gesteckt hat«, erwiderte Vincent. »Ihre Mutter.«

August und Isla kochten das Mittagessen, während Jim und Vincent den Tisch deckten und sich zu einem Gespräch hinsetzten.

»Woher wissen die beiden, wer ich bin?« Vincent beugte sich über den Tisch zu Jim, nickte in Richtung der Geschwister, die immer wieder Blicke auf ihn warfen und wie Kinder in der Schulcafeteria tuschelten.

»Wie viel Zeit hast du?«, fragte Jim rhetorisch, aber Vincent sah auf die Uhr und erwiderte: »Wahrscheinlich stecken höchstens noch zwei Jahre in mir, aber erzähl es mir trotzdem. Es ist schon lange her, dass ich eine gute Geschichte gehört habe.«

August erschien mit einem Notizbuch und legte es verstohlen vor Vincent auf den Tisch, dabei tat er so, als hätte er ihr Gespräch nicht mit angehört. Als Vincent es aufschlug, erblickte er seine eigene Handschrift, so einheitlich und akkurat, wie schon seit Jahren nicht mehr, aber dennoch seine.

»Woher haben Sie das?« Er klappte das Buch zu und drehte es in den Händen, sicher, es noch nie zuvor gesehen zu haben.

»Täubchen«, sagte Jim.

»Täubchen«, wiederholte Vincent lachend und erinnerte sich an die Amsel, die keine Amsel war.

»August hat von dem Vogel geträumt, und just an dem Abend tauchte Täubchen in seinem Garten auf«, erklärte Jim. »Im Traum hatte Evies Stimme ihm eingeflüstert, er solle die Flügel des Vogels waschen und ihn seiner Pflichten entbinden, und beim Säubern kamen sämtliche Nachrichten von Ihnen beiden zum Vorschein. Augusts Frau Daphne hatte die glänzende Idee, sie alle in einem Notizbuch aufzubewahren.«

Vincent blätterte durch die Seiten einer Vergangenheit, von der er nie gedacht hätte, sie je wieder so im Detail vor sich zu sehen. Er schloss das Buch und legte es auf den Tisch, bevor seine Tränen auf die Seiten tropfen konnten.

»Darf ich es mir ausleihen?«, fragte er.

»Oh, Vincent, es sind deine Erinnerungen. Das Buch gehört dir.« Jim schob es ihm zu, und unwillkürlich griff Vincent danach und hielt es fest an die Brust gedrückt.

»Dann hatte Isla auch einen Traum. Langer Rede kurzer Sinn, sie fand einen Schuhkarton, den Evie und ich unter dem Boden ihrer alten Wohnung versteckt hatten, und in dem sie all ihre Zeichnungen verborgen hatte.«

»Darf ich sie sehen?«, fragte Vincent.

»Das darfst du ohne Weiteres, aber vielleicht nicht ganz so, wie du sie in Erinnerung hast.« Jim hatte sich schon halb von seinem Stuhl erhoben, um nach oben zu gehen und das Fensterbild zu holen, bevor er sah, dass Isla im Türrahmen stand und es mit einem verlegenen Lächeln vorsichtig in den Händen hielt.

»Ich dachte, Vincent würde sich das hier vielleicht irgendwann ansehen wollen«, sagte sie und legte es auf den Tisch. Bevor sie in die Küche zurückkehrte, drehte sie sich noch einmal um. »Ich habe nicht gelauscht …« Jim bedachte sie mit einem missbilligenden Blick, lächelte jedoch, während er sie verscheuchte.

»In Islas Traum hörte sie die Stimme ihrer Mutter, die ihr sagte, sie solle den Schuhkarton finden, und als Isla es tat, hat sie das hier gemacht.« Jim griff nach dem Fensterbild und hängte es an die Lampe über dem Tisch, sodass die Sonne von den Fenstern aus darauf scheinen konnte, sobald sie hinter den Wolken hervorkam. »Mach dich auf etwas gefasst. Nur einen Augenblick – da!«

Die Sonne schien durchs Fenster, fiel auf das Glas: Die Zeichnungen erwachten zum Leben. Verblüfft umklammerte Vincent das Buch noch fester, doch sobald er die Gans wiedererkannte, die ihn dazu gebracht hatte, in den Teich zu fallen, jaulte er vor Lachen. Er erkannte sogar die Zeichnung von sich und Evie, wie sie unter einem Regenschirm kauerten. Die Vincent-Zeichnung winkte dem echten zu, aber die skizzierte Evie stellte etwas pantomimisch dar, als versuchte sie, ihm etwas zu sagen. Sie deutete mit spitzem Finger auf Vincent, dann auf ihre eigenen Lippen und bewegte die Hände, um Töne anzudeuten, die aus ihrem Mund kamen. Dann legte sie die Handflächen flach aneinander, schob sie unter den Kopf und tat so, als würde sie schlafen.

»Was macht sie?«, erkundigte sich Jim.

Vincent schüttelte den Kopf, obwohl er nur zu gut wusste, dass die Zeichnung ihm pantomimisch auftrug: *Erzähl ihm von deinem Traum.* Er war sich nicht sicher, ob er auf seine alten Tage mit außergewöhnlichen Ereignissen umgehen konnte. Das bloße Beisammensein mit dieser Familie führte dazu, dass sein Herz hart kämpfen musste, um ihn aufrecht zu halten. Jim von seinem eigenen Traum von Evie zu erzählen, könnte seltsame Dinge heraufbeschwören, und Vincent war zu müde, um mit sich spielen zu lassen. Evie war dennoch tot, und das war alles, was zählte. Ganz gleich, wie viele außergewöhnliche Dinge sich ereigneten, die einem das Gefühl gaben, als wäre sie immer noch hier, nichts davon würde sie zurückbringen.

»Ich sollte wirklich gehen«, sagte er und mied den Blickkontakt zu der Zeichnung, die immer noch herumwinkte. Er machte Anstalten zu gehen, doch die Cartoon-Evie sprang auf einen Sonnenstrahl und erschien auf der Wand neben der Tür, Hände in die Hüften gestemmt und die Nase verärgert gerümpft.

»Vincent …« Jim machte sich Sorgen, hatte aber eine Ahnung, was hinter Vincents Nervosität steckte. »Sie haben einen eigenen Traum gehabt, nicht wahr?«

Vincent starrte die Version von Evie an der Wand an. Es war Evie, wie sie sich selbst gesehen hatte. Pausbacken, komische Augen und viel runder um die Hüften, als sie es je gewesen war, aber trotzdem konnte er sie nicht ignorieren. Er drehte sich zu Jim um und nickte.

Während des Bratens, den es zu Mittag gab, erzählte Vincent von seinem Traum. Wie real Evie gewirkt, was sie gesagt hatte, und seine Mutmaßungen, warum er den Traum überhaupt geträumt hatte.

»Warum will sie, dass Sie den Baum sehen?« Isla lachte. »Er ist nichts Besonderes.« Vincent war ein wenig enttäuscht, dass er nicht gekommen war, um sich etwas Wunderbares anzusehen, doch er erwischte Jim dabei, wie dieser rasch den Blick von seinen Kindern abwandte und die Bratensoße betrachtete.

»Tja, es ist glasklar, dass er ihn trotzdem sehen muss«, sagte Jim, der den Blick unverwandt auf sein Stück Fleisch gerichtet hielt, das er präziser als nötig schnitt.

»All diese Träume«, sagte August. »Man fragt sich, was nach dem Tod tatsächlich mit einem geschieht.«

»Glaubst du wirklich, dass Mum dahintersteckt?«, fragte Isla herausfordernd. »Aus dem Jenseits!« Sie drohte ihrem Bruder neckend mit dem Finger.

»Du glaubst sehr wohl daran, dass die Zeichnungen durchs Haus tanzen!«, versetzte August und versuchte, nicht die Fassung zu verlieren.

»Das ist eine optische Täuschung«, sagte Isla matt.

»Ist es nicht!« August schlug unsanft mit der Gabel auf den Tisch.

»Doch!« Isla tat es ihm gleich. Bratensoße spritzte über das Tischtuch und auf Vincents Ärmel.

»Also gut, ihr beiden. Jetzt reicht's!«, sagte Jim streng und reichte Vincent eine Serviette. »Es ist egal, warum ihr diese Träume geträumt habt. Wichtig ist nur, wohin sie euch geführt haben. Ihr habt so viel über eure Mutter erfahren. Dinge, die dazu geführt haben, dass ihr euch ihr näher fühlt, da sie nun fort ist. Das ist das Wichtige, vergesst das ja nicht.«

»Tut mir leid, Vincent«, sagte Isla und berührte ihn entschuldigend am Arm.

»Ja, tut mir leid«, sagte August verlegen. »Keine Ahnung, was in uns gefahren ist. Es wirkt allerdings schon komisch. Dass wir drei Träume von Mum hatten, die uns zu Dingen geführt haben, die sie fast ihr ganzes Leben lang vor uns verheimlicht hat.«

»Wenn Evie auch nur im Entferntesten so geblieben ist, wie ich sie kannte«, sagte Vincent leise, da er Jim kein Unbehagen bereiten wollte, »würde ich es ihr durchaus zutrauen, dass sie einen Weg fände, um aus einem anderen Reich mit uns zu kommunizieren.« Er lachte.

»Ja«, schaltete Jim sich ein. »Genau wie du, Isla, hat sie immer das Unmögliche versucht und gewöhnlich gewonnen.«

Jim und Vincent warfen sich einen wissenden Blick zu. Wenn Evie im Spiel war, wollte keiner von ihnen das Übernatürliche ausschließen, so unmöglich es auch erschien. Jim hielt es allerdings für das Beste, seinem fantasievollen Sohn keine Angst einzujagen, oder mit seiner rational veranlagten Tochter in Streit zu geraten.

»Also.« Jim wischte sich den Mund ab, legte die Serviette neben seinen Teller auf den Tisch und sah Vincent an. »Ich finde, es ist an der Zeit, dass du dir diesen Baum ansiehst.«

Während der Himmel dunkler wurde, gingen drei Summers und ein Winters langsam mit Laternen durch das Wäldchen. Isla hatte angerufen, sodass bei ihrer Ankunft Eddie und Oliver auf der Veranda auf sie warteten. Vincent war Eddie nie begegnet, aber eine Weile hatte er ihm die Schuld am Ende seiner Beziehung mit Evie gegeben. Mit der Zeit hatte er Vernunft angenommen und ihm war klar geworden, dass Eddie keine Ahnung hatte, wie viel seine Schwester tatsächlich für ihn getan, oder wie viel sie aufgegeben hatte. Dennoch wusste er nicht recht, wie es ihm damit gehen würde, ihn kennenzulernen.

Obwohl Vincent nur zu gut wusste, wie viel Zeit vergangen war, seitdem er seine Sachen gepackt und Evie schlafend auf dem Balkon zurückgelassen hatte, hatte er damit gerechnet, dem Eddie zu begegnen, von dem sie immer erzählt hatte: einem Jungen mit strahlenden Augen, kaum alt genug, um Alkohol zu trinken. Stattdessen sah er sich mit der Realität eines Mannes über siebzig konfrontiert, der Arm in Arm mit einem anderen alten Mann dastand. Beide hätte Vincent für Männer in seinem Alter gehalten, wenn er sie beiläufig auf der Straße gesehen hätte. Altersunterschiede verringern sich mit den Jahren, bis Jahrzehnte wie bloße Ritzen im Asphalt wirken. Vincent, Jim, Eddie und Oliver waren alte Männer. Eine Tatsache, die sie alle gern bis zum Tod leugnen würden, wenn der Tod nicht so nahe bevorstünde.

»Vincent.« Eddie begrüßte ihn mit einem Lächeln, doch

er hielt sich nervös an Oliver fest. »Es ist wirklich ein Vergnügen, Sie kennenzulernen.«

»Ganz meinerseits, Eddie. Früher einmal habe ich so viel von Ihnen erzählt bekommen, aber das ist jetzt über fünfzig Jahre her«, sagte Vincent.

»Ich bezweifle, dass sich viel verändert hat«, sagte Isla und stupste Eddie mit dem Finger an.

Das Haus der Summers war ganz das Zuhause einer Familie gewesen, wo früher einmal Kinder gespielt hatten, und in den Zimmern hing immer noch Nostalgie. Doch obwohl das Haus der Snows nun schon so viele Jahre von Eddie und Oliver bewohnt wurde, und jetzt auch von August und Daphne, spürte Vincent eine unerklärliche Kühle in der Luft. *Zweifellos ein Überbleibsel von Evies Mutter*, dachte er.

»Geh du voran, Eddie.« Jim bedeutete Vincent, Eddie durch die Hintertür und hinaus in den Garten zu folgen.

Vor dem dunkelgrauen Himmel ragte der beeindruckende Baum beinahe schwarz empor. Vincent konnte seine Größe kaum fassen, und sein armer schmerzender Hals ließ sich nicht ausreichend recken, um den Baum in seiner ganzen Pracht zu bestaunen.

»Wow …« Er lachte. »Womit habt ihr ihn gefüttert?«

Als der Wind die Äste peitschte und um sie alle herumblies, war sich Vincent sicher, etwas Ungewöhnliches gehört zu haben, doch sein Gehör war nicht mehr, was es einmal war, und er hatte sich wahrscheinlich getäuscht. Dennoch stieg auf einmal Hitze in ihm empor, und er stützte sich ein wenig heftiger auf den Stock.

»Alles in Ordnung?«, fragte Isla, die seinen Arm berührte, bereit, Vincent aufzufangen, falls er stürzen sollte.

»Ja, ja. Mir ist bloß ein bisschen warm, das ist alles.« Donner grollte über ihren Köpfen, und die dunklen Wolken zogen sich direkt über ihnen zusammen.

»Nach dem Regen geht es hoffentlich wieder mit der Luftfeuchtigkeit«, sagte Oliver, der ein paar Tropfen auf der Stirn spürte.

»Vincent, hast du noch ein bisschen Zeit? Ich finde, du solltest vielleicht während des Unwetters hier bleiben.« Jim lächelte, ein merkwürdiges, wissendes Lächeln, dem Vincent nicht widerstehen konnte, obwohl er sich müde und überwältigt fühlte.

»Natürlich. Zieht der Baum eine Show ab? Singt er ein Lied? Tanzt er?«, scherzte er.

»Besser«, sagte Eddie, bevor er die Gruppe zurück ins Haus führte.

Jim hatte allen mit einem Zeichen zu verstehen gegeben, dass sie ihn mit Vincent eine Weile allein lassen sollten. Die beiden Männer setzten sich in die Sessel am Feuer, ließen sich ganz langsam hineinsinken und lachten, als sie endlich mit einem *Umpf!* zum Sitzen kamen.

»Ich denke, am besten reden wir ganz offen miteinander … Nicht wahr?«, setzte Jim an und versuchte, nicht die Nerven zu verlieren. Draußen lief Nieselregen an den Fenstern hinunter, und über dem Haus grollte Donner.

Vincent schwitzte, obwohl er sein schwarzes Jackett ausgezogen hatte. »Absolut.«

Jim holte tief Luft, bevor er anfing. »Evie war eine – außergewöhnliche Frau. Gelegentlich war sie eine Nervensäge«, Vincent nickte beipflichtend, »aber sie war dennoch außergewöhnlich, und sie hat im Laufe ihres Lebens ein paar unerklärliche Dinge getan – hauptsächlich gute, ein paar schlechte und ein paar, auf die niemand je die Antwort kennen wird, aber eines der außergewöhnlichsten Dinge, die sie je vollbracht hat, war das Anpflanzen dieses Baums.« Jim setzte sich in seinem Sessel zurecht, um nachzusehen, ob die anderen lauschten, doch anscheinend hielten sie ihre eigene Versammlung in der Küche ab, um Vincents unerwartetes Eintreffen zu diskutieren.

»Es ist ein sehr beeindruckender Baum.« Vincent zuckte mit den Schultern, unsicher, was er sonst noch sagen sollte. Ehrlich gesagt war er ein wenig enttäuscht, dass er nichts gefunden hatte, das die Reise lohnender gemacht hätte.

»Er ist beeindruckender, als du denkst. Darf ich dir eine Geschichte erzählen?« Jim genoss die Chance, Evies Geschichte wiederzugeben. Vincent nickte und blinzelte langsam. »An dem Tag, als Evie und ich geheiratet haben, bevor sie vor den Altar trat und bevor wir unser Gelübde ablegten, lief sie in ihrem weißen Kleid zu diesem Haus und kniete am Fuß des Gartens im Dreck. Ihr war klar geworden, dass sie dir ihr Herz niemals schenken konnte, und mir wollte sie es nicht schenken, also beschloss sie, es niemandem zu schenken. Sie nahm das eigene Herz aus der Brust und begrub es an eben der Stelle in der Erde.«

Auf einmal war Vincent wacher, er setzte sich in seinem Sessel auf und sah Jim mit Interesse und einem Anflug von Belustigung an. Wenn er Evie nicht früher einmal gekannt hätte, hätte das eben Gehörte wie eine haarsträubende Geschichte geklungen.

Jim fuhr fort. »Als wir zehn Jahre später zu diesem Haus zurückgekehrt sind, war da dieser Baum, direkt an der Stelle, wo Evie ihr Herz vergraben hatte.« Zu seiner Freude hörte er ein gedämpftes, doch sehr vertrautes Ploppen durchs Haus dröhnen. »Es war ein Baum, der uns allen irgendwie vertraut vorkam, auch wenn keiner von uns wusste, wieso. Ein Baum, der sich warm anfühlte, ein Baum, der Trostworte flüsterte, wenn der Wind die Äste genau richtig traf, ein Baum, der nur nach einem Unwetter Früchte trug, weil er gern das Beste aus …«

»… einer schlechten Situation machte«, sagten sie einstimmig und lächelten.

»Hörst du das?«, fragte Jim.

Vincent spitzte seine armen Ohren und konnte gerade noch ein Geräusch ausmachen, das wie das Knallen von Maiskörnern in einer Pfanne klang. »Was *ist* das?«, wollte er wissen.

»Ich denke, du solltest dir den Baum vielleicht lieber noch einmal ansehen.«

Gemeinsam stemmten sie sich aus den Sesseln und gingen zur Hintertür. Vincent lachte herzlich, als er sah, wie die orangefarbenen Früchte an den Ästen erschienen, manche so ruckartig zum Leben erweckt, dass sie sofort mit einem dumpfen Geräusch zu Boden fielen.

»Der einzige Baum, der bei jedem Regen einen Obstkorb garantiert«, sagte er, jetzt überzeugt, dass die Reise all die Mühe wert gewesen war, die sie ihm verursacht hatte.

»Wenn die Früchte nur genießbar wären«, sagte Jim.

»Sind sie giftig?«, erkundigte sich Vincent.

»Eigentlich nicht. Sie schmecken nur ekelhaft. Du darfst gern davon probieren, falls du möchtest.«

»Ich glaube dir aufs Wort …«, setzte Vincent an, da hörte er Evies Stimme in seinen Gedanken. *Ein gewaltiger Baum, der alle Häuser in der Umgebung überragt, und er trägt diese seltsamen Früchte, deren Geschmack niemand ausstehen kann abgesehen von mir – und möglicherweise dir, ich weiß es nicht.* »Wenn ich es mir recht überlege …«

Vincent spazierte in den Regen hinaus, sein Atem entströmte ihm in Rauchwolken, und sein Stock platschte bei jedem Schritt in den Matsch. Etwas in ihm sagte ihm, dass er Evie auf diese Weise näherkommen konnte. Dies war seine Chance, sie wiederzusehen, da war er sich sicher.

»Nimm wenigstens einen Regenschirm mit!«, rief Jim ihm nach, doch Vincent kannte nur einen Gedanken: zu dem Baum zu gelangen. Als er sich ihm näherte, spürte er seine Hitze. Der Baum erwärmte die herabfallenden Regentropfen, und Vincent konnte seinen Atem nicht mehr vor sich sehen. Er stieß eine Frucht leicht mit der Schuhspitze an. Die Oberfläche wirkte weich genug, als dass man hineinbeißen konnte, doch er fragte sich, wie reif die Frucht war, wenn sie gerade erst herabgefallen war. Der Wind raschelte in den Ästen, und Vincent war sich sicher, dass eine Stimme, die er seit über fünfzig Jahren nicht mehr gehört hatte, seinen Namen rief.

Vincent!, rief Evie. *Vincent!*

»Evie?«, flüsterte er. Er drehte sich zum Haus um, wo August und Isla zu Jim getreten waren. Seine Wangen färbten sich vor Verlegenheit rot.

Vincent.

Doch, er war sich sicher, dass das Evies Stimme war.

»Evie!«, rief er über den Lärm des Regens und Donners.

»Vincent! Kommen Sie wieder rein! Da draußen holen Sie sich noch den Tod!« Eddie war jetzt ebenfalls auf der Veranda, und Oliver schaute aus einem Fenster. Isla bemerkte Täubchen, das am Himmel auftauchte und auf einem der größten Äste des Baums landete.

Ganz in der Nähe schlug der Blitz ein, so nahe, dass Vincent das elektrische Knistern hörte, und erleuchtete die besorgten Mienen von Evies Familie. Genau in dem Moment, als Vincent zum Himmel hochsah, bildete sich eine weitere Frucht an einem Ast und fiel direkt in seine geöffnete Hand. Ohne nachzudenken, einfach auf seinen Instinkt vertrauend, biss er hinein. Seine Geschmacksnerven gerieten in einen Freudentaumel, als sie gierig den vertrauten Geschmack nach kandierten Äpfeln, Sirup und Sahne aufsogen. Er schloss die Augen, während ihm der Fruchtsaft, warm in seinem Mund, süß das Kinn hinablief. Beim Schlucken kribbelten seine Lippen, als wäre er soeben von einer Person geküsst worden, die kürzlich eine Tasse Tee getrunken hatte.

»Evie …«, hauchte er.

Das Unwetter legte sich allmählich, der Regen war nur noch ein Plätschern, und der Donner ertönte von weit her. Vincent rechnete damit, dass die Wärme auf seiner Haut nachließ, doch das tat sie nicht. Stattdessen strömte sie durch seinen Körper, bis sie sogar noch die Fingerspitzen erreichte. Es war ein Gefühl, als säße er nur ein winziges Stück zu dicht an einem lodernden Feuer. Er ließ den Stock in den Morast fallen, stürzte selbst jedoch nicht hin. So kräftig hatte er sich schon lange nicht mehr gefühlt.

»Vincent! Hören Sie mich?« Isla trat von der Veranda, um zu ihm zu gehen, doch Jim legte ihr eine Hand auf die Schulter und schüttelte den Kopf.

»Wenn er uns braucht, wird er es uns schon sagen. Da bin ich mir sicher«, sagte er, und Isla nickte, aber dennoch kehrte niemand ins Haus zurück. Alle spürten, dass es sich hier nicht nur um einen alten Mann handelte, der um eine alte Flamme trauerte. Das hier war etwas anderes, etwas *Besonderes*.

Die Hitze in Vincents Körper tanzte und wirbelte durch sein Blut und fand schließlich den Weg in sein Herz, liebkoste es, neckte es von außen. Der Wind legte sich völlig, der Regen hörte auf, und alles wurde totenstill. Als Vincent einen Moment die Augen öffnete, sah er Eddie, Oliver, Isla, August und Jim dicht aneinandergedrängt in der Kälte stehen und ihn mit angehaltenem Atem und ängstlichen Blicken beobachten. Er wusste, das gleich etwas Wunderbares geschehen würde, und er schloss die Augen, sicher, dass es zum letzten Mal geschah.

»Adieu«, flüsterte er, als die Flammen in seinem Körper sein Herz vollständig verzehrten, und mit einem Schlag brannte er mit Evies Liebe.

Ein Blitz schlug mit einem gewaltigen, knisternden Schlag in den Baum ein, erneut ergoss sich Regen, und der Donner lachte. Jedes Leid, das Evie in den letzten fünfundfünfzig Jahren empfunden, jeden Moment, den sie sich nach Vincent gesehnt hatte und jeden Tag, den sie immer noch in die Erinnerung an ihn verliebt gewesen war – Vincent spürte das alles, mit einem Mal, und es war zu viel für seinen dreiundachtzigjährigen Körper. Ihm blieb nichts anderes übrig, als der Gewalt der Liebe nachzugeben, die Evies Herz in sich getragen hatte. Seine Knie gaben nach, krachten in den Morast, und während er zusammenbrach, fiel der Baum mit ihm um, im Gewirr der Zweige Täubchens lebloser Körper.

Die Familie schnappte nach Luft und schrie, und Jim

lief, so gut es dem alten Mann gelang, zu Vincent, doch es war längst zu spät. Vincents Leben war vorüber, strömte aus ihm heraus wie Rauch, stieg durch die Luft an einen Ort, von dem er schon viel zu lange geträumt hatte.

16

Endlich

Evie und Liefde saßen da und genossen die Stille. Sie nippte an ihrem Tee, und Liefde hatte die Augen leicht geschlossen und gab sich seinen Gedanken hin. Evie wusste wahrhaftig nicht, wie sie sich fühlte, nachdem sie Vincent gesehen hatte. Das ganze Leben hatte sie damit verbracht, Gedanken an ihn zu verdrängen, doch diese Gedanken hatten dem Vincent gegolten, den sie gekannt hatte. Der Vincent, den sie auf der anderen Seite der Mauer besucht hatte, war ein ganz anderer Mensch. Nicht nur, weil er älter war, sondern weil er ein Leben geführt hatte, an dem Evie keinen Anteil gehabt hatte, und es hatte ihn zu einem einsamen Mann geformt und geprägt, ohne Familie, die er lieben konnte. Der Vincent, dem sie begegnet war, war ein Mann, den sie nicht wiedererkannte, und das stimmte sie unglaublich traurig. Hätte sie mit ihm durchbrennen sollen? Hätte sie das beide glücklicher gemacht? Ihrem Bruder zu helfen und bei Jim zu bleiben, hatte Evie letztlich glücklich werden lassen, aber es hatte bedeutet, dass Vincents Leben aus Kummer bestanden hatte – doch wie hatte sie ahnen können, dass er keine andere Frau finden würde, die er so sehr lieben würde wie sie, wenn nicht noch mehr? Evie schüttelte den Kopf, denn sie fand keine Freude an dem Was-wäre-wenn-Spiel, mit dem sie seit ihrer Rückkehr beschäftigt war.

»Liefde.« Ihre Stimme war krächzend, und Liefde öffnete die Augen einen Spalt, doch sie sah ihn nicht an. Sie konnte es nicht. »Habe ich das Richtige getan? Meine Geheimnisse für mich zu behalten?«, fragte sie.

»Hat es sich richtig angefühlt?«, fragte Liefde und schloss die Augen wieder, wofür sie dankbar war. Wenn er sie nicht beobachtete, kam sie sich weniger auf dem Prüfstand vor.

Unwillkürlich musste sie nicken. »Ja. Das hat es. Damals. Jedenfalls war es für mich das Richtige.«

»Hast du deine Kinder verletzt, indem du ihnen nicht von deiner Vergangenheit erzählt hast?«, murmelte Liefde, die Augen immer noch geschlossen.

»Sie haben mich nicht so gut gekannt, wie sie es hätten tun können«, antwortete sie.

»Aber hast du sie verletzt? Ist irgendjemandem durch deine Handlungen wehgetan worden?«

»Nein.« Sie schüttelte den Kopf.

»Na also«, schloss er.

»Aber wir hätten viel stärkere Beziehungen haben können«, wandte sie matt ein, ohne zu wissen, ob das stimmte.

Liefde öffnete die Augen vollständig. »Vielleicht.« Dass er auf einmal so direkt antwortete, überraschte Evie.

»Möglicherweise hätten sie, als sie heranwuchsen, mehr mit mir geredet, wenn sie mich besser gekannt hätten«, sagte Evie, den Blick rückwärtsgerichtet.

»Ja«, pflichtete Liefde ihr bei.

»Mir mehr vertraut.«

»Vielleicht hätten sie dich mehr geliebt, wenn sie dein *wahres* Ich gekannt hätten«, gab Liefde zu bedenken.

»Also ich glaube nicht …«, setzte sie an, doch Liefde fiel ihr ins Wort.

»Streng genommen hast du sie nicht verletzt oder sie angelogen, aber du hast ihnen nie die ganze Wahrheit gesagt, und das hatte wahrscheinlich größere Auswirkungen auf deine Beziehung zu ihnen, als dir je klar sein wird«, sagte er, lehnte sich dann in seinem Stuhl zurück und schloss erneut die Augen.

Evie brauchte einen Moment, um das Gesagte zu verdauen. »Nein«, sagte sie, und Liefde öffnete ein Auge. »Nein. Das stimmt nicht.« Sie stellte ihre Teetasse neben ihren Füßen auf dem Boden ab. »Meine Kinder kannten die Version meiner selbst, die durch mein Leben vor der Heirat mit ihrem Vater entstanden war, und das ist das Einzige, was zählt. Böse Geschichten können gute Menschen hervorbringen, und ich wollte sie vor diesen bösen Geschichten beschützen, damit sie mit dem guten Menschen, der daraus hervorgegangen war, zusammenleben konnten, ohne sich je Sorgen darum zu machen, was ich hatte durchmachen müssen, um zu eben dem Menschen zu werden. Ich habe diese Geheimnisse für mich behalten, weil ich es musste, und – und manchmal ist es in Ordnung, solche Entscheidungen um des eigenen Glücks willen zu treffen.«

Evie stand auf und ging in dem Zimmer auf und ab. »Es zählt einzig und allein, dass ich die Mutter war, die sie verdient hatten, und zu dieser Mutter wurde ich aufgrund meines Lebens, bevor sie auch nur existierten. Meine Mutter zeigte mir, wie man Kinder *nicht* aufzieht, also habe ich dafür gesorgt, dass meine Kinder alles hatten, was ich nie hatte. Jim zeigte mir, wie man jemanden bedingungslos liebt, komme, was wolle. Und Vincent zeigte mir, wie viel

Liebe tatsächlich in mir steckte. Von daher: Nein, ich habe meine Kinder nicht verletzt. Sie sind glücklich dank mir und Jim und wegen des Lebens, das wir ihnen haben angedeihen lassen.« Sie verstummte, nun außer Atem.

Liefde beugte sich vor, die Ellbogen auf den Knien. »Dann hast du wohl deine Antwort.« Er lächelte verschmitzt.

»Ich habe das Richtige getan?«, fragte Evie.

»Du hast das Richtige getan«, erwiderte er nickend.

Auf einmal fing die Wand zu summen an, und Evie spürte einmal wieder, wie sie seltsam von ihr angezogen wurde, die Härchen an ihren Armen und im Nacken standen ihr zu Berge. Sie ließ sich näher heranholen, bis sie in der Zimmermitte stand. Die vergilbte Oberfläche der Wand begann, sich wie ein Strudel zu drehen, und in der Mitte tat sich ein Loch auf: erst nur winzig, doch während das Wirbeln allmählich immer schneller wurde, öffnete sich das Loch, bis es so groß wie eine Bowlingkugel war. Eine Brise erfüllte das Zimmer und blies Evies Haare in alle Richtungen, sodass sie kaum richtig sehen konnte. Aus ihrem Innern vernahm sie ein dumpfes Geräusch, und eh sie sich's versah, öffneten sich die Türen ihrer Brust. Panisch legte sie die Hände daran und versuchte, sie zu schließen, doch sie unterstanden nicht ihrer Kontrolle und drückten dagegen.

»Kämpfe nicht dagegen an, Evie! Hier kann dir kein Leid geschehen. Was auch immer gerade passiert, ist zu deinem Besten!«, rief Liefde ihr über den Wind zu, um ihr Trost zuzusprechen. »Hier bist du in Sicherheit.«

Evie holte so oft tief Luft, wie sie konnte, und versuchte, sich zu beruhigen. Das schwarze Loch wirbelte immer noch herum, und jetzt drang ein Geräusch aus der Dunkelheit, ein Geräusch, das sie vollkommen beruhigte und sogar ein erleichtertes Lächeln auf ihre Lippen zauberte.

Bumm-bumm. Bumm-bumm. Bumm-bumm.

Durch das Loch in der Wand schwebte ihr schwarz-und-golden-gesprenkeltes Herz, tanzte und glänzte, stellte sich seiner Besitzerin zur Schau, die es ein halbes Jahrhundert lang nicht gesehen hatte. Evie gab jeglichen Widerstand auf und ließ die Hände sinken. Ihr Herz schwebte auf dem Wind auf sie zu und nahm ohne zu zögern wieder seinen Platz in der Mulde in ihrer Brust ein, wo es hingehörte. Die Türen schnappten mit einem letzten dumpfen Geräusch zu, und Evie berührte ihre Brust, endlich in der Lage, ihr Herz unter ihrer Haut und den Knochen schlagen zu spüren. Sie runzelte die Stirn.

»Ist etwas los?«, fragte Liefde und stürzte mit dem Stuhl auf sie zu.

»Nein, nichts. Es ist nur – ich habe mein Herz wieder, aber ich fühle mich deswegen nicht schwerer. Ja, ich komme mir leichter vor. Viel leichter als vorher.« Sie sah Liefde hoffnungsvoll an.

»Das kann nur eines bedeuten.«

Zwar waren sie acht Stockwerke davon entfernt, aber Evie konnte das Klicken des Schlosses der Tür zu Apartment 72 hören. Es war endlich offen.

Sie konnte nicht anders. Sie stieß ein derart lautes und freudiges Lachen aus, dass Liefde beinahe umgefallen wäre. Ihr Gelächter war so heftig und kam so von Herzen, dass sie anfing, nach oben zu schweben, und sich beinahe den Kopf an der Decke anstieß.

»Kommen Sie!«, sagte sie zwischen ihren glücklichen Lachsalven zu Liefde.

Mit den Händen schob sie sich an der Decke entlang aus dem Zimmer. Ihre Glücksgefühle und ihre neu gewonnene Leichtigkeit führten dazu, dass ihre Füße buchstäblich nicht den Boden berührten. Sie schwebte die Treppe hoch, dicht gefolgt von Liefde. Bevor sie den ganzen Weg das Haus hochschweben konnte, packte Liefde sie am Knöchel und führte sie in den siebten Stock, wo er sie nach unten zog, bis ihre Füße schließlich doch wieder den Boden berührten. Sie stieß ein gewaltiges glückliches Seufzen aus und wischte sich die Tränen von den Wangen.

»Alles in Ordnung?« Liefde lachte glucksend.

»Ja«, sagte sie selig. »Mir geht's gut. Besser noch.«

»Gut. Das freut mich. Tja, Evie«, er drückte ihre Oberarme, »an diesem Punkt verlasse ich dich.«

»Ich werde Sie aber doch wiedersehen, nicht wahr?«, fragte Evie, auf einmal panisch.

»Wann immer du willst! Durch die Tür da kommst du in deinen Himmel. Solltest du mich je zum Tee einladen wollen, werde ich zur Stelle sein, aber diesmal bist du mit der Zubereitung an der Reihe.«

»Natürlich. Das verspreche ich. Sie sind jederzeit willkommen.« Sie umarmte ihn stürmisch. »Danke für alles, Liefde. Ohne Sie hätte ich es niemals so weit gebracht.«

»O Evie. Ich kenne dich. Natürlich hättest du das.«

»Vielleicht, aber ich hätte doppelt so lang dafür gebraucht.«

»Tja«, sagte Liefde, »es ist mir ein wahres Vergnügen gewesen.« Er umarmte sie ebenfalls, sogar noch stürmischer.

Nach einer Weile entzog Evie sich ihm. »Zeit zu gehen«, sagte sie.

Liefde schenkte ihr ein letztes aufmunterndes Lächeln, bevor sie sich abwandte und zielstrebig den Flur entlangging.

Als sie Apartment 72 erreichte, wich die freudige Erregung, die sie gerade noch verspürt hatte, der Angst, ihr Schlüssel werde sich wieder nicht drehen lassen. Sie trat näher an die Tür und lehnte die Stirn daran, betete, dass sie nichts vergessen hatte, noch etwas, weswegen sie zurückkehren musste, um es zu richten. In dem Moment vernahm sie ein Geräusch aus der Wohnung. Überrascht presste sie ein Ohr ans Holz. Sie war sich sicher, dass es sich um das Klirren von Porzellan und kochendes Wasser handelte. Ihre Neugier gewann die Oberhand über ihre plötzliche Sorge, und sie holte eilig die Schlüssel aus der Tasche. Vor Nervosität zitterten ihre Hände, und sie traf das Schloss mehrfach nicht, sondern zerkratzte das Holz der Tür, bevor sie den Schlüssel endlich perfekt in das Schlüsselloch gleiten ließ. Zum ersten Mal seit Langem konnte sie den Herzschlag in ihrer Brust spüren.

Eins, zählte sie in Gedanken, *zwei* … *drei* … Sie schob den Schlüssel mit dem Daumen nach rechts.

Er drehte sich.

Ihr stockte der Atem. Sie drehte am Türknauf, und er bewegte sich ohne Weiteres. Behutsam drückte sie gegen die Tür, die sich öffnete. Erst nur einen Spaltbreit – mehr brachte Evie nicht über sich –, dann atmete sie tief durch und stieß die Tür ganz auf.

In dem Zimmer herrschte ein warmes Licht, genau wie es immer gewesen war, als sie noch hier gelebt hatte. Der grüne Sessel stand neben der Tür und sah bequem und ein wenig abgewetzt aus. Der Teppich war, wo er immer gewesen war, das Sofa stand an seinem angestammten Platz, alles war, wie es sein sollte. Gerade als Evie sich umdrehte, um die Tür zu schließen, und die Schlüssel in die Tasche steckte, so froh, zu Hause zu sein, vernahm sie ein Geräusch hinter sich: das unverkennbare Schlagen von Flügeln.

Langsam drehte sie sich um, mit dem Rücken an der Tür, und sah durch die Balkontür nach draußen. Vor der untergehenden Sonne sah sie die Silhouette von Täubchen, das auf der Brüstung hockte.

Es war nicht allein.

Evie konnte nicht atmen. Das schmuddelige Aussehen … Die Zottelmähne … Die grünen Augen … Das Einzige, was in dem Apartment gefehlt hatte. Der einzige *Mensch*, der viel zu lange in ihrem Leben gefehlt hatte.

»Vincent?«

Der Mann auf dem Balkon trat ins Zimmer. Sein Gesicht war voller Bartstoppeln und gerötet, das Lächeln unter seiner Knubbelnase war gütig und schief, doch es waren seine Augen, seine grünen Augen, die durch sein rabenschwarzes Haar strahlten und Evies Herz in tausend gesprenkelte Stücke bersten ließen.

»Evie?«, brachte er stockend hervor.

Evie lief in seine offenen Arme, und sein Körper fühlte sich so *wirklich* an ihrem an. Vincent nahm ihr Gesicht in seine rauen Hände und rieb seine Nase an ihre, um sich davon zu überzeugen, dass es sich um keinen Traum handelte, dass sie auch wirklich war und dass sie dort bei ihm war. Evie legte die Hände auf seine Brust, spürte sein Herz unter der Haut pochen, und sie ließ die Finger nach oben durch sein Haar gleiten, um sich ebenfalls Gewissheit zu verschaffen.

Vincent brachte die Lippen an ihre, und kurz bevor er Evie küsste, flüsterte sie: »Endlich.«

Danksagung

Zuerst einmal möchte ich allen danken, die dabei geholfen haben, dass hieraus ein tatsächlich existierendes Buch geworden ist. Meiner Agentin Hannah Ferguson, ohne Sie und Ihr Vertrauen, das Sie mir geschenkt haben, wären meine Ideen immer noch Seiten in einem Notizbuch, die niemand je zu Gesicht bekommen hat. Vielen Dank für Ihre fortwährende Unterstützung! Meiner Lektorin, Manpreet Grewal. Sie sind unglaublich geduldig mit mir gewesen und haben meine wahrhaft verrückten Einfälle so wunderbar akzeptiert. Danke, dass Sie nicht wild den Korridor entlang geschrien haben, als sie lasen, dass Horace, der Kater, die Heldin verschlucken würde, und dass Evie und Vincent einen Vogel als Notizbuch verwenden würden! Stephanie Melrose, die schon viele Events organisiert, unzählige Bücher unters Volk gebracht und viele Fotos mit Gästen bei eben diesen Events gemacht hat. Sie arbeiten so fleißig, und ich kann Ihnen nicht sagen, wie sehr ich es zu schätzen weiß. Rhiannon, die es immer erträgt, dass ich schusselig bin und Abgabetermine nicht einhalte. Hannah Boursnell, deren Begeisterung für dieses Buch genauso groß war wie für das letzte! Außerdem Sara Talbot, Rachel Wilkie und Marie Hrynczak, die dafür gesorgt haben, dass alles glattläuft, und die hinter diesem Buch gestanden haben und immer Tee und Süßes bereitstellen, wenn ich vorbeischaue!

Zweitens bedanke ich mich bei den Menschen, die beim Entstehen dieser Geschichte geholfen haben. Evie ist eine Frau, die ich selbst gern wäre, und ohne meine unglaublich starken, genialen und leicht verrückten Freundinnen hätte ich nicht einmal zur Hälfte die Inspiration besessen, um sie zu der Person zu machen, die sie ist. Celinde Schoenmaker, meine holländische Meerjungfrau! Wir teilen uns vielleicht keine Garderobe mehr, aber du bist immer für mich da und ich werde dich immer lieben. *Ik hou van jou.* Louise Jones, du bist die Nacktschnecke zu meinem Salatkopf, und herrje, was haben wir durchgemacht! Aber hier sind wir, stärker denn je, bereit, es mithilfe von Worten und Dreistigkeit mit der Welt aufzunehmen … GEMEINSAM. Katy Secombe, niemals hatte ich das Vergnügen, jemandem zu begegnen und mit jemandem zusammenzuarbeiten, der so völlig durchgeknallt ist wie du! Danke für deine Geschichten und deine Magie. Dich als meine Freundin zu bezeichnen ist eine Ehre. Zoe Doano, deine Güte, Geduld, Friedfertigkeit und Liebe angesichts dieser hektischen und furchterregenden Welt sind ein seltener Schatz, und ich kann mich glücklich schätzen, so viel Zeit umgeben von deiner Aura verbracht zu haben. Auf eine lange und wunderbare Freundschaft! Emma Kingston, was soll ich sagen? Du bist einfach genial! Du hast es verdient, so erfolgreich zu sein, und ich kann den Tag nicht erwarten, an dem ich auf deinen Namen im Programm deiner eigenen erfolgreichen Broadwayshow deute und das Publikum störe, indem ich laut herausbrülle, dass wir früher zusammengearbeitet haben. (Ich werde aber während der Aufführung keine Fotos machen, versprochen! :P) Es gibt so viele Menschen, die ich unbedingt erwähnen muss! Hazel Hayes, Dodie Clark, Emma Blackery, Rachelle Ann Go – ihr habt mich alle auf Arten inspiriert, die sich nicht in Worte fassen lassen. Danke!!!

Drittens liegen mir auch die Freunde sehr am Herzen, die die Männer in *Eine Liebe ohne Winter* inspiriert haben. Alex Banks, deine Freundschaft ist einzigartig. Du bist in jeder Hinsicht urkomisch und wunderbar, und es gelingt dir jedes Mal, mich zum Lachen zu bringen. Gary C, du bist ein Schatz. Immer da und unendlich kostbar. Ich hab dich so lieb. Jack Howard … ich bin so stolz auf dich, Jackaroo. Einfach weil du der Mann bist, der du bist. Alles andere, was du tust, haut mich einfach um. Du bist eine große Inspiration hinter diesem Buch, und ich hoffe, dass du immer weißt, wie hoch du in meiner Wertschätzung stehst. Rock 'n' Roll. Für immer. Pete Bucknall. Mein Großer Baum. Du verstehst mich besser als sonst jemand, und du bist immer zum Anlehnen da. Selbst wenn wir beide wissen, dass ich mich völlig verrückt aufführe. Ich hab dich so lieb.

Viertens danke ich meiner Familie! Meiner Mum und meinem Dad, ihr seid unendlich liebevoll, hilfreich und verrückt, und ich kann euch gar nicht genug danken für alles, was ihr für mich getan habt, und für alles, was ihr weiterhin für mich tut. Nan und Grandad, ohne eure jahrelange Unterstützung hätte ich es nicht geschafft. In diesem Buch geht es so viel um Ehe und Beziehungen, und wenn ihr kein so glänzendes Beispiel abgegeben hättet, wie eine Ehe sein sollte, wäre ich nicht in der Lage gewesen, dieses

Buch zu schreiben. Danke! Tom und Gi, ihr seid immer da mit klugem Rat und Albernheiten, und zu sehen, wie ihr beide so hart arbeitet UND gleichzeitig euer Leben im Griff habt, ist eine unglaubliche Inspiration. Ich weiß nicht, wie ihr es hinkriegt. Ihr seid Superhelden! Buzz und Buddy, ihr seid beide zu jung, um dieses Buch zu lesen oder zu wissen, dass ich mich bei euch bedanke, aber eure niedlichen kleinen Gesichter wecken in mir den Wunsch, ein besserer Mensch zu sein und für euch eine bessere Welt zu schaffen, in der ihr leben könnt, wenn ihr älter seid. Ich werde immer da sein, falls ihr mich JEMALS brauchen solltet.

Fünftens möchte ich mich zutiefst bei allen bedanken, die mich im Laufe der Jahre unterstützt, mir geholfen und an mich geglaubt haben. Marc Samuelson, danke, dass Sie mir vertraut haben. Ohne Sie wäre ich niemals so schnell an diesen Punkt gekommen, und ich werde Ihnen nie genug danken können. Ray Lamb, mein Gesangslehrer, als ich noch klein war. Sie haben mir beigebracht, was Selbstvertrauen wirklich bedeutet, und dieses Wissen ist unbezahlbar gewesen. Ich schulde Ihnen mehr Rolos, als Sie ahnen! Mr. David Brown, mein Englischlehrer an der weiterführenden Schule. Danke, dass Sie all meine übereifrigen Versuche, einen Roman zu schreiben, als ich noch ein Teenager war, über sich ergehen ließen. Ich schätze, dass der hier ein bisschen besser ist als alles, was ich auf Ihr Pult geknallt habe, damit Sie es verbessern. Das tut mir leid, aber danke, dass Sie immer so aufmunternd waren. Ich werde es nie vergessen. Dr. Ian Roche, mein Musiklehrer an der weiterführenden Schule. Sie waren nicht nur ein Lehrer, sondern auch ein Freund, und Sie haben mich immer gedrängt, mein Bestes zu geben. Danke, dass Sie mich von Physik- und Mathestunden befreit haben, damit ich mich auf die Dinge konzentrieren konnte, die mir am wichtigsten waren. Mein Dank gilt zudem allen am Northwood College, die mich in meiner Zeit dort unterrichtet und unterstützt haben. Ich werde immer Sorge tragen, dass das Wissen, das Selbstvertrauen und die Aufmunterung, die Sie mir geschenkt haben, nicht brachliegen. Und ich bedanke mich bei Helen, Simon, Nick, Jono und Ang, weil ihr mich mit so viel Herzlichkeit und Liebe in eure Gruppe aufgenommen habt. Ihr bedeutet mir unglaublich viel.

Sechstens bedanke ich mich bei allen bei Curtis Brown. Ich kann Ihnen gar nicht genug dafür danken, dass Sie so hilfreich sind, mich bei jedem Schritt begleiten, und dass Sie an mich glauben, selbst wenn ich es nicht tue. Sie haben mich dazu ermuntert, Neues auszuprobieren, was mir wiederum geholfen hat, mich weiterzuentwickeln, nicht bloß als Schauspielerin und Sängerin, sondern auch als Mensch. Also danke schön, Fran, Jess, Emma, Flo, Alastair und Helen. Es ist SO ein Glück, Sie zur Seite zur haben.

Schließlich gilt mein Dank denen, die mich im Laufe der Jahre aus der Ferne unterstützt haben. Jedem, der jemals ein Video von mir angeschaut, meine Bücher gelesen, eine meiner Aufführungen besucht oder mir einfach einen lieben Tweet geschickt hat. Ich weiß das alles so sehr zu schätzen, und obwohl ich nicht mit jedem Einzelnen in Kontakt treten kann, sehe ich das alles und bin oft überwältigt von eurer Liebe und Unterstützung. VIELEN DANK!